U0937601

玻璃塔

胡小远 著

GLASS TOWER

北京出版集团公司
北京十月文艺出版社

图书在版编目 (CIP) 数据

玻璃塔 / 胡小远著. — 北京 : 北京十月文艺出版社, 2017.12

ISBN 978-7-5302-1743-6

Ⅰ. ①玻… Ⅱ. ①胡… Ⅲ. ①长篇小说—中国—当代 Ⅳ. ①I247.5

中国版本图书馆 CIP 数据核字 (2017) 第 242553 号

玻璃塔

BOLI TA

胡小远 著

出　版　北京出版集团公司
　　　　　北京十月文艺出版社
地　址　北京北三环中路 6 号
邮　编　100120
网　址　www.bph.com.cn
发　行　新经典发行有限公司
　　　　　电话 (010) 68423599
经　销　新华书店
印　刷　北京盛通印刷股份有限公司
版　次　2017 年 12 月第 1 版
　　　　　2017 年 12 月第 1 次印刷
开　本　850 毫米 ×1230 毫米　1/32
印　张　12.5
字　数　288 千字
书　号　ISBN 978-7-5302-1743-6
定　价　49.00 元
质量监督电话　010-58572393

版权所有，未经书面许可，不得转载、复制、翻印，违者必究。

目 录

引子

人，可以盘点货物，不可以盘点自己。悟出这个道理为时已晚，一不小心，自个儿把自个儿给盘点了，结论吓人一跳——四不像！

不像文人。自诩天赋与生俱来，啃书码字广交诗友，期待出道一鸣惊人。无奈商风劲吹，文青愤青通吃，诗人梦贴着马桶底兜圈，咕噜一声钻进虹吸孔。

不像商人。设置橱窗展示宝贝，物美价廉送货及时，网购达人与日俱增。身在商海心系诗坛，没兴趣把业务做大，心不诚则事不灵，网店很快关门歇菜。

不像混混。狂敲键盘逮谁骂谁，离开网吧功夫全废，遇飞车党呆若木鸡，见斧头帮拔腿就逃。偶尔去发廊潇洒一回，没等小姐张嘴衔住壶嘴，脸蛋发烧肝尖儿颤，全身血水迸往脑袋，那地儿软成日本豆腐。

不像隐士。蜗居陋宅梦南山，醒来伸爪挠盆菊。闲日子没过多久，血脉偾张意气风发，出道须快出名趁早，怎么可以亲手扼杀天才。想到这儿灵感喷涌，遁隐之意稀松成哑屁，钻出被窝溜之大吉。

就这样折腾来折腾去，折腾成四不像。四不像，就是什么都不像。

什么都不像，心情不可能好。心情不好了，爱发无名火，和同居女友为琐事暴吵。会有懊悔，脾气这么臭，改是必需的。去地摊买佛珠戴腕上，到佛寺做义工，成天吃斋让人受不了，三十六计走为上计。世界虽大没个抓手，有头脑有能力没处好使，横竖都不是路，蛋疼！焦躁起来，伸俩爪子捏住鼻孔擤出两摊郁闷，掷向超不公平的人世。哇靠，东东落地啪嗒一声，青绿脆亮！

一位朋友是心理医生，劝我徒步行走或骑车远游，说这样或可改变心境。他的话有点道理，索性逆袭，离开此地去路尽头，看下是否有转机。何处是路尽头？朋友说这事旁人不便多言，得自个儿拿主意。得，反正得走，那就走远些，由东往西横穿浙徽鄂渝川入藏，到雅鲁藏布江舀起圣水，洗涤岁月积淀下的污垢，上雪域高原做深呼吸，把郁结彻底解开。

上网攻略，购置单车，打点行囊。嚯嚯——白云牵着五彩经幡，红衣喇嘛嘟嘴鼓腮，长号呜哇呜哇爬上雪山；嚯嚯——泥土吻住绣花氆氇，青稞挤出橙红酒香，哈达呼啦呼啦拂过针芒；嚯嚯——盘碟杯盏高台跳水，噼里啪啦摔向地砖，自来水哗啦哗啦漫过洗碗槽……不对头嘛，场景剪裁挺乱，音响也有点杂。跑到厨房才弄明白，是同居女友找事儿挑衅，还爱理不理别过脸去，把眸子蹭到眼角落看我，像看一只患禽流感的鹅。

她接下来要干吗？擒住我，拿菜刀抹喉放血，丢桶里浇汤拔毛，大卸八块塞进砂锅，搁些生姜大蒜八角桂皮枸杞黑枣花椒，倒入啤酒料酒生抽蚝油鲍鱼汁，整一老鹅煲当下酒菜？禁不住一凛，赶紧缩拢头颈申明，是人类不是食材站她面前，别指望做出色香味俱佳的中国菜。我都这样说了，她还不依不饶，左手叉腰右手挠发，把鸡窝头弄得乱七八糟。眼珠子也不对劲，两只眸子黑成剥壳桂圆，啪一记齐刷刷从左眼角蹭到右眼角，留白处并非诗意与空灵，全是怨气杀气。

好汉不吃眼前亏，跨上单车走起。她拽住背囊，连人带车扣在单元楼前。正要说她，她反咬一口，说这人怎么这样，还讲不讲理。我说我不讲理，就你讲理，拿菜刀抹我脖子，剁碎了搁锅里煲鹅汤，这么做是哪家道理？话没说完，她泪流满面扑我怀里，蹭我捶我拧我啃我。都嗲成这样了，我还有什么办法，只能把怨言咽回鹅肫。以为我回心转意，她假惺惺挽住我，说等身体好些了会放你走，可要走也别走雪域高原，那里寒冷缺氧紫外线强，要去也去南方大城市，除了医疗条件好，气候饮食也适合你。她抱住我的头说这些话时，一串蜜蜡绿松石红珊瑚藏珠，在屁浅的乳沟荡过来荡过去。

蜷被窝里装睡，挨到半夜推开她，背起行囊踏车西行。三天后，体力透支腿脚浮肿，在路边店长久昏睡。深夜被蚊子咬醒，掬水洗脸冷静下来，决定改变行程，把单车贱价卖给店主，登上一列北上的客车。

站在咣当作响的过道，打开手机看女友短信：求你了，亲，快回家安心养病。切，别太夸张好不好，我有病自己会不知道？让我回家，回家结局是什么，是剐了剁了炖了嚼了，闷声不响待在人肚子里。靠，想都甭想有这天！拇指愤怒地狂摁按键，让一溜方块字翻山越岭，栖在她手机界面：胆结石嵌顿胆总管颈部诱发急性胆囊炎引起重症胰腺炎目的地没有定下来。这下好了，她看了回复保准晕倒，“目的地没有定下来”，想到这几个字我就发笑，呵呵。同居女孩急性，会吐血会抓狂，会一心一意找寻我。只是没有路径可走，她再努力也白搭。想到她的无奈，想象她的囧样，我再次冷笑，呵呵。

列车终点，是座南方大都市。为抵御SARS病毒，所有人都戴上口罩。凡咳嗽流鼻涕打喷嚏者，立即沦为疑似病人，送往阴森可怖的发热门诊部。果子狸是城市公敌，米醋则成了上帝，人们深信这种低浓度酸液，能驱离邪恶的病毒。上海宝鼎醋山西老陈醋镇江恒顺醋，被大妈们搬下超市货架，倒入不粘锅煮出蒸汽，弥漫在弄堂石库门亭子间。醋酸熏烤器应运而生，成为行货日夜工作，把无以数计的鼻孔，熏成酸不拉几的醋瓶子。

行前，女友劝我别走雪域高原，要去也去南方大城市，医疗条件气候饮食什么都好。什么都好吗？好个鸟！这座巨大的城市，除了醋酸味和果子狸，没有任何值得一提的东东。吼吼，猜出她用意了，明显是借刀杀人，自己充好人不出手，让我屁颠屁颠走入SARS病毒巢穴。她是什么人，这回算是彻底看清楚，小鸟依人是表象，内心装满邪念，每时每刻都想置我于死地，却让我至死还念她的好。

开始死人，政府实行出入地登记制度。离开这里已不可能，只有租房住下来。背着行囊随中介暴走，见房东目光狐疑，捶胸顿足信誓旦旦，申明自己是人不是果子狸。终于租下旧公寓单间，臭虫似的钻进被窝，在醋酸味中苦熬时光。

老式电视机始终开着，画面一律与SARS相关——大陆医生被消毒服裹成太空人，台北护士害怕感染临阵脱逃，香港艺人手挽手义演募捐，疑似病人靠呼吸机垂死挣扎……窗外，马路静寂无人，偶尔有街痞耍酷，蹬着滑轮迅即而过，口罩上画了骷髅，让人猜不透棉纱布后面，是豁嘴男生还是龅牙恐龙。

无所事事的日子，除了吃喝拉撒毫无新意。每月初，到自动柜员机前插入借记卡，取钱付房租费买日用品。一直有人为我存钱，不用猜也知道，肯定是同居女友。她目的很直接，无非是摸我底细，倘若我按月取钱，就表明活在世上，她从中获得信息，咬牙切齿地窃笑，挖空心思把谋杀进行到底。

日子很是无聊，实在熬不下去了，蹲卫生间竖起耳朵，贴住马赛克听隔墙响声。也是卫生间，常有冲水声咕隆咕隆响。是邻家女孩丢下卫生纸，提起丁字裤摁下按钮，冲洗廉价抽水马桶，还是抹了洗发液沐浴液，站在沐浴房冲热水澡？女孩在读研，还是外资公司白领，抑或K厅小姐？

日历一张张撕去，与时光糅成一团，掷在这座陌生的城市。搬进来时，窗外法国梧桐光秃秃的。梅雨抹绿掌形树叶，让它们在枝头舞作翠蝶。风儿则在深秋揪下黄叶，让灰色树干排列在路旁。快一年了，对这里的人始终生分，直到女孩出现在窗对面，才少了些寂寥。

是座老洋房，镂花铁门旁挂着文保铜牌。荒芜好久，格子门窗白漆剥落，西式花园腐叶满地。女孩世居此地，还是偶尔客宿，这些都不得而知。视线被树荫挡着，依稀一睹芳容，是在初冬的傍晚。

女孩不用上班。房里空调始终打开，暖气充沛，穿很少衣服走进浴室。门已变形关不严实，可见浴缸发黄，花洒洒落雨丝，与长发绞在一道。女孩自言自语，低头掩口窃笑，瞳孔光亮涣散，恍如月晕绮幻。

握住单筒望远镜，在树杈空隙调准焦距，让目光穿过窗栅，贴近女孩细看——她已走进客厅，颈上汗液蘸了橙色灯光，乳尖顶起蕾丝文胸，上臂文了淡金小鱼。很少人用这种颜色文身，但她用了。

绿松石藏珠沾了水，从她颈上垂下来，颠荡在细浅的乳沟。珠子眼熟，想起来了，同居女友也有挂珠，与这串珠子一模一样。哇塞，女孩莫非是杀手，受雇潜伏于此，伺机而动掏出菜刀抹我喉管。寒气逼来，头颈禁不住缩进衣领。夜深人静，听见血沫冰冷，汩汩作响冒出断喉。惊醒，开灯，枕上水湿一片。

很快释然。女孩很少去厨房，从不曾沾过菜刀。退一步说，即便她是杀手，也很粗心很无能。她甚至忘了用望远镜，搜索猎物观察目标，由此陷入被动。呵呵，女孩哪里知道，猎物极其聪明，就近藏在她鼻子底下，悄无声息注视着她。这个发现很不错，让人禁不住成就感满满，摸着完好无损的脖颈，冲窗对面得意地冷笑。

圣诞节，街对面房间暗着。看不到女孩，闲得无聊，上街找酒吧消磨时间。

SARS已离开这座城市。人们不再躲屋子里，沙丁鱼一般游回酒吧。不用戴口罩了，鼻子恢复自由，可以吸入酒香体香，肺叶舒展开来，在胸腔袅娜成荷叶。方言绵糯，滑过粉色舌苔，粘了肉色唇膏，拐进久旱的鼓膜。光线昏黄暗淡，男人眼光发烫，女孩偏不设防，娇滴滴嗲出时尚。

捧了扎啤坐在暗角。乐声强劲狂躁，黑人歌手耸肩扭胯。一堆人肤色不同，挤低台边劲舞，其中竟有她。知道我在看她，主动走过来说，圣诞快乐。对她说，听口音，不是本地人。她偏过脸，看着乐队说，嗯哼，你也一样。

请她坐下，倒酒给她，说我在附近租房。她回过脸说，知道，见过面。切，怎么可能，她没有望远镜，如何发现我？她坚持，说见过的，一目了然。遇到高手了！知道我用单筒望远镜，因此说一目了然。她继续，说外壳镀银，俄国货。越发离奇了，连这都知道。

禁不住问她，关于我，还知道什么。她不保留，说胆囊炎患者离家出走。听后一凛，很隐秘的事，她怎么知道？Oh，My God！ 杀手终于来了，她就坐在我对面。

见我惊恐，她莞尔一笑，说不必在意，人类擅长偷窥。

明显话里有话，挑明我偷窥她时，她也在窥视我。女孩明显技高一筹，笑颜中便带了轻蔑，却又放低姿势，把偷窥说成人类共性，不经意地修筑台阶，让我不至于难堪。如此看来，女孩即便是杀手，亦不失恻隐之心。心情得以放松，弹声响指，让服务生再拿酒来。

女孩抿口酒，从手包里拿出烟盒，抽出一支点上，沉默着把它抽完，说：

亚当夏娃偷吃禁果，人类于是有了隐私。人们痴迷隐私，相互偷窥对方，步入怪圈难以自拔。人类任性偏执，难以克制窥隐之癖，连上帝都束手无策。

隐私导致怀孕分娩，婴儿由此而来，与母体呈主客体关系。婴儿是主体，子宫是客体，主体成熟后，脱离客体。主体长大成人，与新客体结合，于是产生婚姻。婚姻具有排异性，排异性即是隐私。

这个世界上，每个人都对隐私抱有好奇，都试图在隐私中，找到存在感认同点。人们用隐私制造愉悦，用来消除罪孽感。这种罪孽感与生俱来，根植于性别器官思维行为。人类迷失感受尺度，须从同类身上寻觅生命真相，以求消解疑惑焦虑……

就着酒和烟，女孩一直在说。偷窥因她的演绎，延伸到神学、心理学、人类学……

暖气捂热体内酒精，她脱去手织毛衣，单穿纯棉短袖衫。刺在臂上的鱼儿，游出袖口游在肌肤。知道我看文身，女孩大方地抬起手臂，说想看就看呗，反正早已一目了然。

她重提单筒，让人一阵燥热。拉开领口拉链，把汗气释放出去。

别过脸看低台，用嘈杂掩饰尴尬，很快又扭回头，看那条鱼滑下女孩肌肤，游向彩灯闪烁的圣诞树。

总盯着小鱼，这样不太好。克制自己，把眼睛拉向酒杯，眼角不听招呼，固执地斜向树灯。彩灯眨个不停，圣诞球掉下松枝，落地前晃成小鱼，摇头摆尾钻进树塔。好多好多鱼，栖在枝丫，趴在松针。小鱼游离女孩，此刻又在哪儿?

女孩安静地笑，笑纹浅细浮在嘴角，水墨一般氤氲开来。随即喃喃自语，语速迅急，思绪涣散。是些往事，她亲历过，诡秘怪诞，不合常理。女孩柔弱清纯，竟有这种经历，令人难以置信——

1.

重要任命

一纸任命，生活随之改变。这之前，日子过得平淡无奇。

两年前，在北京念完法学院，鬼使神差回南方来。男生们说，干吗回去，留京城多好。可不回去哪成，老爸就知道拉着胡琴，成天冲电话嚷嚷，世道太乱，女孩子在外边混，被潜规则了怎么办？咿呀咿呀咿呀咿——北方干燥，时不时来场沙尘暴，女孩子脸上长痘痘怎么办？咿呀咿呀咿呀咿——郁闷到吐血，我最怕长痘儿，拖着箱包乖乖回家。

在天平做事。天平是家律师事务所，在当地挺有名气。混了两年，才一助律，码字拎包为生，没正经办过案子。同事皆非善类，背地里喊我花瓶，意思是脸蛋儿还行，业务能力差劲，招徕事主尚可，独立办案免谈。

按脾气早就开骂，可每回话到舌头，都翻眼强咽肚里。这不寄人篱下嘛，那就装傻当孙子先，只要逮着翻盘机会，决不会放弃掉，到时候等出道独立门户，开律所当女老板，切，看我怎么收拾弱智男。

心想事成，机会降临，所长让我独立办案。激动到泪喷，冲老头子躬鞠，嘴里嗨个不停。瞧见同事们坏笑，说不一花瓶吗，怎么日本艺伎了。呸，姐这叫忍者。忍者懂不懂，不懂就滚开，姐最烦无脑渣男。

没多久就发现，这回掉陷阱里了。案情巨大巨复杂，被告马龙和几十号涉案人，或双规或刑拘，我吞豹子胆了，接这么个大案要案。被告偏又超二，执意拒聘律师。法院依程序走过场，指定天平所派辩护人。明摆着一龙套，费力不赚钱，所长逮谁谁不干，就我蒙鼓里。不反悔不行，可泪喷过躬鞠过，怎么好意思开口。得得，没路可退，姐就拼一回。

开车去看守所。街边报亭挂着报纸，减速停车看标题——《新官场现形记》《马龙昼伏夜行，掌控腐败官员》《“地下组织部长”是怎样成精的》……消息传得快，连报纸都出来了。都是外省报纸，标题各异内容相同，记者署名芒合。媒体规则，案子涉及当地官员，本地传媒一律缄默。

芒合写的通讯，报料翔实，抖出马龙好多丑行，说他盯梢跟踪威吓官员，凌驾于他们之上操控政权，官员提拔须走马龙路径，“地下组织部长”由此而来。得让芒合再发一条消息：苏贞妮律师接受法院指派，担任被告马龙辩护人。既然卷进来了，不如做大，看有无转机。

天窗开着，掉进一只炸鸡腿。歪过嘴巴咬个正着，捡一大漏，感觉别太好！搅动舌头狂嚼，有唾沫，都没有一根鸡毛。肚子咕咕叫，打方向盘去麦当劳，要了炸鸡腿薯条百事可乐。

珍妮——谁喊我英文名字。扭头看，是学姐艾莉，当红律师，在天正律师事务所做事，混得比我好太多。艾格格我在这儿——把手包搁桌上，占一座位给艾莉。艾莉北人北相，圆盘脸宫廷腔，艾与爱谐音，明显爱新觉罗后裔。从大一到大四，大家都叫她艾格格。

艾莉擎着托盘挤过来，屁股后跟着儿子嘟嘟。小家伙仰着脑袋看托盘，冲着鸡翅薯条说，苏阿姨好。嘟嘟好，说着拍他脑勺，喝杯里可乐。忍不住笑，说艾格格，我好高兴！

艾莉瞥我，说遇啥破事，乐得抽筋？想收起笑容，可快乐像可乐泡沫冒个不停，溅满整张脸。

艾莉眯起双眼瞅我，嘿，瞧这丫头片子，不就喝几口可乐吗，怎么地就乐喷了。到底正宗满人，下嫁南方两年了都，还一京片子。给她报纸，说没啥，接了个案子呗。艾莉看报，吓得跳起来嚷嚷，珍妮，你找死啊，这案子也敢接。

别介，民女尚且不闹心，格格您愁啥呢。说着拉她坐下，邀她入伙，说学妹搞定这事，铁定开律师楼，欢迎学姐加盟。艾莉发呆，说还律师楼呢，八字都没一撇，挖角儿也不嫌早。倒也是，这么容易让人挖走，还叫名角儿。诚心邀她，还说这话，留一空椅子候您。艾莉摆手说，可不敢上您那儿，还没当老板呢，先挤对人了。轮到我急，说谁挤对谁不是你说了算。她听了没反应，伸手挠她痒痒，一动不动还是没反应。倒是一边的嘟嘟，扭着身子躲来闪去，切，怕是在家被他妈挠多了，条件反射。

正看嘟嘟扭得有趣，手包忽然癫痫。撕开拉链看，手机在包里蹦跶。摁接听键，老爸叽里呱啦，胡琴咿呀咿呀：

苏同学吗，我是苏老师。咿呀咿呀咿呀咿——葛同学来家，祝贺你当主办律师。咿呀咿呀咿呀咿—— 唔，葛同学怎么知道这事？葛同学法理基础扎实，审判经验丰富，当然知道这事儿。咿呀咿呀咿呀咿—— 葛同学没送花送鱼，野生大黄鱼。咿呀咿呀咿呀咿——这鱼500克得4000元，葛同学送的鱼1500克，这得花多少钱。咿呀咿呀咿呀咿—— 苏同学，你妈尚老师把鱼宰成三段，鱼头鱼尾炖了给人吃，中段剁肉泥给喜儿吃。咿呀咿呀咿呀咿——

老爸颠三倒四说些什么呀，葛菪大黄鱼喜儿尚老师，全都给扯一块儿。哼，偏不回家，偏不吃鱼，偏再吃一只炸鸡翅，外加一盒炸薯条和一罐可乐。

老爷子说的葛同学，是不就鸽蛋那丫？艾莉问。可不就是葛菪，有事没事常跑我家。我一脸不屑说，丫跟你同届的，咋爬这么快，都中院刑庭副庭长了嘿，还顺溜当了马龙案审判长。鸽蛋不是在追你吧，不为这事儿，丫往你家送鱼干吗？艾莉把眼珠睁成黑屏，三维问号东飘西荡，扭成一堆海蚯蚓。切，追我就弄一鱼来，呸，他是贿赂我老妈。

老太太要当杜拉斯？艾莉惊愕。提醒她，说过鸽蛋贿赂我老妈，没说他追我老妈。你老妈又不是中院院长，鸽蛋干吗腻她？艾莉嘟哝。哪是腻她，是追喜儿。告诉她实情。

喜儿？没听说你家有这妞。艾莉警觉。老太太宝贝女儿，一公岁，详细告诉她。不对，鸽蛋奔大龄，喜儿才两岁，明摆着不对称。再说啦，苏伯伯尚伯母这岁数，能整出你妹妹？艾莉狐疑。可不就整出来了吗，还一印尼纯种，嚼着鸡肉回她话。

慢些慢些，没听明白，是老爷子对外交流，还是老太太打开国门？去印尼是肯定的，顶多一混血，咋纯种了呢？艾莉晕，深呼吸。混血挺好，混血妹妹特靓，羽毛雪花儿似的甭提了，羽冠更是用月光剪成，像一溜橄榄叶插头顶上。艾莉更晕，你妹咋整的，羽毛就够夸张了，还长羽冠。我大笑，告您吧姑奶奶，我妹妹是大白凤头鹦鹉，原产地爪哇。

啊哟喂，这都哪儿跟哪儿呀，瞧我这嘴，欠抽。艾莉掴自己脸，说这人一糟心，把话全给说乱了。我弯腰喷一地可乐，说幸亏老爸老妈没听见，要不真会跑来抽你。艾莉说真来了，得让他们抽，皱眉头是孙子。我说，不是孙子是孙女儿。艾莉说再问一句，就一句，这事儿跟鸽蛋有关系吗？我说这个葛萏，硬是被大白凤头鹦鹉给迷住了，央我老妈赏他，好住他那笼子里去。倒也是，丫法槌敲个不停，关笼里的还少吗？艾莉撇嘴。捏起拳头捶她，说德行，这都哪儿跟哪儿。艾莉赶紧往嘴里塞薯条，鼓着腮帮说瞧我这记性，这不又把话给说乱了，不说了不说了。

苏阿姨，我要喜儿！嘟嘟嚷嚷。小祖宗，那鸟儿特金贵，咱可惹不起。艾莉嘴快，不说话比登天还难。我要我要，我要要要。嘟嘟撒娇。我拿唇膏补妆，说就是，金贵又怎么地，不就一鸟吗，回家问你爸要去，不兴给你妈一人玩儿。珍妮你要死啊，说话没正经。艾莉用手护住腹下，抬头时脸竟红了。

向母女俩道别，走出麦当劳，点火换挡踩油门，开车往看守所赶。咦，这不没下班吗，天咋就黑了？靠！兴奋过头了，都这么晚了还赶去见被告。看守所可不是自家开的，想进就进。得，明儿吧，明儿起早去见被告。

2.

被告亮相

打开手包，亮出律师证。守门的武警立正，眼睛一刹那很亮。拿眼乜他，一个小屁孩，敢情也把姐看作花瓶。

狱警把马龙带到屋里。光线不好，当事人脑门黄里透青，小眼睛混浊成两滴泥浆，溅在塌鼻梁左右。这人稀松，怎么看都不像黑社会老大，撑足了也就瘪三泼皮，估计是错案冤案。

问他，真的假的，怎么就成了黑社会老大？我那主儿耷拉着脑袋，一声不吭。这不耍无赖吗，看来真是瘪三。流氓就流氓呗，干吗蒙人充老大，坐牢判刑光荣啊？他没劲我来劲，对他说，实事求是点好不好，把事儿说清楚好不好！你信任律师先，律师才能替你做主。

话都说到这份儿上了，他应该痛哭流涕，把我当救星才对。可他依然不搭理人，垂头干坐一声不吭。这厮对自己没信心，对我更加没信心。从手包里摸出香水瓶，喷过手背喷颈后，鄙夷地冲他哼哼，老乡，你就一胡赖。

他抬头瞅我，目光团成两粒绿豆。哇塞，莫非他要杀人？给力！扑过来呀，扑过来掐我脖子，弄出绑架人质事件。这事儿一经媒体披露，本律师人气指数绝对暴涨。

一动不动，等他施暴。这人也一动不动，烂泥一般瘫凳子上。两泥巴眼也不再发绿，黑成俩珍珠圆子，只差掉在奶茶杯底。呸！这人也忒面了。

拿镜子补妆，没兴趣搭理他。他却开口，果果，我的战友。鸟毛战友，我又没当过兵，纯属胡编乱诌。见我不搭理他，这无赖涎着脸又说，紫月，知道你会来救我。流氓就是流氓，换口叫紫月了。呵斥他，什么果子月亮的，这里是看守所，蒙人也得看地方。他没脸没皮，越发活络起来，泥巴眼灵动成玻璃球，在眼眶里骨碌碌打转。咦，莫非他喜欢这种腔调，你越起劲骂他，他对你越亲近。

骂人还不容易，这就骂他，龙哥，不就那点破事儿吗，别跟女人似的张一嘴闭一嘴。

嘿，瞧这话糙的。脸上火烫麻辣，赶紧点烟，吞云吐雾遮住。弄不懂自己，平日挺淑女的，今儿说话腥里吧唧。马龙却爱听糙话，嚼着嘴巴爽歪歪。那模样，跟大热天吮冰激凌有得一拼。

狱警干咳一声，皱着眉头瞅我。这事好像不对头，我这派头和腔调，特像一女黑社会，混进看守所跟黑老大接头。这样下去不是路，得赶紧向所长请示。摁灭烟屁股去洗手间，坐马桶上拨手机。

所长说，哈哈，有戏有戏。说完了哼过门，哼完了唱陈年老戏：出林海，跨雪原，气冲霄汉——这个汉字拖腔拖了好几分钟。随后念白：脸怎么黄啦？防冷涂的蜡。怎么又红啦？精神焕发。么哈么哈？正晌午时说话。所长自问自答，阴阳怪气。这不是黑话吗，撞上鬼了，莫非他也是黑社会。不可能，所长不可能是黑社会。他真成黑社会，也是听我汇报后，急火攻心给闹的。

赶紧检讨，所长别急，这事怨我。所长说，丫头，我不急，我高兴都来不及。这事奇了，我都闹黑社会了，您还高兴？那是自然，所长学我腔调，挤着嗓眼说，我的龙哥哥呀——不就那点破事儿吗，别跟女人似的张一嘴闭一嘴。说完大笑。

火苗好烫，从脸上一直燎到尾骨。探手去摸，整只屁股火烫，再坐几分钟，马桶里那汪水就烧开了。

跺脚抗议，所长坏，编派人。手机那头，柔声细语，以黑制黑，妙不可言，丫头你强，青出于蓝胜于蓝。晕，听不懂他说什么。再问，已挂断电话。

离开马桶，掬水洗脸深呼吸，分析所长指示，全都是加油鼓劲，正能量得很，于是镇静下来。

回到屋里，脸已退烧。挺直身子作严肃状，一字一顿地说：

被告人马龙，天平律师事务所苏贞妮律师，受市中级人民法院指派，担任你的辩护律师，现在正式履行职责。本律师接到市人民检察院起诉书副本，现向你宣读。起诉书称，被告捕前系市人大代表、江嘴村村长、果皮龙洗脚屋法人代表。被告利用偷窥胁迫等不法手段，挟持控制各级领导干部，非法参与地方政权运作。本院依据《刑法》第二百九十四条，认定被告犯有组织、领导黑社会性质团伙罪。

马龙嘟哝，冤枉。对他说，当事人，再说一次。马龙轻声，冤枉。呀，有戏了。对他说，怎么个冤枉法，说来听听。马龙嚷嚷，冤枉。呸，榆木脑袋，除了喊冤，就没别的。急得骂他，冤枉冤枉，冤枉你个头啊，得有证据证明你不是黑老大，顶多一跑腿马仔。

这厮更蔫，脑袋像水葫芦断了茎，软不拉沓无精打采。看得火气，嘟起嘴说他，哟，还不服气，原来不是马仔是大虾。就见两泥巴眼一亮，这里说话，不太方便。这人好作，屋里除一狱警，就我和他，说话怎么不方便。拿话呛他，狗屁大虾，胆子比虾子还小。马龙瞄我，肚里不是虾子，是黄鱼。

吓得跳起来，用手护住下腹。中间搁张桌子，丫那对泥巴眼，竟能隔空睹物，看到我腹腔里的东东。这回信了，马龙不是马仔瘪三，是正宗黑社会头子偷窥大王。被他看清楚了都，干脆实话实说，这不接了你这破案吗，昨晚高兴，吃超多炸鸡薯条。回到家里，原本不想吃鱼，可老爸老妈不依不饶，总得吃上几口。

泥巴眼滚圆，果果，你没爸没妈。紫月，你没妈就一干爸。这人又来了，老是烂果子破月亮，听了心烦。抢白他，说过我是果果吗？说过我是紫月吗？小泥巴眼睁得更圆，不是果果不是紫月，你是谁？拍桌子说，人脑还是猪脑，刚不说了，我是律师苏贞妮，受中院指派为你辩护。

这人木，还想我先前的话，说你刚才说，我不是马仔是大虾。哄他的，还当真了。大虾就大虾呗，再喂他糖，当然是大虾，咱都大虾了，谁怕谁呀。再者说，大虾不兴女人样，张一嘴闭一嘴。哇靠这嘴，又漏糙话了。

泥巴眼柔和起来，与我长久对视。我看见自己渐行渐远，站在一片泥水中。

宅家整三天，吃饱睡足，养好精神去看守所，记录被告叙述。马龙超级二，记忆乱成杂草，头绪繁多乱象纷呈，那是肯定的。但苏贞妮没有退路，哪怕残藤枯叶，也要抓住不放。一次次给自己鼓劲，苏贞妮不做跟班，苏贞妮不做花瓶，苏贞妮要做就做当红律师。是机遇就得抓住，不松手不懈怠不放弃，即便面对诡谲暴戾，也要勇敢无畏地前行。

三天中，无数次在睡梦中蹬开被子，抱着脑袋趴地床嘟囔，龙哥，不就那点破事儿吗，别跟女人似的张一嘴闭一嘴。梦醒后，情不自禁地傻笑，点上卷烟吐出雾团，遮住臊红的脸。心里依然得意，为不经意间爆出粗口，撬开马龙榆木脑袋。三天后，开车走起，准时来到看守所，与马龙隔桌而坐，听他冗长纷杂的讲述。没承想，他藏着那么多故事，这些故事诡异迷蒙——

3.

阿爸去打鱼

阿妈挺着大肚子，去渔业队织网。鱼腥气穿过灯笼裤，游过阿妈腿缝，钻进我的鼻子，让我很想吃条鱼。放工了，阿妈带着肚子里的我，回到唐家老屋坐在金漆大床。身子重，坐久了不舒服，她把屁股换到金漆马桶。辛辣气晃出桶口灌满鼻腔，呛得我很想打喷嚏。

真想早些钻出肚子，呼吸一口新鲜空气，去会会阿爸。我没见过阿爸，只认得他的棒棒。这根棒棒时常伸到身边，啪嗒啪嗒触碰我，黏棒上的鱼鳞掉进羊水，在我头顶眨巴成星星。每当这个时候，阿妈张开腿笑个不停，大床木屋似的，在笑声中颠颤晃摇。

除了认得阿爸那根棒棒，我还认得叔叔的棒棒。阿爸出海时，叔叔会爬上金漆大床，把它伸进阿妈肚里。这根棒棒黏着的鸭绒，在我头顶蓬松成白云。阿妈很开心，咬住嘴唇嗯哼嗯哼。她开心了，我不开心。撞击持续很久，把我震得缩成一团。阿妈的肚子，干吗让叔叔进来？长大了才知道，江嘴村穷，打鱼人娶不起媳妇，阿哥出海打鱼了，阿弟便可找阿嫂，把棒棒伸进肚子里。

那时还在肚子里，没见过世面不晓得道理。我就认准一个死理，要阿爸那根棒棒，不要叔叔的棒棒。我很不爽，使劲蹬腿，在肚里喊阿爸。阿爸了得，隔层肚皮呢，就听到喊声，跳下船帮光着脚板，啪嗒啪嗒跑回渔村。哦啊，阿爸，打今天起，我除了喜欢你那根棒棒，还喜欢你的耳朵。

老宅板门撞开了，猪血红灯笼裤扯下了，呼一声甩上屋梁。阿爸坐到阿妈身上，就像坐在船上，杉木床板两头翘，翘成白花花船尾浪。阿妈用指甲抓阿爸，抓出一道道蜈蚣痕。阿妈说这个家就大床值钱，阿福你不怕床板断掉。阿爸把手掌做成喇叭花，贴在耳边仔细听，说床板没断掉，是黄花鱼在唱歌。阿爸一下子蹦得老高，滑下床去穿裤子，扎紧腰带一声吼，黄花发了嘿赶头水哦——戴上斗笠就要出门。

阿妈抱住他不放手，说狗生的阿福，你就知道打鱼。阿爸拍拍她肚子，说阿霞放我走，队里几百号人，就等着捕黄花。阿妈要送阿爸到门口，被渔网绊住脚，一个趔趄坐回床上。肚子隆成一座山丘，山脚摇曳大片野草，曲卷的针叶裹住一扇门，我就关在这扇门里。阿爸出了门又跑回来，把鼻孔伸进门缝吸气，说儿子哎，你在里头唱啥鸟歌？

他骗人，我明明没唱歌，是黄花在海里唱歌。这不，阿妈也不信这事儿，拧住阿爸耳根问，好端端的耳朵，怎么就坏了？坏个卵蛋，阿爸挣开她的手，揉着拧疼的耳朵说，真听见儿子唱歌了。阿妈的舌头就变成一条鱼，去舔去咬阿爸耳根。阿爸别过脑袋，舌头疯摇成海葵，裹住那条鱼吮老半天，抿着嘴说，操！这回出海，怕是转风回不来。

阿妈慌忙捂他嘴巴，泪水顺着眼角淌下来，滴湿手绣鸳鸯枕头。

阿爸用手背抹阿妈眼泪，又坐在娘儿俩身上。可那根棒棒不行了，软塌塌像小豆腐鱼，任凭阿妈搓揉拉捏，软缩在腿根一动不动。

啊呜——阿爸你迷路了吗，草太深叶太密，山太高坡太陡。啊呜——阿爸你要雄起，把棒棒撑成大树，让我坐在树丫，看你下海打鱼。啊呜——啊呜啊呜——螺号响起，船队远航。啊呜——啊呜啊呜——阿爸耳朵盛满螺号，听不见我的喊声。阿爸走了，带着船队，带着小豆腐鱼。呜哇——阿爸不要走，没有棒棒没关系，我要推开被草遮蔽的门，爬到老屋瓦背上，看豆腐鱼竖成桅杆，鼓起船帆扑向黄花。

嚯嚯——我雀跃，我用脚丫撬条门缝。嚯嚯——门外尖叫，哭声撕心裂肺。嚯嚯——阿妈号叫，很粗野很响亮。阿爸听不见，他的耳朵真坏了，就听见螺号呜啊呜啊，就听见海风哗啦哗啦。

叔叔背着火铳，站在江口滩涂，也没听见阿妈的号声。他看着船队远去，冲猪血色篷帆吐唾沫，说妈拉巴子滚吧滚吧，狗娘养的滚得越远越好。叔叔游手好闲，没正经事可做。渔村有规矩，打鱼人命贱，生死簿捏龙王爷手里，每户得留个男丁不下海。叔叔偏又没手艺，就扛着火铳在江口猎野鸭。

捏拢拇指中指，搁嘴里抵住门牙，叔叔吹出一声呼哨。哨声很尖锐很长久。打开铅丝鸭笼的门，他咧开嘴巴朝芦苇丛喊：麻花要吃鸭血饭你他妈自己卖力——媒鸭应声钻出鸭笼，顺着呼哨扇动翅膀，穿过芦苇掠过滩涂，飞了一路叫了一路，鸣叫声凄婉悲怆。

无数只野鸭随着头鸭，扑腾出芦苇咸青，黑压压一大片，盘旋在媒鸭上方。媒鸭收拢翅膀，徐徐降落在滩涂。头鸭贴着稀泥低飞，停在十米开外，侧过脸瞅媒鸭。媒鸭翘起尾羽抖扇臊气，头鸭用左翼抵住泥淖，右翼朝天高高扬起，围着媒鸭兜圈子。媒鸭伸直脖子伏在涂中，头鸭扑去踩它背上，叼住脖子合紧臀羽，嘎嘎鸣叫浑身颠颤。野鸭子漫天漫地，雨点般落在滩涂，铺成亚麻色巨毯。最后一只野鸭落地了，叔叔擦亮一根火柴，点燃火绳轰响火铳。野鸭们还没明白过来，浑身窟窿成了筛子。陪死的还有白鹭红嘴鸥金斑鸻，它们正在滩涂觅食，稀里糊涂丢了命。

媒鸭麻花毫发未损。在铁砂飞近的一刹那，它一个猛子扎入水洼。叔叔踩过满地死鸭，从水洼里捞出麻花，把蘸了鸭血的饭团塞它嘴里。

就在这时，叔叔依稀听见阿妈的哭声。抹一把被火药熏黑的脸，他丢下满地死鸭，跑上堤塘跑回渔村，顺着石板路拐进老宅，跨过台门蹿过天井，一脚踹开正房板门。就看见一只粉红脚丫，伸出草丛朝他摆动。

看个屎啊，这是我的脚。就出来一只脚，另只脚被门卡住了。我晕我饿我呼吸不畅，我不爽我生气我挥拳乱捅。嗷嗷——嗷嗷——阿妈像捅了刀的母猪，一刻不停地号叫，叫声比雷声还响。接生婆端着金漆木盆，在号声中转成陀螺。

叔叔掐住接生婆的脖子，一把将她拎到屋外。他把手浸在金漆木盆里，洗去泥巴鸭血鸟毛，弓起手指敲阿妈肚子。敲到肚脐下摊开手，让手掌扁平成比目鱼，贴着肚皮轻轻游。阿妈蛮舒服，我觉得也挺好。见娘儿俩高兴，叔叔抬手照准肚子，猛地一巴掌，吓得我缩回脚丫，就地打了个滚，脚朝下变成了头朝下。几个渔妇赶来帮忙，发声喊说露头了露头了，这下大人小孩都有救了！

叔叔拿只海碗，把一瓶白眼烧全倒进去，仰头喝一口含嘴里，扳开阿妈的腿噗地喷团雾，把眼睛鼻子都贴上去，把沟儿缝儿里里外外看个遍。那地儿金贵，女人最不舍得让人看，阿妈又羞又怕浑身哆嗦，尿水憋不住哗哗奔涌。她都这样了，那扇门还怎么关得住，我顺水顺流翻滚出来。

睁开眼睛看世界，呜哇——红头苍蝇嗡嗡扑向胎盘，黑毛蜘蛛爬床顶织网。呜哇——花蚊子钻进镂花木窗，趴我身上拱出无数红包。呜哇——阿爸那根棒棒呢，阿爸的棒棒在哪里？呜哇——

睁大眼睛四处找，老屋里光线昏黄，没有阿爸没有棒棒。只有几个渔妇渔姑，腿缝曲卷几蓬黑草，门藏草中关得死紧。只有叔叔带棒棒，这根棒棒粘着绒毛，吊儿郎当挂在腿间，细不溜秋像条海泥鳅。我不喜欢海泥鳅，真的很不喜欢，呜哇——我喜欢小豆腐鱼，真的真的很喜欢，呜哇——

4.

人鱼大战

黄花发了，阿爸赶上头水。黄花就是大黄鱼，鱼群过处卷起漩涡，像油菜花扯着风，炫舞作金色花浪。大海属于打鱼人，打鱼人撒网捕捞黄花，如同种田人收割庄稼。

每年春末夏初，大黄鱼沿东海岸洄游产卵。鱼群贴着海床前行，一路吞食硅藻虾蛄天竺鲷。海路好长，好多黄花累死病死，鱼群永不回头，年复一年，生死轮回。

阿爸握住舵把，船队吹响螺号，沿海岸线缓缓前行。篷帆被猪血煮过，兜了风鼓胀成砍刀，呼啸着劈向海面。阿爸整整颠簸三天，海风看不下去了，推开浪头扒条缝隙，把被海水摁海底的歌声，灌到他耳朵中。是黄花在歌唱，用鱼鳔发出歌声！阿爸的眼缝漏出金光，鱼群无边无际，游过金色眼瞳。阿爸甩手打个响指，舌头簧片一般振动，声带却毫无响动。舌头换个用法，抵住嘴唇啪嗒啪嗒舔，唇皮噼里啪啦迸裂开来，渔歌随之爆出嘴巴。啊哟喂啊哟喂——黄花发了呀么嗨咗，打鱼人有饭吃了呀么啰嘞。啊哟喂啊哟喂——黄花就是金元宝呀么嗨咗，打鱼人要发财呀么啰嘞。嚯嚯——嚯嚯——嚯嚯嚯——

阿爸扯掉短褂，端起海碗喝光白眼烧，捏住鼻孔并住脚板，砰一声跳下船帮。带鱼鲳鱼鮸鱼鳗鲡，团成大圆桶兜住阿爸。阿爸蹬开它们，挤出路来找黄花。黄花才是富贵鱼，杂鱼烂虾不值钱。几条黄花仔触吻阿爸，阿爸尾随它们游去，身边黄花越聚越多。人已处在鱼中央了。条条黄花大如婴儿，裹着金鳞划着金鳍，在海底卷出金漩涡。阿爸也是金色的，金色耳朵裹着金色耳膜，金色耳膜牵着金色鱼鳔，金色鱼鳔飙出金色歌声。嚯嚯——嚯嚯——嚯嚯嚯—— 一声金歌啊哟喂，就是一只金元宝。

是天籁之声，很原始很古拙很壮丽。大黄鱼在合唱中勃然发情，衔尾而游潜入暗流。雌鱼摆动尾鳍躲进水草，雄鱼划动胸鳍追上雌鱼，触碰浑圆鼓胀的鱼腹。雌鱼浑身战栗振动腹鳍，鱼卵喷薄而出逶迤成彗星，光亮闪耀整个海底。雄鱼发力追逐彗星，飙出的浆液炽热成太阳雨，掠过彗尾穿过彗发钻入彗核。

阿爸浮出海面深呼吸，鱼卵粘满整个脑袋，他抓一把抹到棒棒上，并拢两腿游回海底。追逐重新开始，所有雄鱼都跟着阿爸扑向雌鱼。金色背鳍金色胸鳍，割倒整排海带海草，金色腹鳍金色尾鳍，犁出无数海沟海槽。阿爸奋力游向船队，踩着鱼背蹬腿跃起，甩手打了个响指。号手看见阿爸了，爬上桅杆鼓起腮帮，呜啊呜啊吹响海螺。

船队在螺号中调整队形，每两艘大船组成一槽，在海中抛锚停稳。打鱼人撒腿跑上舱面，解开麻绳撂下舴艋舟，摇橹到百十步开外，用力敲响竹筒梆子。木梆振动起来，船帮振动起来，船腹振动起来，整只舴艋舟振动起来！龙骨振动起来，舵把振动起来，桅帆振动起来，整艘渔船振动起来！海水振动起来，海沙振动起来，海床振动起来，海礁振动起来，整个大海振动起来！

整个大海都振动起来了，黄花还能做淡定鱼吗？不能，它们也振动起来。鱼耳石振动起来，鱼脑壳振动起来，鱼眼振动起来，鱼唇振动起来，鱼鳃振动起来，鱼鳔振动起来，鱼鳍振动起来，鱼鳞振动起来，整条鱼振动起来，整个鱼群振动起来。共振难以遏阻，如鼓似雷无休无止，鱼脑壳脆薄如纸，被鱼耳石撞裂了捣碎了。大黄鱼痛不欲生，成队成群跃出海面。用来歌唱的鱼鳔盛满空气，迸裂开来撑裂鱼腹，鳞片飘散成雨，罩住整个大海，金灿灿晃得人眼疼。

榉木梆子嘚笃嘚笃，敲得比鼓点雨点还急。更多大黄鱼飞向天穹，又在半空坠落下来，击中桅杆船艄舱板，砸中打鱼人脑袋肩膀。打鱼人不觉得痛，敲梆的张网的把舵的，全都不觉得痛。每槽一对大船，早早把网张开，每槽三十条舴艋舟，围住大黄鱼往槽口赶。打鱼人跳进渔网，直挺挺地站在鱼身上，抱起半人高的大黄鱼，摸着乌青块咧开嘴笑。妈拉巴子金元宝砸下来了，狗娘养的这点痛算个鸟！

咳呀，咗来。咳呀，咗来。咳呀，索来。咳呀，索来。嗨，呀哈。哦嗨，呀哈。哦嚯，吼来。哦嚯，吼来。嚯嚯——嚯嚯——嚯嚯嚯—— 打鱼人全都绿着眼睛，饿狼一般号出号子，只差把整个大海都吞到肚里。

阿爸喘着粗气，攀上大船爬过舱盖，抱住猪血帆眯起眼笑。所有力气都耗在水里，他连狞笑都觉得吃力，但他依然狞笑，笑完了睁开眼睛，笑容僵死在脸上。他看见乌云趺趺撞撞，被大风推到桅顶。他听见鸥鸟悲泣哭鸣，失魂落魄飞往海岸。他狠狠揪住头发，背靠桅杆长号，号声像只破锣，恐惧地敲响在船队。转风啦，妈拉巴子转风啦——狗娘养的转风啦——

转风啦！妈拉巴子转风啦！狗娘养的转风啦！打鱼人哪个没在海上死过几回，都知道转风这两字的分量。敲梆的丢下槌子竹筒，握住橹子狂划舴艋舟，靠上大船爬上船帮。拉网的松开手，丢下麻绳钻进船舱，面如土色咒骂啜泣。

黄花不管不顾，继续狂喷狂涌，从海面冲到空中，从空中摔落舱面。每艘渔船都成了金山。篷帆挤歪了，舱板压弯了，龙骨变形了，船帮开裂了，打鱼人吓傻了。吓傻了的打鱼人，连滚带爬钻出船舱，用手臂去挡黄花，扯开嗓子胡吼乱叫，妈拉巴子我的祖宗，别再掉船里好不好，狗娘养的超重了知不知道！阿爸挣扎出鱼堆，打个响指让水手吹螺号。平日里要吹喜庆调子，热热闹闹满载而归，赶在风前回到渔村。可今天螺号腔调不对，嘀呜嘀呜像女人哭泣。

阿爸爬进驾驶舱，拿过酒瓶拧开瓶盖，咕噜咕噜喝白眼烧。胸口烫了气力来了，左满舵满舵左，把船走成海蛇，右满舵满舵右，将船溜成鳗鲡。阿爸的船在头里走，整支船队在后面追，总共也就走了百来步路，头船横着不动了。哎呀呀，船艄被黄花挡着，船身被黄花挤着，头船和船队，像条龙盘在原地，兜着圈子打着转。

很大力的风，噼啪折断桅杆，把阿爸拎出驾驶舱，掼进金色波涛。天漏了，妈拉巴子天漏了！成千上万吨雨水倾盆而下，把渔船踹进海沟，把打鱼人踩入海底。到处都是腥硬的死鱼，狗娘养的都是死鱼！阿爸用力扒开缺口，鱼尸眨眼间又合拢来，垒成一道金墙。

海底水压超高，耳蜗灌满水，鼓膜凹陷下去，风声变得很轻。阿爸捏住鼻子吹气，让鼓膜重新凸起，他听见阿妈的呼唤了，听见我的喊声了。凸起来的鼓膜，听到轰隆轰隆的涛声，波浪卷起黄花砸下来，把阿爸死死地摁在海底。鼓膜再次凹陷，他什么都听不见了。

回不了家了，这回真的回不了家了。阿爸躺在海底，拼力蹬开黄花硅藻海泥，朝着渔村叮嘱，阿霞记住哦，儿子长大嘿，饿死呀哈不做打鱼人……

5.

桑红卫

女知青桑红卫，穿绿军装背绿挎包，走进渔村走进我家，坐金漆马桶撒尿，蹲金漆木盆洗澡，躺金漆大床睡觉。睡醒了，抬起一条腿，剩另条腿杵床前，挺直身板转圈子。转累了坐在床沿，晃着两只白脚杆说，农村是广阔天地，知识青年要接受再教育，和贫下中渔打成一片。

桑红卫说，她以前不叫这名字，叫桑胡湖，胡桃夹子的胡，天鹅湖的湖。桑红卫说，她在阿妈肚子里，就听见叽咕叽咕响。是阿爸拉手风琴，从北方一直拉到南方，拉到唐家老宅。桑红卫说，阿妈把她抱出摇篮，在老宅正房转圈，伏她耳边说，小天使，阿妈带你去果酱山找战士西蒙，去城堡找齐格弗里德王子。

桑红卫说，阿爸的舌头像手风琴，老是叽咕叽咕响。他没管住舌头，舌头就把他扯到青海，饿死在劳改农场。桑红卫说，阿妈喜欢穿红舞鞋，去果酱山去天鹅湖，红舞鞋就带她去假山，跳进又黑又冷的池水。

桑红卫说，她踮起脚尖转呀转，想转到阿爸阿妈身边，可青海太远，池水太深。桑红卫说，她扇动手臂飞呀飞，去找战士西蒙，去找齐格弗里德王子，可果酱山太陡，城堡太高。桑红卫说，现在好了，她飞出唐家老宅了，飞到广阔天地了，栖息在江嘴村了，不承想落脚之地，还是唐家老宅。

桑老师是一只鸟！同桌的红珠盯着讲台，用肘子使劲抵我，说桑老师的脚指头，比鸟爪尖细好多。红珠说她亲眼看见，桑老师上堤塘转圈子，脚指头竖在堤上，钻出好深的泥坑。红珠用手支住下巴，说桑老师手臂好轻好软，抬起来放下去，像两只鸟翅膀。我不耐烦地推开她，说墨鱼仔懂什么，桑老师住我家，早知道她是鸟。

村小老师桑红卫，是一只喷香的鸟。在油灯下改完作业，脱掉衣服爬进被窝，她的体香像一团虾子，刺溜刺溜钻进我的鼻孔。等桑红卫睡熟了，我把手伸进被子，轻轻挠她胳肢窝，手指头从夜里香到白天。

把喷香的手指头，伸到红珠鼻孔下。她皱着鼻子说，是百雀羚雪花膏哩，说完了把头埋臂弯里，闷着声音抽泣。渔村的女孩穷，没钱搽百雀羚，一年到头腥里吧唧。

红珠一根筋，长着腥里吧唧的黑脚杆，偏喜欢搽雪花膏的白脚杆。放学后，墨鱼仔偷偷跟着桑红卫，走上堤塘躲在草丛，看她踮着脚指头钻泥坑，看她扇动胳膊转圈子。

看桑红卫转圈的，还有一个老女人，她穿了猪血色灯笼裤，腰绳上挂只竹蟹篓，去滩涂捉弹涂鱼。老女人一边走，一边咕噜咕噜说鸟话。江嘴村的打鱼人听不懂鸟语，听懂鸟话的只有村小苏老师。苏老师也是白脚杆，他拉着胡琴说，她说的不是鸟话，是俄罗斯语。咿呀咿呀咿呀咿—— буревестник，翻译成汉语，就是海燕。咿呀咿呀咿呀咿——打鱼人说，海燕都说成这样了，还不是地道鸟话？没错，北方婆说鸟话。

江嘴村的人叫老女人北方婆，知道北方婆来历的，只有几个很老的打鱼人。他们蹲在渔网边，张开咸臭的嘴巴说，唐家二房二公子早年在北京相识北方婆，两人结伴去苏联留学。不晓得是何原因，唐公子被送去劳改，死在西伯利亚。北方婆已经怀孕，先逃回东北，再从东北逃到江嘴村，转嫁江嘴村唐家二房三公子唐秃头。唐秃头原先家境殷实，有老宅有渔船有鱼行，到后来不行啦，宅院渔船鱼行都被政府没收啦，唯有打鱼为生，穷到孤苦到老。二房公子遗腹子，随他阿妈姓苏。几年后来了个北方人，自称唐公子朋友，咕噜咕噜说一通鸟话，再去苏联。很老的打鱼人说，人脑不如鱼脑，去苏联有什么好，黑龙江的大马哈鱼，与东海的大黄鱼比，那是白米饭对玉米棒，一个天上一个地下。

看桑红卫转圈的，还有修船工霍宗林。倚着堤下的破漏船，修船工搔着乱发，盯住竖在堤上的白脚杆，直到看花眼才转身，拿起一把羊角锤敲船肚上的藤壶。敲完藤壶，又把凿子伸进板缝，凿去贝壳沙粒海蛎子。麻绳棕丝渔网早就剁碎了，拌进石膏木屑石灰砒霜粉，浇些桐油搅成油灰腻子，用稀薄的白铁刮刀，刮进手指粗细的漏缝。满满一铅皮桶腻子，都刮进船板缝里了，回头看女教师，还戳在堤上转圈。转圈的模样实在好看，一根白脚杆撑住身板，另一条腿横放着，橹子一般摇动，推着身子兜圈子。

霍宗林眯细眼睛瞄住两条白脚杆，细想干吗会如此经看。有了，秘密尽在角度中。横腿与竖腿，恰好是直角，这就是关键所在。霍宗林打开工具箱，掏出一把黄梨木角尺，搁眼前跪到地上，对准女人腰线下。没错，两条白脚杆，不偏不倚 90 度角。城里女人转圈，怎么跟木工手艺沾边？教书的白脚杆与修船的黑脚杆，没准有缘？霍宗林狂喜，用掌心按住角尺，摁泥里转了好几圈。

手指头沾满腻子，一滑滑到角尺内角，勾住凹点不动啦。眼珠子掉出眼洞，比滩涂鱼蹦得还快，跳上堤塘钻进裤脚管，顺着白脚杆攀到腿缝，咬住汗湿的水草不动啦。修船工胸口拉成风箱，身体像竹筛抖个不停，慌乱中赶紧丢下角尺，钻到船肚下喘气。那坨肉很硬，硬得腹内发疼。伸到裤中搓揉，越揉越不听话，直成一支橹子。触擦到白脚杆了，抱住城里女人了，进入她的身体了。霍宗林的脑袋抵住涂泥，喉咙躯干一起抽搐，浆液随着呻吟喷涌，溅上刨花破网烂绳。

下腹虚空，脑子清醒许多。修理工拉上灯笼裤，腰间系根麻绳。身子还趴地上，从倒扣的船舷空隙，瞅堤塘上的女人。女人绿衣绿裤，像刷了绿漆的角尺，固定在龟裂的堤塘。女人离他很远，躲船肚下的他，隔老远放空炮呢。觉得身体屁轻，空落落的不着天不着地。一个激灵，面皮潮红，一个毛孔就是一口热锅，滚溅出羞耻的汗珠。

他以前不是这样，只要握住锤子铁凿，立马自信满满。渔业队定的规矩，修理工打鱼人同工不同酬。祖传的手艺，让他不下海也是正劳力。打鱼人拼死拼活，鱼捕多了卖咸菜价，鱼捕少了喝白粥汤，转风了在海上哭天喊地。他跟这些毛关系没有，他只管待在堤脚，围着破船补漏填缝上漆，躺船肚上寻思渔姑渔妇，钻船肚下解开腰带自得其乐。倘若没有白脚杆，这种日子多惬意。可白脚杆来了，她来了，他的好日子就到头了，成了一条漏水的破船。

女人还在堤上转圈，不依不饶，永不消停。转个屌，妈拉巴子转个屌！转过来转过去，那地儿张张合合，把人的精血隔空逼到泥地去。除了这副撩人模样，白脚杆转过来转过去，像极了一只鸟。是鸟就要叼鱼，对头，白脚杆老看江口，莫非想去抓鱼。霍宗林爬出船底，咂着嘴解开麻绳，对准堤脚撒泡憋久的尿。四周空荡荡，滩涂退到天边，贼鸥离得很远。得闹些动静出来，让白脚杆掂出他的分量。

用刨刀刨平木料，凿榫头咬严实了，便是六尺长的泥马。把泥马从堤脚扛到滩涂，右脚跪在凹槽，左脚使劲一蹬，人便飞一般滑向江口。

落潮时分，滩涂稀薄成溏粥。招潮蟹棺材蟹弹涂鱼，竖直眼杆满世界爬，待泥马滑近了，不慌不忙躲洞里。是些屁浅的泥眼，霍宗林推开泥马，光脚板斜切到洞底，脚背往上一拱，蟹们鱼们被泥裹着，啪嗒一声掼进鱼篓。

鱼篓很快满了，霍宗林握住把手，蹬着泥马回堤塘。古铜色脊背后追着涨上来的潮水，他不管不顾像条鱼，浮在吐着白沫的潮头。啊哟喂啊哟喂——堤塘上的妹子哦——你可看见大鱼游在浪头——嚯嚯，嚯嚯，嚯嚯嚯——霍宗林蹬着泥马，好想听到应答。可惜没有回音，哪怕一丝一声。城里女人没看他，仰着头转着圈，去找天上的飞鸟。

谁以为桑红卫长双大眼睛，就能看见飞得很高很远的鸟，他的脑袋肯定进水了。那些飞得很高很远的鸟，唯有叔叔才能看见，虽然他的眼睛又细又小，眯得比破漏船的缝隙还细。叔叔看见云上的鹭鸟，压低尾翼掠过芦苇尖了。叔叔瞅见咸青里的野鸭，收拢翅膀歇落泥涂了。他蹑手蹑足走进滩涂，把指头搁门牙前吹声呼哨，打开铅丝鸭笼拎出媒鸭，用力掷向湿淋淋的滩涂。

桑红卫听见猎鸭人喊：麻花要吃鸭血饭你他妈自己卖力—— 随喊声看去，媒鸭呜咽着掠过咸青，身后跟着大群野鸭鹭鸟，噼里啪啦飞过她的头顶。药绳子扭动在芦丛，海蚯蚓一般钻入铳管，铁砂呼啸扑向滩涂，扯落射程中的鸟群。桑红卫尖叫，滑下堤塘跑向滩涂，面对被硝烟熏红的眼睛。是猎鸭人的眼睛，分不清眼瞳眼白。猎鸭人用血红的手掌，恶狠狠地推开她，又用血红的手指，解开系腰上的铅丝，捋直了用尖头穿过鸟眼，把它们串成一摞搁背脊上。

没有鸟的滩涂，死寂一片。没有鸟，却有鸟声。咿呀咿呀咿——咿呀咿呀咿——桑红卫顺鸟声走去，看见芦苇深处藏一对野鸭，吓傻了，鸭头不动，鸭声不断，咿呀咿呀咿——咿呀咿呀咿——奇了怪了，鸭头不动鸭嗓动，拨开芦叶看，是村小苏老师盘腿坐在芦秆旁，一把胡琴在怀里活蹦乱跳。

桑红卫说，都是鸟类，媒鸭怎么这样，骗出野鸭白鹭，让人用火铳轰。苏老师刹住弓子，说不急不急咱不急，野鸭会有的，鹭鸟也会有的。说完了慢慢站起，掸掉裤上叶屑，横过胡琴，用弦轴推开芦秆，勾住鸭脖子拉野鸭。是一雄一雌作对儿的野鸭，被火铳轰晕掉落下来，至死都不分离。

见桑红卫抽泣，苏老师也不言语，拉了她去到堤脚。堤脚没人，剩条破漏船，肚子朝天。苏老师钻到船底，捡些麻绳棕丝锯木屑，拎了鸭子回村小。顾不上吃饭，剖开鸭肚掏空内脏，用刀片挑断筋腱，把皮肉剥离开来，拿了铅丝撑住骨架，塞进棕丝碎麻锯木屑。又用镊子钳了酒精棉花，细心揩去羽上泥血，抹上一层菜籽油。把这些都打理妥帖了，这对情侣便活转过来。雄鸭飞上讲台，秀出墨绿羽衣。雌鸭跳到课桌，展示亚麻裙服。苏老师退到教室角落，坐在长条凳扯拉竹弓，丝弦马尾嘎吱摩擦，蛇皮琴筒颠颤共鸣。桑红卫听迷糊了，分不清哪是琴响，哪是禽鸣。

6.

媒鸭之死

马江贵拎着鸭笼，呼哨很顺溜，吆喝很亮堂。媒鸭风骚，火铳威猛，猎鸭人满载而归。苏老师拾漏，也蛮有收获，绿鸭红嘴鸥栖在板凳，白鹳草鹭鸶站到课桌，胡琴咿呀咿呀响。轰鸟的拾漏的各走各道，倒也相安无事，让这日子延续好久。

猎鸭的拾漏的都有收获，单剩下修船的四脚朝天，在船肚上晾成鱼鲞。身子燥热，霍宗林撩上短褂，蒙住头唉声叹气。漏缝中的桐油腻子，被海风吹干了，把脑勺硌得生疼。霍宗林拿起锤子，照着凿柄猛敲一气，削平凸出的硬物。躺下来再睡，后脑勺不痛了，心里依然搁着事儿，眼皮跳弹腿筋抽搐，要多么不舒服就多么不舒服。反正睡不踏实，那就不睡了，爬起来站直喽，用脚板跺船肚子。

漆粉木屑纷纷扬扬落到船底，吓出姓苏的白脚杆，抱着胡琴连滚带爬，边逃边回头张望。这人前生定是水獭。水獭就这德行，藏在堤脚水塘，摸些沙蟹抓些虾子，风吹草动赶紧逃命，一路时时回头观望。

什么东西！霍宗林坐回船肚，朝船下吐口唾沫。

姓苏的白脚杆是北方婆带来的拖油瓶，去苏联留学回来就不认他的娘，独来独往住在村小。他讨厌这个白脚杆，快40岁的人了，不会手艺不去打鱼，靠糊弄村小的鼻涕虫，挣渔业队工分糊口。光这样也就罢了，偏不好好在村小待着，花头经一套接一套。得空就溜到船底，轻手轻脚窸窸窣窣，捡些碎麻棕丝锯木屑，捧回村小塞死鸭死鸟肚中，弄出比鬼还难看的禽鸟，搁在讲台课桌，拉扯胡琴哄女教师开心。呸，什么东西！修船工又朝船下吐了口唾沫。又想到这个白脚杆，不经意间会咕噜咕噜，说些鬼都不懂的鸟语，跟打鱼人唐秃头的女人同样腔调。老女人姓苏，教书的白脚杆也姓苏，这两人是什么关系？

霍宗林坐在船肚，想老半天没结果，自己都觉得没劲，转过身子看堤塘。礼拜天，往日这时辰，女教师该在堤上了。可今天，江口除了几只贼鸥，连根女人的毛都没有。修船工咂着嘴巴，低头吸完一支烟，用脚板挖个坑，丢进焦黄的烟屁股，撒泡尿灭了火头。

女教师不常来堤塘了，她的魂儿被禽鸟勾走了。这都是媒鸭惹的，那只该死的妖鸟，让人和鸟都围着它转。但凡长翅膀的，都被它诱骗出来，让火药铁砂轰得稀烂。没长翅膀长白脚杆的，也昏了头围着它转。真该杀了它！对，杀了它才可以一了百了。霍宗林拍下脑门，打定主意。

杀鸭，这事儿容易。媒鸭巴死巴活折腾，也就为了吃几口饭团。好，整几个饭团先。修船工抓些刨花，煮熟米饭，搁进砒霜，捏成饭团。妥了，把饭团掷媒鸭嘴边，让它囫囵吞进鸭肫，立马伸腿死成板鸭。弄完饭团又想，这法子太容易，手艺人弄这手不地道。他是手艺人，手艺人做事须与旁人不同，方能显出本事来。得用一个物件儿，细巧灵活，形状也得讨彩，鱼篓就挺好。机巧设在篓口，用竹篾做成倒刺，找死的顺着进去容易，倒着出来会被刺头挡住，活不长那是肯定的。

剖开竹子削篾条，很快做成竹篓。饭团还是要的，撒了鸭血，搁篓里垫底。这些都打点好了，蹑手蹑脚去芦苇丛，拿细麻绳系住篓底，绳子另一头缚住块石头，扑通丢进泥塘。就见那只竹篓半浮半沉，在水皮子上晃来晃去。

把这些都弄妥当了，霍宗林回到堤脚，爬上船肚听鸭叫。咿呀咿呀咿——咿呀咿呀咿——骗鬼啊，那不是野鸭叫，是白脚杆的胡琴抽风。屏气再听，咕噜咕噜……咕噜咕噜……响声细碎，是水泡钻出饭团，冒出竹篓浮在水面。终于等来窸窸窣窣的声响，芦秆碰撞芦叶摇晃。猎鸭人来了，咔嚓一声，火柴头擦过黑皮，点亮药绳子。

鸭群飞得很低，腹羽紧贴芦花。绒毛被芦秆蹭到，伴着花絮飘在江口。媒鸭也在飞，翅翼下是开阔的滩涂。吆喝紧随呼哨响起：麻花要吃鸭血饭你他妈自己卖力——媒鸭听了扑棱双翅，找准泥塘眯拢眼睛，一口气扎到水底。正在装死，嗅到饭香血香，顺势钻进竹篓。是准进不准出的机巧物件，倒刺摆在篓口没得商量，也没多少工夫，活生生被水呛死。

媒鸭死了，鼓胀在竹编鱼篓。头鸭眼尖，一个激灵，带着鸭群飞离滩涂，在空中飞旋兜圈。猎鸭人掐断火绳，一屁股坐涂泥上。又很快跃起，拼死命跳进水塘，把竹篓拎到滩涂，用火铳捅开篓口，扯出鼓胀的媒鸭。

麻花死了，没得救了。猎鸭人在泥涂挖个坑，把麻花埋在坑底。他死死地蹲在坑旁，忘了潮水涨上来，把人往堤脚推。撞到堤脚了，又涉入潮水，走到埋鸭之地，瞪眼死死盯住不放。麻花是心头肉！只有猎鸭人才知道，把懵里懵懂的雏鸭驯成有灵性的媒鸭，需花费多少心思多少汗血。现在麻花死了，他的好日子也到头了。鼻涕眼泪泥浆搅到一起，被苇叶割出血痕的泥脸，涂满悲苦和憎恨。

潮平了，堤塘上的草叶子还在沙沙作响。是村小的白脚杆，竖一根腿横一根腿，无休无止地转圈。妈拉巴子她想干啥？麻花死翘翘了都，还不管不顾不睬，踮起脚转圈。马江贵用手背抹去眼皮上的泥浆，狠狠地瞅城里女人。这个住在正房的女人，狗娘养的肯定有病，有事没事老上堤塘。这阵子越发多事，鬼影子似的跟着他，不止一次走进滩涂。村小姓苏的白脚杆，也凑一块起哄捡漏，找些死鸭死禽，做成鬼鸟搁在村小。

莫非白脚杆合谋使坏，做成竹篓藏入水塘，诱进麻花呛死了去做鬼鸟？哦哦，是这样子，肯定是这样子！猎鸭人扑向滩涂潜入潮水，刨开泥浆摸出媒鸭，举过头顶冲堤塘喊：麻花呀杀你的是不是狗娘养的白脚杆——麻花耷拉脑袋，闭着扁嘴没吱声。马江贵拿拳头砸自己胸膛，跪水里无声地哭，哭完了把媒鸭摁回坑底。潮水涨得很快，抹平整个滩涂。

猎鸭人晃掉头上的沙蟹，拔出泥腿跑到堤塘，一个扫堂腿扫倒白脚杆，把她拎进茅草丛。村小女教师又蹬又咬，捂住腿根拼命挣扎。猎鸭人掴她的脸，扭转她的胳膊，喘着粗气坐她身上，把她剥成一只裸鸟。

霍宗林这天很忙，清晨生火做饭捏饭团，上午劈竹篾编竹篓，晌午把竹篓搁进泥塘。之后就竖起耳朵，单听那火铳轰响，媒鸭死翘翘。等待是漫长的，他拿了砂纸铁刷子，搓平刮了腻子的船板，又在修补处刷上桐油。

呛死媒鸭的事儿，他有十成把握。媒鸭死了，火铳变成哑巴，城里女人就不会老去芦苇丛，和姓苏的白脚杆待在一起，不停地捡漏做鬼鸟。只要村小女教师到时辰走上堤塘，旋转成草绿色角尺，让坐在船肚子的他大老远巴巴地瞅着，这就够了，足够了。

修船工搓搓手，把刷子丢进油漆桶，打开工具箱掏出角尺，搁眼皮前瞄向堤塘。不对头，角度明显有问题，两根白脚杆应是 90 度，眼下却呈 180 度，张开成一条直线。直线中心点更加蹊跷，抵着一身烂泥的猎鸭人。

对头，媒鸭肯定死了。媒鸭不死，马江贵不会发神经，把城里女人剥得精光，当作一只煺了毛的鸟。不对，发神经也得讲规矩，不可以和鸟搞在一块。坏了坏了，他要进去的不是鸟，是村小的女教师！

霍宗林急了，抡起斧头跑堤上，扒开茅草拉出城里女人。手腕一麻，斧头扑通掉地上。是被火铳敲中的，人也被撩到堤脚。从堤脚瞅堤上，白脚杆趴在堤边，睁大泪眼看着他。她盼他求他哩，可他脑袋被火铳口瞄着，能有什么办法。

不急不急，会有办法的。手艺人的脑袋，肯定比猎鸭人灵光。避开女人眼睛，转脸看江口。雾气湿湿蒙蒙，贼鸥鬼鬼祟祟，跟着货船屁股抄后路，叼走被桨叶打昏的鱼虾。有了有了，修船工翻身爬起，冲火铳嗯哼一声，转身跑向渔村。

天黑，看不清网眼。阿妈放下梭子，爬上金漆大床。草绿被子叠着，女知青还没回来。正房死静，阿妈点上油灯去厢房。厢房也死静，小叔像海风，来来去去没个准头。阿妈回正房，吹灭油灯，脱下灯笼裤，叹口气躺进被窝，睁着眼睛听潮声，从潮涨听到潮落，从潮落听到潮涨。渔村的女人都这样，空寂成滩涂候在床板。

昏昏沉沉半睡半醒，一条红石斑游进来，嘴里一阵咸苦。鼻子也忙乎起来，塞满泥腥气鸭血味。就知道是谁了，一口一个冤家，埋怨他整天待在江口，放媒鸭轰火铳，把屋里人忘个精光。接下来依旧老套，用脚板蹬冤家，用拳头捶冤家，用脑袋撞冤家，用牙齿咬冤家。把程序都走完了，气喘吁吁抱住冤家，晃荡成白浪花伏他身下。很快没气力了，身体酥软下来，觉得冤家的体味与往常不一样。不同处在于泥腥气鸭血味之外，多了桐油腻子味。

霍宗林是挨了拳脚，还被抓出血痕来的。但他的手指，始终勾在角尺内角。很大的浪，让人忽而浮在潮头，忽而沉到水底。终于安静下来，可以抱住角尺。黑灯瞎火没问题，在船肚下待惯了，摸黑都能看清刻度。白脚杆被汗水泡着，立方面积大了许多，这已经不是黄梨木角尺，也不是上了绿漆的角尺。不但尺寸不对，形状好像也变了，骨骼显大显粗，脚板也不对头，蒲扇似的如何竖得起来，在堤塘上钻出泥坑？

把手悄悄伸到床脚，去摸草绿军裤，抓到的是灯笼裤。心里叫声苦，头重脚轻滚到床下，靠住床脚想不明白，是床上的女人错，还是他的错。 正在想着，白脚杆换作黑脚杆，踹他踢他蹬他，夹住他拖回大床。

就听到渔歌滚滚，灌满金漆大床。啊哟喂啊哟喂——天漏掉哎浪翻倒嘿，冤家啊哦呢桐油膏粘牢不松手。啊哟喂啊哟喂——舢板修过哎拖网补过嘿，冤家啊要沉哦呢抱牢一起沉。啊哟喂啊哟喂——嚯嚯，嚯嚯，嚯嚯嚯——

7.

渔歌

阿妈肚子鼓起。蹬泥马赶潮水，嘿咗嘿咗。挑渔网上码头，嘿咗嘿咗。嘿咗来嘿咗去不管用，肚子没瘪下去，反倒隆成小丘。

芦花泛白，阿妈游到岩礁，挖牡蛎采紫菜。灯笼裤有声响，左右裤管各自钻出小鱼。阿妈吓得并拢双腿，一头扎到浪花下。小鱼儿哪里肯放，潜到水底追上阿妈，张开小嘴衔住乳头。阿妈用手拂开它们，小鱼儿顺水而游衔住水草。腿根好痒，阿妈用手去挠，挠到一对小鱼儿。没辙，抱了小鱼儿，脚板打水冒出水面。啊哦，从那时起，我有了一对孪生妹妹。

芦花谢了，叔叔露脸。猎鸭人变了，变成虾米胆。魂儿没了，被媒鸭勾去，埋在泥坑。那日从堤上回来，马江贵躲在厢房，眯着眼皮瞅台门，一刻都没消停。夜深了，伏下身子潜到正房，贼似的贴近窗缝，瞅城里女人是否睡在床上。被窝空着，白脚杆在村小。马江贵轻手轻脚，顺着石板路去到村小，翻过矮墙走进课堂。咿呀咿呀，胡琴比鬼叫还难听。女教师不在，她死哪儿去了？心里发毛，风一般荡到城里唐家老宅，闪过台门贴住厢房往花窗里瞅。屋里死静，没有女人声响。叔叔嘘口长气，回江嘴村唐家老宅趴厢房床上，流着哈喇子睡了三天三夜。睡醒了揉把脸，顺石板路走上跳板，去船上当水手。

他现在露脸了，拎了马鲛乌鲻鲳，走过石板路，拐进老台门。见俩女孩，在长满苔藓的天井疯。奇了怪了，脸蛋咋长得一模一样。叔叔惊讶，跳后一步问，这俩哪儿来的？

他在问我。哦，阿妈从海里抱来的，我是她们的哥。

唱支渔歌给他听。啊哟喂啊哟喂——雄花雌花抱牢哎拌花粉嘿，涂田长出大西瓜。啊哟喂啊哟喂——鱼嘴鱼尾咬牢哎不松口嘿，海底游满大黄花。啊哟喂啊哟喂——小叔耙沟在涂田嘿，阿嫂抱对胖娃娃。啊哟喂啊哟喂——嚯嚯，嚯嚯，嚯嚯嚯——

摇头晃脑唱得高兴，左脸挨叔叔一巴掌。

换支渔歌再唱。啊哟喂啊哟喂——晴天落白雨喂哟尼姑娶媳妇。啊哟喂啊哟喂——阿叔困底角喂哟阿嫂困外角。啊哟喂啊哟喂——嚯嚯，嚯嚯，嚯嚯嚯——

没等唱完，阿妈走出屋子，扇右脸一巴掌。

叔叔问阿妈，谁的种？阿妈说，霍宗林的。叔叔抬脚踢开厨房腰门，拿出剖鲞刀蹲在天井，在磨石上磨过来磨过去。刀子翻滚蓝晃晃，磨刀水滴答蓝莹莹，眼珠子打转蓝幽幽。阿妈端出酒瓮倒出白眼烧，头顶心的月亮醺醉了，扑通一声掉进海碗，碗里的烧酒蓝晶晶。阿妈把碗递给叔叔，叔叔喝光酒躺地上，睡得比木头还沉。他都醉成这样了，蓝瓦瓦的手还握着蓝瓦瓦的刀。

阿妈坐在马桶，蓝色气味飘出桶口，灌满我的鼻孔嘴巴。阿妈爬上大床，掀开被窝吻我额头，蓝色泪珠沾在蓝色嘴唇。阿妈抱起俩妹妹放在木盆，蓝色盘发泻成蓝色蚊帐。阿妈端着木盆，一步步走进滩涂，蓝色脚板踩过蓝色泥穴，蓝色沙蟹爬进蓝色裤管。

我的目光钻出被孔，游弋在蓝色江口。蓝色豆腐鱼蓝色凤尾鱼，在蓝色海风中悬浮成蓝色花团。蓝色鲨鱼竖起蓝色鱼鳍，跃出蓝色水皮撞翻蓝色木盆。我大声哭泣，蓝色泪珠溅湿蓝色被头。蓝色海豚摆动蓝色头颅，直立着穿过蓝色浪花，蓝色胸鳍伸进蓝色木盆，轻轻抱走蓝色妹妹。我不再哭泣，屏住气听门外鼾声。鼾声是蓝色的，酒瓮是蓝色的，海碗是蓝色的，剖鲞刀也是蓝色的。

叔叔醒来，已是次日黄昏，握了刀进屋找人。告诉他，阿妈去到海里，海豚抱走妹妹。叔叔掐住我脖子吼，妈拉巴子想活命，给老子找到姓霍的杂种！

找到姓霍的杂种不容易，修船工挑着工具箱走得很远很远。可走得再远也得找，谁让叔叔的刀子很薄很蓝，谁让叔叔的火铳很粗很黑。

修船工吃饭靠补漏，只要沿着堤塘找破漏船，总有一天找到他。一路走一路问，脸晒黑了脚走崴了，总算找到姓霍的杂种。他躺在堤脚的船肚上，把角尺摁进船板缝，转了一圈又一圈。

爬上堤塘唱渔歌。叔叔说只要唱渔歌，他远在天边也能听见。啊哟喂啊哟喂——黄花游过哎拖网船沉掉嘿。啊哟喂啊哟喂——乌贼跑过哎海水乌墨黑嘿。啊哟喂啊哟喂——嚯嚯，嚯嚯，嚯嚯嚯——

叔叔果真听到歌声。打鱼船对准江口了，竹撑篙勾住堤脚了，脚底板跳下船帮了，火铳瞄准船肚了。手指头抵住门牙了，呼哨冷成刀尖了，吆喝爆成火铳了，麻花要吃鸭血饭你他妈自己卖力——

霍宗林听到响动，麻溜滑下船肚往滩涂跑。火铳兜头一敲兜底一扫，霍宗林扑通栽倒。叔叔一把拎起他，拖过比溏粥还薄的泥涂。霍宗林拼命挣扎，黑脚杆伸出灯笼裤，蹬得比田鸡腿还来劲，扫倒成排茅草咸青。

潮水爬上泥涂漫过江口，芦苇伸出根茎绊倒叔叔。霍宗林弹涂鱼一般跃起，一个后空翻仰向大海。妈拉巴子我操你祖宗——叔叔举起火铳点燃火绳，滚烫的铁砂击中修船工。脑壳剖作两爿椰壳，飘过芦秆擦过芦絮，粉色脑浆像豆腐花，冒着热气撒向滩涂。

8.

往要害处挠

把马龙的陈述复述给同事听，他们笑得背过气去，说小苏穿越时空隧道，到侏罗纪旅行去了。切！这都哪儿跟哪儿呀，扯上侏罗纪也不嫌远。可他们笑个不停，还互相眨巴眼睛，把轻蔑写在眼白。抓狂，他们想说不说的是，花瓶脑瘫听被告瞎编。

我飙泪我喷鼻血，唇膏眼影睫毛膏，被手背抹成调色板。呜呜，这些家伙忒坏，整人还带笑。竟然还提出疑问，说被告就一流氓，陈述用词肯定粗口，为何经过记述，很书面很不口语，真实性肯定欠缺。呸！这窝人才是侏罗纪的主，模样古怪心理猥琐不可理喻，文明人没法跟他们说到一块儿。

越想越糟心，今天不治治这堆恐龙，我就不叫苏贞妮。找出涂鸦笔 A4 纸，画了巨丑的躯干。打开页面下载囧人头，彩打了剪下来，粘到糙脖子上。拿几枚磁钉，把人首龙身的怪物，扣在办公室留言板。哇靠，让白痴脑残自恋狂，全都老死在侏罗纪！

恐龙全都超级二，傻笑着滑下靠椅，瘫地上揉肚脐眼。别以为弄出这副囧样，就可以逃离侏罗纪。呸，不灭这窝恐龙还真不行。你们是猪的菜，得砍了切了剁了，搁高压锅炖得稀巴烂，菜名叫恐龙杂烩伊笃鲜。

折腾完了，打电话向所长告状。所长不在家，所长太太说，老头在司法局开会。超郁闷！不想再看这群恐龙，补妆塞耳机挺胸走人。

抱着布棕熊，躺地床生气。半夜饿醒，找方便面充饥。泡胀了，又不想吃。套上 T 恤上街，去酒吧要了酒，冲烛光转动杯口。酒液顺着内壁抹层绛红，让人想起例假侧漏的血水。

问邻座的嫩鸡，花瓶和恐龙谁有料？她翕动冒黑头的鼻翼，哼了一声不置可否。透过杯子看她，对她说，请你回答问题。嫩鸡贴过来，荧光嘴唇张成圆孔朝我喷烟圈。又甩胳膊打个响指，手指比画成手枪瞄准杯子一扣，说傻逼一个。与她碰杯，喝光杯中酒。

回单身公寓，抱了布棕熊再睡，直到被电话铃声吵醒。

别烦我好不好，mommy 累了。拿起话筒，哈欠连天。继续睡，把床头柜上的裤衩，拿来蒙在脸上。My God！ 小苏你是未婚妈妈！对方惊讶。妈你个头呀，你谁，未不未婚关你屁事。没好气地冲他嚷。都未婚先育了，还理直气壮，违反基本国策好不好！电话那头飙到爆。听出来了，是所长的声音。

玩笑开大了，扯开裤衩赶紧解释，我倒是想做未婚妈妈，可 baby 在哪儿我怎么不知道？所长放松下来，说没升级那就好那就好。又问，案子有进展吗，还待看守所听被告胡编乱诌？

老头有偏见，是谁在鼓捣？对他说，别听恐龙杂烩伊笃鲜造谣。所长头大，说恐龙杂烩伊笃鲜是什么意思，跟案子有关系？冲话筒飙泪，说超有关系好不好，侏罗纪古生物扎堆，天平所成造谣所了。

所长坚信谣言，模仿我的声音说，被告马龙陈述，渔业队出海捕鱼前，其父马江福听得到螺号，听不见他的喊声……请问，被告那时尚未出生，何来听觉和思维能力？郁闷，不辩解不行了，冲他哼哼，说那倒是，照您这么说，胎教的书胎教的碟，都得被请出书城音像店，一塌刮子送废品站。

所长不为所动，依然学我腔调，海底响起天籁之声，很原始很古拙很壮丽，是黄花用鳔在合唱……请问，被告牧鹅为生，没读过几年书，这像他说的话吗？杯具，不发飙不行了，说想听原话，行。黄花宿海底，鼓起鱼肚唱歌，听爽兮，比屄还听爽……电话那头叫停。切，现在说停了，不行。刚不说要听原话吗，被告原话就这样，照搬的原汁原味，干吗说停？

没说照搬原话，必须得改。所长先自妥协，说可以用公文语，做到真实严谨、准确地表达被告陈述。哦，真实严谨，行。大黄鱼胀缩气囊的过程中，会发出咕咕的声响，音同人类阴道不经意间发出的某种声响。停！所长局促不安，说怎么会这样，有了真实性，失去严肃性。

悲催蛋碎惨绿，他不安我更不安，原话不行公文语不理想，接下去怎么办？所长也没辙，嘟哝说，顺其自然，顺其自然。他自圆其说，行，自圆其说挺好。我也想自圆其说，可恐龙杂烩伊笃鲜不干，老是寻衅挑事。

在想怎么对付恐龙杂烩伊笃鲜吧，啊哦，小苏别老想不开心的事。所长劝解，就说这恐龙吧，不早都化石了吗，哪儿还会有这道菜。我不依，就不依，说化石了还咬人，劳您转告下，我二我菜我傻逼我闪，我叫声恐龙杂烩伊笃鲜大爷，都这样了还不成吗。所长说话夹了哭腔，丫头打住，我衰我废柴我闪先，小苏你不同，你是太阳挂在上午八九点钟的天上。这话我爱听，抹鼻子笑出声。

刑法貌似坚不可摧，却不曾练过铁裆功，你轻轻挠它卵袋，马步自然松垮，所长辅导我。他说些什么呀，让人脸发烫。冲他发嗲，所长坏，所长说话没正经。

《刑法》第二章第一节第十八条怎么说的？所长提问。背书是我强项，答题自然顺溜，精神病人在不能辨认或者不能控制自己行为时，造成的危害结果，经法定程序鉴定确认的，不负刑事责任。

站直了朗诵，海底响起天籁之声，很原始很古拙很壮丽，黄花们用鳔合唱……所长气急败坏，连声问什么意思，刚说过顺其自然，干吗又提这事儿？对他说，就因为顺其自然，才说黄花们用鳔合唱。所长嘀咕，大黄鱼是低等动物，不懂旋律调性和声，更不可能集体唱。再说啦，鱼没有声带，鳔是控制沉浮的器官，有鳔没声带，硬件不完整，如何合唱？一句话，大黄鱼在海底合唱，纯属臆想。

坐回地床，扯回裤衩盖脸上，嘟哝说，是否存在这种可能，被告并无蓄意虚构事实，其陈述表达真实想法。所长沉吟，真实表达并不存在的事实，而非蓄意虚构客观事物。我跟着他沉吟，越是真实地表达，越能证明被告思维反常的客观事实。所长附和，从而敲定被告患有精神疾病的事实。我呢喃，是这个路径吗？所长甜腻，说丫头，我没看错人，你懂的。晕，跟着他甜腻，说必须得懂，这是肯定的。

肩膀痒痒的，好像有状况。是所长青筋勃起的手，顺着电话线爬出耳机，蜥蜴一般伏我肩头，摩挲出好多鸡皮疙瘩。

9.

凡·高印象书吧之一

去凡·高印象书吧，艾莉约我喝茶。

服务生绿衣绿帽，拉开门领我进来。瞟他一眼，朝吧台微笑，说老板娘好。服务生说，老板娘没在吧台。我朝吧橱努嘴，说在那儿呢。他顺我嘴角看去，说不对，那是向日葵。不睬他，走近画框说，老板娘好。

艾莉倚在楼梯口，绽开圆盘脸笑，说谁胡咧咧，嘴巴没缝利索？冲她说，没缝利索的地儿多了去了，敢情艾格格给补上。抬腿上楼，让牛仔裤豁口露膝盖皮。艾莉搂住我，亮俩爪子伸豁口拧皮。疼得龇牙，护住膝盖说，格格饶过民女，民女再也不敢了。艾莉收回爪子，说再疯，嫁不出去，苦死你。回她话，民女闺中孤独，哪像格格，嚼着白瓜啃香瓜。艾莉又亮爪子，说丫要贫嘴还挺顺溜。

赶紧跑过楼道，躲进包厢。单人沙发上坐一小白脸，穿阿玛尼黑西服，脸贴着手机说话。体香浓烈，让昏黄逼仄的空间，变得温情暧昧。切，毕竟白瓜，味儿与白瓜不同。把嘴贴艾莉耳边，说古龙香水就是强，西西里柠檬是我的菜。艾莉警惕地看我，说你刚才咋呼啥，味儿不同，你嗅过我家白瓜？见她惊悚，我扑哧一笑。

她老公白瓜也一北京人，单挑连鬼都看不懂的甲骨文。早几年时兴引进人才，地方官上京城招贤，白瓜捎上艾莉屁颠屁颠南下。可他不谙官道不懂经济，整天猫图书馆啃线装书，地方派不上用场，自己也觉得没劲，返京回炉读博士后。白瓜敬业轻色，怨不得艾莉红杏出墙，与香瓜合伙开了这家书吧。

很般配的人，偏不能搁明处，艾莉心里苦，要了苦瓜茶。香瓜照例喝咖啡。我喝啥都行，瞅着服务生的绿衣绿帽，点杯绿茶。吹开杯口热气，问艾莉，凡·高不一画家吗，干吗叫书吧不叫画吧？艾莉抿茶，说喝你的大头茶，犯不着为这事较真。我不较真，香瓜较真，说小苏问得对，这个吧名跑题。艾莉不爽，说这名儿你取的，这会儿想砸牌？没事没事，书吧就书吧，我打圆场，荷兰老头知名度高，全国人民都知道，他画的向日葵倍儿值钱。

艾莉乜我头顶，说还值钱呢，白菜价。回头看，墙上挂一画框，里头依然向日葵。艾莉乜画，满脸不屑，说先前还请美院生临摹，现在直接雇农民工画，都成生产线了。这不，酒吧咖吧茶室菜馆酒家，一溜向日葵，全世界都大棚蔬菜了。香瓜苦笑，不说这个了，咱谈吧名。艾莉点头，行，你说，咱干吗书吧不画吧。香瓜收起手机，摸着鼻子说，这叫走边缘路线，文学和绘画的边缘。我说 OK，边缘挺好。

什么人这是，都边缘了，还能好？艾莉嘟哝。这你不懂了吧，伸头过去，贴她耳边说话，白脸分两类，大白脸和小白脸，都跟边缘有关。大白脸和圆盘脸，边缘出国字脸；小白脸跟圆盘脸边缘出瓜子脸。

瓜子脸比国字脸靓，这个你懂的。呸，懂你个头哇，狗嘴吐不出象牙。艾莉瞅眼香瓜，经典小白脸，自然满心欢喜，却跳起来要拧我。

小苏，你刚说的圆盘脸，是凡·高的葵花？香瓜没听清我们说话，抹着鼻尖问。问得好，呷着茶瞟眼艾莉，对香瓜说，别老葵花葵花的，咱说大活人。艾莉又亮爪，附耳低吼，丫再说，撕烂你。我不说，香瓜说，行，不聊葵花，聊人。香瓜捏鼻翼，说基督的十二个门徒，加上凡·高和他兄弟，就是凡·高的十四朵葵花。他绕了一个弯，说的还是葵花。

真的吗，恰好十四朵葵花？走到沙发后面，数墙上的葵花。甭数，没错，就十四朵葵花。艾莉抿口苦瓜茶，说十四朵全公的。听糊涂了，向日葵分公母？艾莉撇嘴，说十二门徒加兄弟俩，整一男人帮。香瓜揉鼻梁，说向日葵雄雌同体，无公母之分。冲他嚷，雄雌同体我不管，十二门徒我不管，我就管十四朵葵花中，艾格格必须得有。艾莉嘟哝，总算说句人话。面露悦色挤过茶几，挨着我坐下。

侧过脸看背光的她，烫发绕了圆盘脸，招展成金色花舌，活脱脱一太阳花。炫！艾格格，哎呀不，艾葵花，我好想嗑瓜子，可劲嗑瓜子。听我说要嗑瓜子，香瓜立马按桌铃，让服务生送炒葵花子。

这人一嗑瓜子话就多，我说艾葵花，真不明白，没送礼没搞潜规则，咱咋就成了主办律师。瓜子嗑多了嘴咸，不喝绿茶喝可乐，几罐下来舒服地打嗝。边打嗝边说，艾葵花你得来，马案开庭你得捧场，看咱如何跟控方在庭上 PK。艾葵花拉起香瓜，说这孩子实诚，让她乐呵着，咱走先。还学姐呢，怎么这样，把人气苦。拦住她说，遇事闪人，还不如贝贝。茶几下，应声钻出一京巴儿，低了头，可劲地嗅我鞋子。

好歹一主办律师，手里握一大案，只有贝贝欣赏我。心中愦懑，肩胛缝钻心疼。见我龇牙，艾葵花过来掐肩捶背，问落枕了还是漏肩风？我挺直腰杆不理她。她说落枕一般歪头，丫脑袋比竹竿还直，漏肩风得阴雨天，今天太阳比猴屁股还红，风儿想漏也漏不出来。狐疑地问她，照您这意思，我在装疼？艾葵花点头，说八九成吧。摸摸肩膀，果真不疼。奇了怪了，莫非真在装疼。艾葵花抱起贝贝说，瞧你姐，啥时能长大。

切，打拼到现在，能不长大。喂她甜蜜素，说葵花姐出道早，是当红律师，得帮帮学妹。好话谁不爱听，艾莉高兴得呛茶，满鼻子满嘴喷水，直奔洗手间擤鼻涕。完事了软着腿，回包厢伸长脖子，把脑袋搁香瓜肩上，瓮声瓮气说，珍妮使坏，把我吹晕菜了。吐出瓜子壳说，别介，学姐现烤的热狗，想不红都不行。艾热狗听了巨爽，喂我婴儿奶粉，说没事，该你出道就出道，谁挡着拦着，过来喊学姐。

想到出道走红，想到开律师楼，能不乐呵。对艾热狗说，所长看重我，教我好多绝招。艾热狗撇嘴，德行，甭猜也知道，老头就那几招，把被告往精神病靠，还骨灰级呢，他不嫌老套，我替他害臊。不同意她的看法，说所长教的绝招，还是蛮实用的，刑法存在盲点，找准地儿轻轻一挠，马步顿时松垮。艾热狗讪笑，没错，苏律师熟门熟路，照那地儿挠便是。切，这话欺负人，我没挠过那地儿，哪来熟门熟路。

觉得不对头，艾莉约我喝茶，应该有事求我，说话咋这么冲。对她说，这事好像弄反了哎。艾莉看天花板，说不会吧，不会弄反的。香瓜附她耳边，小苏说得对，是弄反了。她问他，不弄反应该怎样？香瓜轻声，你做东，约她来。她明白了，刮自己脸，说可不是嘛，弄反了。

香瓜转过脸，说你师姐接了唐案。我不明白，唐案？艾莉解释，唐进去了，金豚得捞人，找我当辩护律师。好事呀，替她高兴，事主价位高，业绩红到爆。香瓜说，唐书记在位时，一直蛮照顾金豚，他进去了，集团得帮他。我说理解，官员出事企业帮，这事儿顺理成章。

香瓜摁着鼻梁说，唐案由马案牵出，两案纠缠难分。案子牵涉方方面面，能否胜算很难料定，朋友间相互帮衬才好。艾莉往我杯里续水，说两案存有因果关系。警觉起来，问她什么情况？艾莉说，珍妮有空，找芒合聊聊，她那篇通讯，不像空穴来风。听后一凛，她话里有话。若芒合爆料有根有据，马龙挟持唐德铭，做成地下组织部长，那么前者无疑是加害人，后者则是受害人。如此一来，唐案翻盘，马案死屎。哇靠，蛋痛吐血，戏没开场，便是结局。

伤不起，泪眼看她，说不能够吧艾热狗，马龙跟唐德铭，毛关系也没有。她晕，说你刚喊我啥，艾热狗？心里急，说漏嘴了，改口叫艾葵花。她还晕，说你刚喊我啥，艾葵花？哎呀呀，艾格格，不，艾莉姐，你得帮我。艾莉还看天花板，说马案唐案有无关系，这事儿你说了不算，我说了也不算，得看证据，看客观事实。话儿冰凉，我心冰凉，啊哦神马都是浮云。

香瓜坐过来，扶住我肩膀说，小苏别灰心，学姐会出手帮你。他既然这么说，案子或许会有转机，雀跃起来，大力熊抱艾莉。哦耶！拉钩上吊，学姐不许反悔！艾莉说，咱同盟军哎，反悔个头。

烛光温软，爬出烛杯，晃在茶几。嗑粒瓜子，吮口可乐，把马龙的陈述，一五一十转述给同盟军——

10.

天鹅

马江贵刑满释放，去马蹄岛当守塔人。

他杀了修船工霍宗林，本该一命抵一命。都押到法场了，有人说了两句话：未发现被害人尸体；本案结论存有疑点。有这两句话，法院刀下留人，改判叔叔有期徒刑。

叔叔捡回一条命，去青海劳改。那人捎两句话：要相信组织相信群众；要争取立功赎罪。因这两句话，叔叔努力改造立功减刑，获得假释回到江嘴村。那人疏通关系，让他上马蹄岛守灯塔。

马江贵遇到桑红卫，朝地上呸一口，用脚后跟碾唾沫。桑红卫歪着头，也呸一声，用脚趾碾唾沫。马江贵抡起石头，砸死爬过身前的草蜥蜴。桑红卫蹲下来翻着白眼，有滋有味地看死蜥蜴。马江贵龇牙狞笑，是在青海练的狞笑，狼听了都会吓跑。桑红卫不怵，咧嘴冲马江贵笑，笑得他心里发毛。

出事那天，霍宗林像条弹涂鱼，蹦老高往海面跳。马江贵举起火铳轰他，药绳刺刺游入后膛，硝烟铁砂托一物件荡过芦苇，打着旋儿漂过滩涂。桑红卫踮起脚，两只白脚杆一竖一横，跟着那物件转圈，转下堤塘转到滩涂，转过江口转到孤岛芦苇作床天当被盖。

一直住在岛上，目光变得锐利，除了看见鸟，还能看见鱼。潮水涌到岩脚，桑红卫走进浪花，摁住蛸蜞虎扯烂了，仰起头颈咽下去。有了气力，她歪着脑袋站在岩礁，竖一根腿横一根腿，踮起脚旋转不停。

打鱼人说，女疯子在岛上产下女婴。打鱼人说，女婴命贱没饿死冻死。打鱼人说，村小苏老师雇了舢板，抱了胡琴上岛找女疯子。女疯子朝他吐唾沫，抱住礁石死活不走。打鱼人说，白脚杆急得拉胡琴，咿呀咿呀咿呀咿——女疯子听昏了头，让他抱走女孩。

桑红卫不悲伤，她心里装满天鹅，歪着脑袋转圈，流着口水倾听。听多了天鹅叫声，以为自己就是天鹅。

高筒雨靴踩过湿地，受惊的天鹅扑动翅膀，沙砾被羽翼扇起，打在守塔人脸上。他眯拢眼睛嘟哝，巴掌大的岛，哪来这么多鬼鸟？

叔叔像发情的雄狗，嗅遍整个岩岸，相中一门古炮。老掉的铁炮模样丑陋，炮膛里填满砂石，炮口摇曳一蓬狗尾草。叔叔眼珠子滴溜溜转，涎着脸冲它笑。嘿，他把这门老炮，当作风骚的母狗了。

马江贵给上级写信，说岛上有事，野鸟越来越多，栖息在灯塔上，遮蔽了航标灯，必须消灭它们，航道才能安全。交通船很快抵达，卸下火药钢珠铁砂。守塔人走到古炮前，拔出狗尾巴草，掏空沙砾泥土，埋好火绳填入弹药，把炮口撬向芦苇丛，那里栖息着天鹅。

炮口是黑色瞳孔，死死揪住鹅群，守塔人的战争开始了。芦苇咸青茅草，是天鹅的天然屏障，盲目开炮难以奏效。唯有天鹅聚到一起，进入有效射程，才能全歼它们。

叔叔一直等着，等到秋风来临，吹黄咸青吹白芦絮。等到天鹅躁动，长脖弯作长弓，坚定地朝向南方。鬼鸟要飞走啦！叔叔捶着脑袋，头发枯成松针，落满炮筒炮架。

害怕天鹅飞走的，还有桑红卫。没有天鹅的日子，她会孤单成沙子，坠落岩脚沉进水底。她渴望随鹅而去，伸展翅膀拍打水面，踮起脚掌踩水疾跑，伸直脖子冲向天空。做完这一切，人依然在原地打转。她是天鹅，怎么总在地上兜圈，女疯子歪着头失声痛哭。

离开栖息地前，天鹅开始试飞。鹅群盘旋成白云，飘过人的头顶。桑红卫爬上岩礁，敲牡蛎割紫菜，采卵叶摘野果，搁一起剁碎了，歪着头朝天空招手。几只天鹅俯冲下来，收住翅膀垂直而降，冰雕般浮在水面。一群天鹅歇落岩礁，围着食物伸长脖子。桑红卫弯下腰，捡根羽毛插到发上，踮着脚转圈。天鹅齐刷刷偏过脸，张开翅膀跟着她转圈。

这些鬼鸟，把白脚杆当成鸟了。马江贵拍拍古炮，走下岩岸走近鬼鸟，单手触地支撑住身体，另只手扇成翅膀转圈。守塔人嘟哝，妈拉巴子见着鬼了，咋就变成鬼鸟，长了鸡巴卵袋的鬼鸟。

叔叔转圈，桑红卫也转圈。叔叔贴地转，桑红卫立着转，转着转着两人转到一块。叔叔就近看女疯子，奶子粘了盐霜，乳头紫成桑葚，妊娠斑均匀成泥纹，密布在平坦的脐下。叔叔禁不住大喘气，夹拢屁股死命扑去。桑红卫扭身躲他，用翅膀扇他拍他。叔叔伸直脖子，下巴蹭她后颈，门牙叩她头发，下腹抵她股沟。女疯子双手着地，目光迷蒙穿过胯部，倒看血红落日。余晖灼热隐秘之地，泛出一团炫金针芒。守塔人髋部一挺，迅速进入她的身体。汗液体液胶合在一起，流经脚跟渗入芦根。

鹅群冲下云端了，栖在他们身边了。更多的天鹅，从四面八方飞来，降落到他们周围。鹅颈细长成一条条绸带，紧紧缠绕不离不散。喙突晶亮成无数颗宝石，挨着贴着聚在一块。翅羽扑腾臂翼振颤，浆液喷涌溅向湿地，黏住血蛤竹蛏泥螺。潮声雷动，翅翼如雪，芦花似霜。

天鹅不走啦，留在岛上啦，桑红卫嘟哝。狗娘养的没错，鬼鸟不走啦！马江贵拎着桑红卫，挤出鹅群走近水洼，把她按进水里，说要活就趴着别动。

眼前白花花，分不清哪是天鹅哪是芦花。守塔人一直走，往高处走，往岩岸走。走到古炮旁，刺一声划亮火柴，药绳溅出火花，呼哨奔出门齿，吆喝响彻岩岸：麻花要吃鸭血饭你他妈自己卖力——

鹅群发现危情，展翅飞离地面，被火球挡住去路。烈火烧烂羽翼，钢珠击碎头颅，铁砂撕烂躯体。天鹅们至死都不明白，它们招谁惹谁得罪谁。

太阳像只白灯笼，照亮死寂的战场。叔叔连滚带爬，滑下岩岸滚到岩礁，去看满地满海的鬼鸟。是场歼灭战！叔叔狂笑着并拢双腿，跳进黏稠如血的海。

鲨群嗅到血腥，在百里外聚集，奋力游向马蹄岛，目光生冷劈开波浪，锁定浪尖上的守塔人。硬汉们称霸大海，最爱撕咬生猛动物。

血海中的守塔人，看见无数把弯刀，悄无声息切开水皮。是鲨鱼背鳍！他愤怒地低吼，狗娘养的这回活不成了！

鲨鱼贴身而过，用糙如沙砾的鱼皮，磨烂叔叔的肌肤。它们故意撞到一块，搅起巨粗的水柱，把叔叔拱出水面。又掉头四散而去，让他坠入血色谷底。

守塔人哀号，他听到的嘎嘣声，很脆很亮。是腥硬的排齿，钳住他的腿，铁闸一般合拢。

11.

取证

顾不上吃早餐，去动物园。老妈尚老师是畜牧师，找她取证。

问她，媒鸭真实存在，或只是传说？畜牧师尖叫，好极了！一手伸展如翅，一手触地撑起身子，围着我转圈。目光巨色，咔嚓嚓剪光衣服，把我剥成裸鸭。

吓到爆，奔墙角躲藏。畜牧师丢下我，站直了握笔写证词——媒鸭原系野鸭，心智较高，由捕猎者驯化后可具诱骗鸭群技能，作业时择射击死角逃生。

问她，迁徙中的天鹅，是否存在群交行为？尚老师尖叫，好极了！当下蹦得老高，落地闪我背后，收腿夹住髋部，伸直脖子蹭我啄我。

吓到死，甩开她逃到屋外。畜牧师追上来，把证词塞我手中——成年天鹅有固定配偶，迁徙中偶有集体交媾，以不变换配偶作为施事前提。

拿了两张证词，正要拔腿开溜，包里手机颤动。开机看短信息：

胃绞痛就诊市一医速来汇报工作。是所长的短信，老头病成这样，还操心我办的案子。

赶到急诊室，坐病床上汇报，拿到证词了，关于鸭子的，超重要。所长按着上腹，蜷缩在被窝，说，鸭子挺好，鸭肫挺好，吃沙子吞螺蛳，都不会穿孔。人不行，人没长肫，喝粥都会胃穿孔，吃啥漏啥像筛子。哦耶，老头对鸭子有好感，对证词感兴趣。

交起腿，继续汇报，本案涉及天鹅，证词已经采集，超级棒。所长痛得冒汗，依然诲人不倦，说，天鹅挺好，天鹅从一而终，不会越过底线。人不行，人时常不和，分居，离婚。这样也好，不离婚，不诉讼，律所关门，律师失业。

抖着腿，欢天喜地，关门挺好，恐龙杂烩伊笃鲜集体歇菜，上街要饭去。所长摁住破漏的胃，硬撑着坐起来，说反正到这儿了，丫头干脆去挂个号，从头到脚一查到底，B 超 CT 核磁共振，费用所里全报。

老头对我真好，让我全身体检，还给报销费用。特感动，勾动指头说，所长放心，该出手时就出手，保证一挠一个准。所长松开眉头，脸色由青转白，说律师这行，靠业绩立足，丫头记住，要挠就挠敏感部位，挠准了马步才会松垮。

闭左眼睁右眼，冲他放电，说被告远离现实疏离人群，因此产生幻觉，臆想人鱼大战、媒鸭色诱、天鹅群交，具有典型的精神分裂倾向。所长脸色由白变红，说挺好，幻觉挺好，臆想挺好，精神分裂倾向挺好。

护士进来查房，拉下脸呵斥，说啥呢，精神病挺好？什么人这是！训完了，一把将所长塞进被窝。拜拜了所长，咱回家睡觉先，明天须起早，听马龙继续陈述。

12.

鱼货老板

叔叔瘸了，离开马蹄岛，不当守塔人。

临行，撬动古炮对准海面。那儿徘徊鲨群，齐刷刷露出脊背，亮出一排弯刀。叔叔颤抖着手，划亮火柴点燃药绳，让铁砂钢珠轰向大海。鲨鱼潜到水下，用胸鳍拨开投射物，重新浮上海面，傲慢地竖回背鳍。叔叔长号，号到蛋疼，闭嘴瘸腿，拄着棍拐走下岩岸。

马江贵回到渔村，情势已经大变。黄花被榉木梆子敲断种了，海里再没有金元宝，打鱼人焦躁暴戾，用拖网罩住大海，卷走所有生灵。此后再无鱼汛。渔网再大网眼再细，兜住的是海水，漏出的还是海水。终日颠簸，一无所获，打鱼人聚到一块，瓜分渔船网具。

渔船不再撒网，载了山货药材去到海峡。锚眼在船艄眨巴，向台湾货轮示爱。台轮丢掷缆绳，缓缓拉近陆船，以货易货就此开始。打鱼人擎起手臂，把陆货举到台轮，接回一箩箩电子表，一筐筐录放机，一箱箱三五烟。夜深了潮平了，轻轻哼着邓丽君，把船儿拐进江口，跳下船帮踩过石板路，把日本的确良递给渔妇，把法国香水塞给渔姑。

财运来了鬼都挡不住，走私犯子拥戴叔叔当老大。马江贵做老大凭眼珠子，眼睛一眯就能看见缉私艇驶离埠头，船舷上站满武警。接下来的活儿，是伸出指头抵住门牙，吹一声尖亮的呼哨，让船队尾随他东拐西弯，把缉私艇远远地甩在船后。

生意越做越大，钞票越来越多。马江贵拍一下脑门，卖掉木船买进铁船。是大马力铁板轮，船壳涂了黑漆，船名叫作麻花。麻花钢板厚船速快，走私船跟它屁股后，从来没有吃过亏。

边防大队长换人。新来的人说了两句话：不要太猖狂；一网都打尽。就这两句话，叔叔的眼睛不灵了。他垂下上眼皮，眯条缝儿看码头，缉私船像死鱼一动不动。他打声呼哨，领了船队潜出江口。很快过了马蹄岛，加大马力前进，都快到海峡中线了，忽然冒出缉私船，武警们端了枪跳帮系缆绳，摁弹涂鱼一般摁住走私犯。麻花船大马力足，左冲右突撞条路，拼死拼活逃出包围圈。

遇上狗屎运，栽了大跟头，走私犯心惊胆战，说缉私艇又不是潜艇，咋说冒就冒出来？奇了怪了，莫非边防队新老大，是潜水艇投胎。叔叔不服气，说潜水艇没啥，老子是猎潜艇，专搞潜水艇。趁大雾天载货出海，麻花神勇一路蛇行，走私船聚群结伴尾随。等到缉私艇解缆鸣笛，贼鸥一般对着船屁股追，距离已拉开数十里。众人正得意，忽听咚声响，铁板轮撞上暗礁。眨眼间冒出无数缉私船，黑压压围拢过来，封住航道堵死水路。转风了，转风了，妈拉巴子转风了！走私犯哭着喊着，扑通扑通跳船逃生。

这回彻底栽了，叔叔的名声连同铁板轮，咕噜咕噜沉到海底。名声没了命还在，叔叔游到马蹄岛，躲在岩脚藏进石洞，吞牡蛎嚼生鱼，半死不活地挨过半年。待到风声静了，潜回渔村躲厢房里，差不多又是半年。都一整年了，没人操心这些鸟事了，叔叔斗笠遮脸拄根木棍，瘸到码头瘸到货船。没事了，妈拉巴子没事了，往日的伙计都还在，不能走私了，换个活法跑运输谋生糊口。

叔叔不随大溜，金盆洗手办作坊。拿很少的本钱，去渔埠头收购鱼子烂虾，开膛剥壳晾晒烘焙，装进塑料袋华丽登场。哇，麻花牌鱼片，味道好极了！麻花牌烤虾，味道鲜爆了！当然是农贸市场抢手货，还进超市摆上货架。马江贵有钱了，有钱了就盖房子，把厢房拆到墙脚，把屋基拓到天井中线，自下而上盖起尖顶洋楼。上梁那天，红绸从楼顶泻下来，哗啦哗啦涌过旧屋，掀翻老瓦压折瓦楞草，百子炮蹦到天上砸在地上，吓蒙的蟑螂白蚁胡爬乱飞，惊呆的蚯蚓草蜥蜴扭作一团。

谁以为马江贵是渔村首富，那他就大错特错了。这个靠海的鬼地方，暴富的家伙实在太多。都是吃鱼虾长大的，脑筋活络敢下赌注，走私搞运输开作坊，什么世面没见过。打鱼人说，不赌不嫖不飙歌，那不叫男人叫太监。常去赌场洗脚屋 KTV，有人有场面有消息，打鱼脑会变成生意脑，拉网手变作螯钳蟹足，遇到绿灯直着走，摊上红灯横着爬。

打鱼人跑遍码头海港，买进废电池废柴油机，大卸八块重新拼搭，涂上油漆搁村口，搭起棚架加价批发。打鱼人走进国营厂矿，收购废铜废铁废不锈钢，冶炼电解锻打拉丝，堆堤塘招徕买主。打鱼人飞到俄罗斯乌克兰，买下飞机烂军舰，风割切块砸成铁饼，运回江口大甩卖。打鱼人都是贱陀螺，揣着金卡银卡瞎转悠，越转门路越通畅，越转靠山越硬码，越转生意越红火。钱多了动起鬼心思，把老屋弄成车间，让院子变作工场。赤贫的外省人慕名而来，天黑了钻进窝棚，胡乱挤作一团蚂蚁，天亮了飞成野蜂，成群结队去到作坊车间。大脚板不走山路，咣当咣当踏冲床。巧手指不采茶不绣花，咔嚓咔嚓装搭产品。下岗工程师嗅到风声，从北方赶来南方，放下身段待在农舍，从胶鞋眼镜打火机做起，做到圣诞球汽摩配件。

鱼货老板一根筋，单做鱼货生意。也不知道从哪儿得来好多昧心钱，又买渔轮又盖冰库。鱼汛时，把收购来的鱼搁冰库冷冻储藏。鱼汛后，高价批发给鱼货商。一来二去生意越做越大，花样翻新品种齐全，除了麻花牌冰鱼冻虾，还有麻花牌鲈甲鳎鳗马鲛乌鳞鲳，麻花牌海参鱼翅海蜇皮咸膏蟹鮸鱼胶。

叔叔待在作坊冰库，要风有风要雨得雨，回到尖顶洋房就㞞了，一动不动趴床上晾成鱼鲞。鱼货最多换不来卵蛋，钞票再多变不出儿子，鱼货老板扯下灯笼裤，摸出被鲨鱼咬过的卵袋，猛地给它一巴掌。

13.

螺蛳梦

渔村里，有钱人一天比一天多。

我也想做有钱人。打鱼是条路，找鱼货老板借钱租船。马江贵说，扯淡。捕鱼不行，那就走私。马江贵说，屁话。走私不成，只好办厂做生意。马江贵不吭声，丢下一包麻花牌鱼片，瘸着腿去鱼货作坊。

不打鱼不走私不办厂，穷日子一天又一天，过得比拖网还长。无路可走没事可做，整天躺在金漆大床，让草蚊牛虻集体吮血，鼓胀成紫葡萄挂天花板上。壁虎蜘蛛有事没事，会钻过门缝花窗，悄无声息爬到葡萄边，咬破葡萄皮吸光葡萄汁。

妈拉巴子这样挺好，晕乎乎昏沉沉，从天亮睡到天黑，从天黑睡到天亮。睡到金漆床脚被虫蛀空，睡到金漆马桶铜箍锈断。要不是乡计生员找上门来，日子稀里糊涂也就这样。可这人偏就来了，跨过台门走过院子，推开房门走进屋子，脱掉油光锃亮的牛皮鞋，轻手轻脚爬到床上。

乡计生员唐德铭，是城里来的白脚杆，靠逮大肚婆挣饭吃。这家伙没脸没皮，从早到黑在石板路转悠，眼珠子都黏眼镜片上了，瞧见的清一色全是平板肚。睁眼瞎没逮住大肚婆，干脆变成牛皮糖，黏在江嘴村不走啦。

打鱼人如今腰缠万贯，被洋楼名车侍候着，被白酒黄汤浇灌着，胸腔腹腔填满脂肪。他们晃着肥奶挺着肚腩，回到家里扒光女人，奶子肚子摸了个遍，摸到的是飞机场。当然很生气，说没少吃没少喝，奶子比老公的还小，肚子比老公的还板，妈拉巴子这也算女人？就这样男不男女不女，生来生去全是两爿，狗娘养的谁来继承家产？男人的质问比剖鲞刀还割手，女人怎么经受得住。她们跺着脚说，谁没大过肚子生过娃，谁没晃过大奶喷过奶花，生不出带把的茶壶，医生说怨男人不怨女人。她们越说越起劲，抹完眼泪再擤鼻涕，哭天喊地控诉白脚杆，说睁眼瞎一天到头在眼前晃，就算把肚子弄大又能怎样？男人们听了火气更大，说连猪都知道，碰上绿灯照直撞，遇到红灯横着走。猪想到的，人想不到，生来生去当然都是两爿。女人听了好委屈，抱在一起呜呜哭。哭完了嚼舌头，就有了好主意。不吞避孕药，不打避孕针，找僻静地方张开腿，让江湖游医钩出避孕环。很快受孕，奶子鼓起屁股翘起，大肚鱼一般游过作坊厂房，籽蟹似的摸进仓库船坞。剩下那个睁眼瞎，站在石板路上，被咸鱼风刮，被太阳雨淋。

收获的季节悄然来临，女人们张成海蚌，富二代刺溜刺溜钻出腿缝，咧嘴蹬腿哭闹撒娇。不再躲藏，抱着婴儿，堂堂正正回家，让老公用罚款摆平一切，让政府接受既成事实。

百子炮噼里啪啦，满月酒盛满海碗。白脚杆躬起脊背，在背人处蜷缩成蚕虾。眼窝咸不拉几，泪珠落到鞋面。赶紧蹲下来，用餐巾纸去擦皮鞋。很考究的牛皮鞋，阿爸选料裁样，大哥缝线二哥撑楦，三哥抛光四哥钉鞋掌，五哥穿鞋带。一家六个皮匠，单剩他喝墨水，读完大学去到江口，坐在计生员的位置上。

这个位置充满变数，上头是塔顶，下面是塔底。往塔顶的路很陡很滑，比岩岸还陡。比鳗鲡还滑，没人扶着推一把，就会滑落到塔底，这辈子也就是个垫脚石。他不甘心做垫脚石，站起来抬起牛皮鞋，嘚笃嘚笃踩过石板路，折入台门走进老宅，爬上摇摇晃晃的金漆大床。

计生员摘下眼镜说，苦哇老乡，上班时的心情，真比上坟还郁闷。白脚杆吃饱了撑的，没工夫搭理他。计生员擦着镜片说，哎呀老乡，都晌午了还不吃饭，躺被窝里做螺蛳梦？睁眼瞎这回蒙对了，在做螺蛳梦哩，梦见阿妈在床板上拍成浪花。梦见阿爸躺海底喊转风啦，梦见女疯子两手着地倒看夕阳，梦见铁炮轰响炸烂天鹅芦苇咸青。计生员撑开镜腿说，对了老乡，你帮政府找超生妇女，政府帮你脱贫致富。听不明白计生员说啥，大肚婆和发财有毛关系。计生员戴回眼镜说，谢谢老乡，你帮政府做成这事，政府帮你办鹅场。

哦，唐德铭不是睁眼瞎，他的目光在镜片后烧成两堆篝火。他许诺过了，阖上眼皮躺床板上打鼾。白脚杆累了乏了，也做螺蛳梦吗？他可会梦见石板路上，游过好多大肚鱼，他撒网兜住鱼儿，拿细麻绳从鱼鳃进从鱼嘴出，穿成一串拎了走上塔梯，稳稳当当坐在塔顶？

我喜欢鹅场，为了得到鹅场走出老屋找大肚婆。脚走破了眼看肿了，全是平板肚。呀，瞧见大肚皮了，去扯大奶子，眼前一黑栽地上。是饿晕了，可饿晕了也得追。好歹一男人，这辈子总得做成一件事。忍着饿追，追进滚烫的雨。是太阳雨，捂住脑袋躲进破砖窑，躺地上大喘气。喘完了睁开眼皮，就见女鬼从暗处走来。吓得小肚子抽筋，小肚子抽筋也得逃命，女鬼快步上来揪住我耳根说，你又不会生小孩，干吗躲窑里？这声音听着熟，偷偷看她，是墨鱼鲞红珠。

同桌女孩比以前更黑更瘦，黑到骨头缝，瘦成墨鱼鲞。还是话篓子，说嫁给打鱼的唐阿木，阿木是个鱼脑袋，别人都改行了，就他和他阿爸唐秃头，赖在海上捕鱼养家。边说边抹眼泪，用肘子捅我肋骨，捅完了撩起短褂，让我看她平板肚，说连生三个两爿，唐阿木嫌弃她，把她拎到家门外。宽慰她，说再生几胎，总会生出大茶壶。红珠说不行，蟹洞大的地儿，抹过盐灌过醋，都成盐篓醋坛了，带把的小祖宗就不露头。说完了乜眼勾我，把手比作枪，说鬼知道是谁不行，得换把枪试试。说完话俯下身子，双手着地倒垂脑袋，黄眼珠骨碌碌瞅我。都这样了，能不帮她。有骨架没肉，挨着她，像挨着乌贼骨，硌得人生疼。把疼忍住，好歹同桌过，必须帮她。雨停了，墨鱼鲞不停，我也没停，头昏眼花还不停。

在砖窑住下。夜里去涂园摘南瓜做饭，白天去码头捡烂虾下饭。墨鱼鲞的平板肚，很快鼓起圆起。圆起鼓起还不省心，老拿肘子捅人，说若生下的还是两爿，不补枪不许走人。

待产的日子寂寞难熬，红珠溜到窑外兜风。遇到大肚皮夜游，就像遇见前世姐妹，赶紧拉进窑里聊天。都是人来疯，挺着大肚子刮脸，说睁眼瞎是磨坊的牛，肚子搁他眼前都没反应，戴着眼罩子只顾转圈拉磨。说完了都把双手叉在后腰，迈着八字脚走过来走过去，笑得窑里全是泪珠。

串门的大肚皮越聚越多，住砖窑的羡慕船舱，住船舱的眼馋砖窑。羡慕过了眼馋过了，说船舱也好砖窑也罢，长住下去总不是路，得想法子挪窝。商量定当了捎信给男人，快去搞条船来，让老娘们躲马蹄岛去。

果然来了铁壳轮，白天搁堤脚滩涂，夜潮涨上来船板与堤岸齐平。大肚皮们挽着手，晃过来晃过去走过跳板，下到舱里只等人齐了开船，去岛上安心待产。

有戏了，真有戏了。溜出船舱往回走，走到村口唱渔歌：啊哟喂啊哟喂——黄花放子哎天黄掉——啊哟喂啊哟喂——乌贼游过么海黑掉——

唐德铭听见渔歌了，系紧鞋带往江口跑。潮水把船底托得很高，铁壳船解缆离开堤塘，睁眼瞎并拢白脚杆，扑通一声跳过船帮，咣当一声摔进船舱。哎呀呀，眼镜掉了眼看花了，密匝匝全是大肚鱼。睁眼瞎揿亮手电筒，摸到眼镜架回鼻梁，扶住眼镜腿说，老乡们哪，你们谁都别想跑！大肚鱼尖叫着扭动着，在舱里钻过去钻过来。计生员摘下眼镜，在舱口下扎实马步，说停止抵抗吧，跟我去计生站。大肚鱼哪里肯听，哭着号着缠作一团鳗鲡，把白脚杆挤到角落里。

红珠闹得最起劲，死死抱住唐德铭，把他从头啃到脚，像啃一根带皮甘蔗。唐德铭疼得龇牙咧嘴，推开她往人群躲。红珠哪肯放过他，摸到一把剖鲞刀，握紧了胡砍乱劈。其中一刀砍准额头，让头皮裂成两爿拉链，露出白生生的头骨。唐德铭觉到头上淌水，摸一把看过颜色，知道性质起了变化，已经升级到突发事件，连忙爬出船舱跳下船帮，一头扎到海里逃命。

特警武警缉私警，从黑夜搜到天光，终于找到受害人。乡计生员躺堤塘下，头皮一张一合，蠕动成透明的海蜇。

从此后，唐德铭额头多了道疤痕。这道疤痕了得，它用鲜血骨渣碎肉凝成，向组织宣示什么叫作恪守职责，向同行表明什么叫作忠诚勇敢。有疤痕的人就是不一样，计生员进入组织视线，从乡里调到市里，从市里调往省城。

白脚杆拍屁股走人，留下我抵挡唾沫星子。不为人知的交易，被超生渔妇抖搂出来，长舌头比剖鲞刀还锋利，把我开膛破肚剖成鱼鲞，晾在火辣辣的太阳下，密密麻麻叮满草蝇牛虻。

挨千刀的马龙你听着，等老娘劳改回来，剥你的皮抽你的筋！红珠自然话密，从江口吼起，一直吼到青海。墨鱼鲞发什么神经，千错万错都是你的错，想做大肚鱼想生大茶壶，你若安心做平板肚，啥鸟事也没有。

计生员走了，留下一堆砖头，一群雏鹅。砖头加雏鹅等于鹅场，一座属于我的鹅场。

挥动竹竿哎赶雏鹅，走上堤塘哦唱渔歌。这支渔歌是这样的：

啊哩哩啊哩哩——脚掌嘿踩过红糖粥哦，脚印红彤彤哎——啊哩哩啊哩哩——嘴甲嘿伸进烂泥洞哦，水星黄霜霜哎——啊哩哩啊哩哩——泥螺涂龟棺材蟹嘿吃涨肚哦，心肝肉都是金盏菊哎——啊哩哩啊哩哩——

14.

金豚之行

丫头，你认识金豚集团的段总？所长神秘兮兮，关上门问我。段总？他找我干吗？莫名地紧张，毫无来由地笑。所长把手搁我肩膀，说金豚是天正的客户，金豚不找天正找天平，这事有点意思。小苏，给你个任务，去金豚探探虚实。

律所门口，停一辆劳斯莱斯。司机护住门框，示意我上车。屁股后叽叽喳喳，哇塞，花瓶傍上大款了。车子驶入富有街，停翼形玻璃雨棚下。是金豚大厦，炫金玻璃包裹主楼，花岗岩遍贴裙楼。大厅璀璨，闪光灯泼成水银，把一个大脑袋浇成水煮鱼头。

用嘴努这鱼头，问挤到身边的花苞头，这人谁啊？她一脸惊愕，眸子噌地溜到眼角瞅人，好像我刚从清宫穿越回来。瞅完了，转身不睬人，把相机举到头顶，朝那颗头狂摁快门。水煮鱼头西服笔挺，被老记们簇拥出门厅，钻进刚才那辆劳斯莱斯。花苞头挤到最前面，对准后座的鬈发男孩，咔嚓咔嚓一阵连拍。俯身时，蜜蜡绿松石红珊瑚藏珠，秋千一般荡在T恤领口。

正看热闹，女文员过来，带我去二楼客厅。朝水煮鱼头撇嘴，段总在车里，领我上楼干吗？女文员抿嘴职业笑，说那是段董，段总在楼里。问她，什么意思？女文员又笑，说段总是段董的弟弟。欲再问，人已在客厅中。

客厅墙壁，绽放一簇金葵花。走过去数，一共十四朵，与凡·高印象书吧花数相同。想都不用想，是荷兰老头的画。晕倒，一夜之间，向日葵成了达人土豪的菜。茶几上放本画册，银红大底烫上炫彩行楷——行善之旅。翻开看，雪域高原兜头撞来，让人缺氧让人晕眩。酷毙，白雪雕出神山圣湖，重彩迭起经幡楼寨。图中没几个人，晃来晃去就水煮鱼头，还有那个鬈发男孩。

封面勒口大头贴，花苞捧了相机卖萌，签名拽成一团乱麻。好面熟，哦，刚在大厅问她水煮鱼头是谁。正在看图，女文员轻声说，段总来了。便有古龙香味扑入鼻孔，抬头看竟是香瓜，穿了阿玛尼，坐对面抹鼻子。靠！以为丫顶多中层，不声不响已爬到公司高层。

跷起腿问他，干吗瞒我？香瓜摸着鼻尖说，高级打工仔而已，小苏见笑了。指着画册问他，为水煮鱼头打工？谁，水煮鱼头？香瓜疑惑，拿过画册看，明白过来，问，小苏认识段雨佳董事长？没好脸色给他，说你哥关我毛事。转脸看壁上葵花，说艾莉说得没错，十二门徒外加兄弟俩，整个一男人帮。

香瓜捏鼻翼，说向日葵雄雌同体。对他说，既然雄雌难辨，搁书吧就行了，干吗形影不离，把画挂在办公室？兄弟倒是情深了，单把艾莉晾一边，不顾及她的感受。香瓜无语，用手去拧鼻梁。很好看的鼻子，线条如同刀刻。

看摊开的画册，有幅图超有型——藏袍领口挂了白绸哈达，藏靴下翻飞大片紫花，水煮鱼头咧嘴傻笑，双手高高举过头顶，擎起来的鬈发男孩，眼瞳中旋动五彩祥云。哇靠，土豪也装逼。话糙了，赶紧淑女，指着图说，挺宠儿子。香瓜说，小苏误会了，男孩是段董助学对象。明白，水煮鱼头作秀，花苞头随行拍图码字，为金豚做一路软广告。

香瓜指着大头贴说，芒合除了摄影撰文，还为段董开车，一路走得好辛苦。这就对了，女孩项上挂珠来自藏地。香瓜又在嘀咕，芒合是个很不错的女孩。他老是芒合芒合，也不怕我说给艾莉听。唔，报道马案的记者也叫芒合，这个芒合和那个芒合，是同一个人吗？香瓜点头说，是一个人。花苞头竟是名记。啊哦，伤不起，型女满世界，就我是花瓶。

香瓜还在夸她，说有图有文有真相，是芒合的强项。我恨得咬牙，说那你让没强项的上这儿来干吗？香瓜轻声，艾莉的意思是，你在庭审前是否见见芒合。我忍无可忍，说去她的图文和真相。香瓜柔语，艾莉的意思是，唐案马案纠结交错，两案呈因果关系。我愤愤不平，说搞不懂因果关系。香瓜呢喃，芒合和艾莉认识一致，都认为马是加害者，唐是受害者。我用鼻腔哼哼，说随她们玩去。

香瓜低头，翻过画册封面，盯住勒口大头贴看。一凛，明白了，这人明里拿花苞头说事，内底是艾莉的说客。禁不住警惕，问他，马龙黑社会老大当真，要挟官员属实？香瓜附耳过来，说检方的观点也是这样。说罢依然低头，看封面勒口花苞头，看她拽成乱麻卖萌的签名。

哎呀呀，真相明明白白，应该没有悬念，马案为因唐案是果，马龙重判唐德铭当庭释放。想到这个结局，心口一阵刺疼。

香瓜合上画册，摸着鼻子温和地注视我。他想说什么，说一切都不可改变，马龙 KO，小苏出局。靠，法庭也懒得去了，歇菜。人已坐不住了，躺沙发上。香瓜做淡定哥，说别把这个案件看作零和博弈，入局即是出局，出局亦是入局。哇靠，还入局呢，蛋疼！

小苏别悲观，你有同盟军，香瓜抹鼻孔。扭过头不理他，同盟个头啊，艾莉和芒合加检察官，她仨才是同盟军。小苏你和艾莉一样，都想有自己的律师楼，价值观相同是同盟的基础，香瓜坐近我。

知道他的意思了，让我屁股坐在天平，脑袋跑天正去。站起来对他说，不可以，这个做不到。让他派车，送我回家。明天还得早起，听马龙继续陈述。

15.

果果

阳光穿过草帽，眼帘一片血红。从眼缝看堤外，弹涂鱼蹿到半空，沾了土红阳光，跌回绛红泥穴。肉鹅滚下堤塘，张开水红扁嘴，咽下枣红竹蛏。看得晕晕乎乎，一簇白光戳痛眼珠。是狗爪子，扒开草帽，让阳光直射进来。

人吓得滚下堤脚，只差背过气去。狼狗叼了草帽，摇尾跑到马尾松林，竖起前腿蹲人身边。是短发齐耳的女孩，坐在树下摸弄狗头。喊她还我草帽，她不说话，拿眼白瞟人。草帽搁在地上，走近了，伸出竹竿去钩。狼狗绕我身后，前腿搭到肩上，哈出长舌舔我后颈。出人命了，抱紧脑袋瘫成烂泥。

皮皮别闹！女孩呵斥。狗东西立马伏地，尾巴旋成风车。女孩又说，皮皮吓着老乡了，快道歉。狗东西刹住尾巴，朝我吠一声，随即昂起狗头，眼里写满鄙视。

女孩按住狗头，还我草帽。慢声细语说，老乡，我是果果，边防大队参谋，皮皮是我战友。原来是女兵，带了警犬瞎逛。

果果指着渔村说，老乡，马江贵涉嫌贩毒。我赶紧爬起，遥看尖顶洋房，说快去抓他呀，待这儿干吗。果果不急，说团伙贩毒，一网打尽才行。她说得没错，一窝端了才解气。

果果和颜悦色，老乡，你帮政府做事，政府帮你致富。这话耳熟，想起来了，乡计生员也这么说。

犯难了，马江贵是我叔叔，不是墨鱼畚红珠，也不是大肚子渔妇，对他不好下手。果果见我犹豫，举手敬礼说，老乡，事办成了，政府付你奖金，帮你扩大鹅场规模。女孩有诚意，不答应还真不行。果果知道事成了，挥下手说，老乡，仔细观察冰库，有事及时联系。

冰库不可能没事。没事，鱼货老板半夜三更，瘸到冰库干吗。马江贵去冰库，可不是看冰鱼冻虾，他去冰库是看月亮。冰库除了储藏冰鱼冰虾，难道还储藏月亮？对头，冰库还真的藏了好多月亮。是鼓鼓翘翘的蓝月亮，扭过来扭过去，扭到墙角褪下牛仔裤，就成了圆圆滚滚的白月亮。白月亮扭过来扭过去，把一爿扭成两爿，让叔叔眯条眼缝，往两爿中间塞莲藕。一节节莲藕都塞进去了，白月亮刺溜一声拉上牛仔裤，从暗处扭到明处，又成了鼓鼓翘翘的蓝月亮。

哎呀呀，月亮有问题，莲藕有问题，冰库有问题。吸一口气，撒腿疯跑，石板路滑溜，摔地上，蹭破膝盖皮。爬起来再跑，跑到江口，站堤上大喘气。喘完了，冲马尾松林唱渔歌：啊哟喂啊哟喂——月光佛裤脱掉哎比莲藕白嘿——啊哟喂啊哟喂——月光佛裤穿起哎比海水蓝嘿——

冰库外墙边，长出一棵树。树脚有雪球，凹进两小洞，洞口哈些气雾。铁门推开来，扭出鼓鼓翘翘的蓝月亮。蓝月亮扭过来扭过去，扭到那棵树前。树叶子哗啦哗啦摇起来，雪球呼啦呼啦立起来，抖掉泡沫粒子抖出大狗，嗷嗷叫着去咬蓝月亮。墙边那棵树动起来，摆动树枝拉住系狗绳，让狗牙咬不着月亮。茅草丛嗖嗖响，剥掉树皮扯去树枝，让果果从树变回人。果果挥下手，让披草皮的女兵扑住蓝月亮，一个不留推进警车。警笛呜啊呜啊响,蓝月亮趴女兵膝盖呜啊呜啊哭，把滚滚圆圆的白月亮，从一爿扭成两爿，白生生白花花。

一个女兵对皮皮说，向后——转，不许——看。一个女兵意见相反，摸着狗头说，没问题，让它看，给它看也看不懂。皮皮懒得理会她们，蹲在车厢里，挨着白月亮，该看就看，该嗅就嗅。

果果坐副驾驶座，皱着眉头不吭声。听到皮皮汪汪叫，女兵说有了有了。果果喝道，说清楚些！女兵说找到了找到了。果果厉声，说明白些！女兵报告，前面口子小，线头短，弄老半天才扯出来。果果口气缓了，后面呢？女兵们汇报，后面又窄又深，灌注甘油使用镊子，终于缴获战利品。果果拿出匕首，挑破藕状薄膜袋子，撮些白粉嗅，说没错是海洛因。女兵们把手指竖成V形，雀跃欢呼，胜利了！胜利了！

胜利了的果果拍拍胜利了的皮皮，让它叼一封信去鹅场。皮皮跑得好辛苦，脚上身上尽是泥巴，钻进鹅舍丢下信。撕开封口看，是张银行卡。果果没有食言，帮我把鹅场做大。握着卡看眼皮皮，拿皮管子放水，去冲它身上的泥巴。皮皮龇牙咆哮，昂起狗头瞟我，没把我当战友看。呸！狗眼看人低，没我打头阵，你连根月亮毛也摸不着。

军号嘹亮，军歌雄壮，官兵列队，挺起胸膛。铁打的营盘流水的兵，果果少尉要转业，留下皮皮继续服役。皮皮扑到女孩怀里，摇动尾巴呜呜叫。果果轻轻拍它头，把鱼片烤虾牛肉干，一把塞进狗嘴里。

皮皮眼窝水湿，呜呀呜呀想哭哭不出，呜呀呜呀想唱唱不响。战友们亮开嗓子替它唱：送战友，踏征程，默默无语两眼泪，耳边响起驼铃声。路漫漫，雾蒙蒙，革命生涯常分手，一样分别两样情。战友啊战友，亲爱的弟兄，当心夜半北风寒，一路多保重……

警营里的歌越唱越激昂，热气回荡感天动地。鬼影般藏在墙旮旯的我，禁不住挺胸走向警营，走向战友果果皮皮。果果，你看见我了吗？果果，你可不能偏心眼，光想皮皮忘了我。果果，见了官儿我有话问他，战友立功受奖，干吗转业脱警服？果果眼快，见我走近营房，朝皮皮努嘴。狗东西无情无义，张开狗嘴撒开狗腿扑来。转身狂跑，别让它把脖子咬成双截棍。

16.

米色风衣和如烟之一

脑袋里乱七八糟，黄鱼媒鸭天鹅肉鹅挤一团，现在又多了皮皮，成动物园了。反正动物园了，那好，索性动物到底。

斑竹米色风衣的帖，帖上有飞鸟——

如烟在飞，留下划痕，凄寂成黑夜笑纹

好多跟帖——

山楂肉丸：抢到沙发了

清冷宝宝：哦，会笑的鸟

西门老巫：得了相思病的红嘴雀

清冷宝宝：素花痴

山楂肉丸：花你个头

被雨打湿的巧克力：风衣裹住如烟，一路同行，永不谢幕

尼姑 mm：楼上不是巧克力，是银毛狐

被雨打湿的巧克力：？？？？？

如烟，有可能不是鸟，是米色风衣的同居女友。不管这摊子事了，明儿去看守所，还听马龙陈述案情。

17.

南方的雪

果果消失了，像一滴雨。

消失的还有叔叔。出事那天，他目送蓝月亮闪出冰库，觉得不正常，门外多了一棵树。眼睛眯成缝看树叶，叶脉匀称叶色单一，太死板。不对劲，转风了，妈拉巴子转风了！鱼货老板一个激灵，关门上锁躲回仓库，推开货箱钻入暗门，爬过暗道溜出冰库。

带着战利品快到警营，果果忽然拔出手枪，说冰库里还有货！说完了掉转车头，带女兵杀回马枪。警笛凄厉，刺痛江口的海风。警灯尖利，把白夜抓出血痕。女兵拥进冷库，割破纸箱倒出冻鱼砸掏出白粉大麻摇头丸。皮皮最忙，黑鼻子嗅过来嗅过去，硬生生嗅出暗道来，趴下身子从地洞爬到堤脚，滩涂一大片，毒枭没人影。哎呀呀，大鱼漏网了，马江贵跑掉了。

女孩急死了，待在冰库哭鼻子。别急，果果别急，鱼货老板贪财，怎舍得丢下车间冰库尖顶洋房。我的战友，从今日起，我白天睁两只眼，夜里犯困睁只眼闭只眼，只要马江贵踏进村里，你就会听见我报信的渔歌。这支渔歌是这样的：啊哟喂啊哟喂——烂眼烂成乌烟花哎不闭拢嘿——啊哟喂啊哟喂——乌鲤鲨游过哎张拖网嘿——

我的许诺不会变。等了一天又一天，等到冷库墙基坍塌，水泥地面开裂，茅草顶到屋顶。等到冻鱼冻虾腐烂，臭气辣红结膜，虹膜发炎糜烂，眼窝长出罂粟花。没有怨言，决不后悔，眼瞎了也得等下去，谁让果果是战友。

天亮了，离开冰库回鹅场。阔叶桉被风摇了一夜，红叶旋落下来，隆成一座小丘。朝小丘踢一脚，瘦狗呜呜叫，驮着树叶摇摇晃晃站起来。它想走开，狗腿细成芦秆驮不动背上的枯叶，才迈出一脚便瘫成马粪纸，趴地上一动不动。蹲下去看，竟是皮皮。赶紧去屋里拿剩饭捏成团，扳开狗嘴塞进去。狗东西不知好歹，瘫地上了还龇牙咧嘴，把前腿搭我肩头。狗头却不争气，东扭西歪抬不起来，尾巴也怯怯地歪在胯下，去遮毛茸茸的卵袋。

就听见有人说，老乡别怕，皮皮不会咬你。声音好熟，抹掉眼屎看，哇，竟是果果！

果果犹豫，说老乡又来麻烦你。巴不得地点头，说不麻烦不麻烦。果果搓手心，说老乡这事棘手。自然担心她，说比缉毒还棘手？果果皱拢眉心，说老乡这事儿棘手很多。替她盘算，说那就回部队干老本行。果果面露苦楚，说不可能回部队。劝她想开些，说到地方也行，地方太平无事。地方果真太平无事吗？果果仰头看天，说老乡你看见雪花了吗，纷纷扬扬连绵不断，扑向你包围你，淹没你冰透你。对她摇头，说没看到雪，江口好久没下雪了。果果咬住下唇，说下过雪，好大的雪，雪花儿飘进纪委大院。对她摇头，说没下雪，真的没下雪。

下过雪，真的下过雪，果果阖上眼睛嘟囔，伸手去接无踪无迹的雪花。哦哦，她就不改口，或许真的下过雪。对，真的下过雪了，她睁开眼睛，眼瞳中层层叠叠都是雪，铺满办公桌，堆满办公室。不再摇头，对她说下雪了，是大雪。果果点头，说是场硬战，力量对比悬殊，老乡你想退出，现在还来得及。不忍心撇下她，说不打紧没关系，下大雪也要去冷库候马江贵。果果叮嘱，别去冷库，转移阵地了，这回逮的鱼，比毒枭大好多。

好，大鱼好，抓到大鱼，果果会让皮皮满身泥水，再叼来一张银行卡，让我把鹅场做大做强。定定地看果果，等她说出许诺。果果却一脸难色，说老乡啊地方跟部队不同，落实经费有困难。别急，果果别急，银行卡没问题，上回给的卡还在，一直搁着没用过。果果正色，说老乡你对那笔钱有支配权，爱咋用就咋用，只是这回与上回不一样，这回有可能没卡给你。别急，果果别急，没卡不要紧，谁让咱们是战友。

得，不说钱说战友。说说战友皮皮，怎么瘦成这样？果果眼睛湿了，说她转业走人，皮皮不吃不喝，擅自离队找她，犯纪律受处分提前退役。地方工作压力大，没时间照料它，饱一顿饥一顿，瘦得皮包骨头。对果果说，那好，让它待在鹅场。皮皮乖，住老乡家要听老乡的话。果果心疼地摸狗头，说老乡我会按时付伙食费。她对皮皮亲，对我一口一个老乡，终究还是见外。禁不住瞅狗东西，恨得牙痒痒，说你等着，把你喂成肥猪，看你还擅自离队。果果捂住肚子笑，说不可以，皮皮成了肥仔，怎么参加战斗。冲她摆手，说这个没问题，打仗前饿它几顿，让它减肥上阵。果果跳起来抱住我，笑成一棵花树。她的眼睛离得近，密密匝匝尽是雪。等她把手松开，再看，人已走远，消失在大雪中。

脖子冷，用手去摸，摸到雪。下雪了，狗娘养的真下雪了！

18.

果皮龙洗脚屋

雪下个不停。满眼都是雪花，满眼都是果果。伸手抓雪，抓到一把鹅毛。哦，压根儿就没下雪，是眼花了，把一地鹅毛当成雪。

眼花是真，可耳朵没聋。果果那日说，别去冷库，转移阵地。这两句话，他听得很清楚，一字不差。对头，是得转移阵地，搞腐败也得找对地方，哪个鬼会在冰库腐败。果果走得匆忙，忘了说阵地在哪里。这也无妨，腐败就是官儿拿人钱财替人办事，哪儿官儿扎堆，哪儿就有腐败，这就是阵地。官儿扎堆在城里，阵地肯定也在城里。那行，关好鹅舍，去趟城里。

街角搁块广告牌，画上的丁字裤妹妹，亮出白腿抛媚眼。顺着街角拐入弄堂，走过生锈的铁门，穿过破旧的楼道，走进老厂房改成的场子。

脱——脱——脱——唾沫星子沾着口臭，雨点一般溅向低台。脱——脱——脱——呼哨扑腾成黑蝙蝠，撞落砖缝里的煤灰。脱——

脱——脱——喊声号声拍打人字梁，粉尘落满秃顶肩胛。追光团聚成大白鲨，咬住低台上的女孩，让她扭动髋部拼命挣扎。逆光迅疾成海鹫，扇动翅膀扑住女孩，用鹰嘴扯去蕾丝短裙。脱——脱——脱——汗脚香港脚跺着地板，真菌螨虫纷纷扬扬。脱——脱——脱——烟头掷出流星雨，把空气烫出带状疱疹。脱——脱——脱——眼珠子集体逃离眼窝，像一堆桂圆肉粘在低台。

低音贝斯轰出狂涛，脚键盘踩出飓风，侧角光绊倒风中的女孩，把坚挺的乳房揉成风铃。电吉他拨出骤雨，架子鼓敲出炸雷，频闪光把丁字裤绞成碎片，炫出黑白交替的三角地。口风琴吹出浪叫，黑胶机搓出挑逗，地脚光托起绷紧的臀肌，杵出汗水体液濡湿低台。

妈拉巴子别再整了，狗娘养的再整人就废了！跳上台拉女孩起来，扳开沟壑吹出泥尘。静场。随即伸出无数拳头，抡圆了砸向低台，砸得我鼻梁开裂，叽咕叽咕狂喷鼻血。女孩大声尖叫，拉我躲进后台。一群舞女鱼贯而出，蛇样地扭动身躯。短裙不经意间脱落，眨眼间又拎回原位。狂躁的人们退下低台，松开拳头翕动嘴唇，冲着圆圆鼓鼓的光团大喘气。

警察来了！暗处一声喊。生猛的人群瘪成跳蚤，蹦着跳着东窜西逃。舞女们久经沙场，蹲下身子抱紧膝盖，把脑袋埋两腿中间，垂落黑发遮住脸蛋。果果快走！脱下外衣裹住女孩，趁乱拉她逃离舞厅。大哥，你管我叫啥？女孩边跑边问。你是果果不会有错，喘着粗气对她说。大哥，我咋成了烂果子臭果皮？女孩气恼地打开我的手。果果，别再瞒了，拉她继续跑。大哥，拜托你了好不好，我不是烂果子臭果皮，女孩眯细一只眼睛，睁大另一只眼睛朝我放电，我是莉莉莎莎芸芸蓉蓉，打今儿起叫紫月。说完了咬住舌尖，冲我做了个鬼脸，转头警惕地查看四周。

看个卵蛋，妈拉巴子一切正常，不正常的只有淌鼻血的我，穿着男装露出光腿的她。

轻声说，没错你就是果果，为完成任务整张新脸。大哥，再说一遍，我叫紫月紫月紫月紫月，女孩执拗。被她拉着跑，越看越是果果，人都在眼前了，还口口声声紫月。对她说，也行，紫月就紫月，这不转移阵地吗，整个脸蛋换个名，没啥大不了。女孩甩下我的手，穿过马路站到街对面，在行道树下朝我鞠躬。跑过马路找她，哪里还有一丝人影。

站在街边，事前事后回想一遍，觉得自称紫月的女孩，跟果果是有些不一样。她若真的是果果，肯定一句一个老乡，不会一口一个大哥。不过叫大哥挺好，比叫老乡亲好多。果果是好战友，紫月是好妹妹，找不到战友，找个妹妹先。

城里地方大，找紫月不容易，让皮皮上阵。狗东西待鹅场里，贪吃懒做腰圆膘肥。饿它几顿，让它减肥，把手伸狗鼻子前，嗅过紫月留下的体味。嗅过了记住了，狗东西撒腿就跑，穿过大街小巷旮旯，追逐风一般飘走的女孩。

毕竟是退役警犬，跟踪盯梢的本事没丢光。皮皮哈出长舌喘气，抬起后腿滋尿，顺着电线杆墙角落，标出腥气的印记，画出迷宫似的路线图。歌厅前几滴尿，暗示紫月在里头陪唱。车间旁几团尿，表示紫月在这儿打工。公寓外几摊尿，宣称紫月在此租房。满怀希望满心欢喜，穿过人肉丛林，走进破陋厂房，敲开群租房，连女孩的影子都没见着。气得一个扫堂腿，把狗东西踢得四脚朝天。

皮皮没敢回鹅场，饿着肚子四处游荡，直到一个漆黑的深夜，瘸着腿领回紫月。凭着女孩对它的亲昵，狗东西用白眼告诉我，哥救美人不是一个传说。是紫月跳艳舞被咸猪手，皮皮咬住那厮讨个说法？还是紫月舞场出来被人打劫，皮皮舍命相救赔上狗腿？紫月不肯说，皮皮不会说。

给女孩打一桶水，让她洗去泥尘汗迹。女孩洗干净了，蹦我身上抱紧脖子，仰头笑个不停。笑完了，闭眼伏我肩上，脸上写满倦意。

有了紫月，鹅场鲜活好多。皮皮伏她脚下，把狗尾巴摇成风车。肉鹅围住她，伸直长颈哦哦叫。唯有泥鳅不睬紫月，躺稻草堆上对她翻白眼。告诉紫月，泥鳅是哑巴，在鹅场长大，没见过城里女孩。紫月听了不答话，推开栅栏门走出鹅场，站路上看城里方向。

她想回城里，皮皮留不住，我更加留不住。走之前，把果果雪花麻花说给她听。果果把手叉在腰上说，大哥的事就是小妹的事，赤那娘侬把吾当麻花，笃定引来老多野鸭子，野鸭子多么雪花也多，果果小娘逼看到雪花，笃定会跑过来寻侬。野兔也成，咱不一树墩子嘛，倍儿粗倍儿硬，丫活腻了麻利上来，撞轻了踏实翻白眼，搁重了铁定兔唇。紫月南腔北调，果果雪花麻花野鸭全串上了，还外加树墩野兔。

和紫月一起上银行，把果果给的银行卡塞进柜员机摁过密码，彩屏上跳出六位数。果果爽气，给的酬金真不少。一个子儿不留都取出来，在城里租房开洗脚屋，战友大名各取一字，拼成店名：果皮龙洗脚屋。问紫月这个店名怎样，紫月说倍儿棒！

爆竹声声，花篮飘香。紫月腮红唇香笑迎宾客，皮皮蹲旗袍下狂摇尾巴。果皮龙洗脚屋隆重开张，欢迎野鸭野兔登场。果皮龙提供系列服务，泡胀脚掌摁脚穴，摁完脚穴蒸桑拿，排出汗水全身按摩，条件成熟转移阵地，进一步开放搞活。

19.

凡·高印象书吧之二

香瓜来电话，说艾莉在书吧候我。咦，他难道忘了，上次在金豚闹翻，同盟军早已散伙。不过话说回来，朋友还是要处。

依然由服务生开门，绿帽绿服老样子。艾莉坐在吧台斜眼乜我，说这阵子耗子似的躲哪儿了？探头伸鼻子嗅她，艾莉狐疑，皱鼻子嗅自己，问是啥气味？抹着鼻孔对她说，古龙香水味。艾莉扑过来掐我，说丫长狗鼻子了。

是有狗鼻子在吧台下，使劲嗅我脚背。拎它上吧台，摸它长毛，说跟它爹一个味儿。呸！贝贝别理她。艾莉抱过京巴儿，把鼻子埋进狗毛。

香瓜显摆，派劳斯莱斯接我。噘起嘴埋怨。难不准天平那堆乌鸦嘴，瞎掰苏贞妮傍大款？艾莉厉害，一猜一个准。切，真傍到也行，可惜下手太晚。哟，小祖宗做醋自喝，连杀我的心都有。艾莉说完，开心地笑。

进包厢，我还点绿茶，她仍是苦瓜茶。

问艾莉，不说向日葵雌雄一体吗，还为男人帮的事苦恼？艾莉抿茶，苦得咂舌，说没事，心里全是案子，没空想那破事。

她拿出备好的报纸，脸色神秘，说这个你看下先。不用猜也知道，芒合写的通讯。打开手包，掏出同样的报纸，大标题《马龙昼伏夜行掌控官员》，从头到尾一字不落背出来。艾莉闭嘴不语，作深思状。

她不说话，我替她说，马龙要挟官员，铁定主犯。唐德铭受马龙胁迫，无犯罪主观意愿。马案唐案呈因果关系，马是因唐是果。艾莉听了一愣，说开窍了想通了？继而一脸欢喜。

她高兴我不高兴，说有没有想到马龙，亦无犯罪主观意愿。艾莉又是一愣，乜眼看我说，怎么了，亲？我乜眼看她，说反正马龙没有犯罪动机，要挟官员之说纯属杜撰，缺乏证据不合逻辑。艾莉敲我脑门，谁说你面，倔成木鱼了嘿。

都木鱼了，索性木到底，放下报纸，闷声喝茶。

艾莉见我不理她，偎着贝贝软声柔语，京巴儿特闹腾，叼鞋扯袜咬电线。你来气了不是，可劲儿踢它。它不管不顾，黏人舔你，你抱它不？

把贝贝拎她怀里，对她说，自家孩子当然要抱。

艾莉嗑出瓜子，塞贝贝嘴中，说野的另当别论，野的牙痒痒，咬你俩窟窿，让你奔急诊，让护姐拿一大针筒，往肉里飙狂犬疫苗。你忒恨它，想一枪崩了它不？

摸贝贝脑勺，说都是没打预防针惹的，让贝贝妈得狂犬症了，惨绿！

艾莉摸我脑勺说，好，事儿结了。

没明白过来，问她，啥事结了？

艾莉放下贝贝说，好事，你小苏阿姨想明白了。

她明白我不明白，俩狗儿不都犯事吗，你说拿枪去崩谁？

艾莉不高兴，俩都犯事，该崩的也该是那野的，敢情咱没钱给贝贝打预防针？

她不高兴我高兴，不一定排得俩啊，人家往血窟窿上查牙痕，没准不是大的是小的。

艾莉听糊涂了，咋老是轴着呢，说话不着边儿。

我糊涂我不糊涂，若是小牙痕，坐实京巴儿。

艾莉气苦，说小祖宗死心眼啊，上了发条啊，顺竿子爬不行啊。

冲她娘儿俩笑，说还真上了，不是竿子是钢管，腿扣紧了，倒着身子转圈。

艾莉丢来贝贝，说咬去咬去，咬丫俩窟窿，让她狂犬去。

20.

谁是鸟谁是枪

把芒合晾了好久，得会会她。倒不是香瓜艾莉催促，是真想见芒合一面，听她说如何写的通讯，也好判断她写的是真是假。

见芒合前拿了剪报，找马龙核对案情。他若认定内容是真，我也好省心省力，站到艾莉一边。他若觉得冤枉，案子就复杂了，谁都难料定结果。

读报给马龙听，字正腔圆一字不落。这个芒合，不光爱爆料，还是正宗标题党。大标题、小标题用“地下组织部长”之类吸人眼球，行文则抽丝剥茧慢条斯理，字字句句暗藏机锋——

谁是鸟谁是枪?

马龙背景很深。司法局要在新区盖大楼，土地局拖拖拉拉不给力。司法局长没招了，请马龙出面摆平。土地局长放出口风，马龙算老几，他是鸟老子是枪！当天夜里，牧鹅犬皮皮跑到城里，往土地局长家门缝里塞进一封信。土地局长拆开看，连夜打电话给经办人，说批地给司法局。经办人说，马龙是鸟局长是枪，只有鸟怕枪，哪有枪怕鸟。局长跺脚催他快办，说老子是鸟马龙是枪。

老革命碰到新问题

公安局长开会做报告，马龙来电话让他去洗脚。局长说会议刚开始，这会儿去洗脚不方便，马龙说那你看着办，局长听了面如土色。政委刚上任不久，说老子带人抄了果皮龙。局长说你悠着点别蛮干，我们扳不动他。政委说不就一农民吗，怕他个屌！局长贴政委耳边说话，政委立马一脸寒气，让局长快去洗脚屋。到会的警察交头接耳，说这里面肯定有问题。政委说什么鸡巴问题，是老革命碰到新问题。

到底谁是组织部长?

教育局长年龄快到门槛，去组织部找熟人打听，看能不能再干一届，熟人说这事得问部长。局长转身去部长室，熟人说走错地方了。局长说这不挂着牌子吗，他怎么可能走错地方。熟人附耳说了几句话，局长立马掉转屁股下楼，让司机送他去鹅场。没多久任命文件下来了，局长依然干一线。朋友们要局长介绍经验，局长摸着脑勺说，搞清楚谁是组织部长很重要。

安全套里不安全

为什么枪变鸟鸟变枪，老革命碰到什么新问题，到底谁是组织部长……这些问题的答案在哪里？答案装在安全套里。大家都知道，安全套是避孕器具，具有安全避孕的功能。但是，安全套的性能一旦发生变化，就会产生严重后果。到那时，最安全的安全套，也会变得不安全。

……

马龙眨着泥巴眼，一声不吭仔细听。听完了乐呵，鸡啄米似的冲我点头，说就是就是，一点没错。

没治了，我瘫在椅子上，连一头撞死的念头都有。

马龙体贴，说你累了先回，报纸搁这儿，我好多看几眼。

这脑残以为捡着宝贝，不知道他为这些方块字，得把水泥牢底坐穿。谋事在人成事在天，遇上这样的主儿，尼玛我算玩完。把报纸团拢来，搁高跟鞋下踩，踩得稀巴烂，一脚踹到墙角落。

马龙连滚带爬捡碎纸，摊在地上拼字，一边忙乎一边说，再坐会儿再坐会儿，今天故事还没开讲。

他继续讲案情，我坐他对面做笔录。

21.

干爸，你好

紫月是领班，洗脚屋由她打理。员工一律女孩，长相清秀，嗲声嗲气。

女孩们拎来木桶，在桶底垫层薄膜，搁进通筋活血的田七藿香罗汉果，补肾壮阳的杜仲泽泻熟地黄。待药汁融入汤水，把木桶拎到躺椅边，替男人脱下袜子，把他们的脚搁进药汤。等到脚掌泡红了，捞起来放自己腿上，捏着揉着摁着搓着，让男人眯了眼想入非非。

脚心暖了脑门热了，客人打开话篓子，荤段子一个接一个，把女孩们诱出洗脚屋，去到酒店会所度假村。都是很纯的女孩，都听领班讲过媒鸭，都像麻花一般敬业。陪酒陪唱是肯定的，陪说陪笑是必需的，她们始终面带微笑，百般呵护贪腥的大哥，暗地里却长了个心眼，该录音的地儿搁录音笔，该摄像的地儿放摄像头。哪晓得这些个男人，全都是行家里手，关灯噤声才走程序。

这算哪门子事嘛，全不晓得怜香惜玉，只顾自己乐呵，让女孩子干着急。紫月领班急得跺脚，跺完脚鼓起腮帮，拿一把套套使劲吹。吹完香草迷你型，再吹奶香螺旋型，吹得满屋子都是气球。安全套在屋里飘过来飘过去，她眼睛一眨有了主意，笑眯眯地对女孩们说，谁带回装东东的套子，谁就可以领到红包。平日里见惯了的东东，出台时抓一把塞包里，跟唇膏口香糖搁一起，用过了懒得看一眼，丢进马桶让水冲走。现在规矩变了，腥里吧唧的偏得带回来，女孩们一下子接受不了，握住套儿扭腰摆臀，像握住烫手的烘番薯。

紫月轻叹，都是离乡背井没人疼的，也就自个儿找些乐子，别人哪里管你死活。一刹那声响全无，满屋子尽是愁苦。别看这些如花似玉的女孩，平日里没心没肺地闹腾，其实心里搁的全是苦。紫月眼睛红了，说怨天怨命怨爹娘，让人来这世上犯穷犯贱。有钱的主儿咱不巴结不行，得一口一个亲哥地叫，只是别热昏了头，真把自己当根葱。妹妹们，趁小脸还剩些桃花色，该做的事儿抓紧做起来。女孩们哽咽着说，谁当真啦谁当真啦，谁当真谁是猪脑。说完了围上来抓套套，大把大把塞进手包。

好样的女孩，都很敬业，用身体认真做事，甜言蜜语套客人的话，想尽办法摸清楚状况。完事后藏了套儿，悄悄带回洗脚屋，把里头的东东倒进瓶子，拧上盖子封了蜡，让皮皮叼到鹅场。

姐妹们这样努力，紫月当然高兴。想到身为领班，做事不能落在后头，便暗自用心。只是洗脚屋事多人杂，从早忙到晚，想较真却有心无力。生闷气吹套儿，让气球满屋飞，吹着吹着有了主意。晚上忙没空出台，这个没关系，起大早走起。

天蒙蒙亮，紫月跑进树林，汗水濡湿迷彩背心，胸脯颠成两坨浪花，平静的树林变得迷狂。唐德铭也在晨跑，跑近紫月问，小鬼在哪里当兵？紫月吐舌尖暗笑，把双臂绞在头顶说，不告诉你。唐德铭很自信，不说我也知道，在部队搞文艺。紫月眯眼媚笑，双臂做扩胸动作，仰着脸说，错，减10分。唐德铭最终没搞懂，身边的女孩是啥职业。

轮到紫月问话，你在哪儿打工？唐德铭揉着发福的肚腩，别过头偷偷乐，说不告诉你。紫月认真打量，说一猜一个准，拉保险的业务员。唐德铭仰头大笑，围着女孩跑圈，边跑边说，错，减10分。紫月在肚子里说，呸！不就是个父母官吗，天天上电视显摆大头贴，鬼都认识你。

两人继续跑，一直跑进树林深处。紫月发嗲，尽瞎跑，也不说说现在想啥。唐德铭瞅见头顶树梢，倒挂一只蝙蝠，随口说想蝙蝠。紫月爱讲故事，说黑蝙蝠老了，要转世投胎。上帝问它，转世想做什么？黑蝙蝠说，做吸血的白蝙蝠。唐德铭摇头说不会吧，基督教没有转世一说。紫月认真说，骗你是小狗。唐德铭还是不信，说就算有吸血蝙蝠，也不是白色的。上帝让有就会有。紫月做鬼脸唬人，白蝙蝠好可怕哦！唐德铭淡定，说随你瞎编，反正不是真的。紫月张牙舞爪，说就有就有。唐德铭息事宁人，你说有那就有吧。紫月发嗲，什么呀，什么叫我说有就算有。唐德铭顺着她，你说没有就没有。紫月跺脚说，什么呀，什么叫我说没有就没有。唐德铭左也不是右也不是，只好闭嘴傻笑。

紫月用肘抵他，说是谜语，让您猜件东西。唐德铭脑袋一锅粥，说小鬼呀，提示一下。

紫月抿嘴笑，手臂甩出漂亮弧圈，跟女孩子有关，猜猜看。唐德铭挠着头猜，女孩子的东西，耳环？不，项链。紫月噘起嘴巴说，笨死了。唐德铭暗中笑自己，是笨，平日的智商跑哪儿去了。紫月跑累了，一屁股坐在松针上，让唐德铭闭上眼睛，撩起迷彩裙叉开腿，再让他睁眼看，说吸血的白蝙蝠，是哒。唐德铭呆看那处，脸上火烧火燎，原来谜底是卫生巾。见女孩还叉腿站着，赶紧站起来，一跑就是几百米。

好几天不敢晨跑，真不跑又不甘心，起大早候在树林，瞅女孩还在不。女孩当然在，迷彩背心汗湿，双臂绞在头顶，露出腋窝转圈。唐德铭跑近去说，小鬼啊，这几天回驻地了？切，他自己躲着不见她，倒打一耙说她不在树林，紫月不理他，顾自跑到前头。唐德铭深呼吸，紧跑几步追她。见他追上来，紫月放慢脚步等他，轻轻戳他胸膛，回这个驻地去了。唐德铭手痒痒，也想戳女孩胸脯。终究不敢，伸出去又缩回来。紫月见他这样，偏再戳他胸口，转过脸偷笑，兔兔哥哥哎，撞树墩上了您哪。见她笑着默语，唐德铭好开心，带她上车去到家里，打开壁橱拿出法国兰蔻，握住她的手放手心里。

紫月揿下镀金喷嘴，往手背喷些香雾，凑近鼻子嗅个不停。见她萌得可爱，唐德铭笑说，美成京巴儿了，闻出香型来了吗？紫月一屁股坐他腿上，钻怀里嗅他，说就京巴儿就京巴儿，你管得着吗。久远的诗意折回内心，唐德铭抱住女孩问，小鬼读过荷马？紫月轻轻戳他的嘴，说河马大嘴巴，吞下大西瓜。唐德铭一凛，她竟然不知道荷马。不死心，再试，莎士比亚总知道？紫月握起小拳头捶他，说长在自家身上的东东，自家当然清楚。唐德铭莫名其妙，说莎士比亚长你身上？紫月扑哧笑了，说侬忘记塌啦，刚才还问吾，啥是屄呀。唐德铭听呆了，脑里一片空白，女孩不但知识贫乏，思维还老跟性连到一起。又想，青春期难免性饥渴，这方面想象力强，应该也正常。

他这样想着，把女孩抱得更紧。紫月也不闲着，把他的嘴扒成O

形，弯拢手指弹他门齿。唐德铭知道，她央他讲故事。这真是哪壶不开提哪壶，他看文件做报告内行，说书讲故事外行，紫月想听，只好敷衍。他说三个人睡在一起，里头那人觉得腿痒伸手去挠，挠老半天腿还痒，便使狠劲挠。没想到挠的是中间那位，把人给挠出血来。被挠的醒了，摸身上水湿一片，以为躺外头那位尿床，推醒他让他去茅房解手。茅房紧邻酒坊，榨酒声滴答滴答。解手的听到滴酒声持续不断，以为自己小便未尽，一直傻站不动，直到公鸡打鸣天色放亮，才弄明白情况。紫月听了，捂住小肚子笑。笑完了跳起来，把唐德铭摁到身下，说这不神侃吗，蔫儿坏。还公鸡呢，姐今天就侍候这只公鸡，让它打鸣叫到天光。唐德铭赶紧拨开她的手，缩拢身子捂要紧处，任她扳任她抓任她挠。

以前不是这样，他对所有女孩保持警惕，用淡定筑起高墙，让她们望而却步。女孩们都很优秀，通过考试走进机关，想早些坐到位置上，又不想走得太辛苦，便用身体表达诉求。她们沉默成羔羊，眷顾的眼神游过过道，游进市委书记室，定格在他的身影中。她们灵动成小鹿，在觥筹交错的筵席抬腿，怯怯地走近他敬酒。女孩们各自怀着梦想，梦想某一天某一时，他会注意到她并接受她。他不为所动，始终与她们保持距离。

仕途得意阅尽春色，这样的同僚不在少数。他毫无这些经验，被视为老派无趣之人，不合群是理所当然。他宁愿独处自好，不会去图一时之快。官场水深仕途凶险，一朝惹事麻烦不断，最后断送掉一生。毕竟是男人，偶尔会有想法。冲动时，逼自己去想一双眼睛，妻子眨动在大洋彼岸的眼睛，会很快冷静下来，恢复理智沉稳。

这样一路走来，无风无浪，如同梅雨般绵长乏味。紫月就在这时走来，春花一般绽开，摇曳在他心中。女孩傻傻的，没有心计，不知权术为何物，与体制毫无关联。在她面前，不必矜持无须防备。他喜欢这个女孩，喜欢她的懵懂呆萌，喜欢她的来历不明。他这样喜欢她，身体反而紧张，心境也不自然，觉得一旦发生什么，岂不是恃强凌弱。紫月急性子，等这个木头人想明白，切，黄花菜都凉了。她扯掉内衣抛到床脚，抱住唐德铭的脖子挂坠似的来回晃。见那人还是根木头，赶紧着捞那物件。捞到了一愣，比豆腐还软了都，做事儿哪成。她这回真急了，以为是自身问题，不性感没有吸引力，眼里便含了泪花。唐德铭也急，说对不起，与妻子做爱，也有这种情况。紫月听了也不说话，俯下身子，张嘴衔住要紧处。唐德铭觉得这样不行，这样太委屈女孩。紫月刮他鼻子，轻声说，亲，侬勿要老是想来想去，想多了身体里厢的血，一塌刮子跑进脑子里厢，正经地方缺血，软塌塌像团棉花。唐德铭点头，觉得她看问题很准确，分析问题也挺到位。他确实存在问题，做爱时想法太多，注意力过于分散。

紫月现在不急，一点儿都不急，拉过唐德铭的手枕在脑后，说故事给他听。紫月说俩女孩跟一男人有关系，一个女孩跟另一个女孩说，他说你那地儿干得冒烟。另一个女孩说，你拿钓鱼竿来试下，钓到鱼儿那是肯定嗒。前面那个女孩说，他说走错地儿去到沙漠。后面那个女孩说，你让他不带救生衣进来试试，不淹死他才奇了怪了。唐德铭听了捂住嘴笑，把脸埋入她胸脯慢慢滑移，去到他要去的地方。经过之地全都浑圆，峰峦浑圆柳枝浑圆，黑森林浑圆三角洲浑圆，从浑圆中体会到静美润泽。禁不住去想，与异性交媾如此，在位置上更须这样，尖锐僵冷皆不可取，圆润温泽方能通透。

把女孩当作红颜知己，对她说体己话，小鬼啊，要多读书多学习，要顾及方方面面，别把心思都放在下边。紫月轻轻叩他左乳，说就不顾及就不顾及。唐德铭装作生气，说不许这样没大没小。紫月把脸贴他胸口，说就没大没小就没大没小。他喜欢她这样，却说再没大没小，以后不理你了。紫月搂住他脖子，说就得理我就得理我。他故意板下脸说，没大没小就不理你。紫月换右乳轻叩，说你爱充大，叫你干爸得了。他听了满心欢喜，说小鬼啊，叫干爸可以，范围不能太大。

干爸忙完床上工作，常常进洗手间不出来。他摘掉眼镜匍匐于地，捡拾女孩细长的落发。是羊角梳篦下的发丝，黑亮成细长的细蔓，牵缠在地漏里浴缸下。他喜欢这份辛劳，在位置上坐久了，对于不变的显赫繁忙，会觉得单调腻味，下班后做些琐碎平实的劳作，反而是种难得的享受。这天洗手间发丝不多，那就去卧房寻找，一不留神，找出天大的问题来。床头柜抽屉里，搁着用过的安全套，口上扎根橡皮筋。问紫月干吗不及时处理掉，干吗扎上橡皮筋。紫月打着哈欠坐起来，把知道的事儿从头到尾说一遍。唐德铭也不言语，踉踉跄跄到玄关，蹲那儿刷牛皮鞋。刷完了套在脚上，在客厅里踩过来踩过去。

紫月迷迷糊糊晃到卫生间，旋开水龙头掬水拍脸，又恍恍惚惚回卧室，经过客厅时看见月光超亮，干爸穿着牛皮鞋，嘚笃嘚笃走过来走过去，把月光踩作满地碎玉。紫月拉过他问，怎么把鞋穿屋里啦，拖鞋哪儿去了？唐德铭也不换鞋，嘚笃嘚笃进卧室，坐床上看床头柜。紫月拉开抽屉看，原来不是鞋的问题，是套子的问题。一凛，醒过神来，赶紧安慰他，不急不急，咱不急好吗？这只赶紧处理掉，拿去鹅场的那只，赶明儿找龙哥要回来。唐德铭朝眼镜呵气，拿衣袖擦镜片，擦完了架回鼻梁，嘚笃嘚笃回客厅。

月光冷，紫月去拉窗帘，看见窗外下大雪。再看铺地板上的月色，便是银闪闪的雪光了。怕干爸着凉，赶紧从卧室抱出毯子，披在他身上。唐德铭披着毯子，嘚笃嘚笃走回卧室，边走边嘟哝，知己知彼百战不殆，知己不知彼活该如此。紫月听了，翘起嘴哭，说这就是干爸的不对了，你说百战不逮，紫月一出手，就被你逮到这儿。你说知鸡不知屄，紫月想不明白，咱哪回藏着掖着。唐德铭听了万念俱灭，蹲雪光里捶自己脑袋，念道，醉中浑不记，归路月黄昏。

紫月见他这样，赶紧出手搂住他的拳头，俯下身子护住他的头。又看着落地窗说，干爸你没喝酒呀，怎么说起醉话来，现在是夜里不是黄昏，外面下着大雪呢，是雪光不是月光映到屋里来。紫月说着眼睛红了，啊哦，干爸这回彻底歇菜，黄昏深夜月光雪光一塌刮子团拢来，分不清爽扯不明白。又想到，是自己拿套子害他，禁不住哭成泪人。哭累了打开抽屉，拿出套子丢地上，用脚跟踩上百回千回。

22.

守望

光秃秃的阔叶桉，把被雪压弯的枝丫，伸向湛蓝的天空。果果张口是雪，闭口也是雪，真招来这场雪了。

皮皮呼呼摇尾巴，用爪子刨雪坑，抽动沾满雪粉的黑鼻子，哈出舌头立成人样。捏雪球掷它，轮到你疯，有本事让果果过来。话音刚落，就听见有人说，哇，好大的雪！皮皮应声蹿去，伏在来人脚下呜呜叫。走近看，阔叶桉下站着果果。

看见果果，当然高兴，说等你等得好辛苦。果果拍拍狗头，冲我微笑。赶紧向她汇报战果，果皮龙洗脚屋开张了。果果满心欢喜说，可不，野鸭野兔一起登场。继续报告，瓶子都标了姓名，果果你顺藤摸瓜，一掐一个准。果果客气，说瓶子来之不易，不好意思都拿走，拿几个就够了。她客气我不能小气，再者瓶子搁这也没啥用，对她说都拿走得了，我也好专心养鹅。果果转身背朝我，说龙哥哥的心思，全在臭果子烂果皮上。

不喊老乡叫龙哥哥，她不是果果？问她是谁，跑这儿干吗。女孩噘起小嘴说，不就下一场雪嘛，眼花心也花，把本领班忘得一干二净。是紫月，把她认作果果了。扳过她的肩头，把碎雪拍到地上，说可不能怨我，你和果果长得像。紫月翘起嘴巴说，又来了，臭果子烂果皮的，没完没了。

大冷天，怕冻着她，说有事进屋说。这儿说得了，紫月搓着冻红的手说，给一建议，这不鹅屎肥田吗，腾块地皮种果子，那日子过得才叫乐呵。这孩子还真记仇，扳回身子问她，大雪天赶来有啥要紧事。紫月冷得跺脚，说没啥事，有个段子好听，过来说给龙哥听。呵着手对她说，外头冷进屋说。紫月发嗲，偏在这儿说，偏在这儿说。我也开始跺脚，说赶紧说吧，说完了进屋。

窗外雪花飘呀飘，冻得小鸟喳喳叫：哪位小姐行行好，借个小洞暖暖鸟。紫月瓮声瓮气模仿男声，接着把声音变回来，大哥大哥别叹气，只要你有人民币，小洞里面开暖气，包你小鸟很满意。这孩子冻傻了，大雪天跑来就说这些。正要说她，裆里一热，小鸟活蹦乱跳。赶紧转过身子，拿起竹竿赶鹅。

助人为乐没听懂啊，紫月抡圆眼睛嚷嚷。你说，让我帮谁？转过身来，搓她冻红的手。龙哥哥，你帮帮我干爸。她眼睛潮红。不一兔子吗，怎么成了干爸？没听懂她的话。这桩事体越想越勿来事，伊是吾干爸，侬是吾阿哥，阿拉三家头是一家人，俺打了鸡血针俺是猪头三，俺出手忒重把干爸整歇菜了。紫月这回真急了，说话颠三倒四。

她一口一个干爸，那个干爸在哪里？搭起手棚找她干爸，原来他蹲在阔叶桉下，拿着纸巾擦牛皮鞋。见我探头探脑找他，他背着手踏雪而来。皮皮眼快，瞅见牛皮鞋锃亮，知道是大官儿，摇头摆尾跑去舔鞋尖。

紫月干爸先开的口，他摘下眼镜说，老乡啊，气温骤降，鹅场地处江口，防寒保暖要做到位。咦，这不乡计生员嘛，多年不见做大官了，腔调却一点没变。白脚杆还是老习惯，讲话前先擦镜片，再把眼镜搁回鼻梁上，说老乡啊，你帮政府做事，政府帮你致富。好啊好啊，互相帮助好啊，没有互相帮助，他怎么当上大官，我怎么会有鹅场。紫月有没有搞错，明明是互相帮助，怎么可以说成是我帮他。

白脚杆附耳过来，神神道道换了腔调，说果果问老乡好。我也神神道道，压低声音问他，果果怎么没来？他摘下眼镜眯了眼，转头看一圈状况，说见到我，就是见到果果。原来他认识果果，问他，说好单线联系，怎么变规矩了？他的目光在镜片后，烧成了两堆篝火，说事物总是不断地发生变化，在变化中呈螺旋形发展。瞧他说得轻巧，陀螺转过来转过去，到头来还是陀螺。老乡啊，陀螺的运动轨迹，就是事物的发展规律。就拿鹅场说吧，虽说还是原先的鹅场，但鹅的存栏数每年都在增长，说明事物不断变化发展。好像是这道理，对他说人还是这人，走出去再走回来，官便越做越大。他听了不再言语，去看晃摇在鞋尖上的篝火。

紫月见我们谈得来，蹦蹦跳跳雀跃起来，说龙哥哥认识我干爸，干吗还不帮他？龙哥哥帮干爸，干爸帮龙哥，帮过来帮过去才好。这话在理，转身去鹅舍，从冰箱里找出瓶子，递给她干爸。紫月指着我笑，说瓶子是龙哥哥还的，不许反悔不许赖。白脚杆听她这么说，冲她点过头又冲我点头，一把抓去玻璃瓶子，宝贝一般放进衣兜。

这人都当大官了，眼睛还是老毛病，看得见眼前的物件，看不见暗处的东西。白脚杆不知道，还瓶子前做了手脚，匀出一半浆液，装进另一个瓶子。他是客气守信的人，生分却是藏不住的，显得隔，不落地。他既然这样，我只能留一手，让心里踏实些。

夜深时会打开冰箱，捧出瓶子就着月光，看瓶塞有无松开，看封蜡是否脱落，看囚在瓶胆里的浆液，是静静地蜷伏在瓶底，团缩成一坨坚硬的冰块，还是融化成水汁变质挥发掉。挺好，全都正常，低温使物体保持原状。粘在瓶外的纸条也在，那上面有紫月歪斜稚嫩的笔迹，这些笔迹写着不同的名字。

自从有了这些瓶子，江口多了不速之客。是些黑衣人，黑西服黑皮鞋，黑着脸走下黑轿车，把手插在西裤兜里，鬼影一般在桉树林溜达。腿在溜达黑眼珠也在溜达，瞪成黑蜘蛛爬过栅栏，爬进鹅舍钻进冰箱。不盯牢冷冻盒不行，魂儿在瓶胆里，被瓶塞摁住被封蜡封牢，不通风很憋气，不自由很封闭。

黑衣人平日项目挺多，花酒牌局麦霸桑拿，不醉不晕不回家。现在丢了魂儿，不回家的理由是：去江口找失物。这件失物说金贵也金贵，说垃圾也垃圾，反正摆不到台面上，让人很烦恼很焦躁。都是场面上的人，趾高气扬惯了的，今儿个却提心吊胆。皮皮一个喷嚏，都会把他们吓傻，头发冒着冷汗竖起，僵硬成一蓬蓬黑茅草，膝弯打着哆嗦缩拢，恨不得立马跪下。受了这般憋屈，偏还不能声张，只能躲在鹅舍外，嘟哝各种计策：甲胺磷必须有，拌进馒头毒死狼狗，让鹅场失去防卫力量；胶带纸省不掉，用来缠住马龙手脚，拿回瓶子那是肯定的；得牺牲掉一只肉鹅，把汽油浇它身上，点上火扔进鹅舍引燃稻草，把冰箱瓶子烧得稀巴烂；必要时买通毒贩子，让马龙染上毒瘾满地打滚，连声讨饶交出瓶子……

黑衣人牛气哄哄，光练嘴皮子不动手，过足嘴瘾后低下脑袋，带着云烟茅台摸进鹅场，堆出笑容跟我称兄道弟。都是坐在位置上的人，知道能屈能伸的道理。又见那些瓶子平平安安搁鹅舍里，没有生发出任何事端，便认定我菩萨心肠。相互间亲昵起来，很快成了朋友。朋友们把鹅场当作会所，有事没事常来江口。个个都是牌局高手，就着灯猫在破桌上，通宵达旦搓麻玩牌。都不是等闲之辈，早先被人哄着宠着，每回都赢得钵满盆满，现如今一律猪脑，摸到好牌也不会使，大把大把输钱给我。

与皮皮相处久了，朋友们也长了狗鼻子，能在鹅屎气中辨出生人体味。知道唐德铭来过鹅场，一个个都吓得不轻。暗中思忖，唐时常走基层掌握资讯，他若发现瓶中秘密，这事儿可如何是好？自然忐忑不安，等着有事发生。可一来二去，日子过得与平日并无两样。是唐明了真相，暂且把这事压下，日后看谁不顺眼，抖出来敲打一番，还是马龙罩着朋友，把事儿全盘瞒住？朋友们猜过来猜过去，到底没个准头，只知道鹅场的水很深，唐和马不是一般关系。

水越深越得来，不但经常来，还带朋友来。朋友的朋友们，和朋友一个德行，都是见面熟，扫地擦桌烧水泡茶，一点儿都不生分。不生分了，便公事私事搅在一起，一股脑儿倒牌桌上。相互间亲近成这样，日子自然过得轻松惬意。也有不快的时候，一位朋友打牌到一半，说要解手去到屋外，左等右等没有回来。再见到时，已是一具尸体，被水泡得灰白。是个科长，为解手摸黑走很多路，一直走到江口，步入稀软的滩涂。出事前并无征兆，摸牌出牌都很自然。白天在单位上班，神态举止也都正常。既然很自然很正常，那他干吗去滩涂解手？

朋友们，朋友的朋友们，都闭口不谈此事，似乎世界上原本就没有这个人。他们不谈这个人，不等于不想这件事。这件事中的这个人，毕竟与他们一起相处，一起打牌嬉耍，一起担惊受怕。现在这个人走了，消失在溏粥一般的泥涂，永远不再回来。他们心里空落落的，脾性变得焦躁不安，觉得此类事情还会发生，麻烦的日子没有尽头。于是生事，耍狗脾气。在鹅场还淡定，照旧打牌照旧输钱，开车回到城里，会为小事互啃互咬，不晓得凡事须退让三分。闹大了下不来台了，托朋友和朋友的朋友，请我出面把事儿摆平。办法一成不变，去墙角旮旯摘几叶勿忘草搁进信封，让皮皮叼到城里塞进门缝。打开信封看到草叶子，那些家伙的脑袋瓜里，丁零当啷的全是瓶子。会很快冷静下来，不折腾不拆台，互递梯子让对方下台阶。

朋友就这么处着，日子就这么过着，想法有了变化，跟以前不再一样。渴望不转风，渴望不下雪，渴望果果不再出现在江口。哦哦，朋友们，朋友的朋友们，让我们常来常往，相安无事，日久天长。

23.

去江口

马龙说很多个夜晚，客人走了，留一桌残酒剩烟，留一堆老人头。

马龙说就着月光打开冰箱，把瓶子捧到地上，随心所欲地挪动它们，如同挪动棋盘上的棋子。

马龙说把瓶子摆成一个圆圈，中心位置留给唐德铭。

马龙说蹲地上俯视瓶子，居高临下逐个点名，聆听朋友们轮流应答。

马龙说一刹那间，觉得自己是佛。

…………

把他的供述，一字不落记录在案。切，让马龙在牢里做他的佛，我尽职尽力去江口，到涉案现场做调查。

码在电脑中的笔录，雀跃着一群黑衣人。现在的我也是黑衣人，穿着黑色职业装，走下黑皮二手车，麻溜儿在黑色江口。目标物是玻璃瓶子，路径设为阔叶桉林，破败的栅栏，荒废的鹅舍，锈蚀的冰箱。Oh，My God，真的有冰箱！冰冻盒是空的，这个并不重要，没有瓶子是肯定的，它们现在成为实物证据，存放在检察院。抽出冷冻盒，搁鼻子前嗅吸，气味杂乱，有些难闻。再嗅，味儿消失了，闻不到了。

这些气味，来自于想象？似乎不是，场景真实，气味也应真实。那么这些气味，都去哪儿了？哦哦，有了，身体有反应。脸开始发烫，呼吸急促起来，用手轻触身体，敏感处发湿发黏。气味也嗅到了，那种生腥让人讨嫌，但身体却不受控制，禁不住微微哆嗦。觉得恶心，又感觉舒服，想继续沉浸于黑暗，无休无止……哦哦，不可以，不可以这样！丢掉冷冻盒，理好职业装，摸黑走出鹅舍。

阔叶桉林湿漉漉的，滩涂的咸气进来，很难再走出去。胃里难受，靠着树干呕吐。嘴里很苦，有鹅舍的腥气。蹲到地上，朝鹅场嗅吸，嗅刚才体会过的味儿。还真嗅到了，腥涩中含了微甜，如热雨捂熟的腐草。哦哦，这味儿是唐德铭的，肯定是，必须是！

24.

补天

在鹅场，唐德铭还算淡定，走到半路不行啦，停车扔掉瓶子，蹲路边干呕。回家后，不吃不喝躺被窝里，瞪着眼睛挨到天亮。

紫月想不通，一个小玻璃瓶，丢掉就行了，干吗吓成这样。推他搡他，人僵着不动，像根木头。紫月是爽快人，掀开被角嚷嚷，一个大官，跟人有一腿又咋地，这不很正常嘛。唐德铭蹬掉被子，蹦起来掐她脖子。床边就是梳妆镜，眼见的镜中脖子从血红到乌青，紫月想这回死定了。又想，索性随他，干爸解气要紧，不必顾我。唐德铭真有杀心，见紫月也不挣脱，由他掐去，心一软，想杀也杀不成了。杀不成了，便推开她，走到玄关蹲着，把鞋油挤牛皮鞋上，握住鞋刷来回刷。一边刷一边想，紫月上头是马龙，马龙上头是果果，果果上头是谁？这套程序走过来，是个人行为，还是组织意图？如是组织意图，是哪一级组织？

让纪委书记汇报工作。纪委书记说还是老样子，匿名举报信多，真凭实据少，没有抓手，很难发现大案要案。问他纪委可有果果这个人。纪委书记说有，刚从边防大队转业，在监察局当干事。让纪委书记说具体些。纪委书记说她是孤儿，在福利院长大，性格孤僻不善交际，待人处世过分敏感，她这样对待别人，别人自然冷落她，心情郁闷时便加班加点，用日常工作消解焦虑。

命秘书去组织部调她档案，带回家中细看。表格右角单寸照片，模样稚嫩表情单纯，眉目间含些许冷傲。看得出来，女孩具职业潜质，在部队把毒贩当作对头，到地方视贪腐为死敌。女孩处于战时状态，心理难以舒缓宁静，自然觉得天怨地怒，大雪纷飞漫天漫地。

心生怜惜，对照片中女孩说，果果，我的女娲，你可想用五色石，去补残漏的天？紫月一旁听了，捏拢指头拧他，说不就烂果子臭果皮吗，犯得着女娃长女娃短酸叫。唐德铭莫名其妙，叫女娲有错吗？共工怒触不周山，女娲炼五色石补天。紫月打断他的话，好端端的天啥时坍了，犯傻要去补也就算了，可喊她我的女娲就过分了。似她这样胡搅蛮缠，十张嘴也说不清楚，唐德铭气恼地躲进卫生间，坐马桶盖上思考问题。

现下盛行丛林哲学，这样做，陈年藩篱是推倒了，但威权与资本肆意交媾，官吏土豪钱袋雪球般越滚越大。那些被动了奶酪的，被边缘被底层的，心怀不满则是当然。于是认为世道不公，或在网上吐槽发泄怨气，或把邮筒当作坦克装甲车，把匿名信作为穿甲弹射向宿敌。只可惜都是空包弹，猜测多证据少。纪检部门有制度，事实清楚方能立案，不采信的匿名信至多登记入册归档存库。唯有这个女孩执拗，死死攥紧匿名信，徒劳地寻求真相。

一座城市的前行，需有持久推动力，攻讦诋毁仇视，只能成为阻力。

女孩私募线人，采用钓鱼术办案，尽管手段专业老到，却有悖地方游戏规则。以社会正义的名义站在道德平台，初衷或是好的，后果难以预判。管理层包含党政群团，庞大复杂牵涉方方面面。他是坐在位置上的人，深知这支队伍良莠不齐，害群之马不在少数，但即便如此，也绝非说动就能动。以人之善恶清理门户，是为政者大忌。人，不可能孤立于群，他或她虽是个体，周围牵涉一群人。动了一个人，即会触动一群人，于是便有对立面。有了对立面，就得预判提防戒备，耗时耗力耗心血。

人的思维模式行为方式，具有天然的趋同性。地域相同族群相同，趋同性更强。一旦动了一个人，则须从一群人中，挑选另一个人替代他。而这个人，与原先的那个人，其实并无太大差别。零容忍的施政方式，是为官之大忌。他的任期很短，仅仅只有五年，他不会虚掷这五年。他不是没有原则的人，他的原则是为了大局，不去纠缠曲直是非，他须把所有精力都放到经济上。他有他的零容忍，这个零容忍，就是绝不容许个人行为凌驾于组织行为之上。

唐德铭这样想着，啪的一声拍了桌子。照片中的女孩被掌风掀起，像受伤的羚羊瞅着他，眼睛中写满问号。唐德铭一个快步，抢住快要落地的表格，怜惜地说，果果，你会接到调令，去白云镇当计生员。白云镇是贫困山区，育龄对象大多外出务工，早生超生现象严重。超生指标突破红线，你会受到记过处分，直至劝退辞去公职，倘若能够扭转局面，组织上会考虑你的表现，给你安排新的岗位。果果，在基层单位工作切忌一味逞强，一些状况之所以不会轻易改变，大凡有其存在的理由。万物草木之生也柔脆，其死也枯槁；故坚强者死之徒，柔弱者生之徒。果果，你是个聪明女孩，会很快明白其中道理。想去做女娲，想用五色石补天，这些想法没有错，前提是天坍了。天坍塌了吗？没有，天并没有坍塌，是你的内心坍了，你须得找五色石，去补自己的心……

唐德铭按着太阳穴，彻夜不眠絮叨不休，服安眠药也不管用。这样下去不是路，紫月抱紧他说，干爸，你被美女蛇缠上了。唐德铭不解，问美女蛇在哪儿？紫月说烂果子臭果皮变成美女蛇，缠着你跟定你。唐德铭点头，小鬼啊，你说得一点不错，果果要做的女娲就是人面蛇身，你说她是美女蛇，还真是有点道理。紫月听了，把手臂绕成蛇勒住他脖子，说都知道是蛇了，偏去挨近她，就不怕死得很惨。唐德铭气恼，说你的那个龙哥，才是忘恩负义的蛇。紫月听他讲过伊索寓言，说这都哪儿跟哪儿啊，干爸是官不是农夫，龙哥也不是蛇。

知道跟她扯不清楚，唐德铭找台阶自己下，说咱俩现坐同一条船，面临同样的困境，小鬼啊，同舟共济才会赢。紫月掩他嘴巴，说干爸超级糙。唐德铭莫名其妙，说同舟共济，这话也算糙？这话不糙吗？紫月说吾生是侬格人，死是侬格鬼，勿允许人家占便宜。唐德铭想老半天才明白，紫月把济听作鸡，把同舟共济听作同舟共鸡。哎呀呀，好端端一句成语，被她曲解得一塌糊涂。禁不住摇头苦笑，说小鬼啊，别老是鸡呀鸡的，换个话题好不好。紫月生性随和，说换就换呗，不讲鸡讲鹅好了。唐德铭知道她想说什么，摘下眼镜揉鼻梁，好好好，会安排时间下基层，去鹅场搞次调研。

25.

富有街之一

唐德铭食言了，没有如约到鹅场。富有街改扩建工程指挥部汇报，72号地块有状况，他带秘书去拆迁现场。

唐德铭看重这个工程，苦心经营事必躬亲。老城是块奶酪，各任地方官虎视眈眈，分走属于自己的份额，任期结束揣着政绩远走高飞。到唐德铭这一任，老街陋巷所剩无几。富有街原名福佑巷，早年很是风光，大户人家书香门第，深宅书院私家花园，扎堆在巷弄内。时过境迁，旧人散去新人进来，老院旧宅成了大杂院，往事也就一抹烟。毕竟是风水宝地，到唐德铭任内，福佑巷要派大用场，整体拆迁建商业街。唐宅标为72号地块，是扩建工程重中之重，规划建一座塔式高楼，作为老城标志性建筑。

拆迁工程进展顺利，住户们多半迁走，老巷老宅夷为平地。唯有唐家老宅，歪柱斜梁顶一头烂瓦，半死不活趴在福佑巷，成为拆迁办的眼中刺，唐德铭的心头病。

一个老头背靠台门，抱了胡琴坐门槛上，很专心地按弦扯弓。是唐宅台门，日晒风摧雨浸烟熏，蛎灰剥落青砖毕露。老头不嫌砖角硌腰，拉着胡琴絮叨不停，任凭夕阳穿过残瓦，把瘪嘴搓成核桃。老头说，同学们，有句成语叫作过犹不及。子贡问:师与商也，孰贤？子曰：师也过，商也不及。曰：然则师愈与？子曰：过犹不及。孔夫子的意思是说，做事必须掌握分寸，若做过了头，那就适得其反。咿呀咿呀咿呀咿——老头说，同学们，孔夫子说过一句话：钓而不纲，弋不射宿。说的是捕鱼的人，应该多用鱼钩少用渔网，这样做可以避免鱼类绝种。捕鸟也是同样道理，不能捕杀孵蛋的雌鸟。古人能够做到的事，现在反而做不到了。咿呀咿呀咿呀咿——

唐德铭隔着车窗听，听不明白咿呀咿呀的，到底是什么东西。秘书下车看究竟，去台门转一圈，回车里汇报说，咿咿呀呀是胡琴声。拉胡琴的老头姓苏，留苏回来去西南三线，研制浓缩铀离心机。因父母历史问题，退回原籍教书，退休前在师院带研究生。唐家老宅始于同治年，为翰林侍读唐绍懿所建，除了院落宅邸后花园，还筑有海渊藏书楼。新中国成立后收归国有，先做部队营房，后为干部宿舍，再后来居民搬进来，弄成了大杂院。秘书指了车外说，坐台门拉胡琴的老头，72 号地块原住户，自称唐绍懿曾外孙，说话含沙射影嘛，明显是挑事儿的钉子户。

唐德铭下车去台门。台门老了，下半截爬满苔藓，上半截花里胡哨，被拆迁通告性病广告招生信息糊成千层饼。见唐书记皱眉瞅台门，秘书赶紧撕那些纸，凿了字的青石板，绿莹莹探出脸来。是阴文楹联，右书“殷周国粹”，左书“法美民权”。秘书问，是文物吗？唐德铭看着门联说，至多百年，勉强可算。秘书说，文物好像有问题。唐德铭问，什么问题？秘书说，钉子户刁钻，山寨文物挑事儿，用来抵制拆迁。唐德铭走近台门，示意秘书继续说。秘书说，满清遗老拖根长辫，哪里知道法美民权。唐德铭沉下脸说，让洋枪洋炮轰你脑袋，就知道什么叫作西学东渐。秘书吓得吐舌头。唐德铭抚着右联说，西制源自东方礼法；摸着左联说，与西制呈因果关系。秘书说，好啊好啊，国粹挺好，民权挺好。唐德铭拉下脸说，糊涂。秘书几乎晕倒，身子东晃西歪。唐德铭也不看他，摘下眼镜，捏了纸巾擦拭。

两人正说着，身旁咿呀咿呀响。秘书循声转过脸去，见老头又在拉胡琴，不顾头晕去拍老头肩膀，指着唐德铭说，这是市委唐书记。老头倚老卖老端坐不动，弓起脊背浴着残阳，抱着胡琴唠叨，唐同学，射鸟氏掌射鸟。祭祀，以弓矢驱乌鸢。凡宾客、会同、军旅，亦如之。射则取矢。矢在侯高，则以并夹取之。古人能够做到的事，现在反而做不到了。咿呀咿呀咿呀咿——秘书见老头张狂，把唐书记叫作唐同学，气得翻白眼瞪他。老头不管不顾，蠕动瘪嘴说，射鸟氏，下士一人，徒四人。咿呀咿呀咿呀咿——古人能够做到的事，现在反而做不到了。咿呀咿呀咿呀咿——唐德铭并未生气，对老头说，射鸟氏隶属夏官系列，分管驱赶乌鸦和鸢。据《周礼·夏官》记载，罗氏才是掌管捕鸟的职官。每年腊八祭祀后，罗氏设网捕鸟。到了春天，则捕猎更多的禽鸟，献给大夫以上的退休官员。老头点下头，依旧扯弓絮叨，唐同学，罗氏，下士一人，徒八人。咿呀咿呀咿呀咿——古人能够做到的事，现在反而做不到了。咿呀咿呀咿呀咿——

这样纠缠下去，什么时候是尽头？秘书抬腕看表，说常委会时间到了，唐书记您得主持会议。说着扶了唐德铭，离开台门走出巷弄。车子驶出一段路了，唐德铭还在回望老台门——残阳把残瓦烧得通红，坐在石门槛上的老头，抱着胡琴僵坐不动，如网兜中的鱼，如巢窝里的鸟，凝固于熊熊火团之中。

从福佑巷回来，唐德铭耳鸣了。老头的絮叨声，胡琴的咿呀声，野蜂一般嘤嘤嗡嗡，从早到晚响在耳蜗，赶不走躲不开。

唐德铭捂着耳朵自言自语，钓而不纲，弋不射宿。咿呀咿呀咿呀咿——古人做到的事，现在反而做不到了。咿呀咿呀咿呀咿——紫月急得不行，好端端的，怎么就犯癔症了呢？这不父母官吗，都父母官了，没有做不成的事。唐德铭捅着耳洞长吁短叹，射鸟氏，下士一人，徒四人。咿呀咿呀咿呀咿——罗氏，下士一人，徒八人。咿呀咿呀咿呀咿——紫月急得掉泪，好端端的官儿，说话偏夹杂胡琴声，从早到晚咿呀咿呀，把心都剜碎了。唐德铭拧着耳根呻吟，说来说去那句话，古人做到的事，现在反而做不到了。咿呀咿呀咿呀咿——紫月想，骂是没有用了，那就劝吧。细声对唐德铭说，是这理儿，以前男人做官，正房偏房外室多了去了，谁谁不是三妻六妾。扯那娘格种事体，今朝反倒做不到，想想心里厢老烦格。唐德铭懒得理她，去到客厅坐沙发上，自己梳理思路。

唐德铭摘下眼镜说，文化搭台经济唱戏，唱戏须分主角配角。咿呀咿呀咿呀咿——紫月抹泪一笑，摇着唐德铭的手说，讲过算数哦，侬做男一号，吾当女一号，剩下来嘛都去跑龙套。唐德铭擦着镜片说，GDP 是生，税收是旦，唐家老屋至多净末丑。咿呀咿呀咿呀咿——紫月气苦，跺脚说咱一大活人，现搁在干爸眼前，咋老想鸡的屁股。唐德铭不理她，架回眼镜说，经济要发展，交通要改善，旧城要改造，福佑巷要扩建，这个决策有错吗，是钓而不纲，弋不射宿吗？咿呀咿呀咿呀咿——紫月恼了，说谁乱嚼舌头，说干爸鸟儿不钢，夜里不射？

唐德铭烦她胡言乱语，沉下脸说，南辕北辙，风马牛不相及。紫月火了，说疯马也好疯牛也罢，干吗扯上鸡？唐德铭发火，说又来了又来了，说的是不相及，不是不像鸡。紫月别过脸，说抵赖吧你就，话还烫着哪。

唐德铭气得不行，躲进卫生间嘟哝，没文化，爱钻牛角尖，还得理了。就钻就钻，看你怎么办。紫月推门进来，扑上去钻他肋骨，说世上的事儿，很难十全十美，拿女人来说，G 奶的胳膊都粗，胳膊细的偏是 A 奶，又 G 奶又细胳膊的，那得万里挑一。一样道理，长水桶腰的，那地儿肥得腻人。柳枝招展的，那地儿硬突突硌人，一句话，好事哪能都占全了。唐德铭听了只差撞墙，说荒唐，提高市民素质，得先从你入手。紫月拉过他的手，捂自己胸脯上，说入手哇入手哇，干吗动口不动手。

圆圆翘翘的乳房，说话间捏在手中。比 A 奶大，比 G 奶小，伸开手掌恰好握住。与此成正比，手臂细细圆圆，光滑成一只象牙。紫月竟有此等洞察力，乳房体积与胳膊直径成正比，于是居中取之。唐德铭挠头称奇，说小鬼啊，不读书不看报，从哪儿学到辩证法，从哪儿识得中庸之道？紫月吮他的嘴，说变正变正，偏房变正房，这话可是你说的，不许赖皮不许反悔。唐德铭急得没脾气，说小鬼啊，原来你一天到头，就想着正房偏房那点事。

26.

富有街之二

心里掖着唐家老宅，唐德铭睡不好觉，扳开紫月的手，钻出被窝去富有街。

古巷已成废墟，黑咕隆咚，没一盏路灯。怕磕着鞋尖，绕着瓦砾走。看见台门了，看清石联了，走过天井了，登上石阶了。唐德铭转过身，背对破败的中堂，摘下眼镜擦拭镜片，裸眼烧成两堆篝火。神色含有威严，手臂朝天井挥动，让那荒死的地儿生发出人气。唐德铭发言，说就在刚才，一位女同志告诉我，人体某些部位成正比，乳房丰满手臂便粗，乳房小则胳膊细。她说得很有道理，符合辩证法基本原理。事物总是对立着矛盾着，人的身体这样，城市道路也这样，老巷子保留了历史风貌，同时又是交通瓶颈，拆掉老巷子建商业街，则会抹去历史陈迹。一个是道路扩建，一个是历史陈迹，不能兼顾难以兼容，二者必须取其一。如何取舍如何决策，这个难题摆在面前，推不走绕不开。有句成语说得好，流水不腐户枢不蠹，一个地方一座城市，同样是这个道理。抓住历史机遇期，下好富有街改扩建这盘棋，改善投资环境拉动 GDP 增长，机不可失，时不再来。古老的游戏已经结束，不会再有小桥流水，不会再有柴门杏花，不会再有曲巷深院。空灵飘逸的水墨画、诗意流溢的田园梦，只是文在尸身上的刺青，注定会在文明进程中焚化为一缕轻烟。别了，鼓楼街寺前街药行街；别了，清明桥卖鱼桥水车桥；别了，皮市坊纸行坊染青坊；别了，花柳巷弹棉巷福佑巷；别了，唐家大宅海渊藏书楼。父老乡亲们，向历史陈迹告别吧，让千年古城脱胎换骨，让她涅槃让她重生，让她成为一座现代之城！

唐德铭说完了，清清嗓子扶正眼镜，走下中堂走过天井，跨过台门站在一地瓦砾上，回望行将就木的荒宅。该说的话都说了，有道理有分量，很中肯很有说服力。正在得意，就听见咿呀咿呀的声响，游出台门伏地而来，从脚跟底下往身上爬。唐德铭一凛，转身疾走，一个踉跄跌倒在地。

唐同学，鲍人之事，望而眂之，欲其荼白也。进而握之，欲其柔而滑也。卷而抟之，欲其无迆也。咿呀咿呀咿呀咿——是拉胡琴的老头，坐在台门石门槛，往蛇皮琴筒捅竹弓。

是这回事，周人对鞣革很有讲究，鞣好的皮革远远看去，要像茅花芦花那样白，拿起皮革轻轻一摸，要感到十分柔滑。唐德铭摘下眼镜，撩起衣角擦拭镜片。

唐同学，革欲其荼白而疾瀚之，则坚。欲其柔滑而腥脂之，则需。引而信之，欲其直也。咿呀咿呀咿呀咿——老头收住竹弓，胡琴声摇头摆尾，伏地爬回台门。盘卷在老头藏身之地。

说得没错，清洗皮革必须快捷，使皮革变得坚韧，涂上厚厚一层油脂，则会使皮革显得柔滑。唐德铭抬脚蹲起，把眼镜架回鼻梁。

唐同学，若苟自急者先裂，则是以博为帴也。卷而抟之而不迆，则厚薄序也。咿呀咿呀咿呀咿——老头又捅竹弓，让胡琴胡乱蹦跶。

一点没错，拉伸皮革时用力得均匀，倘若一头紧一头松，皮革就会断裂成两半。唐德铭站起来，掸掉沾在屁股后的尘土。

站起来深呼吸，思路变得清晰，就觉得老头偷换概念，蓄意让对话跑题。上72号地块来，说的就是拆迁，怎么尽扯周人鞣革。记得白天秘书提过醒，老头是钉子户，说话含沙射影。那么，此人刚才所言，到底有什么含义？《周礼·考工记》有百工之说，把治革的众多工匠，分为鲍人函人韗人韦人裘人。老头是否借此数落他，人虽坐于位置上，根子却在皮市坊。又是否暗指此唐不同于彼唐，出身皮市巷唐家之人，非得拆尽福佑巷唐家之宅不可。

如此一想，唐德铭看唐家老宅的眼光，比先前生分许多，甚至多了恨意。无论老头喷不着调的话，拉咿呀刺耳的胡琴，都已与他无甚关联。此刻的他，是坐在位置上的人，只管公事公办就行。于是把身子蹲实了，埋头用力擦皮鞋，擦厚实老式的牛皮鞋。公文包里有纸巾，摸出来团拢来，先擦皮鞋尖再擦鞋后跟。皮鞋擦得锃亮，站起来背着手来回走，一地瓦砾噼里啪啦脆蹦响。

三更时分，成团的蚯蚓拱翻泥土，腥霉的湿气跑出地心。牛皮鞋浸了地气，叽咕叽咕鼓胀开来，疯长成厚厚的履带，缓缓碾向漆黑的老宅。唐德铭并拢手臂朝前伸去，两条胳膊绞成铁臂，两只手掌兜作铲斗。铁硬的铲斗挨近台门，轻轻一磕，砖头承受不住重压，碎成无数颗青豆。

紫月被巨响惊醒，掀开被子看，唐德铭不在身边，去卫生间厨房书房找，连个人影也没有。便披了睡衣，一路尖叫往老城跑。干爸果然在巷弄里，他的脚怎么了，是被夜露沾过，还是被草蚊咬过，肿得没了脚样。赶紧上去脱皮鞋，哪里还脱得下来，脚掌棉袜鞋子黏作一团，分不清哪是车轴哪是齿轮哪是履带。紫月扯不动鞋子，就踏上齐腰的齿轮，去扳干爸僵直的胳膊，触到的却是铁铲斗。用尽吃奶的力气扳铲斗，铲斗擎在那儿一动不动，紫月泄气了，一屁股坐在履带上。还没坐稳，就见一股青烟夹带火星，从干爸鼻孔喷出来，吓得她脸儿发绿，赶紧用睡衣堵鼻孔。鼻孔刚堵住，又出状况了，干爸的胸腔轰隆轰隆，振颤成大马力汽缸，把整个人推向唐家老宅。干爸超大力，并拢手掌朝屋顶一劈，断椽碎瓦落满铲斗，放低手臂朝廊柱一扫，雕梁花窗堆成柴垛。

成群的蝙蝠逃出屋檐，闪过尘土纷扬的黑夜。无数只白蚁飞出巢穴，狂舞在断垣残壁。唐德铭瞪圆两只眼睛，挖掘机炫出两束刺目的光。唐德铭匍匐在地挥动手臂，铲斗忽上忽下旋转不停，与遮天蔽地的蝙蝠白蚁共舞。唐德铭眯细眼睛，挖掘机远光灯变成近光灯，把拉胡琴的老头照得清清楚楚。唐德铭翻转手臂掏他身下，合拢手掌轻轻一兜，老头坐在铲斗里了。唐德铭再把双臂擎起竖直，老头悬在半空中了。紫月吓得浑身颤抖，说喔唷哎吓煞人哩，干爸伊要做啥事体？

唐德铭立定左腿，用右腿蹬瓦砾，挖掘机左履带不动，右履带狂转。铲斗也不闲着，擎起老头兜圈子。唐德铭张开嘴巴，往喉咙咽口唾沫，去润喷火星的嗓子眼，朝铲斗里的老头吼：古城是张生皮，任其下去不改变，会霉变会腐烂会消失。唯有经过鞣革这道坎，让它像茅花那样白，像芦花那样柔滑，才有生路才能存在。轰隆轰隆轰隆隆——我就是鞣革者，我要像周人一样，清洗皮革时果断快捷，绝不手软绝不拖沓，这样才能制成坚韧耐用的皮革。轰隆轰隆轰隆隆——拉胡琴和制革一个道理，运弓时用力不均忽紧忽松，发出的胡琴声比鬼哭还难听，什么叫过犹不及，这就是过犹不及。轰隆轰隆轰隆隆——

紫月直起脖子仰着头，听挖掘机轰隆轰隆说话。发动机声音太响，她很努力地听，还是听不太清楚。紫月想，干爸虽然变成挖掘机，可对她毕竟真心，必须得站在他一边。她站在挖掘机一边，就得用干爸教的成语，对付囚在铲斗里的老头。

紫月深呼吸，吸足气后张嘴哈出成语：螳螂捕蝉黄雀在后丢盔卸甲溃不成军风声鹤唳四面楚歌螳臂当车自不量力……在紫月的成语中，黄雀猛扇翅膀飞向铲斗，去啄瘫软在里头的老头。老头用细如草秆的瘦胳膊拼命抵挡，哪里挡得住尖喙的攻击，能做的就剩下抱着胡琴，蜷缩成螳螂任凭黄雀啄个不停。

27.

东方莱茵河

诡异的夜晚已经过去，老宅书楼寿终正寝，胡琴声不再癫狂。福佑巷却幽魂不散，在瓦砾堆中依稀可辨，缠结成滴血的脐带，牵来说不清道不明的感伤。在位置上须做好多事，有愿意的也有不得已的，不得已而跃然欣然，那就过犹不及了。唐德铭靠在沙发上，感到浑身不自在。

紫月在梦中翻过身子，打着哈欠轻声呢哝，干爸为啥体勿困觉，有勿适意的事体告诉吾，扯那娘紫月帮侬搞定。好心的女孩不食言，去过福佑巷，再去江嘴村，回家抱住唐德铭不放。觉得她怪怪的，问她又怎么了。紫月说干爸呀，侬是唐家少爷。唐德铭说，莫名其妙，张冠李戴。紫月抱紧他，脸贴脸说，同治年间，江嘴村出了翰林唐绍懿，唐绍懿活到光绪末年，留下两处大宅一座书楼，九间鱼行 N 条渔船，九个老婆 N 个外室。唐德铭扳开她的脸，说扯远了，这跟我有关系吗？紫月偏贴他脸，唐绍懿的 N 个外室，生了 N 个儿子 N 个孙子 N 个曾孙，这曾孙里头定有讲究。唐德铭转过脸去，尽说些不相干的，想象力别太丰富好不好。紫月捧住他的脸，那咱们不说曾孙，说唐翰林娶九老婆养N情妇，干爸只能娶一老婆加一小三，你不憋屈我替你憋屈。什么叫作过犹不及，这就叫过犹不及。唐德铭听了哭笑不得，说小鬼啊，原来你这样理解过犹不及。紫月又去贴脸，说依我看，这事儿该怎么着就怎么着，二一添作五来个折中，娶五个女人好了。唐德铭气得哆嗦，说小鬼啊，你怎么这样理解问题。折中是什么，折中就是中庸，去其两端取中段而用之。中庸之道端庄沉稳，中庸之道博大精深。折中而不偏颇，适用于当下社会各个层面。紫月听了甜甜地笑，扳过唐德铭的头摁胸脯中间，说对头哩，这层面正中不偏颇。唐德铭挣脱出脑袋说，又来了，啥事都往那处想。

唐德铭躲进卫生间，坐马桶上生闷气。生完闷气又想，紫月刚才说得其实不无道理，就拿唐姓来说，延续至今千年之久，汉夷羌胡交杂融合，谁人分得清正源异流。族姓如此，族人如此，族群亦如此。说不准哪支唐姓贵族躲避祸乱，流落民间迫于生计，居家老少做了皮匠。说不定哪家唐姓皮匠家道中兴，出了贵人成了贵族，坐上位置搬进大宅。谁人能够断定，皮市坊唐氏与福佑巷唐氏，泾渭分明毫无瓜葛。如此想过，便对唐家有了牵挂，觉得把唐宅拆得片瓦不留，真的是过犹不及了。有了懊恼悔意，又为自己打圆场，老宅易主书楼无书，即使不拆，又有多少意思。偌大一座老宅，值得一提的也就台门上那副青石楹联：殷周国粹；法美民权。这八个字初看颇有见地，细想不得要领。老掉牙的甲骨文与周礼，和西方宪政有关系吗？毛关系也没有。既然没有，唐绍懿又为何杜撰此联，也不嫌牵强附会。法美民权了得，即便搁到现下，也是须极力避开的敏感话题，百年前的翰林却超级大胆，不但挥笔写就，还刻成石联嵌于台门。倘若朝廷得到风声，拿掉他的乌纱帽，割掉他的脑袋瓜，这事儿可怎么得了。不想了不想了，不想这些没意思的事了，与其想这些不着边际的事，不如在为官之地，做成一件实在的事。

他要做实在的事，想法便与同僚两样，忘了做官与做人不同，须低调内敛沉稳，不可标新立异。开始触犯仕途禁忌，话语变得高亢尖刻，行为变得轻浮激情。亲自带队溯流而上，行百里路进入白云山，气喘吁吁立于群山之巅，遥指蜿蜒东去的白云江，发誓在任期内一搏，把深受污染之苦的母亲河，变为清澈的东方莱茵河。

这个年代瞬息万变，日常秩序受到挑战。布谷鸟叫得再脆，也不能把农人唤到秧田菜地。他们丢下蓑衣铁犁，快活地开着推土机，斫断苜蓿紫云英油菜花，履带上粘满草泥花粉。是陈年的腐殖土，先人为它击鼓而战，砍碎的头颅劈断的骨骼，在血泊中腐烂成肥，滋生五谷供养后人。祠堂牌位上的老祖宗，想一千年也不明白，绵软肥沃的水田，为什么拉不住后辈的脚杆，让他们车水犁田插秧耘草，安安生生种粮糊口。想一万年也想不清楚，后人们干吗车载船运，拉来石块水泥钢筋，填埋稻田菜地水渠，盖起粗鄙的作坊工场。哦哦，这些僵化的老脑筋，怎么可能理解变化中的当下。当下是经济社会，令人垂涎的财富就在这片土地上生成，从乡村输往城市把它喂成乌贼王，又让柏油公路高压电线，成为乌贼王伸向乡村的触须，让信用社工商所税务局，去做遍布触须的吸盘。是双赢的良性循环，官方和平民都尝到甜头，限制逐渐趋向放任，甚至于扶植激励，把源自乡村的致富运动助推成台风，裹挟席卷了整个南方。

GDP 生猛成巨龙，龙头蹿入云霄，龙尾一江浊水。唐德铭清楚，白云江早年并非如此，宋人有诗曰：俯仰皆白云，棹影明镜中。这诗存留志书中。可见那时的白云江，江面如镜，倒映白云。现在不行了，江水又浊又腥，白云无影无踪，什么白云江，只差叫黑水江了。他发过誓，要让污浊的白云江，变成东方莱茵河。为了誓言，他铁了心要按下发飙的龙头。

阻断污水入江，须关停排污企业。企业主串通起来花钱雇人拉起白布条幅抗议。秘书从治污现场赶回来，把摄下的图片交给唐德铭。这些条幅措辞歹毒：唐铭无德劳民伤财，还我工厂还我血汗；无脑缺德哥一人独大，强拆强迁秀政绩工程……唐德铭愤怒了，拍着桌子说，有德无德少数人说了不算，为了东方莱茵河我愿意背十字架！

很硬气的话飞出市政大院，飞过彩旗猎猎的江岸，无力地跌落到江面上。治污工程进展缓慢，排污企业拆迁量逐日下降。阻力不仅来自企业主，还来自政府内部。作坊工场股东庞杂，参股者多为家族成员，上至机关干部小至村官，经济利益纠结一起，怎么可能执己之矛击己之盾。东方莱茵河工程的死穴，还在于资金极度匮乏。作坊工场分散在江两岸，根治污染须从源头入手，把排污管铺设到村庄，让废水经由支管并入主管，由主管输入污水处理厂，耗资之巨难以想象。地方财政是吃饭财政，维持现状已属不易，很难腾出空余资金，用于东方莱茵河工程。大宗贷款更是水中月亮，银行投行注重收益，不愿意投资公益项目。

厄运很快来临。被拆的要求经济补偿，聚众上访纠缠不休，待迁的拆卸设备，运往山区继续排污。更多企业停产停工，静观局势有无变化，以求避过风头再起炉灶。如此一来雪上加霜，GDP 下滑税源枯竭，财政收入逼近红线，行政干部事业员工，工资福利受到影响。

怨言开始蔓延，谣言不翼而飞，市政大院流传唐被省里喊去谈话，要他回答两个问题，什么是战略机遇期？什么是初级阶段？言下之意十分清楚，唐的想法过于超前。很快又有新版内容，省里问唐，你文的还行，武的行不行？唐反应快，说水清无鱼，白云并非GDP，先污染后治理，初级阶段就得这样。唐举例子，英国雾都日本水俣病，工业化国家必经之路。省里对唐的回答还算比较满意，说看他实际行动。

传言有板有眼，比剖蚕刀还要锋利，把唐德铭劈得浑身是伤。备受煎熬的日子里，他长久地蹲在玄关，一遍又一遍擦拭皮鞋，借以舒缓内心的焦灼。自己的答问是否得体？上面的疑虑是否打消？倘若没有实际行动，结果又会怎样？是调离现在的位置，去省属机关当巡视员，或到群团院校当副手？想到这些他不寒而栗，更起劲地挤出鞋油，拿着鞋刷狂刷不停。

看到干爸这样消沉，紫月心里也不好受。她想帮他擦鞋，又觉得不合适。皮鞋早已擦过，油光锃亮一尘不染，可干爸回到家里，总是拿出鞋子猛擦。紫月想，她既然帮不上什么忙，那就待在干爸身边，看他擦鞋也是好的，让他看到大难临头时，是女娲跟牢伊，还是吾在伊身边。

一直悬着的心，直到一个人的出现，才稳稳当当落下来。这个人叫段雨瓜，金豚汽车配件制造公司经理。段有留学经历，通过各种途径，约他见上一面。两人一见如故，就着红茶咖啡，商讨破局路径。段抹着鼻子说，东方莱茵河之难在于投入不产出，资金面崩溃在所难免。不如换个思路，把治污工程先放一放，把新的突破口选在江口，那地儿人口稀疏容易盘活土地，一旦推向市场，让国资民资进来，局面会有大的变化。

唐德铭摘下眼镜，擦亮镜片放回鼻梁，认真地打量对方。他的目光雀跃着欣喜着，穿过厚厚的镜片，越过段经理头顶飞向江口。城市建设向东扩展，集中力量开发江口，在所剩不多的任期内，建成东方威尼斯的奇想，就在那时长出胚芽，漫天漫地舒张开来。

28.

正义之眼

东方威尼斯选址江口，政府征用土地推向市场，一可招商引资兴建新城拉升 GDP；二可弥补东方莱茵河工程亏空。东方威尼斯工程的精妙之处，还在于创建生态城概念，理念与东方莱茵河如出一辙。以绿色环保为宗旨，贯穿前后两大工程，用后者的光亮遮蔽前者的荒芜，会收到金蝉脱壳的奇效。

唐德铭召开常委会，提出城市东扩的战略主张。金豚公司预付资金委托设计院，绘制总体规划设计图。政府这边亦安排力量，疏通环节逐级报批。此举很快得到上头肯定，作为重点工程予以实施。

按照东方威尼斯规划方案，新城中心位置定在江嘴村。天大的机会来了，财神爷要撒钱谁都挡不住！江嘴村的人像打了鸡血针，亢奋成话篓子人来疯。这些家伙早就不再打鱼，离开渔船待在岸上，经商办厂搓麻将玩女人。堤塘里头的瓜田菜地，平日里都懒得看上一眼，任凭它们撂荒长虫。现在那些地值钱了，一个个趴在地头，捧着腥里吧唧的土疙瘩，像捧着金条金砖金元宝。

谣传海风一般吹遍渔村，说政府土地征用费超低，好处全让一家公司占去，剩些鱼骨头让打鱼人嚼。都是吃鱼长大的，办厂经商放高利贷哪样不会，现在让人当蠢蛋算计，脸面还要不要了。村长带人去拆迁办，拍桌骂娘讲条件。拆迁办管事的磨磨蹭蹭，一直没个准信，让人等得蛋肿肝痛。洋酒白眼烧一杯杯灌着，怒气火气一天天积着，妈拉巴子实在憋不住了，全村人聚一块商议，选了吉日进城上访。邻村的打鱼人听到消息，也纷纷参与进来。上访队伍越聚越大，浩浩荡荡向城里开拔。

令人不安的消息接连传来，官员们分成两派。一派认为须避免激化矛盾，暂时搁置东方威尼斯工程。另一派主张启动应急预案，严厉打击肇事者决不姑息。这些意见汇集到市委，就等市委书记表态，以求平息这场危机。

唐德铭住进宾馆，不带秘书不接电话。他的卧房很快熄灯，街区道路也跟着熄灯。“12345”接到市民询问，回说高压线短路引发断电事故。为尽快恢复供电，维修人员倾巢出动，升起车梯检修线路。子夜时分，全城恢复供电，此时已有数百只微型摄像头，蝙蝠一般倒挂在灯杆树梢，整座城市布满窥视之眼。

唐德铭开车去指挥中心，坐到环形彩屏前。主屏焦点对准指挥席分屏内容驳杂，外地小贩违章摆摊，外省游民撬挖窨井盖，富二代醉酒飙车……唐德铭厌恶地别转脸，摘下眼镜擦拭镜片。下属都是聪明人，赶紧切换图像——市政大院前，长舌渔妇唾沫飞溅；地痞盲流掖着凶器的，混迹人群蠢蠢欲动；村官老板聚在酒店，决定天明兵分两路，一路留在本地造势，一路直奔省城京城。

公安局长走到前排，蹲唐德铭身边请示是否收网。唐德铭木着脸不发一言，公安局长摸不清领导意图，摘下大盖帽摸着后脑勺，惴惴不安坐回原位。

唐德铭仔细看过荧屏，没见到马龙人影。该死的牧鹅人，此刻待在鹅场，还是潜行城中，藏在某处煽风点火？他若参与到事件中来，局势自然趋向复杂，政府一旦采取强制措施，此人定会剑走偏锋，引爆置于鹅场的秘密。到那时，与马龙走得很近的官员，会成批成群跌下位置，这座城市亦会陷入混乱，断送掉契机前程。他算万幸，有紫月相助取回瓶子，与马龙彻底撇清关系，但倘若属下若出现状况，他照样脱不了干系。此事非同小可，做出重大决策前必须掌握实情。

唐德铭撂下秘书司机，自己开车去江口。机耕路起伏不平，坑坑洼洼把轿车晃荡成舢板。看见鹅场了，唐德铭把车子泊在阔叶桉林外，推开栅栏走进鹅场。颈后撩过腥热的风，转过头看，是条血红的狗舌头。以前见过这狗，那时还讲礼节，恭敬地趴他脚下，伸舌舔去皮鞋上的泥土。也就不长时间，这厮变得稀里糊涂，全不知上下尊卑之分。生气地推开它，让它别捣乱。那狗倒也知趣，悻悻然躲到一边。悄悄走近鹅舍，只见马龙就着月光，打开冰箱捧出一堆玻璃瓶子，搁地上排成圆圈点名。是些熟悉的人名，经他遴选由他提名，放在关键部门担任要职。现在这些姓名，从牧鹅人口中说出，简直让人难以置信。正在惊悚，听见有人喊他。刚要应答，一凛，赶紧闭上嘴巴。唤他的是马龙，说话间把一只小瓶子，搁在圈子中央，冲着瓶口喊他。当然拒绝回答，但人却不由自主，在心里应声而答。圆圈中的那只瓶子，应声而起蹦得老高，又落下来砸到地面，让心窝悸痛不堪。马龙连喊数声，他一一应答，瓶子蹦起落下，直到马龙喊其他人名，他才得以消停，看别的瓶子蹦起落下，把泥地夯出好多凹坑。

地上的凹坑层叠交错，人在缺氧的真空头重脚轻浮起飘下。奇怪死了，不是在鹅场吗，怎么跑月球上了，鞋底踩着陨石坑，鞋面积满月尘。摘下眼镜朝镜片哈气，用衣角擦亮了放回鼻梁，眼前模糊着一个月亮。这不待在月球上吗，怎么可能看见月亮。摘下眼镜裸看，那个月亮还在，高高挂在天上。用手去摸月亮，摸到一层玻璃。眼镜已经摘下，怎么还隔层玻璃？一个激灵，知道身在瓶子，摸到的是瓶壁。

浑身血液飙入脑袋，整张脸涨得通红。指挥中心的那班人，翘首以盼等他回来，他却在瓶中动弹不得。马龙又在喊他，瓶子蹦上落下，把人震得全身都疼。不行，得尽快离开。唐德铭用脑袋顶瓶塞，用鞋跟踩瓶底，可瓶塞有封蜡，瓶底很牢固，人与外界彻底隔开。于是绝望，佝偻在瓶底，呕吐不止。

瓶子外面，铃声不断。想都甭想就知道，人在指挥中心偷偷往这儿拨号。猜得出来通话内容一模一样，让马龙今夜待在鹅场，没事千万别去城里。唐德铭很生气很愤怒，回去得好好追查泄密者。气过了又想，不查也罢，这些家伙都是同命人，屁股坐在位置上，魂魄囚在玻璃瓶。这次算是来对了，证实了他的预感，马龙还他瓶子时肯定做了手脚，骗过紫月骗过他。底层的人也就这样，很卑劣很下作很无耻。无论马龙怎样喊他，都不能再应答。唐德铭紧紧捂住耳朵，不再搭理马龙点名。马龙见瓶子不再蹦跶，拿起来搁在圆圈外，唐德铭身子一重，人已在轿车中。

打开车窗深呼吸，让脑子尽快冷静下来。好事，马龙在鹅舍，守着瓶子做淡定哥，不正是他期待的吗。想到他那只瓶子，受牧鹅人器重置于众瓶子之中，唤他时恭敬得体，唐德铭心里微微一烫，生发出莫名的感动。清楚这是非理性感动，却依然消淡去好些怨恨。这一点是肯定的，关键时刻马龙并无异动，选择站在他一边。

时间急迫须马上回城，猛打方向盘掉转车头，踩下油门驶离鹅场。后窗的阔叶桉林越缩越小，消失在诡魅的江口。前行中的千年古城，灯火浩瀚成银河颠颤地扑进前窗。

决定性的时刻到了，唐德铭快步走进指挥中心，站到环形屏幕前，对彻夜不眠的人们下达命令：“正义之眼”行动按一号预案启动。

天蒙蒙亮，市政大院广场挤满上访者。长舌妇围坐在草坪，仰着脑袋号叫，挑逗着官方的耐性。地痞无赖抖擞精神，掖着匕首挥着砍刀，发声喊拾起砖头砸向市政大院。盲流游民火气更旺，抡圆胳膊抬起警车砸在地上，让平日里目空一切的家伙，烤羊一般躺在火焰中。不知深浅的人群，蹦跶着雀跃着牛逼着，全然不知保安特警武警预备役，握着木棒警棍盾牌倾巢而出，把他们团团围在当中。砸玻璃的被摁住了，烧警车的被撂倒了，该上铐的铐上铁铐，该进警车的塞进警车。躲在酒店的煽动者被一窝端，一个不留关进看守所。转风啦转风啦，妈拉巴子转风啦！打鱼人长舌妇捶胸顿足，哭着喊着跳着蹦着，把偌大广场当作拖网，把自己当成黄花鳗鲡乌鲤鲳，晕头转向胡钻乱滚。

唐德铭摘下眼镜走近话筒，按预案下达第二道命令：全体执勤人员注意，立即撤离广场南出口。

打鱼人发现缺口了，抹着鼻涕眼泪奔走相告，有路了有路了，妈拉巴子南边没有白脚杆。长舌妇听到有路可逃，扯开哭哑了的喉咙喊，狗娘养的城里人脑笨没打过鱼，没把渔网封牢堵死。一干人蓬头散发欢天喜地，提起尿湿的灯笼裤，拼死命往江口逃。

唐德铭看着环形屏幕，缓缓嘘口长气，擦着镜片说，什么叫作天网恢恢，这就叫作天网恢恢。什么叫作疏而不漏，这就叫作疏而不漏。咿呀咿呀咿呀咿——

29.

东方威尼斯

江嘴村人逃回江口，照样喝洋酒喝白眼烧，照旧骂拆迁办骂金豚公司，只是底气大不如前，要价比退潮还落得快。他们把成瓶整箱的酒，咕噜咕噜倒进胃囊，围着酒桌牌桌台球桌号：啊哟喂啊哟喂——乌鲤鲳斗不过乌鲤鲨哎，虾子斗不过朱梅鱼嘿——啊哟喂啊哟喂——蝤蛑斗不过蝤蛑虎哎，鳗丝斗不过带鱼儿嘿——陈年不唱的渔歌带着酒气，拌着怨怒掉落桌底。

喉咙号哑了，酒气消退了，心里的死结也解开了。心结解了，不纠结了，这是好事，这样就可以把农舍田地，连同二十四个节气一并打包，廉价卖给官家商家，换回残羹剩饭鱼骨头。嘴里还犟着，心里早已软成鱼胶，都觉得残羹剩饭味道挺好，鱼骨头鲜味也不错。

办厂的尽可置换新地，盖新厂房建新仓库；经商的决意进军新城，购置商铺做大生意；没手艺的地痞无赖，做保安最合适；长舌妇们也有去处，东方威尼斯不是一般地大，跳广场舞的地儿多了去了。

最让人高兴的是，不论裤裆里带把不带把，甭管老头小孩青壮年，都可以分到返回地，由村里统一盖单元房。把分到的房票转卖掉，可换回好多老人头。

江嘴村人吃海鱼长大，一个比一个聪明，全体都长两张脸，见了拆迁办的人，一律苦大仇深说妈拉巴子这回吃了大亏，金元宝卖成白菜价。见到同村人咧开嘴笑，说狗娘养的钱来得太快，数钱数到手指头都肿了。江嘴村的人没法不笑，笑完了说，人还没断气就提前投胎，黑脚杆变成白脚杆，做成正宗东方威尼斯人。江嘴村人从早笑到晚，不但醒着笑，连做梦都在笑，谁不把嘴巴咧到耳朵根，谁脑袋瓜就不正常。

东方威尼斯人当然都是正常人。正常人待在东方威尼斯，就像待在天堂。天堂不用打鱼，管它阵风龙卷风超级台风，妈拉巴子反正不会转风。天堂好，天堂钱生钱利滚利。东方威尼斯人在天堂里，一天到头跑过来跑过去，炒返回地炒宅基地炒公寓炒商铺，眨眼就把地皮屋子炒成天价。更有头脑活络的东方威尼斯人，飞到山西陕西内蒙古新疆，炒煤炒油炒水炒棉花，飞到巴黎罗马纽约多伦多圣地亚哥达累斯萨拉姆，开餐馆办服装厂建小商品市场，狗娘养的没多长时间，裤腰头的钱包就鼓得要炸开。

东方威尼斯人是候鸟，即便在异国他乡落脚谋生，过年过节也会赶回家乡，听正宗乡音尝生猛海鲜。吃饱了喝足了，醉醺醺盯着电视墙，觉得这一年没白忙活。搓麻打牌如同春晚，那是必需的保留节目，小方桌千年不变，东南西北风尽在指掌中。待到酒气稍减，麻将搓完牌子出尽，发动豪车踩下油门，去到东方威尼斯广场狂放烟花。

江口的东方威尼斯广场，照搬威尼斯圣马可广场。又把罗马城中的喷泉拷贝过来。东方威尼斯广场喷泉与罗马喷泉不同，罗马最负盛名的特莱维喷泉，泉眼细圆水柱纤缓被称作少女喷泉，东方威尼斯广场喷泉平地而起力大无穷。一个小女孩在出水孔玩耍，被突然冒出的水柱托到五米高处，东方威尼斯人见此奇观，都说是招财童子下凡。直到女孩随水而下，直挺挺躺进120救护车，赶去东方威尼斯医院切除被水柱击穿的子宫，围观人群才哄然散去。这只是偶发事件，不会影响幸福指数，东方威尼斯人异口同声：踏遍全球走遍天下，全都不如东方威尼斯！说完了，放爆竹放焰火，让东方威尼斯的夜空，开满五颜六色的花。

东方威尼斯美名远扬，一个叫红珠的富婆，从意大利普拉托省赶来。她穿着玫瑰红睡衣，趿着牡丹红拖鞋，牵着红毛高加索犬，走下富贵红宝马车，走进金豚花苑售楼处，瞟一眼楼盘建筑模型，填好支票买下半幢楼。

飞到东方威尼斯的，还有唐德铭的妻子。去美国进修时认识她。为写论文她爬上梯子，在图书馆满世界找书。他请她拿一本书，她答应帮他，找书时弯腰，裤腰露出红色内裤。

他问她，是本命年吗？她诧异，很私密的事，他怎么知道。他说他属牛，大她一轮，也是本命年，也穿红色内裤。她听了，坐在梯子上笑。不久后，两人同居。

她研究美国平权法案，赞同入学配额制，说合理分配有限资源，可以平衡种群利益诉求。他信奉精英主义，推崇物竞天择优胜劣汰，认为平权措施过分照顾种族，导致大学教育弱智化。她不这样以为，期待美国成为色盲社会，让白人把曾给予有色人种的痛苦，折算成现实利益返还。他说这种论点看似具有普世价值，其内核充满反向种族歧视。她指责他偷换概念，胡乱张贴政治标签。他说贴标签的是她，让他跳进密西西比河也洗刷不清。

两人观点相左。他在美国待了一年，除了听课阅读吃喝拉撒，剩余时间都用来与她争论。是无休无止的论辩，散步沐浴甚至做爱都在争论。他搬出《理想国》，证明阶层差异具有合理性。城邦统治者代表理性，城邦护卫者代表意志，工匠农民商人代表节制欲望，三种天性共处，产生社会正义。她祭出《齐物论》，说忘年忘义，振于无竟，故寓诸无竟。人之所以被束缚不自由，根源在于不自然的价值观。忘掉对于时光流逝的焦虑感，抛弃人为营造的价值尺度，认识到世界万物包括人的同质性，才能求得公平公正和无限自由。

就这样毫不留情地争吵，以至于扯到北美印第安人。她反对屠杀印第安人。他认为这是历史必然。她气得发抖，向他行英式军礼，用讥嘲的口吻说，谢谢您用血腥和暴力，为荒蛮的美洲点燃文明火种。他欠身还以绅士礼，挤出微笑反问，倘若剥取白人头皮的酋长，至今还统治着新大陆，她能否在美利坚合众国读博？

事后也会懊恼，生肖相同，在一起总是顶撞，不经意间伤害对方。不想分手，试着再走下去。她约他去中国餐馆，聊些轻松的话题。是她的餐馆，父亲是内地高官，离休后去国企当老总。财产积攒到足够多时，老头选择移居美国。与所有中国父亲一样，视女儿为掌上明珠，在洛杉矶买下一家餐馆，当作生日礼物送她。餐厅不大，挂了宫灯和水墨画。菜单简约，精选出不多的菜式，让人静心品尝美食。

他从紫砂壶倒出铁观音，嗅吸杯里的茶香，说人居草木中，谓之茶，闲适是种生活姿态。她打开铝罐可乐，说尊重你的选择，尽情享用茶多酚，让低血糖减慢心律，置换乌龟板清淡无为。他咂嘴品茶，说碳酸饮料挺好，高糖分可以用来加速，呃呃打嗝跑成兔子。

厨师卡尔米内端上烤鸭，竖起大拇指对他说，孔子少林寺北京烤鸭忒棒！她嗅吸刚出炉的鸭香，把葱段甜面酱荷叶饼，轻轻地推到他面前，说你现在还拒绝高热量吗？他凝视转身离开的厨师，没有回答她的问题。她告诉他，卡尔米内是意大利人，热爱中国的烹饪武术论语。他盯着焦黄的鸭皮嘀咕，意大利人了不起，把孔夫子武僧烤鸭搁一起。她把鸭皮卷在荷叶饼中递给他，他蘸了甜面酱咬了一口，感觉自己是个客人。

结束学业回国。她送他到机场，候机时又谈到印第安人。她说平原印第安人不吃牛肉，是天生的环保主义者。他说他查过资料，平原印第安人屠杀野生水牛，喜好吃牛鼻子，用牛皮盖房，用牛筋缝衣，把牛膀胱做成水壶水瓢，丢掉牛肉任其腐烂。她不能忍受这种诋毁，气得抱住他的头，张嘴要咬鼻子。

一年后，她取得博士学位，来内地与他结婚。婚后各忙各的。他的位置不断变化，从这座城市到另一座城市。她履历简单，留校担任教职。两年后，受聘一家基金会。

她不断地发 E-mail，正文是简短的问候，附件是新摄的图片——铺满阳光的橡木咖啡桌，栖着鸽子的紫铜雕像，伸出围栏的木屋红瓦，醺醉风车的白郁金香，倒映湖面的教堂金顶……她背着帆布行囊和数码相机，不知疲倦地行走在欧洲，用迷离的思绪剪碎视觉，把风光景物掰作花瓣，摄入自动对焦的光学镜头。她摄下的莱茵河湛蓝成长绸，使他怦然心动，冒出东方莱茵河的奇想。她摄下的总督府金梯和河廊钟楼浮雕，帮他于困境中决策，在任内兴建东方威尼斯。

东方威尼斯新城立项，唐德铭率团赴欧考察水城。她放下工作从美国飞来，沿着河廊走到黄昏，寻找他下榻的旅店，想给他一个惊喜。河廊路灯昏黄，她迷失在墙体斑驳的街区，忍着饥渴走到埠头，雇了贡多拉找他。哦哦。看见他了，他倚着客栈哥特式长窗，居高临下俯视古城，她在水道仰望他，像小人鱼凝视大船上的王子。他也看见她了，弯腰向她招手时，裤腰头露出红色内裤。又是本命年，她也穿了红色内裤。相互摇头苦笑，忙忙碌碌，天各一方，不知不觉，长了一轮。

她回内地时，东方威尼斯已具雏形。她租的士在街上转圈，欣赏他的杰作——大厦鳞次栉比，高架贯穿城市，河道促狭污浊。付费下车，走近看拜占庭建筑，被保安挡在门外，说市政大楼禁止游客入内。她在门口打电话给他，说她不喜欢东方威尼斯，真的很不喜欢。电话另一头沉默，然后是疲惫的嘘声，无奈的解释。他说营造水城需构建水道，得用木桩加固岸基，意大利为建造威尼斯，几乎砍光北部森林。中国南方曾盛产林木，连年砍伐早已消亡，哪里去找天量木材。南方土地也很稀缺，面积有限很难如愿，建新城时唯有折中，挖些人工河用作点缀。即便如此，东方威尼斯龙舟与贡多拉，依然有得一比。次日早上，他领她坐主席台上，面朝彩旗飘扬的人工河，观看金豚杯东方威尼斯龙舟赛。

一个叫木叶的外省人，把工钱雨披木桨舟旗，分派给他的弟兄们，握着木槌敲起龙船鼓，领他们奋力划行。水皮上浮一层油污，沾了油污的水星子溅到手背脚掌，皮肤鼓起成排黄水泡，龙舟行速缓慢许多。木叶们来自西南边陲，都是寨子里的斗牛高手，怎么可以栽在屁浅的河沟。木叶们发声喊，管不了浊水油污黄水泡，擂鼓擎旗狂划木桨，猛龙一般扑向终点。她在看台端起相机，拉近龙舟拉近木桨，拉近握住桨柄的手，锁定淌出紫血的黄水泡，眼泪哗哗按下快门。看见她别过脸瞥他，他一凛，知道她恼他怨他恨他。他知道，她不喜欢东方威尼斯，真的不喜欢。

她回美国，他送她到机场。临行前，她附他耳边说，那次在洛杉矶机场，他的话没错，平原印第安人是专吃牛鼻子，任意丢弃牛肉牛下水，他们是北美野牛的杀戮者。他回说，也不尽然，印第安人的投石索木棍子，杀不完上千万只野牛，让北美洲仅剩二十一只野牛的，是扛着火枪的欧洲人。这回轮到她并腿举手，向他行英式军礼。

他摘下眼镜看她，掏出纸巾擦亮镜片，把眼镜戴回鼻梁。他的眼神明显恍惚，躲在镜片后避开她的目光。接下来的动作，便是弯腰蹲到地上，拿用过的纸巾擦拭皮鞋。她讨厌这双老皮鞋，虽用了上等牛皮，做工也十分考究，但样式古板。他现在也古板，往日的锐气消失殆尽，对她亦处处退让，不会带着火气争辩不休。这种变化让人无所适从，兴味索然。即便做爱，也有了变化，显得过分谨慎，持久地游移外围，不能进入到她的身体。面前的这个男人，整个骨子已经蚀空。他从什么时候开始变化，为什么会有这种变化？他原来不是这样的，曾经的他，记忆中的他，内心高远，敬业执拗。她再次附耳问他，需要她为他做些什么，他不说话，闭上眼睛抱紧她的头，张嘴咬住她的鼻子。

咬得很轻，但还是有痛感。这种微痛持续很久，直到她回到洛杉矶的公寓，抹上洗发液沐浴液，爬进浴缸躺在水里。她想，这个男人累垮了，把角色弄颠倒了，把自己当成印第安人，认为她是入侵者。

30.

True Love 酒吧

坐在吧台前，抿加了冰块的柠檬水。到约定时间了，芒合还没来。转脸看落地窗，一辆白色 SUV 流星一般，滑下高架迎面扑来，差点触吻酒吧。是丰田陆地巡洋舰，前车门打开，走出风风火火的女孩，束花苞头，几绺发丝爬出发卡，肆意轻浮在颈后。

觉得面熟，一下子想不起来是谁。女孩交腿坐在吧凳，从手包里拿出手机拨号，我的手机立马羊痫疯，来电栏显示“芒合”。想起来了，上次去金豚时见过，她在人堆中擎着相机，狂拍水煮鱼头和鬈发男孩。现在她又在身边，穿破洞直筒乞丐牛仔裤，涂很薄的肉色唇膏，浅平的乳沟中晃着宝石藏珠。哦，芒合，她与想象中的名记不同，是个并不复杂的女孩。

见我把看她的目光转向壁橱里的画框，她噘起好看的嘴唇，说想什么呢，扭下葵花挖出瓜子炒了吃？笑着捶她，数画中的向日葵，说一共十四棵，十二棵代表基督的门徒，剩下的两棵是凡·高和西奥。

芒合看着我说，你的腔调蛮像段总。

去她的段总，我才不去理会他。问她，常去凡·高印象书吧？她反问，去那儿干吗，数第十五棵向日葵？相视大笑，异口同声，那棵向日葵必须是母的！笑过了，邀她去暗角坐下，让她说说马龙。芒合把眸子蹭到眼角，说屁股才挨到椅子，就提破事，累不。气得背对她。写一大堆字上纸媒，把人糟践得一塌糊涂，却懒得提他，这也忒轻薄。

音响躲在暗处，轻轻送出《城市悲情》，缱绻柔婉愁郁，乱丝似的缠作一团。服务生捧着托盘走来，把兑好的鸡尾酒放桌上，轻声说，蓝色巴黎之冬，请慢用。

芒合吹开酒皮上的冰碴，抿一口蓝色酒液，指了离开的服务生问我，他刚才说什么来着？瞄一眼酒杯，回说，蓝色巴黎之冬。芒合用食指轻弹杯沿，说不如取名北冰洋浮冰。说完拿起烟盒，叼出一支烟，划亮火柴，深吸一口。

定定地看她。保不准出道的女孩，心绪也会飘移不定。

芒合嘟起小嘴，把烟圈嘘落杯中，氤氲成铅灰色雾霭，裹住融化开的冰沫。《城市悲情》依旧缠绵，把愁云郁雨抹入心中。

喂她糖，你的文笔超好。芒合做鬼脸，说苏律师吓我还是笑我？继续喂糖，名记就够了，还懂经济，把广告部整成钱柜。芒合吐舌头，抓过我的手按她胸脯上，说还钱柜呢，碎成饺子馅儿了都。抽回手看她，好意思说，活蹦乱跳着哪。芒合苦笑，说报社是吸血鬼，承包额超高，全靠狐朋狗友帮忙，总算没有亏钱。

知道她其实得意，添加甜蜜素，特想当狐朋狗友，芒合你收了我先。芒合学我的腔调，特想当狐朋狗友，芒合你收了我先。说完了坐过来捶我，说苏贞妮你要死啊，喂我超多糖，让我飙血糖。相互对视，一起大笑。

芒合笑过，正经说，对朋友优惠，你拉的广告，咱们五五开。超爽气，让人好感动，连说谢谢。一起举杯，把酒液浮冰啥的连同甜点，一股脑儿倒入食管，撑到大胃。

苏贞妮，有个问题考你。芒合七分醉，附我耳边，风流不下流，这话啥意思？扶她坐直，说今晚就这样，送你回家先。芒合推开我，朝服务生打响指，说再拿酒来。见她醉意绵绵，服务生怯怯地问，需要什么酒？芒合把脸拉长，说两杯月月红。男生脸便红了，夹着两条腿紧走。

不觉疑惑，问她有这样的酒吗，听着特别扭。芒合徐徐吐烟，说爱听不听，尝过便知。

总觉得酒名奇怪，问她，这个月月红，跟月季花有一腿？芒合双眼妖媚，说尽可能想得色些。约莫猜出些什么，拿脚在桌下踢她，对她讲，不许胡说。芒合发嗲，就胡说就胡说。

岔开话题，问她，平常自己做饭？芒合用手支住下巴说，单身贵族，偶尔下厨，节假日没事，亲自去小菜场购物。问她，干吗不去超市？芒合思索，点头说，就是，去过一次小菜场，至今后悔。觉得好奇，问她，此话怎讲？芒合撇嘴，说那次去菜场，想买新鲜豆芽。摊主是夫妻，女的伸桶里抓豆芽，男的说你抓乱糟糟，我抓一条条。女的说错了错了，你抓乱糟糟，我抓一条条。我说不要乱糟糟，就要一条条。女的蹦起来冲我嚷嚷，给老娘听好了，这儿不卖一条条！就听见邻座传出笑声。心里发毛，赶紧揌铃埋单，拉了芒合要走。芒合挣开我，眸子噌地溜到眼角，说没喝月月红，干吗走人。

吧台那边，调酒师已兑好酒。服务生蹑手蹑足走来，从托盘上端下酒杯，夹着腿赶紧离开。这回酒液血红，酒皮上浮些浅黄碎橙，插在杯沿的饰物，用了猕猴桃片。

芒合盯着粉绿饰片，说颜色不对，切两片粉色火龙果，搁在杯沿才好。问她，干吗是火龙果？芒合微笑说，饰品既然取形，亦须本色才好。明白她的意思了，说得如此直接，让人脸上发烫。幸好蜡烛很暗，要不然只好伏身藏到桌底。

芒合喝空杯子，反扣桌上，目光酡红，催我品酒。端起杯，先自发怵。初次见面，又是她执意点的酒，不好推托，硬着头皮抿一口，想起那种体液，胃里波涛汹涌，等不及跑洗手间，已是翻江倒海。

醒来时，喘着酒气躺地床上。肯定没正形，这不，连头疼都是偏的。给自己一巴掌。自个儿数落自个儿，怎么可以这样。心里却在埋怨芒合，点什么酒不行，偏要点月月红，还硬让我喝下。

肚子吐空了，饿得不行。泡方便面，灌几口热汤，感觉略微好些。有了些力气，又去想芒合，她放浪形骸率性而为，不像城府很深的女孩，倒是自己端着架子，搁好长时间才约她。

发短信给她。她回电话过来，为昨晚的事道歉：对不起，亲，点的酒脏兮兮。问她，昨晚有多狼狈？芒合压低声音，在酒吧还好，也就现场直播，回家后场面大了，那叫双管齐射。听后咬牙切齿，说都是你害的，还好意思说。芒合委屈，说把你打理干净了，不谢我，反倒骂我。

头还疼，位置依然偏着。对她说，困死了，不说了。芒合嚷嚷，忒懒，不许睡，接着聊。只好依她，聊什么呢，聊乱糟糟还是一条条？芒合笑疯，说这人真是的，一副小鸡肠子。对准话筒唾她，呸！没正经话。接下去便由她胡扯，说的尽是野夫。

31.

煲电话粥

从大一起，我就是系花，一溜男生跟在身后。野夫是新闻系学霸，却也混迹其中。芒合说开场白，情意绵绵。原来这个野夫，是她初恋情人，胃口被她吊足，走近她的野夫。

这人看似淳朴，其实厚颜无耻，写好多诗勾引我。芒合腔调郁闷。这么夸张啊，快念来听听。没等央她张口，电话那头声情并茂：

擦亮火石，燃起
浸透松油的火把
高擎，烫痛黑夜
地火，在沟壑肆意狂奔
像一千匹海马
喘吐烈焰，身后
葵花燃烧成火轮

爆裂成——
一万朵石榴
一万朵莲花
一万朵月月红
一万轮太阳
赤红，糜烂
……

哇靠，又扯到月月红，让人下腹胀疼。是炽热的咒语，粗鲁成火的世界，轻薄地推倒芒合，撩起矜持的短裙。丫智商不算太低，咋就二成这样，被男生轻易掳走。

芒合还在深情，思绪风一般刮回校园。她呻吟，野夫写诗没完没了，一句诗就是一头公牛，疯狂地扑向红斗篷。我跺脚抗议，不许超级自恋，把自己比作红斗篷，把野夫哥哥说成傻帽公牛。电话那头嘟哝，没说他阿猫阿狗，已经抬举他了。那就公牛吧，记住，不许叫阿猫阿狗。芒合耍赖，就狗就狗，灰鼻子灰蹄的流浪狗。就差摔话筒，狗狗就狗狗呗，干吗灰鼻子灰蹄。芒合笑成风铃，说这你不懂了吧，狗狗全都色盲，看东东一律灰不拉叽。急得要撞墙，野夫哥哥哎，你怎么和这种人混在一起。

芒合哼哼，没定性的人，地火烈火太阳火什么的，一出校门全灭，看啥都是灰烬。听了发冷，说怎么可能，野夫哥哥不是这样的人。芒合哼哼，说当然不是这样的人，是看什么都灰不拉叽的流氓狗。我再跺脚抗议，我呸我呸我呸呸呸，不许说野夫哥哥狗狗。

芒合还说野夫。去《都市报》做实习记者，到鞋厂采访，采访完了问老板，知道拜伦啵？老板说，要拜就拜财神爷，干吗拜车轮。野夫掩住耳朵，二话不说掉头就走。换采访对象，这回是皮衣厂老板，采访完了，问他知道惠特曼啵？老板说本厂汇款一向准时，说款项汇得特慢，明显是同行造谣。野夫皱起眉头，拍拍屁股拔腿开溜。

听了揪心，哪壶不开提哪壶，采访老板，老提诗人干吗？哎哟，野夫哥哥老这样，报社待不长的。芒合忿忿，就是就是，实习期没满，提前炒了鱿鱼。

一点没错，凡是有个性的，几乎都不能转正。禁不住嘟哝，问君何能尔，心远地自偏。芒合冷笑，挺好，这一远，远到江口，这一偏，偏到渔船，跟他老爸老哥捕鱼谋生。瞪圆眼睛问，捕到鱼了吗？芒合苦笑，鱼没捕到，胆汁吐了半船。鼻子发酸，说不许讥讽人，海上风浪大，野夫哥哥晕船。芒合忧怨，晕船也就罢了，偏就滚回陆地，晕成一只岸鸭子。哪有这样损人的，说野夫哥哥色盲流浪狗了还吐槽，非贬成岸鸭子不可。不许你说没来由的话，不许你编派野夫哥哥！跺脚，跺第三回了已经，脚底肯定有点红。芒和说，去出租屋找你哥去，正卷在被子里头，睡得昏天黑地。

郁闷，野夫哥哥采访不成，捕鱼不行，如何是好？芒合嘟囔，老行当没忘，告别朦胧诗，狂念口水诗。央她念口水诗，电话那头无精打采：

耳朵贴紧马塞克
隔墙，咕隆咕隆
声响潮湿，异味
挤过空心砖砌成的墙

耳蜗空谷回声
她，或她
邻家女孩
手握转筒手纸，绵软
抑或棉质护翼卫生巾
不含荧光增白剂
瞳孔粘住猫眼
不锈钢防盗门拉开
合拢，楼道
一抹唇影猩红
站久了，腿肚子
发硬，哆嗦
牙根很酸，一洼
冷茶停留在膀胱
隔夜的被窝冰凉
哈欠是灰色，坠落
80 公分宽的单人床

听完这诗，手脚冰凉，心窝冰凉，哈欠冰凉。芒合说，哈欠上了吧，这叫哈欠诗，你懂得。我跺脚，跺第四回了都。冲话筒喊，懂你个头啊，弱智女，这是口水诗好不好，搞懂了再评论好不好！芒合大笑，文艺女青年了吧，哼。我生气我发飙，我扎下马步隔空拳击，哈哈嘿嘿哈哈嘿嘿，能量强大重拳出击，专破弱智女哼哼功！芒合在电话那头打太极，避过我的拳头自说自话，鬼影似的摸到床上，躺我身边叽叽歪歪，说诗歌已经死了，文学已经死了，语言已经死了，读图时代视觉艺术为王。我伸出 V 指嚷嚷，那就改行，野夫哥哥加油，耶——

芒合正色，还真改行了，去富有街工地转悠，驮几块石头回来，拼成八个字：殷周国粹；法美民权。瞄了石头，摇头晃脑看老半天。我使劲拍巴掌，冲话筒喊，野夫哥哥我赞你，耶——

芒合柔情，这人写了剧本，让我先读，牵着人走近芦花，岩礁，书楼……我在地床蹦跶，野夫哥哥，带我一起去嘛，求你了嘛。

电话那头，还在倾诉，爱意泛滥：

一叶扁舟驶出江口，少年唐绍懿靠窗低吟：关关雎鸠，在河之洲。窈窕淑女，君子好逑。舟近孤岛。窗外，芦絮漫天鸥鸟纷飞。浪拍岸处，大红灯笼夺人眼球。泊船登岸，走近了看，是年轻渔姑，穿了被风鼓圆的灯笼裤，在礁石上晾晒鱼鲞。啊哦，她就是他的淑女了，他就是她的君子了。

唐绍懿得中进士，做了翰林侍讲，为皇子王孙讲授《周礼》。人在皇宫心在江口，在紫禁城待不住，托词辞官回江嘴村，让唐家渔船缠红披彩，驶往马蹄岛娶回渔姑，住在江嘴村唐家老宅。几年后去城中，定居福佑巷唐家大宅。

薄瓦托住梅雨，灯花推开黑夜。湖笔浸满徽墨，在宣纸上沙沙疾走。回乡的翰林，终年与儒学经典为伴，木雕一般杵在书楼。书楼全名海渊藏书楼，与唐宅同时建好，就为了静心训诂考据，于上古名物典章中寻求真义。渔姑每日提了金漆锦盒上楼，把鱼鲞鱼饼鱼丸汤，摆上铺满善本的书桌。哦耶，笔端蘸上灵性了，宣纸沾满诗意了，不识字的渔姑，是著书人的爱情鸟。

书楼静如止水，却也有热闹时节。春日扳开花蕾，柳絮拨弄粉蕊，家丁书童走动起来，立起竹架铺开蔑席。沉甸甸的藤箱打开了，钢蓝的封皮麦黄的书页，哗啦哗啦翻飞在风中，天井里外歇满花斑蝶。著书人握住鸡毛掸，行走在书堆中，掸走朱红批注旁的绿霉褐斑。长久地伏案书写，背驼了脸僵了头发花了，凝视满天满地的方块字，他分不清哪些是汗水，哪些是心血。

信使的快马闪过台门，带来的消息令人惊悸。夷人用榴霰弹在八里桥全歼蒙古僧兵，日舰用速射炮在威海卫击沉北洋水师，联军用滑膛炮轰垮天津卫武毅军……大雨浇向书楼，天井满地水墨，阴阳五行官制律法，诸子百家微言大义，伴着被雨墨泡胀的蚯蚓蜥蜴，消融在黑色腐土中。

山河破碎国势衰颓，维新者呼吁变法，迂腐者反对变法，纷繁嘈杂莫衷一是。唐绍懿一个激灵，在书楼中突发奇想，《周礼·冬官》有“坐而论道谓之王公”之说，大臣面君无须跪拜，平等地坐着商量国事。西政从无跪礼，想必脱胎西周古制。倘若取用《周礼》精髓要义，撰写新政变法蓝本，堵住守旧大臣之口，此事岂不大好。

藏书楼又闻墨香，著书人日夜书写，《变法要义》渐现宣纸。书成之日，著书人走出大宅，去县学操场慷慨陈词：中国开化四千年，周代文明程度最高。周代有“三询”之说，应对时局、迁都与否、册立君王，须经臣工一起商议，再由朝廷决断实施。西制由此生发开来，开放民权开设议会，由议员议论政局。

开放民权，须由废跪礼做起。西制源自《周礼·冬官》，臣工议员面见国之元首，不必行跪拜礼。反观我朝，大臣面君屈膝跪礼，与周制全然不符。我朝漏纰不止于此，太监制度亦须检讨。《周礼·天官》设“酒人”、“缝人”、“内司府”之职，太监总共不过四十人而已。现在宫中太监众多，与周制大相径庭，须决意革除内监为妥……

演说完毕，掌声雷动。著书人约了几位同道欣欣然回府，焚香饮茶品酒用膳。席间听闻十八省举人会聚京城，主张拒和迁都练兵变法，西宫太后闻言大怒，用六颗举人的头颅，回答书生的政治诉求。著书人掩面而泣，命家丁把藤箱抬到天井，放一把火将《变法要义》，烧了个干干净净。

此后书楼鸦雀无声，死寂成一座坟茔。渔姑提着锦盒上楼，把鱼鲞鱼饼鱼丸汤，摆上落满灰尘的书桌。哦耶，砚台氤氲墨香了，湖笔行走宣纸了，湿漉漉一副楹联：殷周国粹；法美民权。著书人掷掉毛笔，抱过渔姑吟道：绿轿遗街市，布衣出孤楼。掷笔江口去，蓬岛系扁舟。

一叶扁舟，荡在江口。浪拍岸处，海风鼓圆灯笼裤。跳板翘起，老去的少年挽着老去渔姑说：,好想帮你晾鱼鲞。老去的渔姑倚着老去的少年说，小心鱼翅刺破手。各自说完了，双双转过身子，踅进重雪叠霜的芦花。花深处，背影淡去，缓缓走出剧名——雎鸠。

芒合讲完剧情，感动得一塌糊涂，大声嚷嚷，但凡看过剧本，不被电倒雷倒的，不是人是木头。哦耶——

我没被电倒被雷倒，木头一般握着话筒。

芒合柔声，因为感动，所以无语?

木木嘟哝，不要迷恋雎鸠，雎鸠只是一个传说。

芒合疑惑，不玩穿越，不演后宫，《雎鸠》是票房毒药?

木木嘀咕，毒药是你，野夫哥哥顶多屌丝。

芒合气恼，说我毒药，什么理由?

木木轻语，现实版雎鸠，爱情鸟性别倒错，泪奔。

芒合一凛，还真别说，喷得超有理。

木木低语，就是木就是木。

芒合呻吟，再喷，继续喷，现实版男一号做宅男，女主角忙到晕。

木木嘟囔，就是木就是木。

芒合哽咽，这样的老公，情何以堪。

不再木着，野夫哥哥雄起，做回你自己。

芒合冷笑，麻烦你教他雄起。

心里发怵，怎么教，你教我先。

芒合大笑，切，说话不过脑，要雄起你自己雄。

轻声问她，野夫哥哥后来怎样？

芒合平和，他说欠我好多，想好了做回枪手，让我一夜成名。骑车去到江口鹅场，说那里报料多多。瞧他这样对我，连嫁狗随狗的念头都有。

捏紧拳头，野夫哥哥，努力加油！

芒合欢喜，就有了那篇通讯，一心哄我高兴，署上我的名字。

替她高兴，通讯挺好，署你名字挺好。

芒合暴跳，好你个头，爆炸性负面报道，得罪太多人，广告部生意砸了，报社要另选承包人。

不觉哀叫，野夫哥哥，你怎么办才好？

芒合不屑，怎么办才好，去和亚当混在一起。

眼睛一亮，伊甸园的亚当，野夫哥哥认识他？

芒合气恼，还伊甸园呢，处长同志，成人用品你懂的。

劝她想开，卖成人用品，这也没错，面对现实。

芒合啜泣，现实很不堪，不赞成裸婚，不愿意住到我家。心思全放在网店，总算挣了些钱，送生日礼物给我，打开盒子看，竟是亚当。

真的钦佩，啊哦，野夫哥哥，你很敬业。

芒合怨尤，敬业的瘟鸡，你懂的。

脸有些烫，送只亚当，就是瘟鸡？

芒合反问，不是瘟鸡，会拿自慰器送我？

为他申辩，野夫哥哥才不是瘟鸡。

芒合暴笑，原来你试过，他不是瘟鸡？

吓死人了，啊哦，你试过，不等于我试过。

芒合愤怒，倒是吞饱伟哥，寻上门爬到床上，没几下就蔫成日本豆腐。这人水了，连买的伟哥都是水货。一时性起，连人带豆腐踹下床去。

挥拳抗议，不许欺负野夫哥哥。

芒合啐道，呸！还没见过面呢，就超仗义。

一直在电话那头数落男友，把他贬得一文不值，但听得出来依然爱他，爱得太深才怨他恨他，一生一世黏他缠他。

好感动好想哭，仰在地床喊，哦耶！我倒。

芒合笑骂，脑残，刚才让你倒你不倒，现在没让你倒你偏要倒。

在地床蹦跶叫喊，野夫哥哥，你好伟大！

芒合淡定，切，大到头了，就会变小。

擎起拳头喊，野夫哥哥坚持住，不可以忽大忽小。

芒合狐疑，你怎么知道，他忽大忽小？

跳起来喊，别管大小，把根留住。

芒合尖叫，哇噻！不会吧，对根的理解居然如此深透？

呸！丫常用亚当，净往那地儿想。

32.

本店出售亚当

把车停在小区外，找到单元房揿响门铃。芒合是业主，低价租给野夫，用作网店仓库。

门后窸窸窣窣，有人贴着猫眼瞅我，确定安全后，开条门缝让我进屋。是个束发男，摆着脑袋说，亲，不必亲自前来，通过支付宝汇钱，速递员会及时登门，送达您订购的宝贝。No No，我来这儿是想，想……我扭捏不安，夹拢两腿，说话口吃。哇哦，吐血！怀疑网上交易，认为本店会骗取区区小钱？束发男见我欲说又止，很不耐烦，说不相信网购没关系，上街找成人用品店去，迅速解决生理问题。他说话时，束发在脑后晃成狗尾草。No No，我来这儿是，是打算……我快要晕倒，腿夹得更紧。

束发男也不看我，打开一只纸箱，掏出肉色塑胶棒，伸我鼻子底下，亲，看下粗细长短，是否合适？无须矫情，需要什么服务，请直接告诉我。野夫哥哥，你别这样……我又羞又怕，别过脸去。啊哦，你还知道我的名字。他推我去卫生间，说方便的话务请现场体验，感受与众不同的产品特点。请您不要强人所难，我真的真的不是这个意思……推开塑胶棒，脸已烧得通红。

亲，西班牙苍蝇水，可有听说？野夫握着塑胶棒，侧过头问我。苍蝇的水？好恶心。冲他摇头。不懂了吧，苍蝇水是催情药剂，西班牙进口，3分钟见效。野夫拉开抽屉，掏出小玻璃瓶，握在手心摇几下，冲我喷一团雾。挺凉爽，带点香味，狐疑地问，刚喷的，是苍蝇水？错！他把塑胶棒抛向屋顶，等它翻着跟头落下，从容地伸手接住。本店出售的野草牌亚当，采用天然中草药涂剂，无副作用无不良反应，催情时间仅需30秒。西班牙苍蝇水与其相比，简直就是泔水。他话音刚落，我已脸色绯红呼吸急促，两腿扭成一根油绳。瞟腕上的表，不多不少恰好半分钟。

不要怀疑野草牌亚当。在成功克隆多莉的今天，拷贝人体器官不存在任何技术障碍。野夫脸上写满得意。据客户反馈，本店出售的优质产品，99%的使用者准时产生激情，并达到生理高潮。啊哦，刚才我也高潮了。赶紧掩饰窘态，拿出唇膏小圆镜补妆。

滥用化肥农药食品添加剂，加班加点工作强度大，精液量少质差精子数锐减，勃起障碍症患者呈几何数增长。野夫极度愤懑，用中指弹击塑胶棒。说完了转头看我，超热情超诚恳。亲，假如生活欺骗了你，不要悲伤，本店的野草牌亚当会帮到你。相信我，亲，快乐的日子将会来临。晕，山寨普希金的诗呢。镜上一摊鼻血，贴近看，唇膏涂到唇外。野夫眼快，递来纸巾。

工业革命用科技成果弥补负面影响，野夫又抛出塑胶棒，坐转椅上转一圈后，瞅准落点接个正着。握着棒继续发言。野草牌亚当便利舒适，是仿真技术的最新结晶，是勃起功能障碍者的挪亚方舟，是性幻想者求之不得的福音。

清洗干净的胡萝卜，似乎也具有这种功能。我诺诺而语，想到上网浏览过的色图，不妨用来做例子。切！两者怎么可以相比，逆天啊！野夫打断我的话，很愤怒地咆哮。胡萝卜具备硬度，柔韧性呢，柔韧性在哪里？大虾，这个我真不知道，它的柔韧度在哪里。被他吓着了，轻声嘟哝，胡萝卜是天然的，有机植物，总比化学制品强。野夫气得瘫在转椅上，话声轻得像只蚊子，简直不敢相信自己的耳朵，一个没有使用过亚当的女孩，竟然宣称胡萝卜是她的菜。说话间，狗尾辫萎缩成一束枯草。他气成这样，我只好闭嘴。

亚当的意义还在于，个性独立的女人，可以选择让婚姻走开。野夫不屈地站起来，又开始他的演讲。明白了，亚当是剩女用品。我丢掉纸巾，擦去多余的唇膏，让嘴角露出唇线。

原来你是丁克族，挺好，丁克族挺好，丁克族是本店最稳定的客源。野夫精神一振。我不是丁克族。摇头否定。离异女士？野夫拍拍额头，OK，没问题，本店喜欢离异女士，希望能发展成客户群。没结婚，哪来离异。收起镜子，放回手包。幼齿女？ My God！ 野夫球一样蹦起，把塑胶棒塞进展柜锁好，厉声说，请马上离开本店，亚当是成人用品，禁止未成年人购买。

偏不走，坐到转椅上说，野夫哥哥，不许这样对待芒合的朋友。野夫狐疑，芒合介绍你来的？递去芒合的名片，睁一只眼放电，啊哦，欢迎打假。野夫的眼神热烈起来，你是小苏？芒合来过电话。换另一只眼电他，哦耶，通过验证。

原来你是圈里的朋友。野夫跳到墙角，从背囊里掏出一本诗集，翻开封面签名，用双手递给我。我捧着书特激动，诗集超棒，《雎鸠》超棒，不被电倒雷倒，那不是人是木头。哇塞！你居然读过《雎鸠》。野夫亢奋，使劲晃狗尾草，随即木然。切！特么文学剧本也就一坨屎，编剧屙完了提裤子走人，由着文盲导演胡戳乱搅。

轻声嘀咕，有人搅和还算好的，只怕没人理睬，就芒合在搅和。野夫站不稳，摇摇晃晃，就芒合在搅吗，没其他人？他显得恍惚，没了精神气。芒合苦，苦成咖啡，她往杯里放糖，用咖啡勺搅匀了，自个儿一人喝。见野夫定定地看我，赶紧搪塞。话题也换过，问他，野夫哥哥，干吗把马龙写成人渣？

马龙，马龙是谁？哦，想起来了，是有个马龙。野夫竖起食指，搁在唇中，嘘——请不要过分指责马龙。听了头大，说马龙是你的菜，是你把他拉到黑社会，戴上黑老大这顶帽子。狗尾草乱摇乱晃，头皮屑落满肩头。嘘——请不要过分迷恋方块字，它们传达罪恶，同时表达爱意。鼻腔牙根一起酸，说方块字挺好，它们让马龙坐穿牢底，它们让芒合一夜成名。野夫转身，在纸箱间乱走。嘘——是情势，情势知道不，是情势人心，逼着芒合出名。恨恨地问他，什么情势，什么人心？野夫站住，盯着我说，上至庙堂，下至草根，都容不得马龙猖狂。

马龙猖狂了吗？晕！搞清楚先，马龙是野狗还是京巴儿儿。我滑下转椅，又坐回去，蹬腿让椅子自转。野夫蹲纸箱旁，挥舞手臂说，这个你懂的，马龙野生野长，具有草根立场。再用脚蹬地，让转椅转得更猛，色盲一个，明摆着京巴儿儿，咋看成灰鼻子灰蹄的野狗。再说啦，就算野狗了，那也是草根，草根干吗容不得草根？

我有话要说，不得不说，这关乎京巴儿与庙堂，亦关乎野狗与草根。我开始说，急切地语无伦次地说。野狗叼着方块字，像叼着喷香的筒骨，流浪在庙堂门外。立场是把铡刀，熟练地放倒同类，晾晒在庙堂石阶。草编狗，转动草腥气的尾巴，在庙堂前晒太阳。牛皮鞋，在空间画一道弧线，特果断。草编狗，顺着锃亮的弧线，飞离石阶。定格——狗嘴僵硬，啃去泥斑；鞋面古老，弧线锃亮。阳光，从高墙反弹下来，刺入缩紧的瞳孔。疼痛蔓延开来，角膜晶状体视网膜，肿胀出草编狗的泪，灰常灰常灰常灰……

小苏，你的诗集呢？快把你的诗集，拿出来拿出来！野夫扑过来，抓住我的肩膀狂摇，泪水盈满他的眼眶。小苏，你没带诗集没关系，我记住你的诗了。他一脚踢开纸箱，爬上桌子颤声朗诵：

野狗叼着方块字
像叼着喷香的筒骨
流浪在庙堂门外
立场是把铡刀
熟练地放倒同类
晾晒在庙堂石阶
草编狗，转动草腥气的尾巴
在庙堂前晒太阳
牛皮鞋，在空间画一道
弧线，特果断
草编狗，顺着锃亮的弧线
飞离石阶。定格——
狗嘴僵硬，啃去泥斑
鞋面古老，弧线锃亮

阳光，从高墙反弹下来
刺入缩紧的瞳孔
疼痛蔓延开来
角膜晶状体视网膜
肿胀出草编狗的泪
灰常灰常灰常灰……

我不喜欢灰颜色，真的不喜欢。我听不得野夫说灰常灰常灰常灰。我说灰灰灰灰灰灰灰，灰你个头啊，说完了伤心欲绝，抬屁股走人。狗尾草呼呼追来。我砰一声关上车门。车窗没关严实，掉进一个锦盒。打开看，大红平绒衬底上，搁一根肉色塑胶棒。是地道的野草牌亚当，制作精良足可乱真。

我不想看见他，灰鼻子灰蹄的他，点火揿喇叭开车走起。中草药催情液，从锦盒里跑出来。不大的车厢，全是腥涩中溢的微甜，如夏雨捂熟的腐草。激情燠热成潮水，再次涌动在体内。身子很难坐稳，双腿老想绞着，车子失去控制，开始剧烈晃动。下意识地踩刹车踏板，用尽力气踩到底，脚掌却在油门上。轰隆一声，车头撞断栏杆，车子垂直落到高架下。

33.

紫月蒸发了

醒来已在急诊室。亮出额头，闭紧眼睛，让护士抹药。冷不丁眼皮冷得打战，护士找错地儿拿镊子鼓捣眼睛？坐起来看，是嘟嘟淘气，拿玻璃球嵌我眼窝。

艾莉坐在床边，笑说，缠好多绷带，嘟嘟以为是雪人。气急败坏，说托格格的福，民女虽木乃伊了，眼珠子还健在。艾莉拧我嘴巴，说皮开肉绽了，还不消停。龇牙对她说，能消停吗，眼珠子总得保住。艾莉递过纸盒说，那是，这地儿怎么可以消停。

盒里全素，一溜炸薯条。冲她吼，鸡腿呢，鸡腿跑哪儿了，还有鸡翅，鸡翅飞天上了？艾莉笑说，都挺尸了，还兽性大发。话没说完，刺溜奔洗手间。知道是膀胱问题，得，膀胱问题用膀胱解决。送她偏方，猪膀胱炖香瓜，一吃就中。嘟嘟拍手嚷嚷我要吃猪膀胱炖香瓜。摸他脑袋，说嘟嘟乖，让你额娘先吃。艾莉如厕归来，听得清清楚楚，又要拧我嘴巴，说丫好好跟孩子说话。

闹完了想吃薯条，为时已晚，嘟嘟腮帮鼓起，嘴里塞满薯条。贝贝趴床底下，使劲舔空纸盒。气得大吼，嘟嘟贝贝，还我薯条！艾莉撇嘴，又说傻话，已经在肚子里，怎么掏得出来。切，没薯条吃还有什么意思，缩回被窝睡觉。

艾莉不理我，把手放臀后鼓捣，又掏一纸盒出来。打开纸盖看，是炸鸡翅。掀开被子去抢，大呼格格吉祥，说您大恩大德，让鸡翅从仙界飞回人间，民女记着您的好。医生护士听到声响，跑来问发生什么事，病人出现幻觉了？艾莉替我解释，没啥没啥，就是饿了，特想吃小动物翅膀。医生护士叽咕，病人见得多了，没见过为吃动物翅膀，撑大喉咙喊格格大恩大德什么的。

不等他们走开，抓住鸡翅狼吞虎咽。手机狂震，嚼着鸡翅冲它吼，还让不让人活了，摔成比萨饼了都，还没脸没皮地骚扰！耳机越发聒噪，是老爸的声音，苏同学，你啪嗒啪嗒又在吃炸鸡？说过多少回了，少吃垃圾食品。咿呀咿呀咿呀咿——你刚才说什么来着，比萨饼？苏同学注意了，食物过量会诱发肠炎，咱家喜儿就因为贪吃，打昨晚起腹泻不停。咿呀咿呀咿呀咿——你妈尚老师一夜未眠，为它制定治疗方案。葛同学知道后起早赶来，这回送的是水发海参，好让喜儿滋补身子。咿呀咿呀咿呀咿——

他声音洪亮，艾莉听了生气，说咿呀咿呀咿呀，不消停了是不是。姐儿从高架摔下来，八瓣儿了都，不管不顾，就挂念她妹的肚肠。鸽蛋也是，不消停，海参还水发，拎你家瞎凑热闹嘛这是。

咽下鸡翅，躺回被窝说，也不怪他们，民女受伤的事儿还瞒着没说。艾莉愤懑，那也不成，两老就罢了，鸽蛋犯得着见天儿套瓷。指她脑袋，格格忘了，我妹一鸟儿，葛菪一爱鸟族。艾莉打开我的手说，起开，鸟儿的事先这样，咱说案子。

正操心这事，说找过芒合，她实诚，说通讯是野夫写的。又找野夫，网店贼忙，没空谈马龙，送我一支亚当。艾莉亮爪，伸被窝乱摸，说案情没弄清楚，先赚了亚当，拿出来瞅瞅。嘟嘟耳尖，以为亚当是玩具，爬床上到处找。贝贝也跳上来，不打招呼钻进被窝。艾莉打嘟嘟屁股，怎么皮成这样，小朋友不许动大人玩具。

脸臊红了，拎下嘟嘟踹开贝贝，赶紧岔开话题，问她那边进展如何。艾莉回说，想法子去局子捞人呗，还能咋地。问她，捞出来了？艾莉摇头，这活儿累，偏是金豚派的单，要不早颠儿了。点头说，说过的，大案要案，咋捞。艾莉咋呼，咋捞，因果摆着，主次搁着，让理儿捞去。轻声嘟哝，都是京巴儿一路，官儿谦让点不行吗。艾莉嚷嚷，官儿咋了，戴顶乌纱帽就得吃哑巴亏，被盯梢被要挟，让人变着法子修理？

同盟军个鬼，没头脑还拉偏架。她嚷嚷，我就不能嚷嚷。嘿，唐德铭占理儿，马龙就歇菜啦？话搁那儿好好想去，唐和马都是京巴儿。艾莉不屑，说歇不歇菜京巴儿不巴儿，我说了不算，玻璃瓶子说了算。一凛，问她此话怎讲。艾莉鄙夷，瓶子是你那事主的菜，那可是多了去了，一个不落全搁局里。放心好了，开庭时检方一个不剩，兜底打包都拿去呈堂，判瓶子的主儿十年八年，估计还算轻的。糟心，她怎么可以这样说话。禁不住嚷得更响，玻璃瓶子不假，谁也没说纸糊的泥捏的，可瓶子的来历，这事儿得搞清楚先。艾莉烦躁，你说你说，我且听着。

说就说，分出主次因果，这个我没意见。咱先说瓶子，这东东满世界都是，干吗搁别地儿啥事没有，弄到鹅场就特牛逼？说白了，盛着你事主的那啥呗。因为盛着那啥，所以瓶子牛逼，谁主谁次，你知道的。再说因果，空瓶子不重要，东东盛进来了，瓶子改变性质，成为呈堂重要物证，谁因谁果，你也知道的。艾莉傻眼，说哪有这样做逻辑分析的，跟你没法聊，狗一阵猫一阵，说话不着四六。

切，她不想聊，我偏要聊。现在不聊，以后也得在法庭聊。对她说，洗脚屋多如牛毛，拿果皮龙仨字当招牌的，地球村也就一家。果果何许人，皮皮何许犬，谅你也知道几分。把果皮俩字坐实了，剩下的那个龙字，你自个儿去掂分量。艾莉一愣，半晌才醒过神来，说小蹄子胡咧咧啥，果果玩失踪，皮皮是哑巴，马龙关牢里，果皮龙仨字狗屁不是。现在更好，连紫月也没人影了。

听了一愣，哪个紫月，她扯她干吗？哦，想起来了，马龙提到过紫月，果皮龙洗脚屋领班。艾莉脱掉鞋子，把脚搁床上，说跟马龙一伙的，现人没了。这不瞎掰吗，一大活人，说蒸发就蒸发？艾莉揉着脚趾说，咱不同盟军吗，知道紫月是你的菜，费心费力到处找她。切，给她提个醒，同名同姓多了去了，要找得去果皮龙。艾莉换只脚搁床上，说树倒猢狲散，哪里还有果皮龙。让她别磨叽，说紫月到底怎样了。艾莉按着脚掌心说，果皮龙贴了封条，哪里还有客人上门，紫月自忖花一般的人儿，还怕找不到事做，拉着箱包去找雇主。不承想干这行的，多少知道点儿底细，生怕她把客人的东东，再弄到瓶子里去，哪个敢雇她。偏是心傲的人，脖子一梗，拖了箱包走人。紫月不能走，知道底细的也就你了！心急火燎，挽住艾莉胳膊，我的祖宗哎，说要紧处好不好。艾莉乜我一眼，慢吞吞捶脚背，说都到车站了，有人上来搭讪。紫月正缺钱用，心想添些盘缠也好，便随那人去钟点房。做完那事，气还岔着，头颈已勒了根绳子。很快断气，身子锯成四块，搁在城东城西城南城北。

心里一梗，没意思起来，蒙头睡下。靠！花一般的女孩，荒唐过显摆过，转眼工夫散架，搁到东西南北。这人憋屈成这样，凡事还有什么念想。正暗自悲切，艾莉嘟哝，看过照片，小蹄子蛮上眼。听了更觉悲苦，寒气冒出心底，整个被窝冰冷。就看见病房白茫茫一片，鹅毛大雪漫天漫地，紫月踏雪而来，冲我乜着媚眼，说贞妮勿要难过，吾讲只段子让侬开心开心。站在光秃秃的阔叶桉下，先是瓮声瓮气念，窗外雪花飘呀飘，冻得小鸟喳喳叫，哪位小姐姐行行好，借个小洞暖暖鸟。我心欢喜，朝她点头，柔声应答，大哥大哥别叹气，只要你有人民币，小洞里面放暖气，包你小鸟很满意。

艾莉弹簧一般蹦起，重重摔在地上，又翻身坐起，挣扎到床头按铃，说坏了坏了，这人脑袋彻底坏了。医生护士跑进病房，冲到床前喘着气问，谁脑袋坏了？我指着艾莉抢先说，她的脑袋坏了。艾莉打开我的手说，丫明显贼喊捉贼。自然听艾莉的，医生护士一哄而上，按住我量体温测血压，拿皮管子戳进鼻孔，旋开阀门猛灌氧气。完事后叮嘱艾莉，注意观察病人情况，有情况随时按铃。

一干人刚走，我翻身跃起，抱住艾莉的腿狠掐。艾莉疼得连声讨饶，小祖宗，且留下姐姐的腿，好帮您再找证人。

34.

梅园

艾莉有偏见，拿野狗做例子，认定马龙自来黑，唐德铭则是京巴儿，铁定受害人。驳倒艾莉很容易，开庭时，让果果皮皮一起到庭，自证果皮龙仨字来历，即使紫月不能出庭旁证，这个案子也能搞定。苦就苦在果果消失了，皮皮哑巴了，马龙被告了。啊哦，果果，亲，靠你了，无论如何你也得露下脸。果果，亲，你是丰茂的大树，轻轻一晃，便可摇落满地证言。果果，亲，让我拾起叶脉清晰的证言，让法警呈递给合议庭，让葛莒握起法槌轻轻一敲，哈哈，马龙胜诉那是肯定的。

果果是胜诉的关键，必须马上找到她。拿出百分之百敬业精神，不顾额头刚结痂，痂下嫩肉没长实，裹着纱布去纪委。门卫说原先有个叫果果的女孩，现下调到白云镇去了。开车去白云镇，镇长说这人擅自离岗，无固定住址无固定电话，手机欠费停机，他们也正在找她。

郁闷吐血惨绿杯具，果果我的亲，你干吗玩失踪。急死人了，找出芒合的通讯，看还有谁可以当证人。有了，一个叫老潜的，引起我的注意——

谁揭开冰山一角？

老潜姓钱名挺，是位离休干部。曾任边防大队长，指挥缉私艇追踪设伏，与走私船斗智斗勇，缉获大量走私物品。走私犯恨他恨得牙痒痒，把神出鬼没的钱挺喊作潜艇。战友们敬佩钱挺，亲切地叫他老潜。老潜虽然离休了，眼里仍然容不得沙子，听说马龙为非作歹，斩钉截铁地说，两句话：老子要捅马蜂窝；老子要摸老虎屁股。老潜通过侦查发现，马龙的冰箱有问题，如果没有问题，干吗养条狼犬守着冰箱。老潜斗敌经验丰富，用所有积蓄买来一只藏獒，经过训练带到鹅场，把狼犬引到阔叶桉林。调虎离山计成功了，老潜果断地进入鹅舍，打开神秘的冰箱，取到“地下组织部长”的罪证。功夫不负有心人，马龙案终于揭开冰山一角。

走起，找老潜。他住在市郊干休所，干休所取名梅园山庄。山庄被红砖墙围着，楼幢间是门球场，那儿聚着一群老人。领头的老头身手灵活，扭腰踢腿敲铜钹，咣咣咣——咣咣咣——立马就有腰鼓回应，咚咚，咚咚，咚咚咚咚——咚咚，咚咚，咚咚咚咚——

铜钹响了亮了，腰鼓狂了野了，钹声鼓声东冲西撞，潮水般灌进人的心房。咣咚咣咚正高潮，打钹的老头手起钹落，咣一声刹住鼓声。山庄随即响起合唱：解放区的天是明朗的天，解放区的人民好喜欢……搽了胭脂的老男人，红袄绿裤的老女人，应声舞动绸布扇，腾挪扭胯甩脑袋，脚板把地跺得砰砰响。

被窝里的老人躺不住了，拄着手杖坐上轮椅，赶紧着去门球场，死紧死紧抱着歌，像抱住火烫的太阳。他们浪漫过奋斗过，把青春狂热成熔岩飙过板结的冻土，随后归于平淡日常，吃喝拉撒生儿育女，劳劳碌碌日暮西山，撂在郊外灰烬一般。

陈旧的关节肌肉，从酸痛趋向刺痛。针灸按摩跌打膏，门球剑术太极拳，电疗水疗针疗磁疗，办法想尽顽疾照旧。病痛使人消沉，牢骚堆满心窝，整天怨天尤人。骂世风日下，骂贪官腐化，骂土豪猖狂。听着红歌，回忆美好时光。那时好，好儿女南征北战志在四方，打败日寇赶走蒋匪帮。那时好，秧歌队腰鼓队多如牛毛，打钹的小伙英俊剽悍，打鼓的姑娘腰肢细巧，钹声铿锵鼓声激越，豪情壮志直上云霄。那时好，社会主义国家人民地位高，工农兵当家做主人，地富反坏戴着白袖套，把石板路扫得又白又亮。

回忆完美好时光，再听门球场的合唱，觉得咬字不清节奏太乱。领唱的老头嘴巴漏风，跟唱的老女人腰粗膘肥。老年斑像甲壳虫，胡飞乱撞没个准头，不管老头老女人，但凡遇上皱纹，啪一记歇在旮旯里不走了，擦肥皂抹雪花膏不起任何作用。就觉得没意思起来，情绪传染到场上，鼓钹凌乱脚步踉跄，老头老女人掉转身子走了散了。

几个老头闲着没事，过来问我来山庄干吗。我说找老潜有事，他们说拿钹的老头就是。又问找老潜干吗，我说为被告人取证。老头哗一声散开，雀跃着去找老潜。就见老潜站在场中，远远地乜我一眼，端起架子不肯过来。

他不来没问题，玩会儿蚂蚁先。嚼烂口香糖，噗一声吐地上，让探头探脑的工蚁，从窝里引来大队人马。好哩，有戏，从手包里掏出香水瓶，朝蚁群揿下喷嘴。后到的蚁群嗅出异味，以为另一窝蚂蚁抢食，兵蚁领头工蚁随后，冲上去一阵撕咬，弄得满地都是断头残腿。正看得有趣，发现身旁蹲个老头。老头唯恐天下不乱，嫌一地蚁尸不够多，说快快，再喷香水，作战规模肯定升级。这人脚边搁着铜钹，老潜肯定就是他了。我呸！偏不给蚂蚁喷香水。老潜急了，吼道，两句话：听指挥；喷香水。

切，鬼才听他指挥。对他说，这是Dior香水好不好，又不是矿泉水，说喷就喷啊。老潜气得不行，喝道，两句话：哪个单位的；跑这儿干吗？拿律师证给他看，说找他司法调查。老潜拿起铜钹嘟哝，两句话：包庇罪犯可耻；是非不分可悲。

话音未落，人已回到门球场，拿铜钹咣地一敲。夕阳下，应声蹿起一朵火苗，由低而高扑向老潜，在手臂上滚成火龙。走近了看，是只母藏獒，龇牙咧嘴专咬老潜拳头。哪晓得拳头了得，红烧猪手一般晃过来晃过去，让藏獒老是扑空，耷拉出长舌呼哧呼哧累得不行。老潜也不管它，松开拳头平放掌心，上头搁着小玻璃瓶。

老潜把瓶子掷向远处，藏獒扑过去叼个正着，刹住前腿急转弯，衔回瓶子还给老潜。老潜用两指头捏住瓶子，让夕阳照进瓶胆，晶亮成一颗钻石。老潜再把瓶子掷出，母獒正要去捡，已有狗嘴提前抢去，舞着尾巴朝老潜跑来。是毛茸茸的小狗，没跑几步丢了瓶子。另一只小狗衔住瓶子，屁颠屁颠跑向老潜，跑几步瓶子滑到地上。又有小狗叼起。没跑多久又丢地上，由另一条小狗叼了，跑到老潜跟前立起后腿，把小瓶子放到掌心。

狗宝宝接力赛刚结束，就有老太太跑进门球场，边打腰鼓边嚷嚷，还好意思闹，也不想想狗爸爸是谁！狗宝宝们吓得滋尿，母獒呼一声扑过来，棉被一般盖住它们。见母獒包庇小狗，老太太把腰鼓敲得更响，一边敲一边絮叨，梅香啊，大姐这回要批评你。组织上信任你，让你执行特殊任务，可你没有站稳阶级立场，怀上了敌人的孩子，一生就是四只。梅香啊，你若不听大姐忠告，不跟它们断绝母女关系，那是要犯大错误的。母獒听了心里憋屈，湿着眼睛委屈地摇头，夹着尾巴呜呜申辩。老潜摸摸它的脑袋，咣一声敲响铜钹，两句话：梅香大梅二梅三梅小梅都是好同志；家属要提高觉悟顾全大局搞好团结。哦耶，领头打腰鼓的老太太，原来是老潜的老婆。那几只杂交小狗，是皮皮在鹅场下的种。

咣一声铜钹响起，老潜手起钹合，一台冰箱破土而出，坐北朝南搁球场正中。老潜沉臀扭胯走起，咣咣咣——咣咣咣——他家属晃头晃脑打腰鼓，咚咚，咚咚，咚咚咚咚——老潜竖眉一声吼，两句话：梅香把示范动作做标准啰；大梅二梅三梅小梅掌握好要领。梅香听了竖起耳朵，吠叫着冲向冰箱。咬住把手扯开箱门。四只狗宝宝像四个雪球，打着滚儿钻进冰箱，丁零当啷叼出玻璃瓶子。老潜把钹打成响雷，家属把鼓打成雨点。老潜一跺脚扎下马步，一只手拿了两只钹，腾出一只手握住一堆瓶子，东挪西藏看得人眼花缭乱。梅香大梅二梅三梅小梅，跳跃挪腾扑向瓶子。老潜把手握成拳头，五根指头依次扳开，说一个花瓣，两个花瓣，三个花瓣，四个花瓣……数到五时，梅香立起后腿，从掌心衔了瓶子，与叼了瓶子的大梅二梅三梅小梅，在落日中翻滚成五瓣红梅。

这边梅花满地滚，那边梅花枝头俏。炫，好几十株歪脖子老梅，站在梅园红砖围墙内，喷发出超浓的香气。呀，这可不是寻常梅花，树干碗口粗细，树色深浅不同，树姿模样各异。元梅明梅清梅肯定是，隋梅唐梅宋梅也有可能。哇塞，随便选株出来，都是百万元以上天价。干休所住的不是土豪，哪来这样金贵的宝贝？

老潜家属见我疑惑，走近来附耳轻语，是老潜的老战友送的。铜钹咣一声把人震开，老潜跺脚说，两句话：保守秘密最重要；家属不要乱发言。越发狐疑，梅树蹊跷，老战友诡异。

老潜老潜，深潜不动，得想出计策，让他浮出水面。见机行事，编派事儿试探：

走私犯马江贵兴风作浪，没人能奈何得了他。你去边防大队任职后，马江贵连连失手，傻到把走私船队，带进缉私艇包围圈。事实充分表明，狩猎者离不开媒鸭，麻花行动一役成功，马江贵功不可没。

缉私参谋果果，端掉毒品窝点，立了军功却得到命令，脱下警服办理转业。这事儿不合逻辑，只能说明马江贵藏毒的冰库，是你精心布下的陷阱。

马江贵金盆洗手，用你给的奖金办厂经商，做了渔村土豪。毒窝被端潜逃出境，又成为海外富商。他心里记着你的好，又不便露面见你，花钱买来名贵老梅，移栽到梅园来，让你见到老梅就像见到活生生的他。

马江贵的侄子马龙，同样也是麻花的命。他用唐德铭给的钱办鹅场，用果果给的钱开洗脚屋。他记着果果的好，把她需要的玻璃瓶子，作为证据藏在鹅场。他哪里知道，你会带着梅香去鹅场，连冰箱带瓶子一窝端。

作为马案律师，与唐案律有过深谈，事关京巴儿与灰鼻子灰蹄的野狗。皮皮是前者还是后者，梅花是前者还是后者，大梅二梅三梅小梅，又是前者抑或后者？这个问题很重要，搞明白了才能脑洞大开。

把该说的都说完了，眯上一只眼，用另只眼朝老潜放电。老潜扎下马步纹丝不动，在夕阳中站成一棵老梅。站在树旁屏住呼吸细听，会听到断丫瘢痕遍体的树干中，血水流过的淙淙之声。好想好想让老潜当证人，写下对案子有利的证词。可眼睛轮换着放电，老潜依然是棵梅树，不张口不说话。忍不住挠他痒痒，老树左躲右闪，实在熬不住痒，张嘴吼道，两句话：老子死都不怕还怕挠痒痒；老子有事要做没空陪你扯淡！

就听见老树扭起，铜钹撞起，咣咣咣——咣咣咣—— 腰鼓随即晃起荡起，咚咚，咚咚，咚咚咚咚——汪汪，汪汪，汪汪汪——梅香大梅二梅三梅小梅，龇牙吐舌追逐瓶子，腾挪翻滚成五瓣血色红梅。

35.

笼中赋

本案证人中，唯有鸟专家尚老师出具证词，其他证人均未联系上。最后的希望，寄托在唐德铭身上。

作为犯罪嫌疑人的高官，按惯例异地收押。开车近百里找他，一路想象他被捕后模样。以前老在电视中露面，前呼后拥官气十足，现在上了手铐枯坐牢中，又会是怎样一幅景象？

见到他了，木着脸坐凳上候我。囚衣中的肚子依然隆起，残留荣华岁月的遗痕，只是黑发斑白成絮，孤寂于肠形节能灯下。见我来了，摘下眼镜用衣角擦过，架回鼻梁定定地看人。一直淡定，案发后官员或躲或逃，唯独他西服笔挺皮鞋锃亮，打开立柜清点钱物，端坐办公室等人拘他。

柜子里的那些钱，都由马龙送过来，送钱者是马龙的朋友，又都是他的下属。这些钱是定时炸弹，他知道什么后果，无论如何不肯收下，但马龙不允许，经由紫月让他收下。曾想把这些钱交送纪委，又想现如今培养官员，须有一个漫长的过程，这些人使用起来还算顺手，真的不愿意轻易放弃掉。退回这些钱也不合适，会引起更多猜忌，对大局造成负面影响。

出事后，上面曾想保他，但事情已经公开暴露，也就只能采取双规。一双规就得批捕，一批捕性质就变了，从内部变成敌我，这人也跟着废了。事已至此，把所有的念想，都寄托于案件性质，倘若定性为被黑社会挟持，被迫收取下属钱款，此案或许存有转机。

桌上的台灯射向他，镜片冲光烁白一片，分不清灯光眼白。他唤声果果，恨恨地说，我的女娲，你终于称心如意。奇了怪了，唐德铭怎么扯上果果了，我与她风马牛不相及嘛。对他说，认错人了，我不是果果，更不是女娲。

他摘下眼镜看我，脸色一柔，说小鬼啊，总算把你盼来。他人在牢里，不知外面的事，把我错当作紫月。对他说，又错了，我不是紫月，她死了。他木然，冷了脸戴回眼镜。明白了，这个人虽与女孩同居，内心却与女孩不贴，甚至不屑，所以会有这种表情。

打开手包亮证，表明律师身份，让他配合调查。他一愣，认真看我，木木地坐下。拿出纸笔印泥，等他说话录口供。他心不在焉，两只手藏在身后，又一起放到身前，手指随意碰撞，点头若有所思。

拿话讥嘲，现在倒会人来疯，早干吗去了。他不理我，只管撞手指头，嘴里嘟哝，猎人捉狐狸，猎人赢；狐狸逮鸡，狐狸赢；鸡啄马蜂，鸡赢；马蜂蜇猎人，马蜂赢；猎人捉狐狸，猎人赢……朝他摇头，不对不对，都猎人了，还怕马蜂。 他握住我的两根手指，拿笔在指尖画了一支猎枪，又画了一只马蜂，捏住它们相互碰撞。又命我闭眼，听他嘤嘤嗡嗡地叫。也就一会儿工夫，蜂群把我裹成桶状，从头到脚蜇出无数洞眼。巨痛！禁不住尖叫。

尖叫过了，睁开巨肿的眼皮，试图找条逃路。吐血！哪有什么马蜂，唯有他眉飞色舞地嘟哝，猎人捉狐狸，狐狸逮鸡，鸡啄马蜂，马蜂蜇猎人，猎人捉狐狸……念上瘾了都，还让人做不做笔录。拍桌子让他打住。他稍停片刻，又在絮叨，物非独大，生生相克。循环反复，无休无止。什么叫作事物呈螺旋形发展，这就叫作螺旋形发展。

脑残！都这样了还玩游戏，说些不着边际的疯话。不觉抡圆了拳头，忍了疼再捶桌面，让他正视我的存在。明明听见桌响，他却不急不恼，广征博引细说螺旋：

佛家有六道轮回之说，天道阿修罗道人道畜生道饿鬼道地狱道，除了佛陀菩萨罗汉跳出三界，余者均须进入轮回。轮回是什么，轮回就是螺旋。这种螺旋论告诉我们，一切物质都呈恒态，车轮一般周而复始，没有开始没有终点。

尼采提出永恒轮回论，认为同一事物不断生成毁灭，其循环过程即世界本身。永恒轮回是什么，永恒轮回就是一切生成创造，在不断地螺旋中走向毁灭。这种螺旋论告诉我们，一切生成创造都很荒诞，因此这个世界毫无意义。

辩证唯物主义的螺旋论，则基于否定之否定规律，认为事物的发展，非直线而近似圆形。这个过程是曲折的，仿佛从自身出发又回到自身，但事物却由此获得质变。这种螺旋论告诉我们，事物在否定之否定中得以发展……

都阶下囚了，还长篇大论好为人师。打断他的话，撇嘴说，蛮好蛮好，螺旋来螺旋去，把自己螺旋到牢里了。倒要请教，六道轮回，永恒轮回，质变轮回，三者都是螺旋，你选择哪种螺旋？

这回轮到他螺旋，凳子不旋屁股旋，旋几圈后臀部落地。他翻身爬起，坐回凳子，嘘一口气，徐徐低吟道，林花谢了春红，太匆匆，无奈朝来寒雨晚来风。替他背出下段，胭脂泪，相留醉，几时重？自是人生长恨水长东。

他斜眼看我，说小鬼啊，你读过李后主？懒得理他，顾自念《更漏子》，玉炉香，红蜡泪，偏照画堂秋思。眉翠薄，鬓云残，夜长衾枕寒。他接念下段，梧桐树，三更雨，不道离情正苦。一叶叶，一声声，空阶滴到明。乜眼问他，你读过温庭筠？他答非所问，此人从政桀骜不驯，终老县尉之位。

不理他，再背《菩萨蛮》，红楼别夜堪惆怅，香灯半卷流苏帐。晓月出门时，美人和泪辞。他面色滋润起来，续吟，琵琶金翠羽，弦上黄莺语。劝我早回家，绿窗人似花。喂他糖吃，原来你读过韦庄。他怡然自语，此人聪慧机敏，官至吏部尚书同平章事。

这人有病，不专心念词，老拿乌纱帽说事。

牢里孤独，遇上能背词的女孩，他自然欢喜。话也多了，还想起自己种的盆花，说只是苦了海棠蕙兰，没人照看，不知死活。公务繁忙，应酬多端，竟有闲情种花养草，不觉让人另眼看他。

他沉吟呢喃，与妻子长期分居两地，只能忙里偷闲，栽些花草聊寄相思。虚心求教，我也栽花，每天浇水，总不见花开。他摇头晃脑，只浇水不施肥，开花才怪。嘟着嘴说，人家不懂怎样施肥嘛。他耐心教我，用尿水浇豆饼，搁太阳下闷晒发酵，便是绝好的花肥。用清水兑花肥浇在根须，花啊叶的自然生动亮丽。捂住鼻子喊，好脏哦好脏哦，我不要花肥。

他娓娓自语，闲时常对着花朵儿凝想，洁与脏，美与丑，相生相依到如此程度，真是令人匪夷所思。花木如此，人又何尝不是如此。妻子偶尔回国探亲，与她亲热时，会联想起种花的道理。最销魂的地方，恰是隐秘不可示人之处，一刹那顿悟，万物皆须调和折中。

听了不爽，想到的净是老婆，把厮混过的女孩忘得精光。紫月虽是烟花女子，却对他实心实意。她本是局外人，却被人拉到局中，断了财路没了生计，被人锯成几段四下抛掉。

再听他讲，有感觉了。人在牢里，思绪却蝴蝶一般，扇动薄翼飞离躯壳，翩翩起舞于花蕊中。拿女人那块林地，深入浅出打比方，不但是才子还兼情种。就有一阵微甜的香气袭来，味如盛夏热雨捂熟的腐草。好熟悉的味儿，令人呻吟不止。禁不住嫉妒恨，当红律师摊上落难才子，好事儿让艾莉占全了。隔张桌子瞅唐才子，一时间神思晃动，连跳槽站他一边，上庭为他辩护的念头都有。

老想着花啊肥的，那地儿敏感起来，去洗手间坐着方便。透过砖花看窗外，繁花茂叶哗哗蹿上，把窗口遮得密不透风，芳香秽气纠缠难分。顿悟，花木花肥长相守，京巴儿跟京巴儿是一族，京巴儿野狗亦是一族。

赶紧回屋，捏住自己的指头，拿笔给唐才子，让他画果子画龙画鸡画皮鞋，握住了瞎撞一气，开心地喊出声来，皮鞋踩果子皮鞋赢，果子砸龙果子赢，龙抓鸡龙赢，鸡啄皮鞋鸡赢，皮鞋踩果子皮鞋赢……就听见唐德铭呻吟，哎哟哎哟，在凳上螺旋起来。对他说，螺旋起来了吗，真的螺旋起来了吗，好玩好玩。

玩兴正浓，肚子叽咕叽咕叫。小鬼饿坏了吧，民以食为天，是否去肯德基先。唐才子耳尖，知道我饿，招手让看守过来为他戴上手铐，微笑着转身回牢房。应该听到皮鞋的笃声，低头看他的脚，见到的是双薄底胶鞋，行路之态低调谦卑。

肚子确是饿了，赶紧去肯德基，坐高凳上啃炸鸡腿，边嚼边吮油腻的手指。啊哦，刚才在牢里光顾做游戏，忘记让他写证词了。一个激灵亮出手指，看指头的皮鞋果子龙和鸡还在否。倘若都在，用手机摄了图便是证据。在这个游戏规则里，皮鞋指向唐德铭，果子指向果果，龙指向马龙，鸡指向紫月。唐德铭管辖果果，果果指使马龙，马龙雇用紫月，紫月照看唐德铭。是周而复始的螺旋，相互排斥相互依存，一干人纠缠一团，衔头衔尾链环一般。晕！大案要案，也就这么简单。破解此案的证据，尽在我的指尖。

不再东想西想，摄下证据要紧。打开手包掏出手机，瞄准指尖摁拍摄键。啊呜——吃炸鸡腿时狂吮手指，唐德铭的墨字笔迹，拌着油渍全都咽进肚子。抓狂！龇着牙要咬烂指头。等等等等，好好想想，好好想想。哦耶，立马回牢里还来得及，趁唐德铭还迷糊着，假装与他再玩游戏，冲他亮出八根爪子，让他画上皮鞋果子和龙还有鸡。到时候他记起艾莉，推托说律师不让写证词，欲拿纸巾擦去我指尖笔迹，呵呵，那时已经迟了，本律师早用手机抢拍停当。OK，八根爪子八幅图，呈堂便是八项证据。

急忙开车回看守所。门卫说限定时间过了，约见嫌疑人须重新申请。喷鼻血！按程序补办手续，逐级呈报等待批复，来来回回没个把月不行。悲催！离开庭时间没剩几天，想补救都来不及了。

36.

米色风衣和如烟之二

马龙案即将开庭。猫屋里做宅女，昏天黑地写辩护词，好累，上网冲浪先。

打开米色风衣的博客，看新上传的博文——

如烟在飞，身后的火烧云，缤纷成满天落英

发评论的还那几人——

山楂肉丸：偶坐沙发

西门老巫：如烟是白琵鹭？

清冷宝宝：素恐龙

被雨打湿的巧克力：把米色风衣铺开，去接飘落的花瓣，如烟你别再飞

尼姑 mm：别装了，瞧你裙下露出的尾巴

这博你来我去，倒有几分热闹。反正闲着无事，用网名“喜儿”发评论——

喜儿：飞过来飞过去，超二

博主回复喜儿——

季风燠热，雨丝黏人，如烟在飞。濡湿的迅雷，劈开南方的窑炉。如烟，你不是传说，你在彩釉上飞。

他说彩釉是啥意思，莫非暗喻花瓶。哇靠，最烦别人拿花瓶说事，再发评论——

喜儿：飞你个鸟啊，脑残

发完评论，码字弄辩护词。没写几句，心里痒痒，又把那博点桌面上，看米色风衣回复。

他没回复，又发一新博，有图没文。一幅是大白凤头鹦鹉，连拍，振翅起飞时叠出六个羽影。另幅图是雏鸟，毛茸茸，十一只，挤在艾蒿中。

很快有评论——

西门老巫：炫，巨顶！

清冷宝宝：鸟的祖先素恐龙，偶好怕

山楂肉丸：路过，欣赏

被雨打湿的巧克力：为谁憔悴为谁愁

尼姑 mm：狐精不爽，呵呵……

他上传的大白凤头鹦鹉，长得跟喜儿一模一样。奇怪，米色风衣怎么会有它的图？那十一只雏鸟，又是什么情况？

提示音响起，艾莉在线上。打开 QQ，与她聊天——

格格：在哪儿？

珍妮：宅家

格格：干吗？

珍妮：……

格格：有事瞒我

格格：去找过唐

格格：……

格格：小蹄子还保密

珍妮：取证而已，呵呵

格格：取到否？

珍妮：木有

格格：瞒我，找你撬嘴

珍妮：真木有

珍妮：写辩护词，超累

珍妮：(QQ表情：抓狂！)

格格：这么认真？谁信

珍妮：不信就对了

珍妮：上米色风衣的博

格格：？？？

珍妮：在干吗？

格格：找米色风衣。

格格：丫显摆，弄一鸟，带一窝拖油瓶

格格：米色风衣，啥意思？

珍妮：爱穿米色风衣呗，葛苔就穿过

格格：确定？

珍妮：确定

格格：得，博主是鸽蛋

珍妮：瞎猜吧你

格格：鸽蛋想干吗，弄这些鸟出来?

格格：大白鸟面善，是你妹妹喜儿?

格格：整一窝外甥女出来，也忒多了

珍妮:（QQ 表情：大便）

格格：……

珍妮：格格慢猜，民女睡先

珍妮：辩护词料不够，明儿还得找马龙聊

珍妮：88

37.

选举

我的朋友，朋友的朋友们，他们都劝我当村长。

前村长是个傻笨蛋，为村里的地卖个好价钱，鼓动村民上访闹事。事闹大了，戴上手铐了，还把眼睛瞪成铜铃，盼着村里人劫法场，哪想到被推进警车了，开到青海地界了都，连个卵蛋都没见着。倒霉蛋留下顶乌纱帽，比臭虾烂鱼还招人，让整村人都昏头昏脑，飞成一堆红头苍蝇，一天到头围着它嗡嗡转。唐德铭就在这当口，带人到鹅场搞调研。

鹅，鹅，鹅，曲项向天歌。唐德铭把头探过栅栏，好声好气对肉鹅说话。我的朋友，朋友的朋友们围着他，伸长脖子齐声应答，白毛浮绿水，红掌拨清波。

腊后闲行村舍边，黄鹅清水真堪怜。何时散乱随青草，永日淹留在野田。唐德铭摘下眼镜，瞅着肉鹅擦拭。这回朋友们接不上茬，成了一堆闷葫芦。

无事群鸣遮水际，争来引颈逼人前。风吹楚泽蒹葭暮，看下寒溪逐去船。唐德铭戴回眼镜，朝肉鹅微笑。朋友们献媚的目光，草蛾一般飞向他。

小鹅在河里嬉水，跑到人前撒娇。风儿吹动夕阳下的芦苇，小鹅跳进寒冷的溪流，划着小红掌追赶舴艋舟。唐德铭扶正眼镜架，抑扬顿挫地解诗。朋友们听醉了，朋友的朋友们也听醉了，他们抡起肉巴掌，朝栏里的肉鹅使劲鼓掌。随行的记者也没闲着，扛了摄像机对准肉鹅，打光调焦给特写。

鹅们哪见过这阵势，不知好歹跳起来啄人。几只刁钻的雄鹅，直起身子行走，拍动翅膀一阵狂扇，把屎团草屑扫向人群。朋友们，朋友的朋友们，身上沾满秽物，发声喊逃命。唯有唐德铭纹丝不动，扶住栅栏留在鹅舍。

老百姓的餐桌上，鹅肉是不可缺少的菜肴。种植绿色有机植物，鹅粪是上好的肥料。保暖用品人人需要，鹅绒是最佳原料。国家队勇夺汤姆斯杯，这个杯有鹅的一半功劳。同志们哪，鹅的全身都是宝，政府必须鼓励养鹅。唐德铭挥下手，目光在镜片后烧成篝火。朋友们，朋友的朋友们，赶紧跑回鹅舍，站在栅栏边鼓掌。这回没敢大力拍手，唯恐肉鹅听到响声，再次要横扇来屎团。

老马同志了不起，不串联不闹事不上访，心思全搁在养鹅上。同志们哪，农村基层组织很重要，村委会领导权很重要。这个领导权应该掌握在谁手里？应该掌握在老马这样的同志手里。唐德铭说着话，走过来握住我的手，用力晃过来晃过去。

唐德铭走了。朋友们走了，朋友的朋友们也走了。江嘴村的人来了，蹲在阔叶桉下，瞅着鹅场说，转风了，妈拉巴子转风了，马龙要当村长了。

懒得睬他们，挥动竹竿走起，把鹅们赶到江口刨食。那些人在屁股后，不离不弃跟到堤塘。对他们说，田地要被金豚圈走了，村子快没影了，村长算个鸟。那些人蹲堤上，瞪着眼珠看我，说村子没了人还在，就指望田地卖个好价钱，有了钱还怕没好日子过。

把鹅撵到滩涂，挥着竹竿说，挨千刀的金豚，把渔村变成鱼，刮鳞开膛破肚剁块，红烧清蒸油煎醋熘。剩下的冰冻起来，估准行情卖大价钱。蹲堤上的那些人，挽起裤脚走进滩涂，乜了眼看海，说是这行情没错，村长你说咋办？

村长都已经喊了，那就村长一下先。对他们说，村长不能白当，总得扒几根鱼骨头回来，狗娘养的剔剔牙也好。江嘴村的人雀跃，扑到泥涂里喊，转风了，妈拉巴子转风了，村长要让泥巴变金砖。

长舌妇像堆青蟹，喷着唾沫说，马龙了不得，黑白两道通吃。老板地痞全都铁了心，要拴到我这根绳子上。红彤彤的横额红艳艳的旗，红通通的票箱塞满红粉粉的票，票上圈的全是马龙。

朋友们来了，朋友的朋友也来了。吸中华烟喝茅台酒，烟香酒香弥漫鹅舍，把人把鹅把狗东西，全都熏得东倒西歪。端着酒杯走过来走过去，敬过朋友再敬朋友的朋友，说马龙有事求兄弟们。朋友们，朋友的朋友们，打着嗝说村长别客气，用得着我们的地方只管说。一口干尽杯中酒，说东方威尼斯这条鱼，不能全让金豚一口吞，江嘴村得分到几根鱼骨头。

朋友们，朋友的朋友们，个个都是聪明人，他们从鹅场回到城里，坐到自己的位置上，赶紧着拨通金豚的电话。金豚的人懂得进退，大鱼都捞到了，还在乎鱼骨头。事儿很快摆平，就等签下合同。

到了约定日子，拆迁的被拆迁的，都来鹅场签合同。江嘴村的人站在阔叶桉林，冲拆迁办的人戳手指头，脏话连连骂骂咧咧。我说妈拉巴子不签拉倒。江嘴村的人赶紧跑出树林，争先往合同上签名捺手印。等拆迁办的人捧着合同，钻进面包车跑远了，江嘴村的人咧开大嘴巴，把嘴角笑到耳朵根。

问老板地痞长舌妇，这回亏了还是赚了？他们齐声说，不亏不亏发大财了，返回地工业用地商铺店面全有了！问他们还去城里上访不？他们摆手说，财神爷显灵了，屋子田地卖得越早越好，打鱼人好趁早去做东方威尼斯人！

38.

罂粟花开

签好合同盖上手印，江嘴村的地盘就是金豚的了。

高过人头的铁皮卷，滚下重型平板车。工人们跳下车斗，拿铁锤往地里砸三角铁。支架竖好了，把薄铁皮张开来，焊上去涂上蓝漆，上了岁数的渔村农舍，堤内的田地水塘，被一道铁皮墙团团围住了。

长发女孩顺着铁皮围墙，走过堤脚穿过阔叶桉林，跳着躲开田鼠草蜥蜴，推开栅栏走进鹅场。是紫月，天还没亮就来到鹅场，爬上稻草堆推醒我，眯上一只眼，睁亮另一只眼看我。

伸手捂她眼睛，说别看了，看得人心里发毛。紫月打开我的手，说就看就看，看龙哥哥一根筋，看龙哥哥木鱼脑袋，看龙哥哥睁眼瞎。她这是怎么了，一大清早乌鸦嘴。紫月知道我烦她，说龙哥哥眼皮底下搁一大金蛋呢，都懒得睁眼瞧下。转着脑袋看鹅栏，看来看去都是鹅蛋，哪来的什么金蛋。紫月换只眼看我，说金蛋看不见也就罢了，哪能脸蛋屁股蛋也看不见？不看鹅蛋了，乜眼瞅她脸蛋和屁股蛋。

白白净净的脸蛋上，有抹了口红的嘴巴，啪嗒啪嗒张张合合。紫月说，姐妹们下班正在洗澡，浴室着火了，好怕好怕哦。来不及穿衣服，赶紧跑到街上先。街上眼珠子多，不可以光身子，可一人就两手，捂住脸蛋捂不住屁股蛋。就听见一老头嚷嚷，都裉节儿了嘿别迟钝，上面基本不一样，下面基本都一样。姐妹们听了一愣，很快明白过来，把手都蒙在脸蛋上。

紫月说着笑开了，把捂屁股蛋的手挪开，用来捂住脸蛋。这段子是啥意思呢，翻白眼想老半天，想出一个道理来：基本一样不重要，基本不一样很重要。脸蛋屁股蛋是这道理，鹅蛋金蛋也是这道理。鹅蛋基本都一样，所以鹅蛋不重要。金蛋跟鹅蛋长得不一样，所以金蛋很重要。

见我伸长脖子，探头探脑找金蛋，紫月摊平手掌说，金蛋在这儿哪。顺着她舒展开来的掌心，看到窗口塞着个大红蛋。对她说，那不是金蛋是太阳。紫月换只眼看我，抬起左肩蹭我，说就是金蛋就是金蛋。正说着，那蛋果真就金晃晃的，刺得人眼珠生疼。

紫月捧过我的头，轻轻搓揉眉心说，看见金蛋了啵，干爸让我捎句话儿，老乡帮政府搞经济，政府帮老乡再创业。对她说，肉鹅养着鹅蛋生着，这不是在搞经济吗。紫月拨开我的眼皮，让眼瞳对准太阳，小嘴巴噼里啪啦，你说你说你说，鹅蛋和金蛋，基本一样还是基本不一样？养鹅基本都一样，不富不穷混日子，卖地皮与养鹅基本不一样，可以捧个大金蛋。

拿开她的手，村子卖了田地卖了，就剩下鹅场了，拉一车金蛋来，这地儿也不卖。紫月换右肩蹭我，干爸说机会来了，超强台风都挡不住。龙哥哥你这地儿金贵，金豚要用来盖东方威尼斯印象购物中心，签好合同捺下手印，金豚让你当股东。她这样说我明白了，滑下稻草堆说，股东不错金蛋蛮好，只是没了鹅场，皮皮肉鹅冰箱玻璃瓶子该去何方？

呀，谁扯我头发，把人拉回稻草堆。转头看，原来是泥鳅，睡眼惺忪说，妈拉巴子去她的金蛋。嗨，泥鳅就一事儿妈，她喜欢鹅场，爱躺稻草堆上，看月牙儿走过窗口。泥鳅离不开鹅场，这地儿整不成金蛋。

泥鳅生在青海劳改农场。红珠在炕上叉开双腿，羊水哗啦哗啦流成河，泥鳅顺流而下，漂过草甸雪湖沼泽大河，游进大海拐入江口，爬上唐阿木的渔排。阿木拎起泥鳅瞅过，说妈拉巴子两爿找死啊，顺手一扔丢回水里。泥鳅呛了口水，打个滚顺着潮水荡进滩涂，伏在浪头越过堤塘，浮到鹅场躺在稻草堆。

蜷缩在我怀里，泥鳅把没牙的嘴巴朝向小窗。乌瘦的月牙儿离开云头，走到窗前照亮泥鳅。夜雾迷蒙罩住月牙儿，让她黑成一爿墨鱼鲞。泥鳅张嘴衔住墨鱼鲞，就像衔住一只奶瓶。吮完奶水的泥鳅，冲墨鱼鲞喊阿妈，墨鱼鲞在窗口抖了抖，哭成了一弯泪眼。

是红珠的眼睛，长年累月盯住泥鳅。红珠就这个命，这辈子注定生两爿。在唐阿木的破漏船上，她生了一窝两爿。去青海农场生下泥鳅，还是个不带把的。不带把就不带把，我还偏就不喜欢带把的。两爿挺好，泥鳅挺好。可泥鳅最亲的，还是窗外的月牙儿，说不定哪时候，她会伸出比竹竿还细的手，把精瘦的月牙儿拉进窗口。

还真被泥鳅拉进来了。被拉进窗来的红珠，去鹅舍撒饲料喂食，赶雏鹅去滩涂找食，鹅群后，屁颠屁颠跟着泥鳅。红珠把竹竿递给泥鳅，双手叉腰站堤塘唱渔歌：啊哩哩啊哩哩啊哩哩——红脚掌踩过滩涂哎呀脚劲健嘿，黄嘴甲伸泥洞啊哟冒水星喔——啊哩哩啊哩哩啊哩哩——泥螺涂龟棺材蟹哎呀吃滚饱嘿，心肝宝哎哟只只都是金盏菊哎——

红珠与我有缘，否则不会去砖窑，撅起屁股把平板肚搞大。红珠与唐德铭有缘，否则不会领大肚婆去铁壳船，让乡计生员一窝端。红珠与鹅场有缘，没有红珠的剖鲞刀，乡计生员额头没疤，不会当上父母官。没有这个父母官，我就没有鹅场。没有鹅场，就没有他这个朋友，就没有其他的朋友，没有朋友的朋友。

红珠见我闷声发呆，用肘子捣我肋骨，把我扯到她身边。依然乌瘦，挨着她像挨着乌贼骨，硌得浑身疼。曾经同桌的她，都住在天上了，身上还有鱼腥气。对她说，泥鳅闻不惯鱼腥味，搽些雪花膏好不好？紫月下回来鹅场，让她带盒百雀羚。红珠黑下脸，推开我跑到窗口，坐成乌瘦的月牙儿。想拉她下来，窗口已经没影儿了。

干了一天活，身上全是鹅屎味。打桶凉水兜头淋下，抹肥皂搓身上油泥。泥鳅跑来，把手伸进裤裆捞出肥皂泡，鼓起腮帮吹到天上。天上有好多月牙儿，亮成一只只银钩，挂在每个肥皂泡上，每个弯弯的钩儿上面，都骑着乌瘦的泥鳅。

在月光中长大的泥鳅，一步都离不开月牙儿。云层遮蔽天穹，把月牙儿裹成墨鱼鲞，泥鳅趴在稻草堆，昏睡成墨鱼仔。月牙儿推开乌云，泥鳅揉着眼睛坐起来，滑下稻草堆，走进灰色的月光。猩红的野罂粟，就在这时张开花瓣，让迷香牵着她，钻过铁皮围墙豁口，踩过长满荒草的石板路，走过渔舍工场作坊，进入破败的鱼货仓库。

库房是马江贵的。毒枭远走高飞，仓库收归国有，折价卖给金豚集团。库房空荡荡的，唯有霉变凹陷的瓦楞纸箱，叠在石灰剥落的墙角。泥鳅费老大劲搬开箱子，在地缝中找橙色药丸，在墙角落撮白色药粉。

会找到些药丸药粉，踩着月光走归，钻出围墙回到鹅场。这些药丸药粉，会抛到鹅舍里头，之后翻江倒海，鹅头疯摇成海葵，鹅翅扑扇成白帆。泥鳅张开小嘴，搁进药丸药粉，海洛因冰毒狂奔猛撞，在血管中搅起旋涡，让她倚着栅栏，哗然翻飞成花树。

对付泥鳅的招数一成不变，用尼龙绳捆住手脚，不让她去废弃的冷库。乌云密布之夜，这办法还有效，倘若天高云淡，这办法就不灵啦。月光让泥鳅通身透亮，团拢身子滑出绳结，走出鹅场钻过围墙豁口，走进渔村摸入冷库。

是漫长的缠斗，获胜的总是泥鳅。皮皮看出我的沮丧，自告奋勇跑去冷库，鼻子嗅肿了拱痛了，没找出一粒药丸一星点白粉。鹅场的日子稀松平常，功勋缉毒犬嗅功全废，披红挂彩的日子不会再有。

喜欢药丸药粉的泥鳅，还喜欢玻璃瓶子。月光漫入鹅舍，泥鳅伸腿滑下稻草堆，打开冰箱捧出瓶子，学我的口气唤出人名。细嫩的声音穿过瓶盖，在瓶胆中磕磕碰碰撞出回声。回声带着寒气穿透瓶壁，把鹅舍搅成银色滩涂，让一堆银色瓶子，在银色滩涂围成银色花环，银色花环中立了个银色小瓶。泥鳅学我的口气，对着蜡封瓶口，尖尖细细地喊唐德铭。

让紫月买来玩具，一件不落堆在鹅舍，泥鳅看都懒得看一眼。这孩子一根筋，依然在月夜打开冰箱，捧出瓶子唤瓶中人，让回声把鹅舍搅成银滩，让一堆银瓶围成银环。

日子就这样过着，守着鹅场守着瓶子。那天泥鳅没有睡醒，没听见紫月说要让鹅场变成金蛋，这样的日子还会过下去。可泥鳅听见我们说话了，她以为鹅场要变成金蛋了，平静的日子也就到头了。

泥鳅的心很乱。心乱了的她趁着月光，伸直双腿滑下稻草堆，打开冰箱捧出瓶子，找出其中一个，放进衣兜走出鹅场，走过堤岸步入滩涂。

是那个老是摆在圈中央的瓶子。泥鳅从兜里摸出瓶子，粘在瓶底的药丸药粉掉下来，散落到灌满泥浆的孔穴。弹涂鱼咽下橙色药丸了，竖起眼珠钻出洞穴，晃动脑袋撞向月牙儿，沾满银光跌落下来，银鱼一般铺满江口。招潮蟹吞下白色药粉了，成群结队爬满泥涂，挥动红螯钳住月光，跌跌撞撞爬上堤塘，腐烂成褐色野花。

泥鳅把细胳膊擎得老高，舒张开冰凉的手心，让月牙儿看小玻璃瓶。月牙儿走出乌云走进滩涂，小玻璃瓶就明亮起来，挂了一弯乌瘦的银钩。哦耶，银钩好亮，比金蛋漂亮太多！泥鳅把瓶子捏回手心，开心地抿住微颤的唇瓣。

银色夜潮，漫过银色滩涂，漫过银色足印，漫过银色手掌，裹住银色罂粟花……

39.

守土之战

下过几场雨，把铁皮墙里的庄稼地浇得透湿，南瓜花开了，满地粉黄；谷穗灌浆，噼啪作响。

是些撂荒地，江嘴村的人甩手走了，任凭它被太阳晒出盐花。新主人圈上铁皮墙，等地价涨了再做打算，哪管它长谷还是长草。也就是些外省人，拖儿带女来到这地儿，放一把火烧荒，犁碎土块垒起田埂，挖塘抽水冲去盐花，让田地渐渐有了脉动，活转回来长出庄稼。

都是些没脑子的人，除了种田就是拾荒。白天光膀子耙地浇肥，夜里掖着钢锯铁钎，去工地上锯钢筋，上马路撬窨井盖，肩扛车驮运回江口，把赃物藏到窝棚里。他们做梦都要笑醒，有块地种真好，只要花些力气，吃个半饱没有问题。有个窝棚真好，枕着钢筋躺在窨井盖，一觉睡到大天亮。

游民们正咂着嘴，流着哈喇子做黄金梦，哪里晓得轰隆轰隆，推土机撞开铁皮围墙，掀翻挂满瓜果的棚架。打桩机翘作铁硬的鸡巴，插入田垅肆意震颤。挖掘机压过烂泥，把田地硬生生撕拉开来，看上去像条豁开的拉链。

惊醒的外省人揉着眼屎，爬出窝棚盯住入侵者，摸着脑袋不知所措。一个叫南瓜的男人，怪叫一声跑向推土机，把一条钢筋塞进齿轮，让履带动弹不得。见有人领头，游民们发声喊，团起泥球掷向推土机，把前窗玻璃砸成花脸。

防暴车呜啊呜啊，防暴警察钻出车厢，擎着盾牌一字排开，护住肮脏的推土机。游民哪里见过这阵势，丢掉手里的钢筋泥球，缩成蚕虾躲人身后。还是南瓜出头，怪叫着掷去泥球。见他这样，胆大的横了心狂掷泥球，也就一支烟工夫，对面的黑衣黑靴黑头盔，成了一摊稀软的烂泥。

哨声响起让人心悸，保安队员分成小组，实施穿插分割突防。木叶和他的弟兄们，冒着兜头砸来的泥球，坚定地走近抵抗者。掰长满老茧的手，在大山里扳过黄牛角，在东方威尼斯划过龙船桨，现在握了电击棍劈向敌手。南瓜的队伍溃散了，抱头逃往棚架泥塘。

城管队员换班上来，手挽手呈蛇状队形，拿铁棍敲坍棚架，踩雨靴踏烂瓜果。尼龙薄膜爆裂开来，黄鳝水蛇钻出菜根，爬进靴筒又咬又啃。城管队员哭着蹦着，脱掉雨靴光着白脚杆，踩着烂泥碎瓜逃命。

消防车驮着水赶来增援，水龙从人头顶呼啸而过，把黄鳝水蛇扫到泥底。推土机发力重上战场，防暴警察保安队员城管队员重新集结，跟在推土机屁股后缓慢地前行。

僵持到太阳落山，外省人疲惫饥饿，脚步踉跄向后退却。却有女人钻出窝棚，披头散发尖声咒骂。骂累了拉下裤子，光身子站推土机前。推土机吓蒙了，亮起大灯待着不走，一刻钟后清醒过来，转动齿轮铁了心朝前走。女人见了也不言语，拎起塑料桶冲身上浇汽油，跪在地上抱住履带。

这回推土机真的吓傻了，熄灭车灯往后倒车。消防车防暴车也蒙掉了，开启转向灯掉转车头后撤。制服男们满身泥浆，哼哼叽叽跟着车后，呻吟着嘟囔着咒骂着，离开漆黑的江口。

游民们钻出棚架泥塘窝棚，点起火把敲起铜锣，噼里啪啦放响鞭炮。他们叫哑了喊累了，顾不上洗去身上的泥浆，摸黑去到田头地块，扳正压折的棚架，搭好坍塌的窝棚，扶直落地的瓜藤。做完这些活，他们真的累了乏了，把脑袋搁钢筋上，把身体趴窨井盖上，打着呼噜流着哈喇子，去梦谷穗瓜藤南瓜花，去梦野蜂粉蝶金龟子。

好些天，守夜的皮皮都听见铜锣声鞭炮声，飞出铁皮墙搅乱夜空。天亮了，疲惫的皮皮抬起脑袋，看见一只马蜂在天上拉屎。狗东西亢奋起来，对准马蜂仰头低吼。排出马蜂体外的屎粒，先是谷子一般大小，打着旋飘近了，竟是红绿纸头。皮皮激动得狂摇尾巴，叼了彩纸跑回鹅舍。

抹去眼屎，看皮皮叼来的纸片，原来是金豚的告示，限令外省人立即离开，否则后果相当严重。正看纸头，鹅舍油毛毡顶棚轰隆轰隆震响，吓得肉鹅哦哦乱叫。去外面看，哪里是什么马蜂，明明是旋翼动力伞。

动力伞飞得很近，驾伞人扯动伞绳垂直掠过鹅场，经过处纷纷扬扬满天彩纸。衣衫褴褛的游民赶紧行动，拿着长钳钻出窝棚，低头把纸片拾进背篓。狗娘养的真真想不通，世上竟有这样的傻瓜，昨夜打败仗逃回城里，今天起大早背着风扇扯着伞，白送一大堆废纸头过来。昨晚的那些家伙吓破胆了，都成了软鸡巴蛋了，跑到这地儿讨好来了，让乡党们足不出户便可拾荒。外省游民这样美美地想着，男女老少一起仰天大笑。

正在笑呢，白色大鸟穿过云头，在江口拐个弯，贴着滩涂直接到位，掠过围墙掀翻窝棚。易拉罐塑料瓶泡沫饭盒，被气流吸到半空，冰雹一般砸回地头。拾荒者惊恐地丢下铁钳，蚯蚓一般蜷缩在草丛。大鸟抖动身子飞到半空，兜了个圈又冲下来，屁股后伸出长尾巴。

这回看清楚了，大鸟是双翼飞机，长尾巴是呛鼻的农药。黄兮兮的药粉，掉落到棚架田垄了，掉落到土丘水塘了，掉落到外省人头顶了。这个金豚下狠手了，不玩推土机消防车防暴车，升级成玩飞机洒农药啦。那些外省人平日啥事不懂，就知道往庄稼地喷乐果甲胺磷，现在见药粉兜头淋下来，心揪紧了脸铁青了，心想这药粉药性大，恐怕跟乐果甲胺磷差不离，似这样撒上几天，这人早不死迟也得死。男人还硬撑着不吭声，女人已经哭哭啼啼，嘟哝说住窝棚的日子，怕是不会长久了。

在庄稼地折腾够了，双翼飞机偏过脑袋，拖着尾巴直奔鹅场。这还得了，逆天了！我仰着头跳着脚开骂，狗娘养的喷药也得找对地方，到老子的地界搞个鬼啊！飞机来了个后空翻，瞅准我一个俯冲，差点把人撞成肉饼。

皮皮被药粉呛着了，四脚朝天栽在门口，狗尿撒得满地都是。狗东西夹着尾巴瘸着腿，慌不择路爬回鹅舍，一头钻进稻草堆。肉鹅们愤怒地冲出鹅舍，张开翅膀腾空而起，围住飞机猛啄机壳。飞机受到惊吓摆动双翼，缩紧屁眼收起尾巴落荒而逃。

南瓜领着同伙赶到，举着火铳喊话，喊的是恶毒的咒语。飞机在咒语中摇摇晃晃栽向地面。游民们蹦着跳着笑着，渴望飞机摔稀巴烂。飞机却是不死鸟，在触地前翘起机头，屁眼轰出更多药粉。外省人发声喊，捂住鼻子撅起屁股，拱进田垄土丘草丛。

鹅群悬停在半空，筑起一道长城挡住铁皮机头。螺旋桨疯转成绞肉机，逼近肉鹅把它们绞成碎肉。鹅场上空纷纷扬扬，撒下鹅血落下鹅肉。皇天有眼啊，晴天落白雪，白雪是鹅毛！拾荒者一阵欢呼，顾不上药粉堵住鼻孔，顾不得药粉塞满肺叶，拿着扫帚竹耙畚箕塑料筐，拼老命去抢鹅毛。

皮皮竖起尾巴，龇牙去咬拾荒人，狗爪刨出血来，也不让鹅毛被扫进畚箕塑料筐。狗东西平日爱当大爷，凶里吧唧跟肉鹅过不去，撵去啄来关系很僵。可鹅们成了一地羽毛肉末，它还真的接受不了。

手脚冰凉，脑袋空白。正呆站着，飞来只蜻蜓，轻盈盈歇落稻草堆，两眼盯住冰箱看。我这里鹅飞蛋打，它倒跑鹅舍里消停。莫非趁火打劫抢玻璃瓶子来了？吓得不轻，赶紧坐冰箱前，用脊背抵住门，晃动竹竿，防那厮动作。

蜻蜓哪里死心，从稻草堆升起，盘旋侧翻近逼。见我防得严密，没露丝毫破绽，这才掉头飞走。哪里肯放过它，握着竹竿追去，只见一瓦盖头贼头贼脑躲在阔叶桉下，握只铁盒子东按西揿，蜻蜓随他东扭西扭。见我追来，他握着盒子打圈，蜻蜓便悬我头顶兜圈，我随了蜻蜓转圈。头转晕了眼转花了，才看清楚头顶上不是蜻蜓，是狗娘养的无人直升机。皮皮看不下去了，奔阔叶桉林咬瓦盖头。早有黑色劳斯莱斯候在机耕路，瓦盖头钻到车厢头也不回一溜烟跑掉。那架无人直升机，定定当当栖车背上。

回到鹅舍，累得躺稻草堆上一动不动，眼前晃来晃去全是瓦盖头。

觉得这人面熟，以前应该见过。想起来了，在堤脚的破船边，见过他在修船，那时头发蓬乱成草，现在剪了时髦的瓦盖头，脑袋胖大像只鱼头。哦哦，他是渔业队的霍宗林，被叔叔用火铳轰烂了，一头栽进潮水。奇了怪了，这人居然活转过来，鸟枪换炮玩起无人机。哎呀呀，大白天撞见活鬼了！

哭号撕心裂肺，响在清冷的五更。南瓜早起屙粪，发现庄稼死得很难看，顾不上擦屁眼蹦着跳着，冲着窝棚跳脚号叫。同伙们赶紧跑来，看见青菜瘪了地瓜烂了，稻子蒿草掉光叶子，白骨一般戳在江口。霎时间安静下来，都清楚了，昨天飞机撒的是除草剂。

外省人失去遮蔽，轻盈成滩涂的水汽，随着阳光挥发得干干净净。一起挥发的还有锅盆碗筷铺盖卷，臭虫跳蚤头皮虱，鹅毛废纸可乐瓶，钢筋电缆窨井盖。唯有一堆粪球似的窝棚，毫无羞耻地趴在死亡之地。

阔叶桉树林光秃秃，几片沾血的羽毛，从无叶的树枝飘落，粘在皮皮鼻子上。鹅舍里都是农药味，咳出的痰腥绿难闻，天杀的金豚做事太绝，撒药驱散外省人还顺手端掉鹅场。像紫月那样摊平手掌，顺着窗口看出去，嚯嚯——太阳是只金蛋。往脸上扇一巴掌。妈拉巴子不听紫月的，狗娘养的落得个鹅飞蛋打！

鹅没了，蛋没了，玻璃瓶子呢？只要瓶子在，我的朋友们，朋友的朋友们，就会聚到鹅场，帮我渡过难关。打开冰箱看，里面空荡荡，连粒玻璃碴子都没剩下。嚯嚯——出大事了！眼前一黑，像根木头咚地栽地上。

醒来已是傍晚。把头钻冰箱里，上下左右看遍了，没瓶子就是没瓶子。拿叉子扒稻草堆，扒到地皮也没见瓶子。跪地上大声点名，没听到一声应答。皮皮呢，狗东西死哪儿去了？跌跌撞撞走出鹅舍，见皮皮立起后腿，趴在来路不明的藏獒屁股上。玻璃瓶子不见了，狗东西还有心思野合，拿起木棍去揍这对狗男女，不打断它们的腿，咽不下这口恶气。

是条母獒，咬住棍子不松口，不让人揍它的相好。皮皮知道犯错了，蹲地上呜呜叫。呜呜叫就饶了你吗，呸，这回非打断狗脊梁不可。夺过棍子劈下来，都快触到狗毛了，一个激灵收住手。得让狗东西去趟城里，把勿忘草捎给我的朋友，让他们摸着尾巴骨去金豚，让金豚赔偿鹅场损失。让他们去找瓦盖头，查明他是人还是鬼。让他们去查藏獒，看看谁是养獒人。

我的朋友们、朋友的朋友们，知道皮皮来过，他们从门缝里抽出信封，看见勿忘草绽开蓝花，一刻都不犹豫就穿上黑西服，打上黑领结套上黑皮鞋，开着黑轿车驶到黑咕隆咚的江口，停在黑不溜秋的阔叶桉林。慌乱无序的脚步声中，夹杂着嘚笃嘚笃声，很扎实很威严。是唐德铭迈开脚步，坚定地朝鹅场走来。他的老皮鞋被皮皮舔过，比墨汁还黑比鱼胶还透亮。

滑下稻草堆接朋友，接朋友的朋友，接难得来的唐德铭。走出鹅舍才知道，这回真的看花眼了，停在阔叶桉下的，不是黑轿车是红轿车，红轿车上跳下红毛狗，红毛狗扯出红睡衣，红睡衣趿着红拖鞋，红拖鞋上立着红珠。

红珠不是月牙儿吗，不在天上待着，干吗下凡来了，还开了车牵了狗。她是来要泥鳅的吗，倘若见不到泥鳅，她哪里肯罢休。心里叫苦，躲栅栏后看她动静。红珠没进鹅场，径直去江口，握着直筒望远镜，朝滩涂看过来看过去。

40.

逃亡

瓶子丢了，麻烦来了，各种传言丁香鱼一般，飘浮在城里乡野江口。一些朋友被纪委请去喝茶，朋友的朋友被秘密双规，他们失去好不容易得来的位置，哭天抹地交代问题。

我的朋友唐德铭也栽了，戴上手铐离开位置。转风了，妈拉巴子转风了！三十六计走为上计。逃出空荡荡的鹅场，涉过软兮兮的滩涂，游过江口爬上马蹄岛，攀上岩岸躲进废弃的塔楼。

孤岛不同以往，变得十分难看。外省人搭的窝棚，菌菇似的戳在岛上，他们开垦的菜地，如同瘌痢头布满山坡。不再会有天鹅，陈年的鹅血气，深深渗入礁岩湿地，经久不散地提示这地儿是坟场。灯塔也毁了，多年前的一场台风，把塔顶扫下岩岸。替代它的是浮标灯，在岩脚眨成诡异的鬼眼。

残塔千疮百孔，塔内遍布鸟粪。靠在窗边看孤岛，一只媒鸭竖直臀羽，栖在光秃秃的芦秆。大群野鸭旋飞成麻色漏斗，悬停在媒鸭之上。难道麻花没死，一直活在孤岛，以色诱同类维持生计？那么捕猎者是谁，是逃亡的毒枭马江贵？正把头伸到窗外看，就听见火铳轰响，硝烟散去猎鸭人现身，原来是外省人南瓜。

南瓜狡诈，在铁皮围墙里当头时，就知道那地儿混不长久，打发喽啰上岛开荒。又盗了几条破船，连同渔网油桶缆绳，运到岛上一并藏好。围墙里的废纸鹅毛钢筋电缆窨井盖，也陆续转移到此地。失去江口领地的女人们，一些人背着铺盖回到家乡，更多人拖儿带女登上孤岛。都是闲不住的人，一个个光着上身晃着奶子，烧荒犁田开垦土地。劳作之余钻入芦苇，仰成生猛的梭子蟹，把黝黑的肌肉男钳到身上。在呻吟和撞击声的混响中，小屁孩们呱呱坠地，爆米花一般撒满荒岛。

饥饿让我弯下腰杆，畏畏缩缩走进窝棚。南瓜坐在一摞废纸上，居高临下地看着我，就像我曾在稻草堆上，俯视畏缩不前的他。那个疯狂的守土之夜，游民面临绝境，南瓜带着同党，溜出铁皮墙摸进鹅场，把茶油南瓜番薯酱鸭，一溜摆在稻草堆下。他们被惊恐扭曲的面孔朝向我，每个毛孔都挤出不屑，膝盖骨却缓缓弯曲，嘎巴嘎巴响着抵达地面。那不是骨头碎裂声，是胸膛里的心被屈辱捏碎掉。

我盘坐不动，目光越过他们头顶，去到漆黑的堤塘，那里站着黑衣人。黑衣人是我的朋友、朋友的朋友，他们拿着手机对讲机，各自向属下发令，让推土机挖掘机消防车防暴车，轮番上阵施展功夫。今晚我站在朋友、朋友的朋友一边。我帮不了南瓜，帮不了南瓜的老表们。围墙里的渔村田地已经死了，如同死鱼不可复活。

知道我不会帮他们，南瓜带着同党站起来，踉踉跄跄走出鹅场。这些人不会再来，我也不想再见到他们。我和南瓜不同，与他不是一路人，我的想法不可改变，铁定站在朋友、朋友的朋友这边。滑下稻草堆，去到冰箱前，贴上耳朵听动静。朋友们，朋友的朋友们，他们的魂儿不在这里，在漆黑的堤塘上。他们是坐在位置上的人，要荡平外省游民的棚架窝棚，夺回渔村农舍土地，把地盘交给新的所有人。

妈拉巴子这些事儿都过去了，现在轮到狗娘养的南瓜高高在上，端着海碗大口喝酒，乜着眼珠子盯住我的膝盖骨，看它是否嘎巴嘎巴弯向地面。膝盖骨会弯下去的，会屈辱地触到地面。这是别人的地盘，这里没有我的朋友、朋友的朋友。空荡荡的胃里需要食物，哪怕是一块南瓜。

如我所愿，得到一块南瓜。丢失玻璃瓶子的我，现如今贱如狗屎。可谁以为我就这样潦倒这样不堪，那他就大错特错了。我的黑眼珠趁着黑夜，溜出黑塔楼躲入黑草丛，坚定地窥视着黑窝棚。我看见女人起伏黑胸脯，在黑影下拱成黑土丘。我看见孩子流着黑鼻涕，在梦中蹬开黑被褥，豁出黑牙叫唤玩伴儿。太阳早起，驱散黑夜。目光离开窝棚时，已把一串奶名绰号记得滚瓜烂熟。哦哦，我的耳膜也是黑色的。

鹅场没了，瓶子丢了，朋友散了，老行当还在。会去到东方威尼斯，与新来的计生员接头。会去到江口的马尾松林，与新来的女警碰面。别急，真的别急，机会总会有的。这个世道像贱陀螺，螺旋着往前走，这是唐德铭说的。我的朋友是聪明人，曾经坐在位置上，他的话不会错。旋动就好，旋过来旋过去，一切都会从头开始。鹅场会有的，洗脚屋会有的，冰箱会有的，瓶子会有的，朋友会有的，朋友的朋友也会有的。会就着月光打开冰箱，把瓶子捧到地上，随心所欲地挪动它们，如同挪动棋盘上的棋子。会把瓶子摆成一个圆圈，中心位置留给新来的父母官；会蹲在地上俯视瓶子，居高临下逐个点名，聆听朋友们轮流应答。会在一刹那间，觉得自己是佛……

闭着眼睛做螺蛳梦，直到被火光扒开眼皮。揉掉眼屎坐起来，走到倾斜的塔窗边，没有月亮，火把遮天蔽地。火光照亮塔楼，外省人背着火铳，领头的南瓜冲我瞪眼。他们要干吗，知道我要揭他们的底，便要先下手为强？

螺旋的事儿以后再说，跳出塔楼逃命要紧。火把绕成火龙，贴着屁股紧追。跑好久才甩开它，蹲地上大喘气。喘完气站起来，妈拉巴子光着身子，狗娘养的衣服裤衩被芦苇秆扯得精光。

只好爬进油菜地，让花和叶捂住身子。透过花簇空隙，看见南瓜蹲在不远处，往火铳口灌铁砂。天杀的发现我了，竖起拇指目测距离，摸出打火机点上药捻。这下完鸡巴蛋了，几秒钟后，头顶会砸下个大火球。恐惧撑开所有毛孔，让身子充满空气横浮半空。低气压使心脏膨胀开来，咚咚咚咚擂作皮鼓。鱼鳔充满缺氧的空气，迅即鼓成长形气球。鱼耳石滚动起来。轰隆轰隆撞向脑壳。鱼尾下站一群小屁孩，指着我喊，快看快看，一条大黄鱼！

他们看走眼了，我怎么可能是鱼。正想着，身下一空，啪地掉回油菜地。小屁孩跑来围住我，指着我喊快看快看，大黄鱼从天上掉下来了！在喊声中瞟自己，身上果然长满鱼鳞。

太阳像只灯笼，悬挂在头顶上，我的身上炫出金光，那是鱼唇鱼鳍鱼鳞的光。我真的是一条鱼，一条披满金鳞的大黄鱼？不不，人在油菜地呢，身上粘了油菜花粉，被阳光照着，金灿灿的看上去就像鱼唇鱼鳍鱼鳞。

我不是鱼，是人。试图向小屁孩解释。是鱼是鱼就是鱼，你是一条黄花鱼！小屁孩们喊得更响。

你们看花眼了，这不是鱼唇鱼鳍鱼鳞，是油菜花粉。我边说边挠，挠下的不是花粉，是金色的鱼鳞。骗人骗人骗人，你就是一条鱼！小屁孩们不依不饶。

我真的不是鱼，是马龙。情势万分危急，倘若真被当成鱼，定会惨遭刮鳞挖鳃破膛，剁作几段搁海碗中，抹上细盐白糖姜丝，浸在土酿黄酒中，放镬里炖烂了当下酒菜。

你说你不是鱼？南瓜背着火铳过来，踢踢我，躬下身子问。我真的不是鱼，是马龙。南瓜眼力太差，大活人都认不出来。你他娘的真不是鱼，是马龙？南瓜扳过我，像扳一条大黄鱼。我拼命弹跳，再不挣扎，注定得挨刀。操你个卵屌，还真是马龙！南瓜蹦得老高，跑回窝棚拿块破网，兜头甩来把我罩住，捏住绳头往回猛抽。妈拉巴子我不是鱼，狗娘养的是马龙！我尖着嗓子喊，在网眼中挥拳蹬腿。

啊哟喂啊哟喂——大鱼到手呀么哟喂，心里高兴呀么嘿咗。公安悬赏呀么哟喂，赏金一万块呀么嘿咗。马龙送上门呀么哟喂，老表发大财呀么嘿咗。啊哟喂啊哟喂啊哟喂——南瓜和他的同伙喊着号子，兴高采烈地抬起我，咚一声丢进破漏船。

撞到鬼了！这些该死的外省人，见钱眼开出卖了我。

41.

庭审

马龙案开庭。老记们端着摄影机摄像机，把黑乎乎的镜头对准律师席。我是主办律师，我得板着脸，可心里的美滋滋摁不住，好几次捂了嘴偷乐。

旁听席座无虚席。芒合在前排冲我招手，同事们扎堆挤眉坏笑。所长按着胃囊躲后排，苦着脸不敢看我。

书记员陪审员鱼贯而来。葛菭坐上审判长席，绷着脸宣布开庭。两法警一胖一瘦，把穿灰条纹短褂的马龙，带到被告席站好。马龙不怯场，眨着泥巴眼东瞧西瞅，笑意像爬墙虎从嘴角沿鼻翼攀上眼角，蔓延到整张脸。他在找朋友，找朋友的朋友。可找老半天没找着，笑纹僵死成枯藤。

公诉人是个漂亮女孩，字正腔圆念起诉书。起诉书称，被告利用盯梢威吓等手段，挟持掌控各级政府官员，成为民愤极大的“地下组织部长”，性质严重，事实清楚。控方认定，被告犯有组织、领导黑社会性质团伙罪，按照《刑法》第二百九十四条，应处以三年以上十年以下有期徒刑。

丫声情并茂逻辑严密，如何应付她？觉得没辙，心慌气急。张大嘴巴深呼吸，心跳逐渐正常，小腹却自作主张，胀胀的全是便意。只得离席，夹着腿去洗手间。在马桶上坐稳了，压低声音骂自己，切，那丫就一嫩葱，居然吓成这样。记住记住记住，待会儿上庭，该干啥干啥。

回到法庭，那丫已念完起诉书。葛萏把脑袋转向律师席，示意我发言。

扳正话筒，挺起胸脯，大声宣读辩护词：

审判长、陪审员，请容许我陈述以下事实：N年前，船老大马江福率渔业队出海打鱼，利用其敏锐的听觉，发现大群野生大黄鱼。马江福跳入大海打入鱼群，将其全数诱入包围圈，并用呼哨令渔民击打木梆，致使大黄鱼的鱼耳石与其头壳发生共振，失去反抗力呈昏迷状态。马江福又令渔民围网作业，将其尽数捞上渔船。同样是N年前，捕猎者马江贵在江口设伏，于芦苇中放飞媒鸭麻花，让其释放雌性特殊体味，诱使头鸭及野鸭群降落滩涂。马江贵择机点燃火铳，利用散弹将其全部射杀。

审判长、陪审员，本辩护人之所以详细陈述以上事实，原因在于本案当事人马龙身份特殊，既是船老大马江福之子，又是捕猎者马江贵之侄，其捕前之思维与行为符合其家族特征，即利用自己的躯体、驯养物或服务场所为诱惑物，达到围捕、猎杀或控制被诱惑者之目的。

审判长、陪审员，前述两位捕猎者，与我的当事人之间，既具共同性又有差异性。其差异表现在：设伏地点不同，前者系海洋或滩涂，后者为陆地上的洗脚屋；诱捕对象不同，前者的对象系鱼类或禽类，后者的对象为自然人；捕猎工具不同，前者系渔船渔具或火器，后者为避孕用具及玻璃瓶。两者存在差异，导致不同结果，前者灭绝珍稀鱼种，杀害濒危鸟类，破坏自然生态，造成灾难性后果；后者维护生育法规，终结腐败蔓延，净化社会环境。

审判长、陪审员，本律师提请法庭注意，果皮龙洗脚屋开业缘于反腐，拆解“果皮龙”三字可知，该洗脚屋的参与者，分别为原纪委干事果果、退役缉毒犬皮皮，以及本案当事人马龙。由此可以推断，本案被告不具犯罪动机，其行为显具正当性、必要性。

审判长、陪审员，上述论证充分说明，被告在本案中事实清楚，不具犯罪动机。公诉人认定被告犯有组织、领导黑社会性质团伙罪，违背事实显失公正。本律师提请法庭以法律为准绳，以事实为依据，当庭驳回公诉人对被告的起诉。

控辩双方舌战结束。审判长葛莒木着脸，传唤辩方证人到庭做证。辩方证人是我老妈，动物园畜牧师尚老师。

葛莒让证人回答，大黄鱼是否已灭绝。尚老师嚷嚷，灭绝，好极了！葛莒让证人回答，自然界是否存在媒鸭。尚老师尖叫，存在，好极了！葛莒面无表情地挥手，让辩方证人退庭。

葛莒传检方证人到庭。艾莉走上证人席。咦，唐案辩护律师，干吗奔马案来啦？赶紧冲她挤眉弄眼，让同盟军帮我一把。艾莉懒得看我，清清嗓子说：

审判长、陪审员，瞧苏律师把那媒鸭啥的，说得要多邪乎有多邪乎，还神聊那啥鱼，怎么地珍贵怎么地稀缺，咱凡人那是鳞也不能摸，肉也不能尝。这话忒二，咋听咋憋屈，这鱼还是鱼吗，整个一老虎屁股。

咱还说那啥鱼。苏律师说这稀罕物灭了，自然界就灾难性了，可咱不还都活着，平均寿命年年见长。按苏律师的逻辑，这鱼时令价500克4000元，从渔场过来的运费还没算在内，自然比人金贵。也是，人算啥呀，受人要挟被人掌控了，还得把所有罪名安他头上。没事呀，管他呢，不会造成灾难性危害，反而还能净化环境。

鱼比人珍贵，这逻辑难以成立。没错，人被车轧了拿交强险，顶多十万元出头，按体重折算下来，500克不到1000元。可苏律师疏忽了其他事实，即倘若被轧的是官二代或富二代，轧他的又是宝马保时捷，赔付款自然翻好几番，人价保不准超过鱼价。所以咱不能老说鱼怎么怎么地珍贵，人怎么怎么地不珍贵，鱼说鱼话咱管不着，咱不能说鱼话糟践自己。

再则这辩方证人请的嗨，哪有律师请老妈写证词的，该回避的也不回避。即便法庭采信证词，与辩护词也前后不搭。苏律师说大黄鱼与木梆声闹共振，爷孙叔侄七姑八嫂一条不剩，让渔业队全给灭了。可仨月前，苏律师还一脸馋相，猫家里吃这鱼呢。本证人一木鱼脑袋，想不通这鱼都珍贵了绝种了，怎么地又爬上她家餐桌，待她菜盆里，跑她肚子中。这唱的是哪一出啊，也忒自相矛盾了。

伙同吃鱼的，还有苏律师妹妹喜儿。这喜儿不是女孩是鸟，学名大白凤头鹦鹉，珍贵鸟种。可大伙儿给评个理儿，鸟种珍贵了，就可以吃珍贵鱼种吗，这事儿拧巴不拧巴？忘了说了，剁这鱼煮这鱼的，就刚才的辩方证人，苏律师的老妈。

得，剁鱼煮鱼吃鱼啥的，这都说过了，咱接着说送鱼的。苏律师和她妹妹喜儿，吃的那个珍贵鱼种，是米色风衣买的。米色风衣是谁？米色风衣是开博的爱鸟族。本案开庭前，米色风衣跟苏律师套瓷，把一大鸟六剪影，上传到他的博客。上博的还有十一只雏鸟，非珍贵杂种鹦鹉。这里头藏啥意思，人家不说咱也不好问。幸亏米色风衣话密，在博上发言说，如烟在彩釉上飞。这就露出些蛛丝马迹，如烟是鸟是人咱不清楚，咱只知道花瓶皮子是彩釉，如烟在彩釉上飞，换句话说便是在花瓶上飞。这花是物件还是人，咱在这儿就不挑明了。

飞呀啥的刚说过了，接下去说不飞的。不飞的艾草呀蒿草呀茅草芦苇呀，总而言之多了去了。既然飞得老高了，那就别与不飞的计较，各走各的道罢了。可飞的偏不肯，非得把艾呀蒿呀茅呀芦呀，扯在一起瓜葛。那好呀，奉陪呀，飞的不飞的搁一块呀，谁还怕了谁不成。

话都说到这份儿上了，咱也甭管寸不寸，现学苏律师来段推断：米色风衣选在开庭前，把大鸟小鸟搁一块撂博上，往明处说，是鸟儿离窝鸟儿生崽的事，搁暗处解是露风儿给一花瓶，她那事主须在号子里，猫上个十一年，咱那当事人刑期也不短，一加六凑七。这回长见识了，想让某人有个提前量，得开个博掉腰子。得嘞，咱不说了，再说成话篓子了。七鸟十一崽啥的，由审判长敲槌去。

艾莉忒二，把不住边，尽诌些不着四六的话。我那个急啊，跑上证人席附她耳边说，艾格格你胡咧咧些啥，脑袋注水也不看地儿。珍妮我千年走一回，好不容易当回主律，你不添堵不添乱行不行。艾格格咱是同盟军，有话咱私下聊，别在庭上瞎掰好不好。艾莉不搭理我，对审判席鞠个躬，转身离开证人席。

像根筷子竖律师席，老半天才醒过神来。什么检方证人，明显是搅局来了，我说媒鸭，丫提鹦鹉，我说大黄鱼，丫扯喜儿，明摆着偷换概念。特损的一招，是把畜牧师和我扯到一块，律师找老妈当证人，不把人笑晕不正常，把人笑龅牙了才正常。更毒的一招，是把葛莒说成米色风衣，审判长的高凳给掀翻了，葛菖还不一屁股坐地上。现如今回想起来，这人早已下套了，约我去凡·高书吧谈案，图的是翻我底牌，她好趁机挠我，让我马步松垮。呸呸呸！

靠，丫挺的艾莉不是人。丫算哪门子校友学姐，丫是汉奸川岛芳子她妹子，世上最毒最烂的臭狗屎！算丫狠算丫辣，丫打进内部攫取情报，丫出庭做证误导法庭。幸亏丫夹尾巴颠儿了，要不然撕烂丫嘴灭了丫身！

正跺脚抹泪骂艾莉，就听见有人大呼小叫，阿庆嫂和沙奶奶打起来了！切，不用看也知道，准是所里那堆恐龙杂烩伊笃鲜，他们等了这么久，就等着看我出洋相。胸脯要挺高，脚肚别抽筋，闷声在心里为自己加油，可鼻腔巨酸巨堵，眼泪忍不住流出来。

法庭禁止喧哗，退庭——葛菖有气无力，轻轻敲下法槌。瞟眼他的脑袋，哎呀呀，酱瓜一般耷拉在胸前。

马龙被法警押出侧门。跨过门框前，他努动嘴唇要说话，要把好多贴心话儿，说给朋友听，说给朋友的朋友听。我走出辩护人席，挤过去听他说话。法庭声音嘈杂，听不清楚他说啥，只隐约听到一句话，这么多人围着我，我是一条鱼吗？

鱼，马龙说他是鱼！躲在角落的所长，也听到马龙的话了，他绿着眼珠挤到我身边，说有戏了有戏了。关久了犯糊涂，弄成鱼脑是必需的。我不想马龙是条鱼，我撇嘴我翻白眼，我鄙视成了鱼的马龙。

可我的想法不重要，鱼不鱼所长说了算。对于本案而言，鱼很关键的。被告意识模糊，臆想自己是鱼，显具精神分裂特征。所长的思路清晰明确，认为有了抓手，显得十分亢奋。

行为人自我识别意识错乱，即能享有刑事豁免。本案当事人亦然，可据此免予刑事起诉。我瞅着法庭侧门说，倘若该逻辑成立，本律师将以“果皮龙”三字为由，提请二审法官采信推论，认定被告是京巴儿一族，予以减刑或免予起诉。

逻辑性呢，你的逻辑性在哪里？既以行为人自我识别意识错乱上诉，以求二审法院予以刑事豁免，却又以洗脚屋店名为由，证明当事人思维能力正常。丫头啊，马龙不是鱼，你才是鱼……所长说完话，牙关一紧，眼白一翻，直挺挺后仰头着地。

42.

陪聊

判决结果出来了。艾莉蒙个正着，马龙服刑十一年，唐德铭异地判决，刑期七年。不服一审判决，提起上诉。这回听所长的，带马龙去精神病院甄别。

同行的检察官说，葛莒这回栽了。纪委的人问，米色风衣是不是你？葛莒反问，米色风衣是禁售产品？纪委的人问，一只鸟加六剪影是什么情况？葛莒反问，拍摄大白凤头鹦鹉违反条例？纪委的人问，那窝雏鸟什么来历？葛莒反问，拍摄黄头亚马孙鹦鹉触犯法律？纪委的人说，这话有道理，不就穿了件风衣，给鸟儿拍几幅图，鸟数字碰巧跟两被告刑期相符，没必要搞得草木皆兵。纪委的人这么说，葛莒的饭碗保住了。

想想葛莒无辜，想想艾莉歹毒，禁不住叉着腰骂，川岛芳子她妹超无耻，是河马牌大嘴喇叭，是浸过狗尿的口香糖，是堵塞下水道的卫生巾，不整出点事来不消停。 坐诊的医生听了，二话不说拉过我，按在硬床解开纽扣，撩起文胸搁听诊器。

扯开听诊器坐起来，挺起胸脯据理力争，川岛芳子她妹超脑残，白痴智障无脑生物，话不过脑还忒密，把人折腾得肝尖儿颤。医生超没素质，扯下文胸塞枕头底，拿听头摁我胸脯。

打开咸猪手，拉断橡皮管，冲川岛芳子同党喊，你个囧人超变态，你摸过的体温表听诊器，SARS病毒禽流感病毒疯牛病病毒都活不下去，一个不剩全体死光光。医生乜眼看我，找到橡皮管接上耳塞，把听头往乳头上摁。危急时刻头脑清醒，努力去想所长传授的绝招，瞅准空当往要害处挠。医生不曾练过铁裆功，头冒冷汗脸色乌青，马步松垮跌坐在地。

身旁的检察官急得不行，对痛不欲生的医生说，搞混了搞混了，苏律师不是鉴定对象。医生揉着小肚子呻吟，不会搞混不会搞混，患者症状特别明显，典型的狂躁症后期。我拉过马龙推他面前，说白大褂一披就是医生啊，病人正常人都分不清楚，典型狂躁症后期就是你。

医生扶着桌脚站起来，很不情愿地握了手电筒，把光束照进马龙瞳孔。又揿灭手电筒，转头对检察官说，怎么现在才送来？唔，早都干吗去了！说罢按下桌铃。立马进来两个腰粗膀圆的男护工，一左一右把马龙夹到当中。女护士握着针筒挤进来，拉下马龙裤子往屁股上搽碘酒飙针。马龙看见玻璃瓶子，泥巴眼顿时绿了，没等灌完药液拔出针头，跳起来抢空药瓶，宝贝似的窝在怀里。男护工女护士合一块，好不容易才按住他。

甄别结果出来了。检方以被告患精神疾病为由，宣布对马龙撤销起诉。

老姜就是老姜，哪像我，超花瓶超无能超一根筋。现在好了，连花瓶也没意思做下去了，码字打印辞职报告，搁所长室，自己炒自己鱿鱼走人。

不再是律师的我，打开车载FM调频，按着喇叭在街上兜风。音乐间隙插翻广告，急招公关部经理一名，女性，年龄25周岁以下，学历本科。想去试下，拨通电话。接电话的竟是芒合，听出是我，说贞妮，正要找你。警觉起来，问她，去酒吧，喝月月红？芒合大笑，说喝上瘾了是不，这回是你点的，醉了别怪我。对她说，哪有心思泡吧，炒鱿鱼了都，猫家里做宅女。芒合又笑，还宅女呢，宅女开车满世界兜风？

在路边泊车，正儿八经问她，这位置适合我吗？芒合快人快语，说公关经理那是蒙人，说白了就一陪聊小姐。正在跟自己怄气，对她说，陪聊就陪聊。芒合爽快，说你若应聘，笔试面试全免。角膜一湿，热泪滚滚，说够哥们儿。芒合反倒谢我，说在商言商，做成单子我好提成，再说啦，这事儿没你还真不行。咦，自个儿都把自个儿给花瓶了，这世上居然还有没我办不成的事儿。好生奇怪，问她此话怎讲。芒合怨气冲天，说先前来应聘的那些女孩，身材皮肤都不错，就脑袋一根筋。见了老总聊来侃去，全是不中听的废话。听了发怵，照这么说，我恐怕也不行。见我不吱声，芒合打气鼓劲，说自信些好不好，不去试下，你怎么知道自己行不行。

心中还是发毛，在天平所待太久，法律条款会背几条，别的都不太懂。心中正在纠结，芒合高声朗诵，N年前，船老大马江福率渔业队出海打鱼，利用其敏锐的听觉，发现大群野生大黄鱼。马江福跳入大海打入鱼群，将其全数诱入包围圈，并用呼哨令渔民击打木梆，致使大黄鱼的鱼耳石与其头壳发生共振，失去反抗力呈昏迷状态。马江福又令渔民围网作业，将其尽数捞上渔船。同样是N年前，捕猎者马江贵在江口设伏，于芦苇中放飞媒鸭麻花，让其释放雌性特殊体味，诱使头鸭及野鸭群降落滩涂。马江贵择机点燃火铳，利用散弹将其全部射杀……

我都这样了，她还损我。气恼地说，芒合你干吗，笑死人了都。芒合依然加糖，有点自信好不好，那天在法庭，你要多棒有多棒。犹豫起来，说真去试试？芒合急性子，说你也忒面了。她挂电话，把用人单位地址发手机短信给我。

开车到玻璃翼棚下，走进塔形炫金大厦。见到迎面走来的女文员，才想起这里是金豚集团。赶紧拨芒合电话，这不金豚吗，整个就一狼窝。她一句话把我呛半死，金豚是狼窝不错，天平难道是羊圈？

闻到一股柠檬香味。是香瓜站在电梯口，穿一身阿玛尼西服，很绅士地欠身候我，一起升到大厦楼顶。玻璃天棚明晃晃的，浪花一般撞开门扉，把瞳孔扯得生疼。走出电梯，脚下是月形天池，蓝莹莹的水面浮着棉絮般的云。走近它，就像走近浮云中的弯月。

香瓜说话特谦恭，段董，公关部苏经理来了。顺话声看去，一束阳光穿过天棚，栖在一颗大脑袋上。这脑袋眼熟，哦，不就那颗水煮鱼头吗，在老记的闪光灯中，在芒合的画册里。恨意上来，对水煮鱼头说，你的金豚集团专养大尾巴狼？水煮鱼头听了不恼，一脸和风细雨。

香瓜抹着鼻子说，段董的意思是，只要苏经理愿意，聊聊大尾巴狼也挺好。呸，也不过过脑子，我说的大尾巴狼是他女友，汉奸间谍川岛芳子她妹，超无耻的河马大嘴艾莉。

一条海豚跃出天池，腹下布满卵叶形浅灰斑。知道有人看它，摆动尾鳍走过水皮，仰起脑袋飙出豚声。

香瓜蹲池边招手唤它，摸着豚脑袋说，段董的意思是，如果苏经理感兴趣，聊聊海豚也行。我瞟眼水煮鱼头，也对，都是鱼类，同类同感，切，跟我鱼关系。

香瓜走到躺椅旁，为水煮鱼头掖好毛毯，说段董的意思是，海豚不是鱼，是哺乳动物。我朝水煮鱼头冷笑，尤其好，俩哺乳动物，有得好聊。

香瓜抹着鼻孔说，段董的意思是，他喜欢海豚，他的命是海豚救的。水皮上的海豚听了，朝水煮鱼头点头，一个后空翻潜回池底。我看完池子再看躺椅，弄不懂水煮鱼头与海豚之间，到底存在什么关系。

水煮鱼头依然平静，定定地看着我，似乎有话要和我聊。

我的工作就此开始。在接下去的日子里，水煮鱼头每天都上天池，团在躺椅凝视海豚。香瓜则蹲他身旁，揣摩他的所思所想，表述出来作为谈资。名义上由我陪聊，其实陪聊的是香瓜，应该称他陪聊先生。香瓜既能拉开铝环扣子，又能伸作彩塑吸管，深深插入水煮鱼头内心，让久远的往事气泡一般，缓缓冒出铝罐豁口——

43.

大鱼

抱住大鱼在海上漂，漂到一张渔网中。打鱼人一阵吆喝，嘿咗嘿咗拉起渔网，捞起大鱼和我，咚一声丢到舱面。

矮子胡子拉碴，拿鱼叉掐我脖子，对船头的男孩说，拔藤瓜上去踩水。拔藤瓜抹着鼻涕，蹲铅皮桶前数向日葵，听到矮子喊他，站起来朝我跑来，跳肚子上蹦跶成蚂蚱。海水涌出嘴巴，肚子瘪下来。矮子压下鱼叉问，你他娘的姓啥名啥从哪里来？我摇摇头，什么都想不起来。矮子拿开鱼叉问，你他娘的在海上漂了几天？我竖起三根水肿的手指，戳向亮晃晃的白太阳。矮子搭起手棚看天，说太阳佛从东到西走了三回，你他娘的在海里浸了三天。矮子收回鱼叉，瞅着大鱼问，海豚脑袋呢，你他娘的给弄哪儿去了？原来我这三天抱的是无头海豚。海豚已经腐烂，气味腥若氨水，打鱼人抬起它抛到大海。矮子丢下鱼叉冲我嘀咕，你他娘的和阿盆一样，也是没有来历的人。

落潮了，江口露出大片淤沙。打鱼人丢下我，在船上爬过来爬过去，把竹竿插入泥沙，系上泡沫浮子尼龙网，让三角网人字网虾子网，张开形状不同的嘴巴，等待鳗苗游入网中。鳗苗就是鳗鲡幼鱼，鳗鲡在秋天游出江口，去到东海产卵，开春时鳗鲡幼鱼钻出卵囊，游回江口逆流而上，进入到白云江上游，潜游在溪涧河塘湖泊。鳗苗全身透明呈柳叶状，针尖大小，捕获它们比大海捞针还难。可一两鳗苗一两金，走私到海外那是天价，打鱼人为捞到鳗苗，不顾风吹雨打日晒，日复一日守着小船守着网。

打鱼人的心搁在鳗苗，把我忘得一干二净。陪伴我的只有拔藤瓜，他整天蹲铅皮桶前，从早到晚数葵花。拔藤瓜从一数起数到十四，再回头从一数起数到十四。铅皮桶里就十四棵向日葵，数一整天还是十四棵。葵花盘杵在葵花秆，随太阳从东转到西。拔藤瓜脑袋瓜戳细脖子上，随葵花从江口转到江尾。拔藤瓜抹着鼻尖问，为什么老是十四朵葵花？我看一眼铁皮桶里的葵花盘，说这事儿你问它们去。

夜半时分，矮子站船头撒尿。尿完了，趴下去撩起渔网，尖叫声比江水还长。啊哟喂啊哟喂——鳗苗旺发哦——网撑破呀么啰嘞——猫在江口的一溜木船，眨眼间晃荡起来。吆喝声此起彼落，鳗苗旺发呀么啰嘞，铁皮灯亮起呀么啰嘞，快把小祖宗呀么啰嘞，捞进铅皮桶呀么啰嘞，嗨咗嗨咗嗨咗嗨咗，嗬嗬——

人疯了，船癫了。铁皮灯亮起，密密麻麻，比萤火虫还多。捞进铅皮桶的鳗苗金灿灿，晃荡在铅皮桶里海水金灿灿，捞鳗鱼苗的打鱼人脸皮金灿灿。渔家乐来之不易，海风把蓑衣吹散了，日头把木船晒漏了，咸雨把皮肉淋烂了，日娘的望穿眼睛，可就盼着这一刻。这一刻金贵，妈拉巴子比射精还快，一眨眼工夫，裤裆里的鸟儿就软成豆腐鱼啦。要发财，得趁早，拼上老命捞一把。

一个个都趴船上，伸出手去扯泡沫浮子，只差把头钻到渔网里去，全不顾一道峭岩陡壁，乘着浓雾犁开水皮，斫断竹竿撩去浮子，撕烂网具猛撞过来。打鱼人还没回过神，已连人带船沉入岩底。是一艘大货轮，等到浪头把铅皮桶铁皮灯，丁零当啷卷上甲板，才知道出事了，呜啊呜啊拉响汽笛。

拔藤瓜推来一块船板，抱住它浮到滩涂。回过头找拔藤瓜，他时上时下浮在水皮子，抹着鼻涕找矮子，一边找一边喊阿哥。拔藤瓜声音喊哑了，喉咙喊肿了，矮子躺水底下就是不露头。

拔藤瓜在水皮子上，整整浮了三天喊了三天。又爬上滩涂，整整坐了三天喊了三天。被他喊到岸边的，是戳着泡沫浮子的鱼叉，搁在船板上的铁皮灯，开着葵花盘的铅皮桶。拔藤瓜站起来，揉揉抽筋的小腿肚，伸手戳着江口号，阿哥嘿你长懒筋哎哟——睡在江底不起身嘞——阿哥嘿你不起身哎哟，沉船鳗苗嘿伴身边嘞——号完了，背起鱼叉，拎了铅皮桶，拉我去江尾。

从江口向西走起，走到白云山脚，顺着溪河转弯，走过院子钻入矮屋。矮屋用卵石垒成，空荡荡没有隔墙。东墙边搁张金漆大床，一个女人坐在床上，抱只开裂的金漆木盆。看见我们进屋，女人戴上竹笠背起竹筐，拿了锄头去后山挖红薯。

拔藤瓜伸出三根手指，说她和你一样没有来历，太阳佛从东到西走了三回，她抱着木盆在海里浸了三天。阿哥把她捞到船上，带回山里走进矮屋，说你他娘的无名无姓，从今日起就叫阿盆。

阿盆挖来红薯，倒在西墙边的灶间，用剖鲞刀剁碎了，扑通扑通放进铁镬。灶膛被松枝烧红了，铁镬飘出薯香了，镬盖呼啦掀开了，薯块带汤舀进海碗了。嘴张得比碗口还大，满鼻子满喉咙都是红薯。

拔藤瓜翕着鼻孔喝薯汤，绿鼻涕像条山蚂蟥，吧嗒吧嗒游在碗里。

镬底朝天，肚子鼓起。拔藤瓜揉着肚子，说他姓段名雨瓜，七兄妹中排行最小，所以叫拔藤瓜。段家都是短命鬼，不是饿死就是病死。剩下最后一个阿哥，也沉到江口了。日娘的现在这个家，就剩下他和阿盆。拔藤瓜说完了，抹着鼻子打哈欠，指着我说，刚淹死的是四哥，大名雨佳，你他娘的无名无姓，从今日起就叫段雨佳。

44.

宽门

我是段家老四，我叫段雨佳。

拔藤瓜抹着鼻涕，蹲在铅皮桶旁，数桶里的向日葵，从一数到十三，再从头开始数。铅皮桶布满凹坑，从江口拎过来，一路跌跌撞撞。桶里原先有十四棵向日葵，其中一棵从根须黑起，黑到葵叶葵花盘，到了白云山脚，还剩十三棵。

拔藤瓜每天数向日葵，从太阳出来数到太阳落山。他的脑袋瓜跟着葵花转，从屋东头转到屋西角。屋西角是白云山，太阳走到山顶蹲下来，像红脸老母鸡趴窝孵蛋。我说拔藤瓜别数了，数来数去还不就是十三棵。拔藤瓜说哥我再数一次。他再从一数起，这回数到十四。奇了怪了，就因他喊我一声哥?

我是拔藤瓜的哥，当哥的得像哥样。起早喝碗红薯汤，去山里砍树拖回矮屋。榉木做成木工凳，在凳上锯木头刨木板凿榫头。杉木用来做圆桌，油松用来做矮凳，挑到集市换些钱，给拔藤瓜交学费。锯刨凿的活儿这么熟练，难道以前是木匠？

拔藤瓜放学回来，撩起衣袖卷起裤脚，拿起斧头削树皮，拎起铁锯锯木料。最喜欢刨木板，让刨花飘出槽口，长绸一般舞在风中。摸着他的头说，学讨饭手艺当讨饭人，靠山吃山终究不是路。拔藤瓜放下刨子打开书包，掏出铅笔橡皮擦，蹲铅皮桶旁数数，把数字写在作业本上。

山里的孩子命苦，坐在课堂抹鼻涕，像小乞丐走错地方。山里的男孩被红薯汤撑高了，离开村小走出山镇。一拨人去到江口，守着小船候着鳗苗。一拨人背着弹棉弓，挑着补鞋机，风餐露宿走南闯北。山里的女孩被溪水泡大了，颤着胸脯翘起屁股，顺着江流去城里，站在发廊摸男人头，坐到洗脚屋洗男人脚。

山里的男孩女孩去到山外，把山外的消息捎回山里。他们说山外的世道变了，种田人把布谷鸟晾在枝头，把蓑衣锄头丢在老屋，把水牛铁犁忘在牛栏。他们开着推土机铲平田埂，碾碎苜蓿紫云英油菜花，倒上砖头蛎灰水泥，盖起好多作坊工场。

山外的事儿云雾一般，很快被山风吹散，山里的日子照旧不变。种红薯挖红薯，煮红薯吃红薯，红薯是山里人的天。拔藤瓜红薯吃多了，咽喉红肿嘴唇长泡，喝口红薯汤痛半晌。他得的是红薯热，须用黄连素镇毒解热。阿盆背箩红薯去镇上卖掉，从药铺买回一瓶黄连素。拔藤瓜旋开盖子数数，黑药丸老鼠屎大小，不多不少一百粒。吞完一百粒药丸，肿消了泡瘪了，又可以端起海碗，咕噜咕噜喝红薯汤。

小学生段雨瓜坐课堂里，扳着手指头数数，一箩红薯换一瓶黄连素，一车红薯换十瓶黄连素，一船红薯换一百瓶黄连素。段雨瓜说黄连素值钱，别种红薯种黄连。村小老师握起教鞭，啪一记敲到他掌心。

段雨瓜摸着肿起的手，哭回家喝红薯汤。我说你没错，数数没错，种黄连也没错。小学生段雨瓜听了，抹着鼻涕笑。让他笑，他哪里知道，种黄连难上难。黄连喜欢高山树荫，怕草怕虫怕太阳，耘三年土添四年肥，满五年才能做药材。等到制成黄连素换红薯，山脚的毛竹都开花了。

黄连是好东西，种不成不等于制不成。找来几块榉木废料，用角尺量，用锯子锯，用铁凿凿，凿出细眼做成药模子。把红薯干磨成粉，添些柠檬黄加些水，搅匀了摁进模子，压实了再倒出来，就是老鼠屎一般的小丸子，摊开来晾干了，跟黄连素一模一样。换成绿豆面拌滑石粉，经过模子再出来，那就是黄连养清丸。

药贩子鼻子灵，嗅到风声摸到山脚，探头探脑闪进门来，数出钞票放在灶台，用编织袋装走药丸。矮屋成了中药作坊，药模子就是印钞机，红薯干绿豆粉进去，黄连素黄连养清丸出来。拔藤瓜坐竹椅上，抹着鼻涕数个不停，这回数的不是向日葵，是花花绿绿的人民币。

山里什么都缺，就是不缺木头。玩惯斧锯刨凿的，进矮屋转一圈，冲药模子瞄几眼，掉转屁股出了门，山里转眼就多了几家制药作坊。不会木匠活没关系，请人照样画葫芦做模子，回头山里又冒出几家制药工场。制造黄连素很简单，不用配方不算剂量，没多长时间，白云镇成了药材市场。

谁以为吞下这些药丸，清凉解毒药到病除，那他脑袋肯定进水了。真黄连素用黄连黄柏黄芩提炼而成，内服清热行气止痢止泻，外敷通经活血消肿止痛。加入大黄栀子连翘旋覆花滑石粉，可制成黄连养清丸，主治咽喉肿痛口舌生疮。假黄连素假黄连养清丸，原料用红薯粉柠檬黄绿豆粉，看上去像模像样，药效那是一丁点儿都没有。

黄连素的事传开了，城里的记者结伴来山里，皱起鼻子东嗅西嗅。嗅到红薯粉绿豆面的酸臭，把白脚杆扎成马步，端起比炮筒还长的镜头，对准作坊咔嚓咔嚓狂拍。拍完了回城里，把大大小小照片印报纸上。很快来了大盖帽，贴白纸条封掉作坊，倒掉药浆烧掉药模子。大盖帽走了风头过了，山里人该干啥还干啥，刻新模子搅红薯浆晾晒药丸。

邻里乡亲忙着做药丸，我躲进矮屋画图纸。画完了揣上钱，去山外找厂家做实样。是半自动生产线，用粉碎机磨红薯干，用搅拌机拌红薯浆，让压粒机鹭鸶呕鱼一般呕个不停，呕出一粒粒金色药丸。生产线投产没几天，邻里乡亲又来串门，依样画葫芦照抄照搬，很快用上粉碎机搅拌机压粒机。

药丸越来越多，市场越来越大。镇里的老头戴上红袖套，防火防盗防记者，收卫生费收停车费收市容费。大盖帽也来凑热闹，发营业执照开罚单递税单。白云镇动静太大惊动省城京城。工商质检药监公安武警，各路人马围住镇子，搜出假药堆成小山，浇上汽油烧个精光。

中学生段雨瓜穿着皮夹克，把人包裹成甲壳虫，从城里回到山镇。甲壳虫抹着鼻孔数数，说十三亿人中有一成穿皮夹克，等于一亿三千万人穿皮夹克。制作一件皮夹克赚一百元，一百元乘以一亿三千万件，获利一百三十亿元。倘若两成人穿皮夹克，获利二百六十亿元；倘若三成人穿皮夹克，获利三百九十亿元……

甲壳虫数数没错，做皮夹克也没错。只是他不知道，制作皮衣工序复杂，选料裁皮缝纫定型，每道口子都不省心。打入成衣市场更难，模特设计师形象代理人，全都得用钱铺路。从制药业转行皮草业，隔了一座白云山。

做皮衣不容易，办制革厂做供应商，这个应该可以。山里什么都缺，就是不缺水。水从崖壁岩穴渗出来，汇聚成细流滑下山坡，在山涧延绵成碧玉长龙，触到石堰转身，游进槽口，撞向板叶推动水轮带动石锤，舂竹竿捣稻草。倘若把水轮镂空做大，做成密封无缝的转鼓，让溪水昼夜推着转圈，制革的活儿便完成一半。

用上好榉木做转鼓，里头装了隔板凸桩拉板，搁进水牛皮黄牛皮荷兰牛皮，加锯末石灰盐碱苯胺染料铬鞣液，让溪水推着旋转不停，让凸桩频频撞击生皮，让拉板不断牵伸皮料。天晴时打开转鼓，拉出皮料晾晒在溪坦，皮革也就差不多做成了。转鼓里的污物泥垢剩液，排到溪中流入白云江。

平日里，溪坦除了荒草野柳山雀，连根屌毛都见不着。现在好了，邻里乡亲不约而来，里三层外三层围着转鼓，从上到下看了个遍。山里人没啥本事，就会照葫芦画瓢。挨家挨户都得了魔怔，扛着铁斧握了铁锯，上山把榉树全都放倒。家家户户都做转鼓，一个接一个拉到溪边，昼夜不分转个不停。等到白云溪黑掉臭掉，白云镇已是有名的皮革市场。

甲壳虫越来越多，城市乡镇虫满为患。虫族一律皮夹克，这需要多少水牛皮黄牛皮荷兰牛皮，多少榉木转鼓锯末石灰盐碱苯胺染料铬鞣液，多少皮革作坊皮革老板皮革工人。皮衣生意好，皮革生意更好，好到抢货断货。转鼓还没停稳当，刚开桶掏出皮料，皮衣厂来的采购员，就挽起袖口你抢我夺。

镇上的老头又开始忙碌了，戴上红袖套收杂七杂八的。大盖帽是少不了的，分发营业执照罚单税单是肯定的。供电公司也来凑热闹，拉来好多工人竖起铁塔，把三相电送到溪坦边，大旱天溪水枯竭断流，转鼓依然大力旋转。

感觉动静有点大，只怕白脚杆又会不请自来，端着长筒炮咔嚓咔嚓。水利质监环保工商公安武警，各路人马会围住镇子，扳倒转鼓砸碎了，扯出牛皮撂在溪坦，浇上汽油放把火烧掉。想到这儿心中一凛，站也不是坐也不是。

阿盆不想这些事，坐在床上画十字。在我埋头做转鼓时，她去到镇上入了教。入教的阿盆嘟哝，引向死亡的门，是宽的，路是大的，上去的人也多。引到永生的门，是窄的，路是小的，找的人也少。

45.

窄门

留学生段雨瓜打来越洋电话，轻声吸几下鼻涕，在电话那头数数。他说当 GDP 呈两位数增长，轿车 SUV 跑车房车，会成为人们的宠儿。内地十三亿人，一成自驾族肯定有，那就是一亿三千万辆私家车。这个一亿三千万中，有多少商机多少利润。倘若十三亿人中，有两成自驾族、三成自驾族，有多少商机多少利润。

留学生说得没错，制造汽车赚钱没错，只是造车的门槛高过白云山。发动机涡轮增压器智能系统，都是别人碗里的肉，只许看不许伸筷子。剩下的鸡零狗碎猪下水，才是夹得到的菜。

怀里揣着支票存折去山外，租厂房领执照买车床招工程师，制造雨刮器滤油器推销到汽车厂。汽车时代很快来临，考驾照须排长队，买私家车得预订，汽车配件供不应求。

段雨瓜硕士学成归来，抹着鼻子打开电脑看弧线图，说 GDP 突破人均一千美元，是地产投资黄金期，地产投资呈橄榄形，两头低中间高。从低往高走是成长期，居中处为膨胀期，越过分割线是萎缩期。从成长期到萎缩期,整个过程约为三十年。在成长期注入资本，沿着弧线进入高点，在膨胀期退出资本，利润会达到最大化。

硕士说得没错，电脑曲线图没错，投资房地产业没错。只是这个产业牵涉到方方面面，资本人缘机遇一样都不能缺。硕士既然看重这行，就让他在国内发展，看看能否打开局面。

硕士从文员做起，做到市场拓展部经理。段经理在欧洲留学时，去到威尼斯旅游，走累了坐在水岸咖啡馆，老板娘不是意大利人，他与她用家乡话聊天。邻座的女人说，你们说的是白云山方言。她说她在做移民的课题，一些论据须在普拉托采集。他说他知道普拉托，那里有好多白云山人，但他不会去普拉托。她问他为什么，他摸着鼻子说，普拉托的华人以做服装为生，低学历低薪酬低端产品，不会有发展空间。她说她对华人的迁移路径，以血缘为纽带的族群关系，固态的文化性格感兴趣。他抹着鼻尖说，他以后要走的路，不同于普拉托华人。

她与他告别时说，她丈夫叫唐德铭，他回内地可找他。他回国，果然找他。唐德铭那时情况不太好，深陷于东方莱茵河工程。排污企业停产迁移，产值下滑税源枯竭，财政收支逼近红线，工程面临下马烂尾，这一切让他焦头烂额。唐德铭是市委书记，难辞其咎毁誉交加。他决定帮他，知道帮他就是帮自己。

在约好的宾馆见面，一见如故话题广泛。就着红茶咖啡，从威尼斯聊到莱茵河，从莱茵河聊到东方莱茵河工程。他抹着鼻子数数，说东方莱茵河创意很好，胜负成败在于资金面，工程浩大入不敷出，局面势必难以维持。倘若换个思路，掉转投资方向，把突破口选在江口，于人口稀疏处实施动迁，以小资金盘活土地资源，局面会有大的变化。

唐书记摘下眼镜，擦亮镜片搁回鼻梁。他的目光穿过镜片，欣喜着雀跃着，越过段经理的发顶，噼里啪啦飞向江口。千年古城向东扩展，集中力量开发江口，在任期内建成东方威尼斯的奇想，霎时间长出胚芽，漫天漫地蔓延开来。

段经理熬了好几夜，写成《东方威尼斯工程策划》。他把策划书带到董事长室，摸着鼻子数数，说把汽配公司不动产，作为抵押物从银行贷款，竞拍富有街72号地块。拿地后建成桩基部分，以大楼估值再次质押，从银行取得贷款注入东方威尼斯工程。

段经理说得没错，抵押汽配公司没错，竞拍72号地块没错，以地质押贷款没错，以大楼估值再质押贷款没错，资金注入东方威尼斯工程没错。只是世事难料，东方威尼斯若步东方莱茵河后尘，所有资金将付诸东流。

段经理毫无表情，捏着鼻根看曲线图，蓝色弧线呈橄榄形，红色弧线靠近中心线。还会顺他的思路走，掏空家底投资房地产。段经理是会数数的人，从铅皮桶里的向日葵数起，数到即将拔地而起的东方威尼斯。

段经理数数不会错，一切都按他的思路，按部就班顺利进行。东方威尼斯从无到有，房价地价狂飙疯涨。公司从老城72号地块入手，到低价圈进江口新城大宗地块，在城市东扩中做成地产巨头。段经理坐到金豚大厦总经理室，摸着鼻尖说金豚做大了，得换个叫法了，就叫金豚集团股份有限公司吧。段总经理站到落地玻璃窗边，捏着鼻尖说，东方威尼斯建成后，金豚集团还要扩大规模，筹建东方硅谷、东方阿尔卑斯山、东方苏格兰、东方尼德兰。

段总摸着鼻子说话时，阿盆坐在山脚的卵石矮屋，往灶膛里塞枯竹柴枝。火光在她嘴上跳跃，说的话虽轻，却烫得像火苗。阿盆说，引向死亡的门，是宽的，路是大的，上去的人也多。引到永生的门，是窄的，路是小的，找的人也少。

46.

布施

开车去 True Love 酒吧。

芒合在吧台候我，嘴努努靠墙的桌子，说酒已点好。禁不住忐忑，问她，月月红？芒合忍住笑，挽了我走，说瞧把苏经理吓的。她还是那股疯劲，让人不能安定。

屋角的桌。幽暗空间悬浮旋律，是《城市悲情》，柔曼与阴郁缠结难分。服务生把鸡尾酒放在桌上，轻声说，高原雪莲，请慢用。

芒合用指尖轻弹杯口，抿了酒问，他刚说什么来着？端了杯子回说，高原雪莲。芒合不语，把烟叼到唇间。烟雾漫出细圆的鼻孔，落在酒面的冰激凌上。笑着骂她，专干污染环境的勾当。芒合耍横，说偏干这勾当，完了让你掏钱埋单。朝她点头说，是得埋单谢你，帮我找到美差。芒合笑说，知道是美差就好。还是疑惑，对她说，这活儿简单，换别的女孩也会做。她不说话，又抿一口酒。不觉揣度，莫非艾莉有悔意，让香瓜弥补过失。

芒合不看我，合拢双掌，须菩提，若菩萨以恒河沙等世界七宝，持用布施。是金刚经，她为什么背给我听？知道我猜她，芒合吸一口烟，说接过一个单子，关联行善布施。听了头大，说不会吧，布施也是商机？芒合反问，你说呢？笑着啐她，我怎么知道。

芒合换支烟点上，说段董决定行善，段总让我做单，随行制作广告，提高金豚企业形象。听了笑，说香瓜小气，一边撒钱，一边捡钱。芒合说，商家顾及利益，这也应该。朝她摇头，说布施的事沸沸扬扬，能做得圆满？芒合耸肩，这回总算明白，什么叫一根筋。

玻璃碗中，烛光摇曳。高脚杯中，冰激凌浇成的雪莲，沉入杯底溶作碎沫。芒合打响指让服务生过来，命他榨两杯果汁。男生柔声问，小姐需要哪种果汁？芒合酡红着脸，定定地看着他说，胡萝卜白萝卜。男生轻询，不好意思，分开榨还是一起榨？芒合挨近他的脸说，分开榨是什么味儿，一起榨又是什么味儿？男生敏感起来，下肢扭成麻绳，说分开来榨，橙色汁儿甜，白色汁儿辣，合一起啥味儿，没尝过不晓得。芒合双眼媚亮，说转告你们经理，让尝过萝卜汁的服务生过来。服务生并拢双腿，跌跌撞撞跑去吧台。

踢她桌下的腿，对她说，喝了酒又胡说了。芒合缩脚昂头，就胡说就胡说。

换了高个子服务生，端了托盘怯怯地过来，把两只直筒杯放桌上。鲜榨的萝卜汁，橙白两色掺混起来，释出一股青涩之气。斜过杯子抿一口，觉得生腥，竖起杯子放回桌上。芒合忍不住笑，宝石挂珠晃在乳沟。

看着佛珠问她，好炫的藏珠，你随水煮鱼头去过西藏？芒合手捏圆珠说，珠珠是佛，佛在心中。不知为何，答非所问，觉得好奇，问她，水煮鱼头好端端的，干吗要去布施？莫非钱赚多了，觉得罪孽深重？芒合一脸诡秘，摇头说，错。再猜，海豚救过水煮鱼头，布施是为度它？芒合朝我吐烟，摇头说，错。

好没信心，说不猜了不猜了。芒合笑说，不猜就不猜，又没人雇你猜。把手伸桌下，去拧她的皮，到底说还是不说？芒合龇牙，说段董身家数亿，他老婆阿盆偏不能生育，只好剑走偏锋。继续拧皮，问她，剑走偏锋是啥意思？芒合瞅我下腹，苏处拿你说啥好呢，他又不是你，就盯着自家的一亩三分地。这回懂了，冲她吼，芒合你要死啊，说话不着四六。

芒合言归正题，段董不缺钱，肥女骨感女都试过，总归没有结果。又不懂她说什么了，这些女人与布施有关系吗？芒合喝萝卜汁，说苏处别老张嘴，听我说下去先。只好闭嘴，听她胡诌。芒合用餐巾纸擦嘴，说不好意思，汁儿挂嘴了。她又来了，醉中带色，嘴呀嘴的，生怕别人听不明白。切，且不理她，听她说些啥。

段董心烦，让我陪他进山。芒合转动脚杯，吸一口烟。一起去到白云山脚，遇见净空法师。她已烂醉，这不正说水煮鱼头嘛，扯上和尚干吗。净空见段董内心不安，双手合十说施主不必过虑，行善修福布施功德，可消除沉积的焦灼。冲她哼哼，说 OK 啦，同意水煮鱼头烧钱。

你可晓得这个净空，在佛学院的硕士，《华严经》《大般若经》倒背如流，《药师经》是他的最爱，每日晨起必念。芒合合紧手掌，继续跑题。和尚好生奇怪，名刹大寺不去，偏要到南方化缘，相中白云山建白云寺。芒合东拉西扯，整个就跑题大王。我却担心起来，说盖大寺庙，那得多少钱，净空哥哥哎，怎么个弄法子。

芒合低头，用掌尖抵住下唇，说和尚念金刚经，须菩提，若菩萨以恒河沙等世界七宝，持用布施。和尚念完经，说连菩萨都要去布施，众生更要有这份心。听了让人头晕，水煮鱼头不是求子吗，净空哥哥干吗老扯布施。

芒合弯拢手指，捻着挂珠说，和尚轻语，施空受空施物空，三轮体空才是布施。和尚细声，行善时应忘掉自己的存在，忘掉有人接受布施，对所施物品不起贪惜心，这样去做才会圆满。哎哟喂，急死了急死了，净空哥哥哎，人家是求子来的，扯那么远白费气力。

猪脑一个，芒合笑说，段董哪像你，他已悟得禅机，度人等于度己，决意行善布施。对她说，绝对真理，必须的。哇塞，你这脑洞开得有点快，芒合扑哧笑喷，扯了纸巾俯身擦桌，挂珠乳房晃在一起。见我瞅她领口，把藏珠摁回乳沟，还说水煮鱼头。芒合说，段董许诺，山脚有些空地，闲着也是闲着，金豚集团买下来，捐给寺院盖宝殿。她说着眯拢眼睛笑，好像水煮鱼头买地给她。

对她说，别臭美了好不好，寺院的地不是你的菜。又说，净空哥哥超聪明，净空哥哥好伟大，水煮鱼头要烧钱了。芒合扑哧笑，指着我说，你偏心，是段董捐钱买地，段董伟大好不好。切，她铁心做鱼头粉丝。问她，水煮鱼头后来怎样？去藏地行善布施了没？问她，你跟去了吗？喝过酥油茶吗？望着雪山发过呆吗？在喇嘛寺前晒过太阳吗？带回玛尼石吗？芒合打断我的话，说知道你还想问，藏炮巨大吗？连续发射吗？带着感恩的心说过扎西德勒吗？她扯哪儿去了。拿眼白瞅她，下手捏她的皮。对疼得龇牙的她说，谁问你这些啦，问的是，水煮鱼头怎样度别人，又怎样度自己。芒合乌黑的眸子，噌地溜到眼角，打开我的手说，陈谷子烂芝麻了都，你真要听？真想听，骗你是小猫小狗，说完了，握拳抵住下巴来青涩。呸，你就装吧，芒合笑。笑完了点烟，把脸藏到雾中，说去藏地的事儿——

按响喇叭踩下油门，送行的舞狮彩旗横幅，消退在后视镜中。自东往西穿过河谷森林，海拔随着车轮升高，天色逐渐变蓝，白云越来越近，山谷种满青稞，刺芒托起经幡，藏族小孩跑出寨子。段董示意停车，分发红包书包巧克力。我用相机抓拍，摄下段董祈福的瞳仁，摄下童稚的脸贴在车窗，用晒斑铺一层红苔。段董搂住孩子说，就住在寨子里吧，为他们盖所希望小学。

泊车住宿。寨子里的女人，用牛粪饼燃起篝火，烧热奶茶款待我们。男人舔湿手指头，数过段董给的纸币，伐木夯土盖房垒墙，描画图案鲜丽的门楣。几个青年去内地摆过地摊，卖过藏珠藏刀虎骨羚羊角，现在松胶一般黏住段董，讨教发财致富的秘诀。段董被青稞酒灌醉，慷慨地传授致富秘诀。这个秘诀是，用冰雪融化成的溪水，洗净上好的牦牛生皮，制成皮革赚取第一桶金。

段董花三天时间，画好制革流程图和转鼓制作图。青年们骑着快马，跑到牧场驮来牦牛皮，装入两人多高的松木转鼓。雪水冲下山峦，泄入溪河流进水槽，推动槽板带动槽轮铁轴，让巨大的转鼓旋转起来。鞣革过程十分漫长，青年们蹲在溪边，喝着青稞酒耐心等待。开桶的日子到了，他们放掉污水扯出牛皮，晾在碧绿的草场上。野菊鸢尾马先蒿，被牛皮压烂了，溪水变得混浊腥气，比椿象放屁还要难闻。

寨子里有了怨言，说汉地来的皮匠，搅乱了平静的生活。抱怨声很轻，私底下流传，不会传到段董耳里。他继续喝青稞酒，热情地领着青年们，去到长满白桦的山谷。他说挖到第一桶金后，必须得投资圈地，砍掉这片白桦林，在世界海拔最高的地方，盖别墅盖排屋盖酒店公寓，这样子去做了，会掘到第二桶金。

致富经验传授完了，希望小学也盖好了，段董决定离开寨子，继续往西前行。离天很近，发动机缺氧大喘气，车轮子在公路打滑，陆地巡洋舰磨蹭成牦牛。车窗外，黑颈鹤站在草墩上，伸长脖子往水洼觅食。一群野鸭被旱獭惊起，羽翼下草穗星散一地。哦耶，已然身处大沼泽。

山巅上的沼泽地，曾用黏稠的淤泥，几乎吞噬了一支长征的军队。年长日久的淤泥，现在干稠成草甸，拱出一簇簇紫色小花。这些花，莫非就叫格桑花？打开车门探出双脚，踩在花地上，让花儿进入取景框。调好光圈按下快门，摄下的是少女央金。她穿着彩格藏袍，背着一筐鲜牛粪，走过紫莹莹的花丛。

段董把装满巧克力的书包，递给身边的央金。央金仰起脑袋笑，笑得辫饰耳环不停抖动，笑得手镯丁零当啷。广阔明亮的歌声在笑声中，铺展成七彩经幡泻下天穹。央金抿着巧克力说，唱歌的是奶奶，拉了我们看浮在紫花上的木屋，说那是奶奶和她住的地方。

高原的风摁住松木板墙，雕刻出凹凸分明的年轮。卓玛老人站在墙边，把牛粪捞出背筐，捏圆了拍在墙板。她刚从拉萨朝圣回来，额头一路触吻泥雪，结出一团有福的疤痕。转经筒回到木屋，依旧带着体温转圈，把时光打磨成崇敬，凝固于铜佛脚下。段董双掌合十说，就住在这里吧。

木屋不大，异香扑鼻。是藏药，形状各异，经煅烫炒炙熬洗淘淬煮蒸而成，用神奇的药效宣示仁慈。我们住下，看铜锤终日杵药，听铜罐彻夜震荡。蜂胶枯矾冬虫夏草捣碎了浸酒，药酒明黄可贯通经脉。魔芋泽泻栀子九眼石碾末煎汤，药汤清苦会疏净血管。

牛粪饼添入火炉，铜锅中雪水沸腾。卓玛背着箩筐，顺着神明踩出的雪坑上山，披一身霜雪回到木屋，把采到的灵芝降香藏红花放到锅里，掺入麝香鹿茸蛇床子，撒下印度大麻阿富汗药石。稠黄的热汤倒进松木桶，在段董下颌旋出香槟色波纹。闭塞的经脉勃然打通，蜷缩的肉柱粗壮成树。大树血脉偾张，挺拔在缺氧的雪域高原。段董抹去脸上的热汗，说从来没有如此自信，如此得心应手。

又要启程。车厢里，多了鬈发男孩。央金握着车门扳手，仰起脑袋笑，笑得辫饰耳环不停抖动，笑得手镯丁零当啷。喇叭响了轮胎转了，央金摇着转经筒，追着车跑了很久，求菩萨护佑我们一路平安。

卓玛也来送行。她盘旋在天穹，托着白云做的哈达，走近归途中的陆地巡洋舰。卓玛几天前离世，天葬师爬上雪峰，在靠近天堂的地方，把她拌入糌粑投向鹫鹰。高原食物链超炫——鹫鹰以人为生，人以牛羊为粮，牛羊嚼食牧草，牧草吸纳鹫鹰……万物螺旋，环环相扣，往来复去。卓玛舍身布施行善，神鹰记住她的好，驮着她不灭的灵魂，行走在七彩天路。会有转世，会有来生，会有轮回，悲欣交集。

用完所有胶卷，抓拍蓝天雪山鹫鹰。摄入镜头的还有段董，他把鬈发男孩擎到自己头上，让卓玛把白云做的哈达，挂在纤细的头颈。神鹰掠过男孩头顶，宽大仁厚的翅翼，拂过黑色鬈发。我看见藏靴下的大沼泽，眨眼间翻出紫色小花。我看见段董触吻男孩，轻声耳语，小卷，我们一起回南方。

油门一踩到底，发动机轰然作响，车轮疾转飙过高原。一年前，我随段董走上布施之路。一年后，车里除了我们，多了小卷。

男孩好酷，一路咯咯笑个不停，笑得鬈发起伏成波浪，笑得手镯脚环丁零当啷。车窗外，格桑花烂醉在沼泽，浓香翻滚抹红天际……

47.

天籁

男孩穿湖绿马褂，女孩一律桃红旗袍，被拉胡琴的老头领着，离开白云山脚，来到金豚大厦，坐电梯去到楼顶，沿月形天池站成两排，把经文背给水煮鱼头听。

儒者古老，腐而成泥。遗下救世之声，化作稚嫩童音，滑出缺牙的小嘴，与弓弦擦出响声，交集在玻璃天棚下。

队列中走出鬈发男孩，口齿伶俐字正腔圆。池沿上盘坐老头，用竹弓狂捅丝弦。

孟子曰，鱼，我所欲也；熊掌，亦我所欲也；二者不可得兼，舍鱼而取熊掌者也。生，亦我所欲也；义，亦我所欲也；二者不可得兼，舍生而取义者也。咿呀咿呀咿呀咿——咿呀咿呀咿呀咿——

孟子曰，仁，人心也；义，人路也；舍其路而弗由，放其心而不知求，哀哉！人有鸡犬放，则知求之；有放心，而不知求！学问之道无他，求其放心而已矣。咿呀咿呀咿呀咿——咿呀咿呀咿呀咿——

孟子曰，今有无名之指，屈而不伸，非疾痛害事也。如有能信之者，则不远秦、楚之路，为指之不若人也。指不若人，则知恶之；心不若人，则不知恶，此之谓不知类也。咿呀咿呀咿呀咿——咿呀咿呀咿呀咿——

孟子曰，拱把之桐梓，人苟欲生之，皆知所以养之者。至于身，而不知所以养之者，岂爱身不若桐梓哉？弗思甚也。咿呀咿呀咿呀咿——咿呀咿呀咿呀咿——

芒合在池对面看男孩用镜头锁他，用闪光灯闪他，揌快门摄他。知道男孩要来读经，她早早地候在池边，平日的疯劲不见了，眸子定在眼珠正中，不再动不动蹭到眼角。

水煮鱼头躺在椅上，瞪大眼睛看背经的男孩，目光很湿很潮。

香瓜揣度，说段董的意思是，感谢同学们为他读经。

女文员端出托盘，把裹了钱的红包，分给读经班的幼童。拉胡琴的老头领到两份红包，抱了琴吹响哨子，带孩子走进电梯。这老头胡琴拉得乱糟糟，长相模样蛮像老爸，奇了怪了，莫非他当了孩子王。

水煮鱼头侧过脑袋，两只眼珠子跑出眼窝，跑进电梯。粘鬈发男孩身上。

香瓜会意，说段董的意思是，让芒合替他送送小卷。

芒合欢喜地去到电梯，俯身抱住鬈发男孩，帮他把小手举到头顶，朝水煮鱼头轻轻挥摇。小卷在芒合怀里，咯咯笑个不停，笑得鬈发起伏成波浪，笑得手镯脚环丁零当啷。

一群人，像湖绿的云，像桃红的霞，飘落大厅飘进大巴，顺白云江西行，回到白云山脚。留下一座金晃晃的楼，留下一汪蓝莹莹的水，剩下一颗紫莹莹的水煮鱼头。

香瓜谦恭，说段董的意思是，他看到格桑花了。

水煮鱼头看见格桑花了吗？香瓜知道，我不知道。我看到的格桑花，在贴满牛粪饼的木屋板墙上，在大沼泽的高筒藏靴旁。我看到的格桑花，紫莹莹漾出天池，紫莹莹漫进白云江，紫莹莹涌上白云山，紫莹莹遮蔽白云湖。

香瓜柔声，苏经理的意思是，知道小卷的来历了？

不看他，看水煮鱼头紫莹莹，看玻璃棚架紫莹莹，看天空云层紫莹莹。

香瓜恳切，苏经理的意思是，还想知道些什么？

他说完话，目光栖在天池边。是白色目光，池沿白晃晃，水皮白晃晃，玻璃天棚白晃晃……

48.

孔明灯和无人机之一

小卷不喜欢城市。离开大沼泽的他，住在白云山脚老镇，把红薯汤当作最爱。他喝饱红薯汤，走出卵石矮屋，蹦跶在卵石路，让饱嗝推出笑声。奄奄一息的白云镇，在笑声中回光返照。

山镇慢慢腐朽，废袋生皮边料糜烂成肿瘤横陈溪坦，气候变得干燥闷热，偶尔下雨也是酸的。癌细胞在人群中弥散，噬咬器官内脏。江湖大师像嗅到腐尸的鬣狗，成群结队来到镇里，传授各种功法，推销保健品磁疗仪。

幸亏段董来了，来做老镇的救心丹。捐钱修路造桥筑凉亭，在山脚盖希望小学。段董说，众生要有布施的心。段董说，布施分财施、法施、无畏布施，前者给人金银钱物，中者给人知识智慧，后者为人救苦救难。段董说，财施是外布施，只要有钱便可做到，内布施比外布施境界高，是帮人脱离苦海的法施。这些话来自《金刚经》，由净空住持说给段董听，又由段董说给山民听。段董盘腿坐在竹板床，欢喜地说这些话时，一朵莲花伸出地缝，把他托到众人头顶。

每逢礼拜一，劳斯莱斯按时进山，把抱着胡琴的老头，拉到白云小学。是段董捐的学校，依照藏地样式建造，墙壁用条石砌成，门楣窗沿绘图描彩。城里老头走上讲台，张开瘪嘴蛀牙，用竹弓摩擦丝弦，让古文爬出喉咙——

孟子曰，有天爵者，有人爵者。仁义忠信，乐善不倦，此天爵也；公卿大夫，此人爵也。咿呀咿呀咿呀咿——咿呀咿呀咿呀咿——

段董坐在后排，长久地凝视鬈发男孩，在经声胡琴声中冒出念想。他看见男孩像竿毛竹，嘎巴嘎巴节节拔高，长成知书达礼的青年。青年走过卵石路，坐进劳斯莱斯去到城里，走进金豚大厦踏过红地毯，推开董事长室的橡木门，交腿坐在真皮高背椅上……

孟子曰，古之人，修其天爵，而人爵从之；今之人修其天爵，以要人爵，既得人爵，而弃其天爵，则惑之甚者也，终亦必亡而已矣。咿呀咿呀咿呀咿——咿呀咿呀咿呀咿——

马尾擦太多松香，粉末落满琴码，胡琴声湿涩刺耳。段董弹开眼皮，只见日光灯颤出刺芒，光线惨白天龙盘旋。段董轻语，金豚后继有人了。说完抬脚，走出课堂，神闲气定。

段董喜欢山里，他像只候鸟，不知疲倦，来回城乡。山里好，地里的红薯坡上的笋，养胃益肝祛湿排毒。山里好，环境安静没有汽车喇叭广场舞，倒头一睡到天光。山里好，屋外拴着水牛搁着爬犁，灶头摆着油盐酱醋白糖味精。段董老想着山里好，目光绵柔成长丝拂向男孩。

心里摊开农耕图，想法会有自然改变。坐在金豚大厦觉得憋闷，喝饱铁观音大红袍金俊眉，依然提不起精神。亲手打造的楼，每个楼层每个拐角，都熟得不能再熟，对楼中人却总是生分。见到的多是一张张生面孔，走马灯一般换来换去。南腔北调夹杂英文，年轻着亢奋着匆忙着，每个毛孔都欲望偾张，每个脑袋都跃动数字。这些数字分裂扩散，滋生出新的数字，星空一般浩瀚无垠。

坐在真皮高背椅上，面色红润精神旺盛，躯体内部却暗藏败相。不常走动缺少运动，颈椎脊椎灌木荆棘疯长，把神经抵得东倒西歪。楼里空气也不太好，空调管尽是细菌霉菌。楼外空气更不行，油烟尾气雾霾天。心脏终于出了问题，开刀装进起搏器。段总接他出院那天，段董在劳斯莱斯中说，金豚交给你了，我回山里。段总谦恭地弯腰，抹着鼻子说，也行，老镇的空气总比城里好些。

在山里过得自由自在，可去希望小学陪读，也可待在卵石矮屋，戴上老花镜做孔明灯。是精细的手艺活，剖竹取下竹皮，用度篾齿刮刺，锯成篾片做支架，糊上宣纸让风晾干居中绕上铁丝，用铁丝固定灯杯，灯就算做成了。放灯时，让小卷伸出小手，把浸过油的棉花搁灯杯里，点上火松开手，孔明灯便飞上天去。会放蛮多孔明灯，让它们在天上飞过来飞过去，天黑时从屋檐下看上去，星星点点像飞远的萤火虫。

段总时常进山，捎给段董滋补药品，带给小卷时鲜水果。遇到段董和小卷放灯，他会蹲在矮屋门口，摸着鼻子数灯，从一数到十二。数完了灯说，一共十二盏灯。这些灯越飘越高，看上去比刚才多了些。再数，从一数起，数到十四，原来比先前多了两盏，一共十四盏。转头看身旁，段董和小卷不见了。唔，莫非他们也是灯，刺溜溜飞到夜空，和他们做的灯待在一起。留在地上数灯的他，心里一个咯噔，空落落。

灯数完了，去铅皮桶前数向日葵。那年船沉了阿哥没了，铅皮桶连同向日葵被他拎回矮屋，一搁就是好多年。风打霜冻日头晒，铅皮桶生锈发黑，布满锈迹凹坑，葵花始终开着。数葵花从一数到十四,一共十四朵，抬头看孔明灯，一共十四盏，飘飘荡荡飞在夜空。低头数葵花，还是十四朵。十四朵葵花和十四盏孔明灯有何关联？心里没底，空落落。

不想这些了，说新想法。段总摸着鼻根，面朝孔明灯说，低空不开放不行了，美国人有二十万架私人飞机，巴西有两万架私人飞机，中国私人飞机才三位数，这个现象不正常。中国富豪玩腻名车，考驾照玩飞机才正常。低空开禁了，私人飞机比蜻蜓还多是肯定的，航校停机坪维修中心，这些都得跟上。这个大市场，金豚不要放过。

段总摸鼻翼，望着孔明灯说，美国 20 世纪初，开始空中喷药杀棉铃虫。日本后来居上，用无人机施肥杀虫，覆盖百分之八十的农田。中国田间管理还很原始，使用人工背负式喷雾器。这个现象不正常，低空布满无人机才正常。这需要多少架无人机，需要多少家飞机制造厂。

段总伸开双臂，冲孔明灯说，必须打高科技概念牌，成立金豚航空公司，在征用土地上做文章。土地资源很稀缺，拿不到地怎么办?没问题，让政府围海造地，让城市继续东扩，兴建高科技园区，冠名东方硅谷。东方硅谷是大手笔，可造新地一百平方公里。金豚力争先期介入，拿到总面积的百分之二，两平方公里三千亩地。

就听见身旁有人说，段总说得没错，成立航空公司没错，兴建东方硅谷没错，先期介入拿地没错。转身看，是段董说话。他刚不在天上吗，怎么站身边了。抬头数孔明灯，数过来数过去十二盏，比刚才少了两盏，难道小卷也下来了？再看身边，果然站了小卷。段总摸着鼻尖想，瞧他们亲的，一起去天上，又一起回来。

段董拉着小卷的手，对段总说，分个工，我造飞机，你忙东方硅谷。

段董要在山里造飞机。段总选好山脚地，为他盖车间。段董说没必要，矮屋旁盖间小屋就行，配件在山外加工，运回山里装配，试验机弄成了，再去山外建车间批量生产。

段董把进口样机大卸八块，拿游标尺仔细量过，依着实样绘图纸。把图纸送到山外，选用进口金属材料，做成主轴旋杆桨叶运回山里。运进山里的，还有发动机倾斜器变速箱，它们都是进口货。

接下来都是精细活，慢慢地把主件零部件，拼搭成一架无人机。这些活儿耗时费力，没头脑没耐性做不成。段董坚持下来，一手拿图纸，一手握榔头拿扳手，把机壳底座敲到一块，把螺杆螺帽绞在一起。

天！这么复杂的无人机，居然造好了。测绘精准，拼搭得体，组装顺手，段董揉揉眼睛，连自己都不相信。奇了怪了，他到底是什么人，想法这么多，技术这么好？他再次想到，在江口被捞上船前，他是手艺人。完全存在这种可能，要不然一路走来，做药模子造鞣革转鼓，生产汽车配件试制无人机，为什么一直顺顺当当。

段董这么想着，摸摸瓦盖头，摸摸无人机，在矮屋前走过来走过去，一直走到腿酸，坐到竹椅上。坐下来还在想，倘若进山前真是手艺人，那么是木匠泥水匠还是铜匠铁匠？想老半天，想不出一点名堂，屁股扭过来扭过去，竹椅子吱呀吱呀响。

无人机造好了。段总进山道喜，留下软件程序员，设定飞控程序。程序设计完了，段董和程序员抬出飞机，启动发动机按下遥控器。旋翼速度正常，尾舵旋向自如，无人机慢慢升起，朝段董摆几下机身，离开矮屋一飞就是两小时，来回几百公里。

充满电又飞，这回去白云山撒松果。

松果被山雨淋过，被阳光晒过，幼苗撑开鳞状松塔，把山脊坡地涂得绿油油。无人机悬架上的药箱打开喷嘴，均匀地撒下除虫剂，让松毛虫缩成一团，噼里啪啦落满一地。段董摸着瓦盖头说，还真的飞成了，以后就叫金豚牌无人机。

这阵子只顾造飞机，把孔明灯晾在一边。让程序员回城休假，段董拿剖篾刀剖竹，搭好灯架粘上宣纸，绕了铁丝搁只灯杯，让小卷点燃油棉。又和他托了灯，放平了松开手，让灯升起来，飞过溪坦竹林，飞过山腰峰峦，飞到湖谷云头。做完这些事，心跳均匀有力，进口起搏器质量就是好。无人机也一样，进口发动机才可靠。

手臂伸直了，在头上用力舞。不舞动不行，不舞动没升力，身子会掉下来，凡是旋翼机都这样。孔明灯不用旋翼，靠热气流产生浮力，把身子托到高空。他现在身处半空，是孔明灯，还是无人机？飞行器在空中，很难看清自己，怎么办？ 哦，没问题，小卷在地上，让他往天上看，到底是孔明灯，还是旋翼无人机。

身体被气流托得很高，机腹下的矮屋看上去很小，屋顶的瓦片细成鱼鳞。小卷更小，就大沼泽的一根草。段总又进山了，挂着钩环系着攀岩绳，壁虎似的贴紧崖壁，慢慢爬上白云山。问过段总，山顶有什么？段总说是白云湖，湖底干涸，茅草疯长。好像不对，茅草值得他去冒险？没等想明白，身子往东斜飞。不对头，编程有问题，得赶快降下来。拉杆不听他的，扯着尾翼偏转机身，硬要往东走。航向预设好了，人又在天上，能有什么办法，只好随它，让手臂伸得更直，呼呼旋成桨叶。

飞机降下来，沿白云江低飞，机腹几乎贴到滩涂，擦过围海的钢筋碎石。不调高不行了，再低会出问题，扎进涂泥摔成泥马。还好，飞机升起来了，算是逃过一劫。耳边很吵，是返航的动力伞，撒完农药的双翼机。这些飞行器属于金豚航空公司，它们去江口干吗？

刺的一声，摄像机眨着绿灯转动，在挂架上。该死的程序员，背着他搞鬼，这一切他事先并不知道。鹅臊气冲进鼻孔，禁不住打个喷嚏，机身剧烈颤抖。机腹下一地鹅血。须用力舞动手臂，才不至于坠落血泊。鹅毛粘着血随风飘飞，裹了他升到屋顶。机架上的摄影机，在鹅舍里自动测距，对准冰箱咔嚓咔嚓连拍。完事后他呈 45 度倾斜，掉转身子返航。

在白云镇降落，程序变回正常。机载音响响起，段总说，航拍试验很成功，上传图片很清晰，冰箱很清晰，瓶子很清晰，那个人不行了，那个位置保不住了。那个人是谁，那个位置又是什么？鹅场的冰箱和瓶子，值得用无人机拍摄？谁更改航路编程，让他去江口航拍试验？所有这一切，段董都不知道，他只知道自己刚才不是孔明灯，是功能齐全的无人机，把手臂舞到肿，就只差脱臼散架。

49.

白夜

芒合也时常进山。小卷对芒合亲，见了她咯咯笑，笑得鬈发泛起紫浪，笑得手镯丁零当啷。芒合说小卷念旧，段董说一起从大沼泽回来，自然对你亲。

芒合又进山了，这回与麻董一起来。麻董是段总的生意伙伴，所谈之事基本定局，便来山里走走，顺路到卵石矮屋看无人机。

看完飞机，芒合扶麻董坐竹椅上，对段董说不好意思，又蹭饭来了。阿盆见来了客人。拿了锄头戴上斗笠，去后山挖红薯。麻董看着阿盆背影，拄着紫檀拐杖站起来，在矮屋绕一圈，摸摸金漆大床，摸摸金漆木盆。一个女孩斯斯文文，坐在灶后烧火。麻董对芒合说，你俩很像。芒合说真的吗，走过去蹲女孩身边。麻董说越发像了，一定是双胞胎。芒合摇头，说像是像，不是孪生姐妹。虽这么说，对女孩已亲近许多，拉过她的手说你是孤儿，偏我也没爹没妈，莫非真如麻董所说，咱们是孪生姐妹。女孩抽回手去，在胸脯上画十字，低了头说，主宽恕我。

见麻董怔怔地站着，段董指着女孩说，城里来的女孩，原先在乡政府做计生员，山里女人比野兔还刁钻，躲进山沟岩洞，她怎么能够找到。计生指标完不成，同事风言风语，精神受到刺激，迷迷糊糊走进白云溪。阿盆和教友做完礼拜，沿溪边小路回家，看见女孩顺流漂过，赶紧拉她上来，领到教堂换上干净衣服。女孩吃过圣餐，听过赞美歌，与主在一起了。

阿盆背着红薯回来，拿剖鲞刀削皮剁块，扑通扑通倒入铁镬。麻董说渔家的刀，山里也用？段董说阿盆带来的，谁知道什么来历。麻董说那她娘家，打鱼谋生是肯定了。段董说从江口捞来的，也许是打鱼人。麻董说她又不是鱼，怎么从江口捞起？段董就不言语了，转过头看灶台。

芒合坐女孩身边，往灶膛搁柴火。见麻董盯住阿盆看，问他是否认识阿盆。麻董说面熟得很，想起一个人。芒合站起来走到灶台边，问阿盆是否认识麻董。阿盆摇摇头，掀开镬盖搅红薯块。红薯已经煮熟，浮在汤上翻滚。阿盆拿海碗盛了，端到圆桌上。麻董捧了碗喝红薯汤，眼睛依旧盯住阿盆。段董坐在一侧面露愠色，芒合察觉到了，说我们快把汤喝完了，去屋外看段董小卷放孔明灯。

小卷手细，伸灯中点火。段董松手，纸灯往上浮，慢慢升上天去，逐渐小了细了，像一团萤火虫隐入天空。又放无人机，发动机轰响，旋翼飞转垂直升起，齐瓦高时，侧身往白云山飞，近山腰时折回来，降落到矮屋前。

麻董竖起大拇指说，好手艺，有底子。段董问，什么底子，木匠泥水匠铜匠铁匠？麻董看着段董说，格局这么大，底子不一般。段董说底子不要紧，格局大小是关键。金豚航空公司要在山里造十四架无人机，然后出山造一百四十架无人机，一千四百架无人机，一万四千架无人机。

客人坐车走了。小卷已经睡熟，段董为他掖好被子，自己去屋前冲澡。冲完澡，坐在竹椅想事儿。他对麻董怀有警惕，总觉得这人眼神怪怪的，也不知道什么来历。麻董跨出矮屋门槛了，又转身折回来，瘸到灶台边问阿盆，是否知道马龙这个人。阿盆连自己的来历都不知道，哪里知道什么马龙，麻董自然问不出名堂来。段董起身进屋，躺到被汗油浸红的竹床。近来忙着造无人机，睡得迟怕吵醒阿盆，说好了分床睡。

一躺下来，就睡得很死，鼾声潮水般涨上来退下去，直到眼皮睁开，鼾声会停下来。醒来了就再也睡不着，爬下竹床推开板门，去屋外拎了铅皮桶去老街。镇子死静，掉根针都能听见。赘肉撑裂藏青西服，缝线噼啪作响震碎月光。街狗夜出找食，见状十分惊恐，夹拢尾巴退到墙角，龇出狗牙抖着狗腿滋狗尿。段董一个扫堂腿，扫倒整排狗腿，这门功夫每夜练一回，脚踝弄得全是乌青。

街狗们呜呜哭，瘸着腿躲到暗处，恨恨地看着这个人拎着铅皮桶走远。这家伙除了擅长扫堂腿，就知道拎着桶数向日葵，从一数起数到十四。街狗们想，这人数过来数过去，干吗总是十四棵，十三棵或十五棵不行吗？我靠！汪汪汪，汪汪汪，汪汪汪汪汪汪汪！

走到卵石路尽头，段董缓慢地转身，拎着铅皮桶往回走。他想，今夜月光好，再走一会儿路，顺脚去屋后看看。屋后是猪圈，母猪半夜肚子饿，见铅皮桶晃过来，认准是好吃的，拱翻栅栏去咬葵花盘。段董抬脚扫去，蹬倒石槽溅出糠水。段总对准猪头再扫，母猪腿一弯疼得呜呜叫。

阿盆耳尖，听见猪圈声响，点上油灯说，天杀的猪猡来了。她说的猪猡，是从白云山下来的野猪。

除了母猪嚎叫，白云镇静得可怕。老镇没人当然静，年轻人把老镇看作棺材，能走动的全都走了。找对地儿的，就在那儿待着；没找对地儿的漂洋过海，去到欧洲美洲澳洲非洲，落地生根生儿养女。山下人丁越来越少，山上野猪越聚越多，拱红薯刨竹笋，撑圆肚子竖直鬃毛，龇着獠牙来到山脚，把镇子当作红灯区，视猪圈为发廊歌厅钟点房。这些杀千刀的，甚至撞断栅栏撬塌石墙，跑进猪圈咬死公猪，趴母猪身上肆意轻薄。

阿盆捻亮灯花，想推醒竹床上的人，告诉他猪猡又下山了，当家的该去管管。走到竹床前又止步不前，男人手艺好手脚勤快，先前做黄连素药模箍制皮转鼓，现如今糊孔明灯造小飞机，得让他多睡一会儿，猪的事让女人去对付。她这样想着，去灶房拿了剖畚刀，搁在磨石磨过来磨过去。阿盆磨刀时，城里女孩坐竹椅上，在她身边哼赞美歌。主的行迹像矢车菊，随着感恩的歌声茂盛在卵石墙脚。

女孩唱完歌，讲圣经里的故事。女孩说，耶稣和门徒走到拿因城，耶稣用手摸生病的人，他们立刻痊愈了。耶稣和门徒坐船去湖对岸，忽然来了暴风雨，渡船里盛满了水，很快就要沉下湖底。门徒们害怕极了，对耶稣说，主啊，救救我们吧。耶稣举起手臂指着风浪，说住了吧静了吧。风浪马上停下来了。女孩说，耶稣走过荒凉坟地，这里住着一个疯子，昼夜不停地叫喊，用锋利的石头砍自己。疯子看见耶稣向他走来，大声说至高神的儿子，求你不要让我受苦。耶稣知道他恶鬼缠身，就把恶鬼驱赶到猪身上，让那群猪疯狂地冲下山崖，摔得粉碎掉落湖中。

女孩讲圣经故事时，阿盆一直在磨刀。月亮像白灯笼，悬在白色屋顶。掬水的手是白的，掬到磨石上的水是白的，剖螯刀的刀刃也是白的。白色发辫盘到头顶了，白色竹笠压在盘发上了，白色剖螯刀像白色勒鱼，游出白色老屋游进白色猪圈。

阿盆看见野猪了，野猪恶鬼附身，用猪鼻子拱翻食槽，用猪脑袋撞坍卵石墙。天杀的畜生折腾够了，立成人样趴母猪背上，把它压成猪肉饼。猪猡猖狂成这副样子，怎么可以放过它。阿盆拎起渔网撒向猪猡，握住剖螯刀刺入网眼。白色刀刃挑断白色韧带，把白色血管切成白色稻茬，白色骨节下搁只白色海碗，去接哗啦哗啦的白色血液。阿盆忙完了端着白色油灯，走回白色老屋爬上白色大床，白色鼾声涨成白色夜潮。

段董那夜睡得很死，醒来时手脚不听使唤。想坐起来看个究竟，脑袋动四肢不动。吸入鼻孔的空气，很咸很黏很腥很呛。依稀听见血水声，滴答滴答响在海碗。是四只海碗，碗口靠近肘弯腿弯，切口叮满山蚊牛虻。段董明白，余生将与躺椅为伴。

民警接到报警赶来，一路踢开无数街狗，跑到矮屋摇醒阿盆，问她干吗杀老公，干吗不割喉咙割韧带？阿盆揉着眼屎反问，干吗恶鬼附到猪身上，干吗血流光了还活着？民警满屋子找猪，没找着一根猪鬃猪毛，只找到两只萤火虫。萤火虫不在别处，在阿盆眼窝里。法医揿亮手电筒，扒开眼皮照过来照过去，摘下口罩说，犯罪嫌疑人患白内障。

刑侦队接手调查，现场勘查完了走访山民，了解到事发当天，万里无云明月当空，白色天穹拱成白色墓穴，罩住白色山镇白色石屋。

山民们全体酣睡，没人瞧见阿盆杀人。这个年月刑事案频发，刑警疲于奔命难以久留，他们把海碗渔网磨石剖鲞刀，一股脑儿丢进警车后备厢，结论为本案嫌疑人阿盆系被害人之妻，无外遇无作案动机，患白内障视力模糊，梦游期间思维呈无意识状态，其暴力行为使被害人致残。

50.

今夜裸奔

香瓜来电话，让我去金豚大厦。我说都半夜了，有急事？香瓜说你来就知道了。

大厅空无一人。揿按钮，电梯门打不开，乘笼停在28楼。推开安全门，声浪迎面扑过来。很多人在楼道，他们干吗在楼道？数着楼道灯上楼，到第十盏灯时，被人流裹挟其中。

是一群高管，缺氧让他们仰着脑袋，鱼一般张嘴吸气。男人脱去西服衬衫，垂落胸脯晃动肚腩。女人不穿背心文胸，注水乳房鼓胀挺拔。都是职场中人，平日注重礼仪，现在人贴人肉黏肉，挤在水泥楼梯。

一股柠檬香，就在此刻拂入鼻孔。靠！是古龙香水，难道香瓜也在人群中？真是香瓜，那身阿玛尼不见了，浑身湿透像块海绵，稍微一动就挤出水液。体力透支身倚扶手，拳头却捏得死紧，痉挛着擎过头顶。人们全体亢奋，在香瓜脚下欢呼。

香瓜把手指戳向他们，你们准备好拥抱财富了吗？

高管们雀跃应答，财富金豚，永不放弃——

香瓜把手指戳向他们，你们发挥出所有智慧了吗？

高管们手挽手喊，智慧金豚，永不怠惰——

香瓜把手指戳向他们，你们愿意接受挑战和磨难吗？

高管们伸出V指号，无敌金豚，永不言败——

是极限训练，让体能衰竭到极点，丢弃矜持抱团逆袭。

人群像泥石流将我一口吞噬，剥去胸衫褪去内裤。失去意识盲目行走，感觉挣脱掉桎梏，因欢喜泪流满面。

终于抵达楼底，皮肤水湿肌肉痉挛。很快积蓄起力量，潮水一般涌回楼顶。为置身财富王国，人们不顾虚脱拼死前行，永不放弃永不怠惰永不言败。

今夜，芒合也在裸奔。开车回家，看见她跑在高架桥下。揿响喇叭，要捎她回家，她却像麋鹿越过护栏，跃上绕城高速匝道。放慢车速，打开右前门，让她从硬路肩上车。她毫无反应，在强光灯中跃下桥去，沿着滨江大道奔跑。想不通了，今天是什么日子，几乎所有公司都安排员工裸奔。

把车开下绕城高速，飙到超速驶入公路，沿白云江追到山里。没追上芒合，她跑上白云山，跑到白云湖。

在公路尽头弃车步行，走入湖谷。看见芒合了，她蹲在茅花下，把头埋入膝盖低声啜泣。从未看见她哭，唯有这次。我打拼至今是只花瓶，她朝花一般灿烂在瓶口，该哭的应该是我，她有什么理由哭泣。

知道我走近，也不看我，抹着泪嘟哝，现在没有牵挂了。问她，没有牵挂是什么意思？她神色漠然，说小卷走了。

刚才还一脸悲戚，此刻已然淡定。她越是隐忍，内心越是痛彻肺腑。男孩由她从雪域带来，她何尝离得开他。对芒合说，觉得难受就哭出来。芒合依然隐忍，咬住嘴唇摇头。我有话要问，问她小卷为何走了，问她为何独自上山？我有好多话要问，见她心已碎了，只好抿嘴不说。

芒合低头拢发，从颈上解下绿松石挂珠，嘱我交给野夫。芒合说，率性而为，毫无定力，不会照顾人也就罢了，还不会照顾自己。住的地儿脏成狗窝，吃饭睡觉毫无规律，长了胆结石脾气更大，动不动离家出走。原本就缺乏经济细胞，又不会和人好好相处，这个人以后怎么办？芒合怨着恨着，声音喑哑。她爱野夫，死心塌地。

芒合抬起手臂，褪下腕上绿松石持珠，让我捎给净空。芒合说，还想去白云寺，吃斋饭当义工。《禅修要义》听完了，《开悟真心》会背了，还想听净空讲《诸法实相》。芒合有好多话要对净空说，但她说了一半，把另一半存在心底。她信净空，就像信佛。

芒合捏住耳根，摘下绿松石耳环，托我还给他。这个他是谁，芒合没有说。

阿盆挖好坑，抱进小卷，像抱进一条鱼。阿盆为小卷盖上草席，往草席上撒新泥，让小卷睡在湖谷。湖谷干涸龟裂，倘若哪天有了水，小卷会浮出泥坑，游在白云湖里吗？

女孩在做祷告，主啊，愿您领他的灵魂，走进父神的国度，得到永生、平安和喜乐。女孩很像芒合，她们曾经坐在卵石矮屋，一起把柴塞进灶膛。她们是孪生姐妹吗？芒合问过，没有答案，成为谜团。

世上好多谜团，大多难以破解，比如小卷为谁所生，因何来到南方？存在种种可能，水煮鱼头爬出木桶，带着药液伏在央金身上，浓密成树冠郁郁葱葱；康巴汉子约炮央金，得手后灌一皮囊青稞酒，摇摇晃晃骑马远行；也有另种可能，木屋中并非央金，是芒合裸露胸脯，把乳头塞给鬈发男孩；青年们提着青稞酒，走进木屋灌醉水煮鱼头，在芒合身上播下种子……是些很八卦很狗仔的揣测，倘若把这些猜想，一字不落说给芒合听，她定会骂我无脑女文青。

芒合依然抱腿，下颌抵住膝盖。裸奔的女孩，现在什么都没有了，没有挂珠没有持珠没有耳环。她一身轻松，反而累了倦了困了，闭上双眼不再说话。

撩开茅花对她说，想说就说吧，别忍着，忍在心里太苦。撩到的却是紫色小花，花簇下垒着泥丘。好多好多花，一朵花就是一只泪眼，把眸子噌地溜到眼角瞅人。刚下过山雨，雨珠跑进花蕊，栖成紫色的泪。红泥上的花儿，是芒合吗？

51.

梅林

麻董下巴抵住紫檀拐杖，看舷窗外的东方威尼斯。

新城拔地而起，戳满楼宇大厦。滩涂不见了，渔村没有了，唐家老宅尖顶洋房埠头冰库，还有那条石板路，全都无影无踪。一切都是新的，新得陌生，新得诡异。

让驾驶员低飞，在江口盘旋，去找东方硅谷。此次内地之行，是为麻氏集团寻找商机。机腹下车来车往挖土填石，杂乱无序满目纷乱。但东方硅谷必定会有的，这个地方已注入魔力，任何奇迹都可能发生，只须保持定力耐心，麻氏会分到一份奶酪。

直升机飞得很低，几乎触及桩机顶端。没有芦苇，耸立成墙密不透风连绵数十里的芦苇，从江口消失了，再也不会有。只看到零星芦苇，癞痢头一般星散堤脚。哪里还有媒鸭火铳猎鸭人，哪里还有旧时灯笼裤渔妇白脚杆女人。内心有了痛楚不舍，麻董跺跺檀木拐杖，让直升机离开江口。

登机前结束谈判，麻氏按金豚所拟方案，以百分之七十的股比兼并金豚，扩股增资加大力度，投资建设东方硅谷。东方硅谷是大手笔，填埋滩涂筑堤围海，规划造地一百平方公里，麻氏拥有总面积百分之二，所有土地均为航空用地，建造停机坪维护车间培训中心。与政府间的用地合约，金豚先前已经签好，现在集团并入麻氏，用地权也随之易主。金豚策划东方硅谷工程并先期投资开发，政府给予优惠条件拿地，三个亿便可全数搞定，摊到每亩才十万元。倘若流动资金充足，按金豚预案雪藏土地，待低空空域解除管制，加价转让部分地产，获利空间巨大。一旦情况发生变化，空域管制难以解除，政府为提高 GDP 改变用地性质，届时地价涨幅更大。项目十分理想，前景很是诱人，持有这份合同，让人有成就感。

麻董抬腕看表，离晚宴时间尚早。宴会很重要，是仪式也是履约，宴会结束后，金豚大厦易名麻氏大厦。段总把晚宴设在大厦楼顶，是为了方便段董就餐。晚宴后，他亦华丽转身，进入麻氏集团董事会，兼任集团总经理。麻董下颏抵着檀木拐杖想，晚餐见段董该说些什么。在山里做客那天，段董还身手不凡，放孔明灯放无人机，没想到夜里有了变化，断了筋脉终身瘫痪。说安慰话没任何意义，人瘫了是事实，不宽慰他，又实在无话可说。有个圣经故事，说耶稣走过荒凉坟地，这里住着一个疯子，昼夜不停地叫喊，用锋利的石头砍自己。疯子看见耶稣向他走来，大声说至高神的儿子，求你不要让我受苦。耶稣知道他恶鬼缠身，就把恶鬼驱赶到猪身上，让那群猪疯狂地冲下山崖，摔得粉碎掉落湖中。麻董想，恶鬼伏在段董身上是肯定的，如果那个夜晚耶稣走过老镇，把恶鬼从段董身上赶走就好了。但神之子没有来，一定有他自己的道理。

时间很充裕，麻董决定去梅园。直升机掉头西飞，悬停在梅园之上。麻董要找一个人，这人姓钱，人称潜艇，他喊他老潜。

老潜捏了小玻璃瓶，用力往门球场掷。母獒蹲他身边，低吼着扑过去，尾后跟群狗崽，边跑边嗷嗷叫。老潜拿了钹跟跑，跑到门球场扎下马步，咣咣咣咣敲。一队人马闪出梅林，冲铜钹围拢来，老男人搽了胭脂，老女人一身绸衣，都把红鼓系在腰带，拿鼓槌咚咚咚咚敲。咣咣，咣——咣咣，咣——咚咚，咚咚，咚咚咚咚——咚咚，咚咚，咚咚咚咚——铜钹腰鼓你来我往，挺胸扭胯腾跳挪移，胶鞋皮鞋休闲鞋，把门球场跺得砰砰响。

场面火爆动情，麻董按捺不住，要把舱门打开，让人去到梅园，也去敲钹也去打鼓。冲动很快过去，人定定地坐在舱椅，上不着天下不落地，隔着窗玻璃看老潜。想见又不能见，这样憋屈这般无奈，就为了老潜当年两句话：不再见面；远走高飞。

麻花行动完败，一切难以挽回。此次行动策划很久，缜密老到毫无破绽，老潜以为天衣无缝，却不知局外人少尉果果，接到密报率兵实施抓捕，毒枭从此不再露面。该死的马龙是少尉下线，他的告密断送了麻花行动。

杀机四伏，他须离开渔村。冰库是陷阱，藏毒女人是诱饵，老潜布下这个局。现在已是败局，捕猎者暴露无遗，毒枭深藏暗穴。冰库老板处境困难，倘若无事人一般，毒枭必然视他仇家。只身匆匆逃窜，警方控制财产，毒枭才会信他，不会追他杀他。

走之前磨剖鲞刀，他要做最后一件事，杀掉告密者马龙，对老潜有个交代。从刑场到劳改场，从守塔人到走私犯，一路走来尽是转风。唯有老潜对他好，识他用他关照他。麻花行动太重要，容不得半点差错，老潜已踩上年龄红线，不往前走则出局走人。倘若老潜走不下去，他也就走到终点。他不想和老潜分开，期待一直这样走下去，把全部心思都放在麻花行动上。开局顺利，过程稳妥，结果被马龙挡路，一切悄然结束。

刀子磨得很锋利，白刃稀薄如纸，指尖轻轻一触，裂处迸出血星。手腕被掌击中，剖鲞刀掉落在地。来人是老潜，捡起剖鲞刀丢到墙角，把护照和钱递给他。护照贴了他的照片，改姓不改名叫作麻江贵。钱是酬金，不管行动输赢，老潜都会把账结清，向来如此从不含糊。老潜有事先走，走前说了两句话：不再见面；远走高飞。这两句话让他俩，至今隔空相望。

老潜不知道，梅园之所以有梅林，是因为梅林后面有他。他是匿名捐树人，有他才有梅林。这世上没人比老潜更聪明，或许早就知道他捐梅树，可知道了又怎样，还不是不愿见他。人老了容貌变了国籍改了，老潜干吗还记住那两句话，难道毒贩还在世间，死死盯住昔日的鱼货老板？

设想老潜现在见他，又会是什么情景？不知道老潜会问他什么，他要问老潜，当年为何阻止他杀掉马龙，现在干吗又把马龙送进监狱？人老了心情变了，现如今他不再怨恨马龙。老潜自然不知道他如何想，老潜怨恨马龙要搞掉马龙。马龙猖狂，麻花行动后他闹得特欢，拓一片领地去做主宰。牧鹅的侄子并不知道，梅园这边铜钹腰鼓震天响，旧仇新恨随着声浪，迟早要抵达江口。

老潜暗中筹划梅香行动，用积蓄买了藏獒，训成了牵到江口，蹲阔叶桉林摸着狗头，对它说了两句话：梅香出发；机取敌巢。梅香当然机智，钻进栅栏甩动尾巴，扇出臊气把牧鹅犬哄到堤塘。梅香当然勇敢，按指令与牧羊犬野合，让皮皮留在堤上，老潜潜入鹅场，打开冰箱取走瓶子。这些瓶子将作为物证，把牧鹅人送进大牢。老潜用梅香行动告诉马龙，谁是捕猎者，谁只配做猎物。

世事变化多端，不为常人左右。他以前曾是捕猎者，后来成为猎物，再后来做了诱饵。他开着乌贼号铁板轮，把同伙领进伏击圈，让老潜一网打尽。他把白粉藏在冰库，让藏毒女来来往往，以求钓到毒枭。难道麻花把魂儿附他身上，让他替它做回媒鸭？想不通居然会做诱饵，被人掌控受人差使，这份屈辱让心窝变成泥穴，无数条弹涂鱼蹦跶其中。日子慢慢过去，逐渐顺从习惯，把搂着火铳轰杀猎物的喜悦，换作诱引猎物的焦虑亢奋。会让猎物尾随身后，领他们匆匆走进屠场，焦灼在踏入杀场时达到高潮，脱离险境后内疚与欢喜久居于心，没有这种经历，很难体会个中滋味。

老潜知道他怎么想，就像他摸透麻花心机。平日很少见面，见面也没有太多话。只须相互看一眼，就明白对方怎么想，心领意会去做分内事。做的事很是凶险，开场杀机四伏，结局哀鸿一片。他不必演到终场，高潮前悄然退场，至偏僻处候老潜付钱。付钱之地在马尾松林或芦苇深处，老潜不会走得很近，隔些距离数钱给他，好像他们之间隔道墙。这道墙厚厚实实，老潜站墙里付钱，他站墙外收钱。两人做一件事，一人付钱一人拿钱，这道墙便在心中砌成。

世道一直变化，模糊暧昧不似先前界限明了。麻花行动终结，梅香行动结束，老潜应该走到墙外，去找新的位置，去过新的生活。麻董这样想着，对驾驶员做手势，让直升机降落梅园。

强气流吹弯梅枝，门球场泥尘飞扬。麻董弯腰走出机舱，紧紧抱住老潜说，上麻氏集团来，有位置留给你。老潜背过身去，在直升机的轰鸣中，斩钉截铁地说了两句话：不再见面；远走高飞。

52.

孔明灯和无人机之二

直升机飞离梅园，麻董靠着舷窗眺望梅林时，麻氏集团公关部苏经理，正坐在麻氏大厦楼顶，与麻氏集团的段董聊天。

苏经理对段董说，聊什么呢，聊聊芒合吧。芒合说，阿盆在湖心挖了坑，抱进不再呼吸的小卷，就像抱进爆了鳔的鱼。阿盆为他盖上草席，往坑里撒落新泥。没有送行的唢呐声，没有纸扎的祭品，山里的小孩死了都这样，孤零零，静悄悄。山雨濡湿降起的新泥，紫色小花遮蔽圆丘，一朵小花就是一只泪眼……

段董脑袋涨得血红，眼珠子在眼眶里滚成紫色玻璃球。苏经理高兴，与水煮鱼头单聊，可不是第一次了，就这次摸准他心思，使他反应这样明显。哦耶！

苏经理接着聊，打开手包掏出绿松石耳环，摁在段董掌心，说接下来聊什么呢，聊聊耳环吧。芒合在白云湖摘下这副耳环，托我还给一个人，这人是谁她没说。耳环出自藏地，长久地挂在芒合耳垂，晃荡在越野车驾驶座，袅娜在大沼泽木板屋，水湿在大木桶藏药汤，闪烁在白云山脚卵石矮屋。耳环还给谁我心里有数。

段董听了这段话，玻璃球嵌眼眶里定定地不动了，紫色球体表层晃荡绿松石。苏经理亢奋，跟水煮鱼头越聊越顺了。得，就这样聊下去。

苏经理靠近段董，扳动他的手指，让他把耳环握在掌心。苏经理说，还聊什么呢，聊聊芒合吧。芒合在哪儿？她在白云山，在白云湖。干吗去那儿？那儿有座红土丘。红土丘里有什么？小卷躺在土丘里。芒合说，小卷就遮了张草席，撒的泥又是湿的。芒合说，这可不行，小卷受了寒，伤风发烧怎么办？

眼珠子滚出眼眶，扑通扑通落到天池，溅起紫色的水花。苏经理顿悟，她沟通能力超群，可以胜任这份工作。苏经理说，聊完芒合，接着聊聊小卷。

苏经理说，小卷喝饱红薯汤，去屋外拎起铅皮桶，数桶里的向日葵，从一数到十四,一共十四朵葵花。小卷数完葵花去溪坦，面对溪水背经文。男孩来自大沼泽，在白云山脚长大，终会在某一天长成新的你，走出大山去到城里，去做公司掌门人。可他走了，随一只白鸟而去，去到白云山，去到白云湖，去到茅花地，走进红土丘……

苏经理聊着，池水全都紫了。是紫色小花，漫出天池，托起段董，涌向天棚。

玻璃瓦外，天穹湛蓝，雪峰起伏，神鹰盘旋在大沼泽，紫色花浪涌向天际。苏经理把手指伸成V形，哇塞！越聊越对头了。

苏经理正在激动，听见鹦鹉学舌：去到白云山，去到白云湖，去到茅花地，走进红土丘……苏经理挥手赶那鸟，说工作时间，没事走开！鸟儿学她腔调：工作时间，没事走开！苏经理嘟哝，这都什么鸟哪，怎么不讲理儿。鸟儿学她腔调：这都什么鸟哪，怎么不讲理儿。切，是鸟还是口香糖，黏上了嘿。苏经理仰头看鸟，哇哦，竟是喜儿，不做好鸟做孬鸟，在天棚上趴成雪球。没准那天就是它，领小卷去白云湖，让他踩中捕兽夹。苏经理跳起来抓它，鸟没抓着，人掉天池里。掉进池里的还有段董，圆圆滚滚把水皮子压出深坑，又被池水弹回来，随紫花去到天棚撞玻璃瓦，碰肿脑袋掉下来。

苏经理喝了好几口水，被紫色花浪推上池沿。回头找段董，人没了，赶紧拨110和120。正忙乎着，海豚托着段董浮上来，直挺挺蹦向天棚，被玻璃瓦挡住，扑通扑通掉回池中。海豚不死心，一次次跳起，一次次摔回来。也就隔层平板玻璃，段董看见白云湖了吗，看见红土丘了吗，看见丘顶长满紫花吗？他一定看见了。他看见了，才会让海豚托着，一次次撞向天棚。

海豚与人拼力一跃，印满血团的天棚崩裂了！海豚跌回天池，段董钻出窟窿，走进蛎色天空。会看见白云山，看见白云湖。湖谷龟裂，茅花曼舞，白絮满天，遮掩土丘，遮蔽紫花。须问阿盆，紫色小花在哪儿，花下土丘在哪里。段董打定主意，降低高度去卵石矮屋。

矮屋依旧，不见阿盆。她去山园掘红薯，还是在灶头煮红薯汤。屋外搁着铅皮桶，桶里长着向日葵。段董扳着手指数，从一数到十二，一共十二棵向日葵。咦，怎么少了两棵。再数，还差两棵。哦，忘了把自己数进去。又数，从自己数起，数完了，一共十三棵，还少一棵。对了，少的那棵是小卷。段董眼前一黑，脑袋晕眩。

是空中缺氧，还是起搏器出状况？好像都不是，飞行高度不太高，进口起搏器运转正常。手脚冰冷是老问题，韧带神经都断了，供血肯定不通畅。只是四肢瘫痪坏死，其实与行动无关，海豚无翅膀无尾翼，照样可以大力蹦跶，把他托到天棚外，游成一条大鱼。

是的，他现在是鱼，无手无脚，游在云中。看见孔明灯了，从一数到十二,一共十二盏灯。奇怪，怎么也是十二，跟铅皮桶里的向日葵一个数。为什么差两盏？他和小卷放灯，要放就放十四盏，把自己也放上天去。再数，把自己数进去，一共十三盏，还少一盏，这盏灯是小卷。眼前又一黑，脑袋又晕眩。

起搏器咯噔一下，一盏灯忽上忽下，这盏灯是段董。段董在天上飘过来飘过去，渐渐离太阳近了。看身旁那些灯，蘸了光亮圆润起来，怎么看都像金葵花。哦哦，他也一样，是圆不溜秋的金葵花。金葵花圆不溜秋，在天空中飘过来飘过去，数金葵花从一数到十三,一共十三朵。为什么不是十四朵，唔，为什么少了小卷。起搏器又咯噔一下，十三朵金葵花一起忽上忽下。

晚宴时间快到了，直升机降低高度，准备降落到大厦楼顶。麻董在座舱里，拄着紫檀拐杖看窗外。一群萤火虫飞向机腹，麻董眯细眼皮数，一共十三只萤火虫。不对，不是萤火虫，是孔明灯。那回在山里喝饱红薯汤，走出矮屋看孔明灯，那些灯飞高了，细成星星点点的萤火虫。萤火虫没看头，飞行轨迹随意无常。无人机才好看，又灵动又机敏。

麻董想看无人机，无人机真就来了。麻董往舷窗外数，从一数到十三,一共十三架无人机。飞机是段董造的，这是肯定的，只是段董他要造十四架，为什么现在少了一架。造十四架是什么意思，少掉一架有什么说法？麻董正在狐疑，一架无人机咚地撞过来，让小旋翼被大旋翼切成粉末，纷纷扬扬撒落大厦楼顶。麻总想，段董造的无人机毕竟小，撞不过他这架直升机。正想着无人机一架接一架撞上来，似乎有谁预设并锁定航程。最后一架撞中直升机机顶，把旋叶折成弯肘。直升机迅即痉挛倾斜，几个空翻后炸作礼花，溅向四面八方。

麻董拄着紫檀拐杖，瘸出机舱走进天空。他握住杖脚随手一钩，扶手钩住个金属盒子。拿近了看，是心脏起搏器，有一搭没一搭地跳动。麻董弯拢指头，敲着起搏器说，这是谁的东西，赶快拿去保管好。就见段董应声而到，眼睛盯住金属小盒。麻董拄着拐杖说，无人机心脏问题，这个必须解决好，发动机靠起搏器，遇到状况不好办。又平举紫檀拐杖，使劲敲打无人机碎片，说程序员太关键，编程出错有漏洞，无人机撞上有人机，什么后果你懂的。麻董说完了，把起搏器塞进段董胸腔。

胸腔是空的，没有段董，只有鱼头，滚圆滚圆。天空火烫，鱼眼被热风摩擦后，很明亮很灵动，看清楚面前人，是拎着媒鸭扛着火铳，行走江口的猎鸭人。鱼头迅即顿悟，自己原本是修船工，怪不得手艺这么精巧。奇了怪了，猎鸭人姓马不姓麻，拔藤瓜为什么喊他麻董？猎鸭人为何来山里，看完孔明灯看无人机？莫非猎鸭人布局下套，在白云湖埋设捕兽夹？段董悲从心来，仰天哭号，却发不出声音。哦哦，他现在是一条鱼。鱼就鱼，是鱼也要咬猎鸭人。

麻董被咬痛了，用力甩鱼头，甩好几下甩不开，只得跟着鱼头往下掉。人已失去浮力，身体快速接近楼顶。禁不住想起老潜，想老潜说的两句话：不再见面；远走高飞。这话是对的，他听不进去，落得这般下场。脑门碰到天棚钢架了，嘴唇触到大理石池沿了，门牙飞离牙龈钉进躺椅。阳光围拢来，涂满他的全身。哦哦，那是圣光。万能的主，您与我同行，阿门！

53.

葬礼

马蹄岛哀乐低回，麻氏集团高管手捏纸花，努力把哀伤挤到脸上，悼念死于空难的麻董。

香瓜念悼词，不时哽咽，嗓音嘶哑——

麻董是商界奇才。早年去海外谋生，在华人街当洗碗工，去加勒比海做水手，在南美发迹，成为木材业巨头。德国诗人艾兴多尔夫写道：快快向我伸出忠诚的手，我们愿意一起迁徙，直到我们风尘仆仆，听着古老的魔幻之歌，跪倒在父亲坟前。麻董眷恋故乡，从大洋西岸走起，走到东亚大陆。他伸出忠诚的手，把金豚集团拉进怀抱，让金豚人华丽转身，成为不屈不挠的麻氏人，用敬业心捡拾遍地黄金。财富麻董，他与集团董事会有缘；智慧麻董，他与集团管理层有缘；无敌麻董，他与集团所有员工有缘……

念完悼词，香瓜恭敬地弯腰，朝遗照三鞠躬。之后大力挥臂，大声问他的团队：

你们准备好拥抱财富了吗？

你们发挥出所有智慧了吗？

你们愿意接受挑战和磨难吗？

高管热血沸腾，挺胸齐声应答：

财富麻氏，永不放弃！

智慧麻氏，永不怠惰！

无敌麻氏，永不言败！

从来到这座岛上起，艾莉就一直挽住我，红着眼睛劝我节哀，说女孩伤心会挂相儿。切，骨灰盒里的老头，又不是我老爸，跟我毛关系没有，丫干吗一惊一乍。不止一次甩开丫的手，那只手却总是贴近来，蛇一般缠住我。

姐犯浑呢，说浑话干傻事，肠子那个悔的呀，真想扯出来给您瞅瞅，是不是青一段白一段。艾莉挽紧我，说话倍儿密。切，青一段白一段，可不就银环蛇吗。呸，蛇蝎心肠。

姐铁定错，是猪脑是猪心，该想的都想到了，愣没想到麻董他老人家跟您沾亲来着。艾莉越说越离谱，老头跟我沾亲，这不毒咒吗，人都待盒里了，被沾上能有好事？切，这人歪筋歪话，一刻也不消停。

气得拧她肋条肉，丫疼得满头冒汗，还死命挽我胳膊。直到香瓜抹着鼻子，让丫宣读遗嘱，才把手抽回去。

丫从包里抽出信，利索地撕掉封口，捻出一张纸头，清清嗓子念：本人所有资产，自宣读遗嘱之日起，交由侄子麻龙与侄媳苏贞妮继承。呀，好搞笑，老头侄媳与我同名同姓。正掩口而笑，艾莉过来挽住我的手，附耳说恭喜你。明白了我是苏贞妮，麻龙是马龙，我和他是老头的财产继承人。

一阵海风吹来，纸头扑腾欲飞，艾莉手一松，遗嘱已在风中。跑出一个老头，跳起来抓住纸头，递给吓着的艾莉。艾莉说天哪天哪，这张纸十位数都不止，真丢了怎么办才好。香瓜快步走来，帮艾莉把纸折好，小心翼翼放回包中。又握住老头的手道谢。老头看一眼骨灰盒，说了两句话：遗嘱很重要；必须保管好。

老头面熟，一时想不起来在哪儿见过他。正想着，艾莉又来挽手，说老头姓钱，麻董生前托付段总，麻氏兼并金豚，钱做党委书记。想起来了，他是老潜，不在梅园打钹，跑马蹄岛赶热闹。让老潜做书记，马龙会怎么想？不就这个打钹老头，牵了狗去江口，从鹅场盗走瓶子，让他进了牢房吗。人老了都会犯糊涂，老头躺骨灰盒了还没弄明白，老潜是他侄子死对头。

这世界变化快，不努力跟进不行了，艾莉挽着我说。哼，不是世界变化快，是川岛芳子她妹妹变化快。别过脸不理她，鄙夷地说，有人够努力了好不好，跟得够紧了好不好。艾莉瞥我一眼，说话意味深长，是得跟紧了，麻董是苏董的菜。哇，日子过瓷实了，苏董您可别忘了学姐。听了一愣，一转眼咋就成苏董了呢，再者麻董是谁，他不躺骨灰盒了吗？不对，此麻董非彼麻董，川岛芳子她妹话中有话，莫非丫潜入内部，窃取到重要情报。什么情报，是天池的囧事吗？有可能，女间谍无孔不入。晕，超级恨，勒紧裤带护住小腹先，别让丫再钻空子。

那天本不用去天池。水煮鱼头失踪，金豚大厦改名，这陪聊小姐也当到头了。可香瓜不依，他抹着鼻子说，小苏须陪麻董聊天。我说弄错了吧，我在金豚供职，与麻氏有关系吗？香瓜说金豚并入麻氏，你还当公关部经理。我说那个什么麻董，不是空难了吗？香瓜说是新麻董，你认识他。我问是谁，他说马龙。我傻眼，那不呆子吗，咋成大爷了？再者你不跟他有仇吗，咋在他手下做事了？香瓜说那事儿过去了，他是麻董亲侄，改姓麻叫麻龙，还真是咱大爷。切，这世上怪事不少，说翻篇就翻篇。

去天池陪聊。麻龙坐躺椅上，看见我，趿着拖鞋跑来，低头垂手挨我站着。丫昨天还一精神病，今儿麻溜直奔富二代。为饭碗计，咱且把身段儿放下,陪这厮聊天解闷儿。嘴张开了,舌头硬是不动。也对，跟傻子怎么个沟通法。陪聊也得看心情，心里憋屈，聊你个头啊。不聊了，转脸找鱼。天池空荡荡，哪里还有海豚。莫非人世纷乱累及鱼界，水煮鱼头蒸发，金豚大厦改名，海豚没人待见，转手卖给海洋馆了？

正在想鱼，内心凄凉，就见呆子扒掉衣裤，扑通一声跳入池中，把自个儿当作海豚，潜入池底钻出水涡，站水皮上走给我看。呆子赤条条的，让人怎么好意思看他。背过身子不理他，黑着脸说，你给我死到水底去。说过了觉得不对头，他现下是麻董亲侄，不是拘押在看守所的呆子，按规矩不能这样待他。瞟一眼四周，静悄悄无人，便把心放下。

麻龙还在折腾，划臂蹬腿，扑闪腾挪，把浮在水面的太阳，搅得鸡零狗碎。又潜入水下，伏在池底一动不动，让光斑在水面聚成蛋黄。蹲池沿看那团蛋黄，正中嵌一对小泥巴眼，骨碌碌瞅我小腹。坏啦坏啦，这厮能隔肚皮看物。赶紧用手捂住下腹，说你有病啊，老看别人肚子里的东东。麻龙倒也听话，背过脑袋闭紧泥巴眼。可我刚把手挪开，俩泥巴眼又跟草蚊子似的，叮在肚脐眼上啦。

反正不该看的，都让他给看了，那就聊聊肚子吧。对他说减肥呢，早餐就吃一根黄瓜。麻龙吧嗒吧嗒嚼嘴，表示也想吃黄瓜。对他说这个方便，下次聊天时捎给你。麻龙刺溜一声跃出水面，俩泥巴眼中亮着两个我。不睬他，背过身子屁股朝他。呆子反而高兴，啪地跳出水皮子，让那团蛋黄碎成蛋花。又把身体绷直，在池中翻着滚着，让池水沸腾成热油，把躯体炸到姜黄脆口，然后自个儿捞出自个儿，活生生一根油条，淌着油渍直挺挺竖我面前。

丫没脸没皮赤条条的，这不耍流氓嘛！郁闷，没地儿躲，只好躲池里。刚下池子，丫一个鱼跃，已在水里候我。游得更欢，箭一般犁开水皮子，用脑袋触我臀尖。哪里见过这种阵势，蹬腿划臂赶紧逃。哪想到呆子游得极快，脑袋老贴我臀上。惨绿！这下撞到鬼了，池中就我和他，叫闹哭号全不顶用。

左闪右躲来回游动，鼻酸肺痛沉入水底。丫在水下越发灵动，把胳膊划成胸鳍，把腿脚蹬成尾鳍，无论怎样努力，总也躲不过他。累得半死趴在池底，扭头看，这厮贴背游过，把那物件抵我尾骨，喷出一摊豆色浆液……

上岛前发生的事，艾莉明明不在场，竟然了如指掌。艾莉知道此事，等于香瓜也知道此事。香瓜知道了，不等于骨灰盒里的老头也知道。那么，他干吗把我当作侄媳，在遗嘱里写我名字，让我和麻龙分享遗产？除非他预知有事发生，否则这事儿太过蹊跷，很难用逻辑求证缘由因果。

丧礼进入新一轮程序。麻龙披麻戴孝，端着紫檀骨灰盒，登上缠满黑纱的汽艇。水手解开缆绳拉响发动机，汽艇翘首驶向大海。汽艇在海面盘旋，香瓜拿对讲机朝水手喊，转告麻董，请他把骨灰撒入大海。只见呆子走出船舱，打开盒盖掀开绸布，抓起骨灰丢到海中。

香瓜举起对讲机说，转告麻董，撒完骨灰后立刻返航。汽艇鸣笛，180度转弯，掉头返航靠上码头。香瓜去接，只见水手，不见麻董。香瓜大惊，抹着鼻子嚷，各部门注意，立即组织力量救援，不惜任何代价找到麻董！

呆子哪里用得着找，他活蹦乱跳游在大海，瞪着俩泥巴眼找他的菜。都找老半天了，找不着鹅舍稻草堆，冰箱玻璃瓶子。傻瓜就是傻瓜，连陆地海洋都弄不明白。弄不明白，脑子更乱，他要找朋友，朋友的朋友。为了找朋友，找朋友的朋友，他用力划动双鳍，刺溜钻出水皮，又一头扎到海底，睁开小泥巴眼，贴着海床东瞧西瞅。

高管们看得兴起，列队站岩岸上齐声高喊：

麻董麻董，神游其中！

麻花麻花，品牌最佳！

麻氏麻氏，前程辉煌！

54.

基地

麻董神游之处，属麻氏集团鱼翅生产基地。基地经理唐德铭接到指令，快步走到总控室，让各部门立即救援麻董。很快在环形屏幕里发现麻董，他在视频中蛰伏海底，用胸鳍拨弄淤沙海草。唐经理拿起对讲机，向段总报告此地情形，听筒里沙沙作响，听不见段总回话。再看环形屏幕，海面白浪逶迤，汽艇载着段总离岛回城。

按键定格视频，拉大麻董图片，唐经理一凛，此人竟是马龙。唐经理摘下眼镜擦拭，戴上鼻梁再看，确定就是马龙，禁不住心中一沉，觉得世事奇诡，人生苍茫。寻思，马龙已是麻龙，做了麻氏集团董事长，干吗不上岸，爱在水里折腾？他这样做是什么意思，难道旧习未改，仍要去找那些瓶子？想到这里，唐经理腿软，暗中摸一下尾骨。很快回过神来，毕竟身份变了，此麻非彼马，此龙非彼龙，何必寻根究底，徒自生出烦恼。话是这么说，心中依然忐忑，麻董不找瓶子，留在海底干吗？没有答案，答案在麻董身上。

唐经理坐敞篷电瓶车去码头，跳上快艇驶往海中，握住扩音话筒喊，麻董麻董，听到呼叫后，请立刻上船回基地，立刻上船回基地——海面寂静，唐经理喊老半天，水下没有任何回应。快艇在麻董蛰伏地减速，兜好多圈不见麻龙上来，只得掉头驶回码头。唐经理想，麻龙现在是集团总董，爱待海底那就随他，但保持联系总要做到，出问题就不好办了。唐经理坐在码头，掏出餐巾纸擦亮牛皮鞋，爬上吊塔扶正眼镜，居高临下瞟眼海面，正色道，老乡你看这样好不好，你帮基地诱鲨，基地帮你捕鲨。果然有了响动，一串气泡细小连贯，咕噜噜冒出水面。

呆子伏在海底，听见响声坐起来，浮上海面细听。声音蛮熟悉，很热烈很恳切，把他拉出金漆大床，牵他走近雏鹅，走近玻璃瓶子，走近朋友和朋友的朋友。哦哦，是朋友唐德铭，为了捕鲨，找到海里来了。哦哦，朋友，我会帮你的，就像你也会帮我。

唐经理知道麻龙心思，坐敞篷车回基地，走进总控室看环形屏幕，握住话筒发出指令，各色指示灯频频闪烁。彩色监视屏切向深海，只见无数面狼牙旗，腾挪翻滚穿插游移，那是鲨鱼铁硬的背鳍。彩屏把麻龙拉成特写，他划动胸鳍游向鲨群，摆动尾巴表示亲近，用脑袋触碰母鲨臀鳍，让它快活得浑身战栗。麻龙掉头游向网箱，母鲨尾随其后紧追不舍。跟进的鲨群宛如漫天彗星，掠过麻龙和母鲨的头顶。操作员摁绿色按钮，徐徐打开网箱巨门。麻龙甩尾潜入网箱，鲨鱼争先恐后跟进通道。操作员按红色按钮，大铁门徐徐合拢，把鲨群退路截断。操作员按黄色按钮，麻龙从辅门潜到箱外，留下鲨鱼去做囚徒。鲨鱼狂怒，大力撞向铁门，用排牙咬钢筋栅栏，利牙碎成无数钢钉，打着旋儿沉落海底。蓝色按钮摁下去了，钢索绷紧了穿过滑轮，把箱中囚鱼扯出海面。橙色按钮摁下去了，管道阀门依次开启，水枪喷出重磅水柱，把沙砾海藻从鲨鱼身上冲走。杀戮按部就班地进行。铁钩刺穿鱼皮鱼骨，拉索把鲨鱼拖往平台，一伙工人穿了橡胶服，握着电锯走近鲨鱼，切割胸鳍背鳍腹鳍臀鳍尾鳍。另一伙工人系着塑料围兜，用剖鲞刀剥下鱼皮，连同鱼鳍丢进塑料筐，搁传送带输往加工车间。鱼鳍进入无菌车间，喷淋装置喷出水墙，冲洗体表污血黏液，转去成品车间，漂白烘焙或做成菊花样，或剔作银丝状，置入木质锦盒抵达饭店酒楼私家厨，进入人类蠕动不止的胃囊。鱼皮也如法炮制，用水枪冲净血污，用刮刀刮去耗粒，烘干了送到超市菜市场水产城，水浸水发熬汤清炖红烧。

唐经理背靠转椅，在控制台前转圈，借以纾解紧张疲乏。总控室正常，网箱正常，生产线正常。工作平台上，几个工人用钢叉把鱼尸推落大海，海面被鲨血染红，尸身浮于血水，面目狰狞恐怖。平台正常，车间正常，基地一切都正常。唐经理嘘一口气，拿签字笔在指尖上画鱼，画泥巴眼，画牛皮鞋。让指头随意碰撞。嘟哝道，鲨鱼碰唐经理，鲨鱼赢；唐经理碰诱鲨人，唐经理赢；诱鲨人碰鲨鱼，诱鲨人赢；鲨鱼碰唐经理，鲨鱼赢……唐经理想，世间万物都在螺旋，环环相扣无休无止。一丝笑意浮出嘴角，蔓延到整张脸庞。高高地坐在位置上，应对局面瞬息万变，让纷乱归于有序，让停滞趋于行进，这种感觉早已生疏，却在今天归来。有个位置真好，唐经理轻语。

服刑一年后，段总动用各种渠道，让他假释出狱。并不用他，让他耐心等候。什么叫半死不活，被闲置被边缘，就叫半死不活。这世界没位置给他，只给他一张冷板凳。他不想坐冷板凳，于是暗自神伤。自然不甘心，不相信世界这么大，居然没位置给他。拉开抽屉倒出名片，摊地上翻了个遍，选合适的拨通手机，看看能否找到位置。以前坐位置上，兴建东方威尼斯新城，满城总董都在找他，求他帮忙求他援手，现在虽不在位置了，想必总会有人念旧。结果令人失望，他唯有坐在冷板凳，耐心等待段总出手。

五个哥哥开着五辆豪车，拎了礼品上门看他。五样礼品一个模样，都是意大利名鞋。还有一双硬底皮鞋，老皮匠亲手做的，他们没带过来。定型卸楦垫内衬，牛皮鞋快做成了，小儿子出了状况，来不及磨光打蜡钉鞋掌，老皮匠眼睛一闭再没睁开。往事如烟不必重提，托弟弟的福他们都发了，五个皮匠做成五位唐董。坐在位置上时，皮匠们打弟弟招牌挖到 N 桶金，合股成立大唐集团，除老本行制造牛皮鞋，还经营餐饮 K 厅 4S 店。现在弟弟落难，哥哥们商议好了，让他做大唐 CEO。唐德铭好言谢绝，穿着皮鞋走出皮匠之家，穿着皮鞋回到家族企业，这事若被父亲知道，会在阴间再气死一回。

漫长地等待，免不了焦躁。背着钓竿拎着鱼篓，坐船渡过江口，去马蹄岛消磨时光。垂钓者身份各异，选在假日登岛的，多是事业成功者；日复一日枯坐岩礁的，则是仕途落败经商破产之人。这些且不管它，既然来此地钓鱼，免不了草帽遮头毛巾围脖，僵尸一般挺背鼓眼，盯住浮漂不离不弃。他是钓者，握了钓竿坐在礁石，纹丝不动等鱼儿吞钩。他又是鱼，盯着钩上饵食，择机张嘴吞食。是他钓鱼，还是让人钓他？想好久，没想明白。或许二者兼是，人和鱼都是生物，必然会有某种共性。

结识一位垂钓高手，是个瘸腿老头，不用机制鱼饵钓鱼，拿些鱼仔小虾沙蟹穿上鱼钩，便能钓上云纹斑金钱斑龙胆石斑。亲眼看见一条大鱼吞下钓鱼钩儿，只要拉钩便可钓到岸上，老头却纹丝不动，任凭鱼儿吞食鱼饵。那鱼眼睛绿豆大小，鄙视地注视对手，老头却满脸慈祥，目光柔成阳光轻抚鱼头。

老头独自一人，住在废弃的塔楼。垂钓之余，想法稀奇古怪——把麻醉剂置于海底，待鲨群游入有效区，打开容器释出药剂，把鲨鱼全都麻翻，钩住尸身拖上码头。在海中建巨型铁塔，等候雷电击中塔顶，上百亿千瓦电流导入大海，电死方圆百里的鲨鱼，拉到岸上剥皮割鳍；将铁炮架在岩岸，鲨群进入有效射程，点燃火绳轰出铁砂，炸晕鲨鱼输往生产线……老头干吗善待大鱼，却又如此仇鲨?

和老头坐在礁石上。老头说海水被污染了，他说人类寿命越来越长。老头说滩涂被填埋了，他说填海造地由来已久。老头说空气质量差，他说伦敦雾霾造就工业革命。老头说人多地少迟早玩完，他说人类搬外星球住去。老头说，你这人想法与别人不同，不会长久地在此地钓鱼。说完了眯细眼睛，换过话题再聊。

老头说他在雨季，渡过亚马孙河进入丛林。带的行装不多，背囊中是火药铁砂，再就是火铳和鸭笼。曾有过一只媒鸭，他叫它麻花。麻花被人毒死，他也过得半死不活。在南美又训成媒鸭，还用麻花取名。先前那只媒鸭有灵性，帮他捕获好多野鸭，相信这只媒鸭也有灵性，让他获取一片森林。这个想法很怪异，没有一点道理，他却执意去做。

在河边找到一片芦苇，捏拢指头抵住门牙，呼哨尖锐悠长，咒语诡异灵验。媒鸭钻出鸭笼掠过急流，鸟群从它身后飞起，密匝匝黑如云团。火蛇钻进后膛，铳口轰出铁砂，野鸭躺满丛林，麻花安全着地，伸长脖子晃掉泥水，神情自若吞咽饭团。印第安人看呆了，眼睛睁成棕色圆月，眨巴在五彩脸妆。酋长举着火把，照他和媒鸭眼瞳。酋长说，客人和神鸟跟我们一样，眼睛都是棕色的。木鼓敲响，叶裙撩起，印第安人围着篝火舞蹈。酋长在胸前画十字，求得主的同意，用属于部落的树林，换取神鸭和火铳。他教酋长说咒语：麻花要吃鸭血饭你他妈自己卖力。他没有翻译词义，让酋长强记发音，这使酋长更加相信，这句咒语神秘莫测，对神鸭很有作用。

酋长背着火铳，提着铁丝鸭笼，问他对白人怎么看？他说您认为呢？酋长把鸭笼捧在怀里，说他们是上帝派来的。他说您这样认为吗？酋长从鸭笼掏出麻花，摸着羽翼脚蹼说，办木材加工厂吧。他问干吗是木材加工厂？酋长触吻麻花脑袋，说办一家工厂就是造一座圣殿。他问这是白人说的？酋长把麻花放回鸭笼，说白人会带来福音。他问福音由征服者带来？酋长画着十字说，敬拜主耶稣，荣耀神的国。

老头说他用麻花，与酋长做成交易，得到一片雨林。树种非常珍贵，除了黄檀豆蔻胡桃，还有金合欢亚马孙雪松。按约定办木材加工厂，部落民有了收入，对神更加虔诚。伐木量增长很快，森林面积迅速减少，沿河国家颁布限伐令，木材价格一路飙升，这片雨林随之升值。

他看着老头说，原始的实物不等值交换，让你成为木材业巨头。老头握着钓竿说，这一切都是神赐予他的。在南美印第安部落，从用媒鸭置换雨林，到办木材加工厂，与酋长始终保持一致，也使他较为容易地获得财富。酋长说福音是有的，敬拜主耶稣，神会赐福给你。他认为酋长是对的，于是皈依主。他对老头说，明白了，在神的注视下，鲨血会染红这片海域，岛上会建起鱼翅加工厂。

老头也不看他，转脸朝对岸说，芦苇很高密不透风，城墙一般连绵数十里。现在看不到了，连同媒鸭火铳猎鸭人。滩涂也没有了，青蟹涂龟弹涂鱼死光了，再也不会有。老头唠叨着收拾好钓具，拄着紫檀木拐杖走向岩岸。岩岸上有座塔楼，老头就住在里面。他在塔里画图，画钢制网箱鸟瞰图，管线电缆分布图，吊索滑轮立面图，清洗池烘焙箱平面图，包装机主件加工图。

他曾跟着老头，去到那座塔楼看这些图。他对老头说，网箱栅栏间隔，不能太宽或太窄，太宽了关不住鲨鱼，太窄了不方便小鲨鱼逃生。他对老头说，竭泽而渔，岂不获得？而明年无鱼。此话出自《吕氏春秋 · 义赏》。捕鲨也一样，大的小的全都捕光，到了第二年，哪里还有鱼可捉。鱼之不存，鳍将焉附。

老头也不看他，拄着紫檀拐杖走到窗边，隔了海看着对岸说，芦苇很高密不透风，城墙一般连绵数十里。有禁令不让猎鸟，这样也好，媒鸭猎鸭人不用辛苦。可以架一条栈道，从堤塘延伸到滩涂尽头，栈道两边长满芦苇，芦苇里栖着绿鸭白鹳红嘴鸥。他以为老头眼花，对岸是东方威尼斯新城，哪有这许多野禽。走下塔楼时才悟出，老头话中有话，说的是竭泽伐芦茅之不存，鸟将焉附。

有句俗话说，屁股决定脑袋。位置不同行业不同，思考问题也会不同。他那时在官场，想的做的都是城市东扩，哪里会去理会田地滩涂芦茅禽鸟。老头亦非闲适之人，执意要在这边捕鲨取鳍。他和老头其实没有两样，都为俗世凡事所羁所牵。

又在礁石见面，老头瘸着腿走近他，把紫檀拐杖戳进沙砾，画出变化万端的沙画——白眼鲨替换斑须鲨，丫髻鲨覆盖琵琶鲨……电锯逐渐成形，逼近网箱靠近鲨鱼，锯下胸鳍背鳍臀鳍尾鳍……老头画完了，拍拍裤腿掸掉沙砾，把无鳍的鲨鱼留给他，拄着拐杖走过跳板，坐进汽艇离开孤岛。汽艇驶得很远了，他依旧想着老头临走时，附他耳朵说的话，麻花要吃鸭血饭你他妈自己卖力。

他一直等待，等到长居孤岛，在鱼翅生产基地当经理。让段总聘他的，是那个瘸腿钓友。南美木材业巨头也在等待，持久而耐心。与政府和金豚的谈判，比马拉松还要漫长。终于等来合约，这张合约不仅属于麻董也属于唐经理。合约让麻董梦想成真，做成鱼翅业富商，也使唐经理走出低谷，成为马蹄岛的主人。

筹建基地时面对乱局，外省人南瓜聚集游民占岛为王，白天偷船割渔网，夜里潜入城中，锯钢筋切电缆掀窨井盖。男人们鸡鸣狗盗，女人也不闲着，在岛上搭棚烧荒种庄稼，完事了把腿张成梭子蟹，等着男人去犁去耙，噼里啪啦超生多生。

唐经理人力资源充沛，召集先前下属组成创业团队。这些人聪明精干，行政管理经验丰富，因马龙案丢了位置，宅家中无所事事，能加入到团队中来，自然倍加珍惜。木叶也加入进来，唐经理在位置上时，为他颁过龙舟赛冠军奖杯，现在唐经理换了位置，还记得木叶，让他做基地保安队长。

木叶内心感恩，让弟兄们抡起大锤，冲进窝棚奋力猛砸，把锅盆碗碟砸成牛粪饼。南瓜正在江口割渔网，听到女人哭号，赶紧回到岛上。哪里还来得及，老巢早已一片废墟。保安队员们发一声喊，舞着电击棍猛扑过来，南瓜抵挡不住跳海逃生。没走掉的女人，尽数被基地招安，盘起头发剪掉指甲，去到生产线做女工。

唐经理和他的团队，很快让荒岛发生变化。基地大楼气派非凡，巨型网箱频繁升降，生产车间日夜运转，水产码头泊满货船，极品鱼翅灿若金菊细如银丝，源源不断运出马蹄岛。

55.

中国龙

唐经理忙了一天，下班后打开 E-mail，看妻子发来的邮件。正文依例为简单问候，附件是她摄的图片。拍摄地还在欧洲，图中多为景物，也有少许华人，他们来自内地，游荡在意大利小城，眨着褐色眼睛，凝视汉字广告，然后星散到店铺作坊。

唐经理看图，心里觉得烦闷。摄影器材很重，她扛了一路，四处捕捉光影，到底想干什么？她认为他处境不好，怕他在逆境中沉沦，要为他寻条归路？她原本该知道，他不会被这些光影打动，坐在位置上如此，身处孤岛更是如此。

她认定他眷恋故土，不明白这世界只是个村庄——地球村。她用 QQ 发给他七个字：式微，式微！胡不归？他看后鼻子发酸，回复她：快快向我伸出忠诚的手，我们愿意一起迁徙。那边是傍晚，意大利普拉托省，她坐在中国餐馆，抿着女儿红看回复。她百度到艾兴多尔夫，看过诗的下半段：直到我们风尘仆仆，听着古老的魔幻之歌，跪倒在父亲坟前。她耸动肩膀苦笑，敲打键盘问他：Oh，My God！你擦亮老式牛皮鞋，带我一起迁徙到故乡，让我跪在父亲坟前，跪到膝盖生根长叶？

她不懂他，真的不懂他，唐经理想。坐在遮阳篷下抿苦咖啡，蹲在街心花园为鸽子撒食，任凭倒映教堂尖顶的河流，悄无声息地漂白头发……这一切，他做不到。他是造城者，在荒蛮的滩涂上造一座巨大的新城，还有什么比这更有意义更为荣耀呢？他是造城者，东方威尼斯的缔造者，这就足够了。一切磨难都会过去，岁月和时间会令世人忘却不起眼的小玻璃瓶，而城市永在，城市的缔造者永在。他不会迁徙到陌生的国度，被怜悯和鄙视包围着，以移民身份享受福利，无所事事度过余生，他从不曾如此想过。

她总是一厢情愿，想尽办法要拯救他，带他离开蒙难之地。她不止一次地对厨师卡尔米内说，唐的政治生涯，被一个中国牧鹅人和一个中国妓女，彻彻底底给毁了。卡尔米内把北京鸭推进烤炉，说这两个人很神秘，有可能是中国FBI。她说是的，有这种可能。她说唐的政治对手很老练，他们利用唐的轻率，诱使唐犯错并让他下台。卡尔米内关上炉门，揿下烘烤定时按键，说中国有句话叫东山再起，唐可以参加在野党，争取选票东山再起。她抿一口女儿红，耸起肩膀说No，中国没有在野党，唐不可能东山再起，他应该离开中国。卡尔米内同意她的想法，说他的家乡普拉托，街巷厂区到处都是中国人，意大利人说他们没坐飞机，就直接上中国旅游了。卡尔米内打开炉门，用铁钩钩出浑身冒油的烤鸭，用中国菜刀飞快地削下鸭皮，放到荷叶饼中抹上甜面酱，又用中国筷子夹起葱段，搁鸭皮上用荷叶饼一起裹住，放到金边碟子递给她。卡尔米内说亲爱的老板，您应该带上我和您的先生，去普拉托开一家中国餐馆。

卡尔米内说得没错，他老家遍地都是华人，偷渡客绿卡族华裔意大利人，五花八门应有尽有。华人有钱有资本，会从米兰请来时装大师，设计样板制作成衣，贴上意大利商标运回中国，卖给高富帅白富美。华人没本钱也会折腾，开铺子卖布料辅料，卖剪刀皮尺缝纫机配件。没钱的去当打工仔，裁料打眼熨烫钉纽扣，再不济把嘴唇抹得血红，张贴手机号码招徕同胞。普拉托省当地人，过惯了平静日子，忽然冒出这么多华人，觉得不爽不舒服，开始鸡蛋里挑骨头。他们说华人说话大声随地吐痰，爱在公共场所抽烟，在电线杆贴小广告。他们说华人不懂意大利红酒，喝葡萄酒咕噜咕噜像喝水，更听不懂意大利美声唱法。令人愤怒的是，华人周末还守着工场商铺，不去教堂做弥撒唱赞美歌。光这样也就罢了，还把中国制造的耶稣面具，与佐罗面具仙子面具混在一起，摆上货架标上价码，用厚颜无耻的商业行为，伤害神的儿子基督。最令人苦恼的是，凡是华人租居的街区，房价像坐滑梯“跌跌不休”。这些意大利人摇着脑袋嘀咕，这个城市还叫普拉托吗？不，她不叫普拉托，她是一块来自东方的飞地。一些当地人感到绝望，愤愤不平地打点行装离开祖居地。

据当地媒体披露，华人制作了一条纸龙，头角怪异胡须丑陋，将在中国春节由露天剧场出发，沿街游行表演舞龙。这个消息让普拉托人恐慌，议员们向市政府施压，要求禁止纸龙骚扰市民。她不同意这些人的观点，去普拉托青年艺术家协会演讲，说倘若用敌意铺就通道，让太多心怀怨恨者站上塔尖，结局就是比萨斜塔倾斜倒塌。她站上椅子耸起肩膀问听众，意大利人能为意甲联赛狂欢，为什么不能接纳中国龙？她用手指画一个圈，说请各位记住，足球诞生在中国，意大利牛人马可·波罗去过中国，他不但惊诧于蹴鞠的速度，还赞颂过中国龙的浪漫。

青年艺术家朝她鼓掌，他们穿红长衫戴红头巾，从露天剧场出发上街游行，用华人崇尚的红颜色，抗议当地人歧视中国文化。他们沿街分发传单，这些传单印有图片，标明圆形露天剧场四个角，矗立着国家警察大楼金融警察大楼法院大楼监狱大楼，这些个公共建筑物，象征困扰华人的绿卡税负审判刑罚。她参加到游行中来，摄下传单摄下中国龙。这条纸龙不停地翻滚飞舞，一个华人男子擎着明黄龙头，奋力追逐宝红龙珠。她感觉在哪儿见过这人，哦哦，想起来了，他叫木叶，东方威尼斯龙舟赛冠军。她冲向他举起相机，摄下他和他擎着的龙头。

游行结束后，他去华人商会领取舞龙薪酬，骑自行车回马柯老道工业区。她也骑自行车，尾随他到作坊，走进地下室。他是缝衣工，在缝纫机上缝制衣服。在普拉托华人社区，有很多这样的劳工，每天做满十六个工时，用来偿还劳务费。本以为苦干几年，便可揣着欧元归国，其实只是痴心妄想。普拉托隐秘着中国宝塔，塔基由族裔血缘方言筑成，族群来自白云江边。在异国举目无亲，说同一种方言使人走到一起，按相同的方式做事。办厂的抱成团，买下马柯老道工业区厂房，开店的凑足钱，合股租借皮斯托亚大道沿街门店。在普拉托华人圈，不会说白云江方言的只能是外人，即便每天工作十六个小时，依然被办厂开店的白云江人视作外省打工仔。白云江人筑就这座塔，帮族人开店办厂，不允许外人进塔，这座塔属于白云江人，必须得留给白云江人。

她背着背囊单反机，行走在皮斯托亚大道，对这儿产生了浓烈兴趣。她想申请课题费，就白云江人迁徙现象，在普拉托进行田野调查。她希望他也参与进来，他熟悉白云江方言，可以帮她破译个中奥妙：白云江人为何不远万里移居到意大利小城。她端着酒杯，用手机联系他，告诉他她的决定：回纽约卖掉中国餐馆，在普拉托开一家新餐馆。她希望他来普拉托照看餐馆生意，参与她的课题研究。他迟疑许久，问她额头还疼吗。她说她不明白他的意思。他说他看见她扛着火枪，疾步走过马柯老道工业区和皮斯托亚大道，普拉托人用投石索抛出石丸掷中她的额头。她听了先是一笑，笑过后诧异他的变化。他向来以精英自居，内心热情澎湃，为何现在淡定冷漠，像普拉托人端着咖啡，用沉郁的目光盯着华商华工，把他们视作狂雨浊潮。鼻子忽然有些疼，恍惚间感到头被他抱紧，还张嘴咬她鼻子。记起来了，他那年在机场咬过她。他把角色弄颠倒了，把自己当成土著草根，视她为外来的入侵者。

她还是希望他来，即便被原住民掷中石丸。华人拥挤在欧洲老城，族群血缘各不相同，思维方式具有差异，行业又交集一起，长此下去是何种走向？她为这个思路感到振奋，觉得她从事的这个研究课题，不但对欧洲甚至对种群聚居的美国，都具有现实意义。他不这样看，他认为迁徙是人类本能，就像欧洲人渡过大西洋，迁居到印第安人领地。他说华人以地域族群为界，组成无数个商会，在内心筑就排外之塔，这是事实毋庸置疑。但美国就没有族群之分，就没有地域血缘之塔？他问她倘若去普拉托，站在塔外还是进入塔内？她说只能于塔外观察塔内。他说坐在位置上时去过欧洲，见过许多华商会会长，他们都是塔中人。这些塔不仅欧洲有，中国也望眼尽是，世居故地者筑塔，迁徙异国他乡者筑塔，昼夜不停永无止息。

她握着手机，听他一直诉说。他内心其实依然澎湃，虽然早已把各种塔看透。抬高杯口把酒喝干，埋单付小费，走出中国餐馆。走一段路回望餐馆，屋檐下已亮起红灯笼，意大利小城暮色渐浓。内心变得虚空，她和他被大洋区隔，孤独地行走在两个大陆。她不会听从古老的诗歌，风尘仆仆回到他的出生地，他也不会伸出忠诚的手，随她迁徙到异国他乡。

回国办理离婚手续。是协议离婚，儿子留在美国，他放弃监护权。签字时都很伤感，她说她想来马蹄岛，看看他怎样工作和生活。

她真来了，走过岩岸，登上废灯塔，从塔楼俯视全岛。海风扯散蒲公英绒球，针翅漫天漫地，蜂蜜一般涂满山冈。会有伞絮离群，飘旋到塔楼窗框。她掏出手机，找他发给她的短信息，转发给就在身边的他：快快向我伸出忠诚的手，我们愿意一起迁徙。他看过了，扶着窗框凝视飞絮。她知道他想什么，不甘心，鼓起腮帮吹窗框的蒲公英。绒伞或近或远，徘徊不前，她伸出身子吹。他拉她回来，说没有用的，海这么宽，怎么吹得过去。她听了，鼻子酸到发痛。

要分手了，他递给她银行卡，说对不起，只能给你和儿子这么多。她像烫了手，推开银行卡。他说别担心，是工资和奖金分红，不合法的钱一直在办公室，直到出事后被收缴。她狐疑，说为什么非得等到事发？他嘟哝，说当时上交，他玩完了，整个队伍也没有了，这座城市会瘫痪掉。她听懂了，他有把柄捏在别人手里，一些事不能按常理处置。这个男人，被一个小玻璃瓶击溃了！她厌恶地看他，还想问他什么，却咬住下唇强忍住，内心被绝望揪痛。会有恨意，咬着嘴唇强忍住。从初恋到婚后，他们之间争论不断，现在要分手了，她谦让些好不好，闭上嘴巴好不好。

分手很痛苦，分手时闭嘴不说更痛苦。她抱住他不忍分开，他捧紧她的头，轻轻咬她鼻子。她红着眼睛暗示，他又把角色弄颠倒了。他向她表示歉意，很绅士地欠身行礼。她扑上去把他推倒，又把他扳回自己身上，不顾羞耻地撩起胸衣。他害怕她叫唤，怯懦地伸出舌头堵她嘴巴，叫声变得含混不清。

她再次绝望，不再叫唤，轻轻推开他。又坐到他身边，脱下他的皮鞋。纯手工制作的皮鞋，很老了依旧牢固。没带鞋油，她往鞋面喷香水，从包里拿出丝巾，从鞋尖擦到鞋跟。擦亮了翻过来看鞋底，铁皮鞋掌已经磨平。这是她第一次为他擦鞋，也是最后一次为他擦鞋。

在洛杉矶下机，回到寓所躺浴缸里，满脑子还是那双皮鞋。他很理智，放弃抚养权，让儿子查理在美国受教育。她为此感动，顾不上倒时差，用浴巾裹住身体，坐马桶上发短信息给他。她说很快会再婚，和卡尔米内组成新家。在这个新家，查理会得到爱和祝福。对了，加入新家的还有米拉维娅，卡尔米内的女儿。

56.

有朋自远方来

唐经理去码头接米拉维娅和查理。姐弟俩结伴先到京城，再搭机南下来马蹄岛。

米拉维娅拥抱唐经理，说你的前妻是我后妈。查里摊开手臂说，我饿了，需要一块牛排。唐经理带他们去基地宾馆，说今天不吃牛排，品尝美味的中国菜。

西塞山前白鹭飞，桃花流水鳜鱼肥。青箬笠，绿蓑衣，斜风细雨不须归。唐经理举起酒杯念诗，说有朋自远方来不亦乐乎，烟波钓徒敬你们一杯。唐，烟波钓徒是中国渔夫吗？米拉维娅握着杯问。Yes，唐经理指指自己，拎起赭红灯笼裤，裤管肥大，牛皮鞋锃亮。

唐，中国图腾是两条鱼吗？米拉维娅抿着酒问。唐经理拿起筷子，夹起鱼翅搁她碗里。No，唐经理说，两条鱼是太极图。黑鱼表示阴，白鱼表示阳，阴阳双鱼一起旋转，周而复始无止无尽。咿呀咿呀咿呀咿——

咿呀咿呀咿呀咿是什么，是会唱歌的鱼吗？查理问。No，不是鱼，是胡琴。唐经理握住勺子，把鱼皮舀到查理碗里，说剥下蛇皮蒙住琴筒，用马尾巴做成弓子，在蚕丝弦上扯过来扯过去，胡琴会发出声音。Sorry，胡琴像哭泣，查理耸起肩膀嚼着鱼皮说，蛇剥掉皮肤了，马扯掉尾巴了，蚕抽光丝线了，所以它们哭。咿呀咿呀咿呀咿——

唐，阴鱼阳鱼一起旋转，为什么叫太极？米拉维娅嚼着鱼翅问。太极生两仪，两仪就是阴鱼阳鱼。天下万物非阴即阳，阴阳互换产生宇宙。唐经理夹住鱼肚，添到米拉维娅碗里，说中国有部书叫《周礼》，周人认为宇宙有阴有阳，阴和阳是配偶，所以政令分阴令阳令，祭祀分阴祀阳祀。咿呀咿呀咿呀咿——

把宇宙看作配偶，让星系成为情人，中国人好浪漫！米拉维娅咽下鱼肚，把唇印沾在指尖上，隔着菜肴抛给唐经理。米拉维娅说，我是双鱼座，太极就是双鱼座，双鱼座为爱情而活，唐，我要嫁给中国人。

唐经理用调羹，把鱼唇盛到查理碗里，说现在中国还不富强，一些华人移民海外与白人结婚，生下黄皮白心香蕉人。以后中国强大了，白人来中国和华人通婚，生养白皮黄心鸡蛋人。倘若西方又进步了，鸡蛋人与香蕉人结合，生育出鸡蛋转基因香蕉人。从香蕉人到鸡蛋人，再从鸡蛋人到鸡蛋转基因香蕉人，这就是矛盾统一，这就是螺旋发展。咿呀咿呀咿呀咿——查理嘀咕，如果我娶黑人为妻，孩子是三明治，还是酒心巧克力？

鲨鱼宴结束了，唐经理领客人参观鱼翅生产基地。麻龙游在环形屏幕上，摆动尾巴转过身子，带领鲨群游入网箱。米拉维娅指着麻龙问，唐，这是鲨鱼吗？唐经理说，No，他是诱鲨人。继续参观基地，铁索绷直网箱出水，割去鱼鳍剥掉鱼皮，剜下鱼唇挖出鱼肚。洗刷浸泡脱水烘干，幼鲨鱼鳍篦成白菊，巨鲨鱼鳍梳成长丝，盛入木盒装箱出厂。

回到基地宾馆，米拉维娅胃痉挛，疼得蹲下身去。查理皱着眉头呕吐，把食物全都吐光。上帝啊，我们做了什么？米拉维娅躺在床上嘟囔。我们吃了鲨鱼的器官，查理痛苦地抱着脑袋。哦哦，仁慈的主，饶恕我，米拉维娅在胸口画十字。查理胃绞疼，咿呀咿呀咿呀——忽而蜷成蛇，忽而蹦作马，忽而蠕为蚕。米拉维娅抱住查理说，我们应该拯救鲨鱼，鲨鱼统治海洋时，恐龙还没诞生。查理揉着肚子说，怎么救呢，让烟波钓徒停止捕鲨？米拉维娅摇头，唐不会同意，得想办法引开诱鲨人，让鲨鱼别进入网箱。查理点头说，是个好主意，可是诱鲨人不会搭理我们。米拉维娅拿出漂流瓶说，诱鲨人迷恋瓶子，瓶子会让他忘掉诱鲨。

第二天早晨，姐弟俩换上灯笼裤，手拉手走到海边，放下漂流瓶。

麻龙开始诱鲨，用怪异的翻滚吸引鲨鱼眼球。金钩鲨犁头鲨琵琶鲨跟着他，游向张开巨嘴的网箱。漂流瓶进入视线，泥巴眼努力睁大，麻龙甩动尾巴，撇下鲨群追瓶子。米拉维娅和查理看见了，抱在一起跳得老高，四只裤管灌进海风，像四只红灯笼。

姐弟俩每天早起，往海里丢一个漂流瓶，一共丢了七个漂流瓶。这七天，麻龙不再诱鲨，基地周捕鲨量为零。

返程机票订在后天，米拉维娅和查理今天离岛。姐弟俩三更起床，捧着最后一个漂流瓶，走进蛎灰色雾霾。芦苇咸青茅草竖成高墙遮蔽去路，他们迷路了。米拉维娅学过救生知识，她脱下灯笼裤，让查理也拉下裤子，让风把裤管吹成灯笼。她拎着灯笼踩着查理肩头，把它们系在芦秆上。

唐经理去宾馆送客，没找着姐弟俩，用手机又联系不上，知道他们出事了。他跑上岩岸登上塔楼，把头探出窗口找人，看见灰雾穿绕芦苇，芦秆尖挂着四只灯笼。唐经理拿下眼镜，擦干净镜片再看，没错，四只红灯笼。他滑下楼梯跑出塔楼朝灯笼狂奔。

挂出灯笼，等待救援。反正闲着，抓沙蟹玩耍。姐弟俩瞪着眼睛，蹲芦根旁挖蟹洞。查理跳起来说，挖到中国图腾了！是块青石碑，凿着两条鱼。米拉维娅耸肩，No，是东方太极。唐经理听到声响，顾不得芦叶扎人，扯开芦秆抱住姐弟俩。抱好久不松手，直到米拉维娅向他眨眼，用嘴努青石，唐经理才放手，蹲地上看两条鱼。

查理说，花纹很漂亮。唐经理摇头，说不是花纹，是篆字：海渊楼秘藏。三人合力拔出石碑，碑下有洞穴，油布裹着一卷纸。唐经理探下头去，摊开纸念，吾家世守儒业，然至今日国势衰颓西学东渐，国人崇尚西国技艺，苟有通声光化电者皆成佳子弟也。吾一生无所他求唯笃信遗经，匡纠注疏博稽精义，著书百卷敝帚自珍。今挖穴而藏之，庶百年后子孙有好古者，发而出之俾吾书不泯于世。

米拉维娅耸肩膀，听不懂这些话。唐经理缩回头，说藏书人敝帚自珍，把著作藏在洞穴，等子孙后辈发掘。米拉维娅趴下身体，把头伸到洞里，说那他们上哪儿去了，为什么不来发掘？唐经理坐在洞口说，这些书太古老了，对他们毫无用处。查理在一旁问，敝帚自珍是什么？唐经理说扫帚坏掉了，主人仍然喜欢它。

唐经理又把头伸洞里，掏出几爿竹片来。竹片很薄，见光后很快变黑。唐经理说这是竹简，古人当作纸在上面写字。说完捏住竹简，擦去泥沙辨识墨字:渔人掌以时鱼,为梁。春献王鲔。辨其鱼,为鲜薧,以供王膳馐。凡祭祀、宾客、丧纪，共其鱼之鲜薨。凡渔者，掌其政令。凡渔征，入于玉府。渔人，中士二人，下士四人，府二人，史四人，胥三十人，徒三百人。

见姐弟俩一头雾水，唐经理指着竹简说，是《周礼》，规定官员职能编制。渔人主管一国渔业生产，通过四十二位官员，管理三百名渔工，捕获物供应王府，用于膳食祭祀宴请丧礼。米拉维娅这回听懂了，说渔人就是渔业部长。

雾气很浓，在镜片上凝成水珠，看出去一片朦胧。迷蒙雾水中，渔人吼一声，毋逝我梁，毋发我笱。摘下官帽挽起袖口，领着四十二位官员三百名渔工，一溜烟去到土坝豁口，嗨哟嗨哟拉起竹编鱼笼，捞出鲂鱼鳙鱼鲔鱼。渔人啸一句：渔网之设，鸿则离之。脱下袍服下到水里，官吏渔工扑通扑通跳进河塘，嗨咗嗨咗拖出草下潜网，掏出鳖甲河鲤螺蛳。

篝火熊熊点燃晚霞，中士二人下士四人，府二人史四人，胥三十人渔工三百人，围坐成大圆圈。渔人站在圆圈中央，松开腰带喝一声：饮御诸友，鱼鳖脍鲤。劳作后的人们合掌作揖，叽咕叽咕喝甲鱼汤，咂巴咂巴嚼熏鲤鱼，啪嗒啪嗒吮酱爆螺蛳，咕噜咕噜吞糯米酒。喝完酒吃饱鱼后，嗨咗嗨咗抬起箩筐，把鲂鱼鳙鱼鲔鱼送到王府。

唐经理目光蒙眬，被酒气鱼香牵着，在夕阳中画了座塔。这塔层次分明，渔人坐在塔尖，其余官吏按级别高低，自上而下坐在各层，底层是渔工。唐经理仰望塔尖，说真的很羡慕渔人。渔人拱手作揖，说鲂鱼鳙鱼鲔鱼，已按规定呈送王府，不好意思，只能请你品尝甲鱼鲤鱼螺蛳。

唐经理看着篝火，说这个规定挺好，庙堂草根都照顾到，什么叫作按需分配，这就叫作按需分配。咿呀咿呀咿呀咿——渔人被咿呀声吓到，从塔尖滑到塔底。他听过钟声磬声鼓声，如此刺耳的声音，这辈子第一次听到。很快释然，为唐经理斟满水酒，请他品尝烩甲鱼熏鲤鱼酱爆泥螺。

唐经理吮出螺肉吐掉螺壳，朝渔人击掌轻唱：南有嘉鱼，烝然罩罩。君子有酒，嘉宾式燕以乐。渔人击缶对歌：南有嘉鱼，烝然汕汕。君子有酒，嘉宾式燕以衎。唱完歌，唐经理作揖，感谢渔人盛情款待，请他在方便时来马蹄岛，观摩捕鲨割鳍制作鱼翅，品尝黄焖鱼翅白扒鱼皮，清炒鱼唇红烧鱼肚。

渔人眼瞳被酒烧红，盛满血色鲨鳍。他向唐经理作揖，说大人捕到鲨鱼，送往王府，还是先行烹食？唐经理朗声大笑，说你这里计划经济，我那里商品市场，只要刷卡付现金，鱼虾蟹参蛤蜊藤壶通吃。咿呀咿呀咿呀咿——渔人听了一脸迷茫，伸出象牙筷夹块鲤鱼肉，放进唐经理碗里。

唐经理嚼着熏鱼肉，附渔人耳边轻声问，坐在你的位置上，可以娶几个老婆？渔人张嘴大笑，笑声中九个女人风一般扑来，兰草佩绳栖在长辫舞成彩蝶。十八爿血红花瓣，印在渔人额头脸膛，九十根葱指撩起渔人衣袍，扒开乱草扶住参天大树。

渔人超有福气，组织上允许他娶九个女人。他没这个福分，坐在位置上时，组织上只允许他娶一个配偶。现在换了位置，她选择改嫁，他独自困居孤岛，边缘成烟波钓徒。哦哦，世上之事不可比，一比较心窝冰凉。咿呀咿呀咿呀咿——

心冰了凉了，自然成了屌丝。罢了罢了，既是屌丝，那就干脆屌丝到底。唐经理嘘口长气，提起灯笼裤迈八字步，抖着脑袋瓜儿念，不拉台仓才仓才仓仓才仓，吊儿郎当才是烟波钓徒。查理依样画葫芦，提起灯笼裤抖几下，也走八字步。就觉得裆部灼痛，顾不得害羞，把手伸进裤裆挠个不停。唐经理却如入无人之境，扭动胯部边走边念，嘟噜拉大大台仓才才才台才才才。两只牛皮鞋踢踏踢踏，晃成浪尖的一对舢板，荡过稀泥漂过水洼，把查理看呆了。见查理诧异，唐经理附耳道，岛上湿度高，简单些才好。查理脱下内裤，单穿灯笼裤走路，果然飘飘若仙。

查理飘飘若仙，时而拿手指比画出圆号，时而用指头敲击军鼓，哼着《星条旗永不落》向前走：

Oh，say can you see ？ by the dawn's early light，What so proudly we hailed at the twilight's last gleaming？ Whose broad stripes and bright stars thru the perilous fight，O'er the ramparts we watched were so gallantly streaming？And the rocket's red glare，the bombs bursting in air，Gave proof through the night that our flag was still there. Oh，say does that star-spangled banner yet wave，O'ver the land of the free and the home of the brave？

唐经理不屑，切，小美国佬傲慢。内心却欢喜，紧跑几步跟上查理，和他并排前行，用中文哼查理唱的歌：哦，你可看见，透过一线曙光，我们对着什么，发出欢呼的声浪？谁的阔条明星，冒着一夜炮火，依然迎风招展，在我军碉堡上？火炮闪闪发光，炸弹轰轰作响，它们都是见证，国旗安然无恙。你看星条旗不是还高高飘扬在这自由国家，勇士的家乡？

大大大台仓才仓，鼻子忽然有点酸。大大贲儿贲儿仓才仓仓，眼睛也酸上了。查理见唐经理捂住脸走路，脚步不稳踉踉跄跄，侧过脸问怎么了？唐经理说没事没事，鼻子被你妈妈咬住了。查理耸肩，No，她在纽约，你在马蹄岛，她不可能咬到你。

米拉维娅跟着他们走，越走越不行，手老在内裤挠个不停。唐经理附耳上去，悄悄说几句话。米拉维娅躲进芦苇扯下丁字裤，单穿宽松肥大灯笼裤，隔着芦苇秆说，烟波钓徒很聪明，吊儿郎当很舒服。唐经理暗笑，没有鸟儿，何来郎当。

唐经理吊儿郎当，女人们便风一般扑来。唐经理伸手去抓，抓束住发辫的佩绳，手里空荡荡，没有兰草没有彩蝶。十八爿血红花瓣倒是有，九十根手指也在胡掏乱刨，唐经理倒抽一口气，转风了转风了，选要紧处捂紧了。女人们哪里肯依，舌头灵动成红鳍鲷，钻进草丛扯拉啃咬，生猛过了折腾够了，哦啊哦啊瘫倒不动。唐经理毕竟警觉，摘下眼镜哈气，擦干净了架回鼻梁，细看宾馆塔楼岩礁芦丛，若有香水瓶指甲油瓶，赶紧抓起掷到远处。

唐经理需要女人，需要九个女人，因为他是坐在位置上的人。竹简中渔人拥有九个女人，海渊楼著书人拥有九个女人，他是基地唐经理，拥有九个女人是必需的。九个女人团作九颗水珠，又在他怀里滚过来滚过去，很快强劲起来，大力扭动成波涛，漫过床榻楼板礁石芦苇秆，把他压在水浪之下。又随即安静成九颗水珠，晶亮圆润在他怀里，灵动成九根粉色舌尖，贴耳絮叨九个故事。故事大同小异，都有卵石矮屋，都有亡父病母，都有失学弟妹。诉求并不过分，无非晋级加薪。会满足这些恳求，让女人们欢喜地离开。多么期待长发飘散风中，兰草佩绳，她们袅娜如风，栖在长辫的舞在蝶骨柳腰，女人们袅娜到土坝豁口，放去甲鱼血刮掉鲤鱼鳞敲碎螺蛳臀与他一起坐在天穹下，喝甲鱼汤嚼熏鱼块吮螺蛳肉，从月光下醉到晨日中。她们却往基地走，脑后是果红焗发棕黄染发亚麻假发。

女人们都有归属，即便剩女，心思也在婚介所。阳光晒干晨露，九个女人回到基地，去做操作工包装工保管员技术员统计员程序员化验师检验师会计师。咿呀咿呀咿呀咿——待到夕阳西下，九个女人走出基地，团拢成水珠澎湃成浪涛，又把人高高拱向海面。嘟噜拉大大台仓才才才台才才才，什么叫作烟波钓徒，这就叫作烟波钓徒。咿呀咿呀咿呀咿——大大大台仓才仓，什么叫作渔人，这就叫作渔人。咿呀咿呀咿呀咿——大大赍儿赍儿仓才仓仓，什么叫作坐在位置上，这就叫作坐在位置上。咿呀咿呀咿呀咿——

57.

梵音

一群尼姑眉目清秀，结伴来到白云寺。刚从佛学院毕业，没找到合适的庵堂，到南方找净空住持，让学哥指点迷津。

白云寺要建药师殿，净空日夜操劳。药师殿塑一座大佛，塑九千九百九十九座小佛，合起来称作药师万佛，善款从哪里来？净空思想，大佛尚且不论，倘若居士信众随喜乐捐，以奉献一万元认捐一尊小佛，合起来便是九千九百九十九万元。还有五百罗汉，每尊认捐五千元；十二药叉神将，每尊认捐二十万元；光明灯一万两千盏，每盏认捐一千元；琉璃瓦数量充裕，每块认捐一百元；山门内外再种些银杏，大株小株认捐一二十万不等……如此这般算来，药师殿已在寺中了。

净空召集一干人等去客堂，宣示随喜乐捐项目和缘金数目，说功德无量之事，须尽心尽力做好。居士信众认捐随喜的，由白云寺颁予功德加持卡、功德纪念券。尼姑们在门外听了惊叹不已，七嘴八舌说学哥酷毙了，佛学、数学双硕士那是肯定的。净空听见喧哗，走出来看，是一群年轻尼姑。寒暄过了，让沙弥带她们参观藏经楼弘法部功德会，顺路去禅修营义工沙龙，又安排她们在云水居住下。

净空住持忙过了，去云水居探望学妹，说原先寺僧多是北方同乡，为谋生求财事佛，做事勤勉佛缘不深，念几年经积几个钱，便还俗返乡娶妻生子。学妹们不同，学妹们学佛弘法，为心中信仰而来。尼姑们听了好感动，双手合十齐声念：阿弥陀佛。

净空捻着宝石持珠说，学妹们须有智慧心，圆满庄严修成佛道，到达净土玄妙世界。净空捻着宝石持珠说，学妹们若有庵有菩萨像，法事勤勉求子灵验，信众香客自会乐捐还愿。香火钱多了，盖更多庵房塑更多菩萨，把佛业做大做强，自然慈力加被佛灯长明。尼姑们雀跃，问这是啥庵在啥地儿？净空说尚无此庵，有了便是庵，叫作白云庵。尼姑聪明不语，师哥既说到这份儿上，一切随缘便知。

留尼姑在寺里住了几日，把建殿诸事料理停当，召执事开会交托寺务，净空率众尼离开白云寺，顺流而下去白云江口。一路走去，诵经化缘吃斋放生，劝居士信众行善布施。到了东方威尼斯，沙弥摁过计算器，说善款够盖庵堂了。尼姑们鼓掌，说净哥哥超级棒，南方人超大方。

渡江，登马蹄岛，在码头恭迎佛玉。是缅甸白玉，一人多高，温润晶莹，瑞气浮绕。净空住持说，献玉的是位女施主，被他一番言语打动，捐玉给白云庵。没等多久，运玉的船靠岸。净空下到舱中，掀开玉上黄绸，众人合拢双掌诵念：大慈大悲观世音救苦救难观世音有求必应观世音普度众生观世音……

净空问学妹，观音有许多法相，这块玉雕哪个法相好？众尼抢答，白衣观音持经观音卧莲观音超炫，水月观音鱼篮观音蛤蜊观音超酷，十面观音百眼观音千手观音超有型……净空看着玉说，你们说许多相，偏忘了送子观音。尼姑们笑说，净哥哥佛学深厚，凡根未断。净空闭目，捻宝石持珠念：南无、喝啰怛那、哆啰夜耶，南无、阿唎耶。婆卢羯帝、烁钵啰耶。菩提萨埵婆耶。摩诃萨埵婆耶。摩诃迦卢尼迦耶。唵，萨皤啰罚曳……

工匠日夜赶工，把玉凿成观音。菩萨眉目慈祥，抱了男孩立在莲座。贴近看，男孩鬈发。尼姑们问，净哥哥，孩子干吗鬈发？净空看过，闭了眼，把藏珠捻成飞轮：南无、喝啰怛那、哆啰夜耶，南无、阿唎耶。婆卢羯帝、烁皤啰耶。娑婆诃。唵，悉殿都。漫多啰。跋陀耶，娑婆诃……

几头骡子早出晚归，喷着唾沫哼哧哼哧，把砖木水泥驮上岩岸。骡毛磨秃了，骡皮蹭裂了，尼姑庵也盖成了。观音有了，庵堂有了，自然选吉日开光。开光那天，净空住持从白云寺赶来。时辰已到，海天一色，空蒙迷茫，与平常没有不同。也就眨眼间，一团紫霞降落雾霭，裹住岩岸裹住白云庵。尼姑信众香客发一声喊，观音大士显身了！呀，庵中玉观音真的鲜活起来，盘坐紫云悬在半空，爱理不理别过脸去，眸子噌地溜到眼角瞅人。

菩萨显身，开光顺利。净空和尚收拾行装，带小沙弥回白云寺。尼姑们围住他哼，君住江之头，我住江之尾。日日思君不见君，共饮一江水。净空把脸沉下，阿弥陀佛，才离开佛学院，就把戒律忘光了。尼姑们偏要唱，我汲川上流，君喝川下水。川流永不息，彼此共甘美。

唐经理晨练，路过山门，循歌声走进白云庵，看见一群年轻尼姑，围了一位和尚唱歌。见他进来，尼姑们低头散去，剩下和尚与他说话。

唐经理摘下眼镜，说基地女工中也有信徒。和尚合掌，阿弥陀佛。唐经理擦拭镜片，她们都往这儿跑，让我有了被架空感。和尚轻声，阿弥陀佛。唐经理叉开镜腿，开个玩笑，虚占渔人之位，奢求安生而已。和尚捻持珠，安生须得放下。唐经理戴回眼镜，放下不难，烟波钓徒一个。和尚捻珠，施主之难，难在全都放下。唐经理端正镜架，此话怎讲？和尚捻珠，都放下了，不会再有架空感。唐经理犹豫，位置也放弃吗？没有位置，站不是，坐又不是。和尚握珠，莲座之下，庄严玄妙，阿弥陀佛。

并肩而行，蹲花坛边，瞅坛中紫色小花。唐经理也蹲下，看着那些花说，薰衣草长势不错。小沙弥多嘴，说施主错了，是格桑花。唐经理伸手轻拂花尖，谁说是格桑花？小沙弥指着和尚，师父告诉我的。唐经理偏过脸问，法师去过藏地？和尚立起身子说，贫僧未曾去过，献玉的女施主去过，她说途中皆是此花，藏人称作格桑花。唐经理摇头。和尚又捻持珠，阿弥陀佛。

庵堂里，木鱼嘚笃，梵音庄严。众尼开始做早课。唐经理想看白玉观音，和尚领他进庵堂。唐经理看过，果然用好玉凿成，只是那菩萨有趣，爱理不理别过脸去，眸子噌地溜到眼角瞅人。正想评论，见身边年轻和尚，眸子也噌地溜到眼角，瞅观音怀中髫发男孩，目光一刻不曾移开。

唐经理轻扯僧衣。和尚醒过神来，捻起宝石持珠轻语，无意识界，除一切苦。又转过脸，看庵中众尼，对唐经理说，都是贫僧学妹，施主多加照顾。唐经理点头应允，说基地会捐善款给白云庵。和尚双手合十，说替学妹们谢过了。

回到天井，唐经理再看紫花，说薰衣草原产欧洲，耐寒抗冻，植株偏高。藏地缺氧，格桑花大多低矮，匍匐才能存活。由此可知，女施主未去过雪原。持珠的手微微一抖，和尚说，施主深谙花事，贫僧受益匪浅。

一起出了庵门，花香随身而行。唐经理回首望花，观世音三十二法相，庵里的花儿，怕也有诸多法相。两行清泪，滑落和尚脸颊，掌中持珠飞转。是绿松石持珠，圆润天然。善哉善哉，阿弥陀佛。

58.

塔之一

麻龙一直生活在海底。

海床被拖网反复犁过。网坠压碎贻贝珠光螺，网眼拔走铜藻海菠菜，黄姑乌鲤鲳逃到远海，蚰蠓虎高眼鲽成了孤魂游侠。海底寂寞如同沙漠，麻龙却过得有滋有味。日复一日诱捕鲨鱼，很努力很专业。他被虾皮鱼子视作大侠，它们一刻不离地跟着他，贴着他游裹着他游。老被铁杆粉丝围着，真真厌烦透了，麻龙一个猛子扎到海底，甩掉它们躺在海床，四脚朝天图个自在。海床好舒服，挺像稻草堆，让人想起鹅场，想起朋友，想起朋友的朋友。

看鹅场去，看冰箱去，看玻璃瓶子去。麻龙坐起来，揉揉泥巴眼，起身游向江口。江口已经面目全非，没有滩涂没有芦苇，没有马尾松没有阔叶桉，没有鹅场没有肉鹅。江口有东方威尼斯新城，密密麻麻戳满高楼。有楼房挺好，有楼房就有人气，有人气就有垃圾，有垃圾就有垃圾场，有垃圾场就有玻璃瓶子。麻龙满心欢喜，长久地在岸边踩水，贪婪地望着垃圾场。大型卡车摇摇晃晃驶来，拱起爬满蟑螂的车斗，倒出菜帮果皮动物脏器废塑料袋。啊哟喂啊哟喂，玻璃瓶子夹杂垃圾，扑通扑通掉落在水中央。

瓶子好亮，水晶磨砂缕花通通都有，像樱桃像杏儿，倚着水皮半浮半沉。一只鱼嘴凑近来，狎昵地触碰瓶口，瓶子们扭捏成水母，打着旋儿潜入海底，在暗流中亮成无数盏彩灯。麻龙眨巴着泥巴眼，绿光中满是爱慕欣喜。

长久地生活在海里，麻龙的手臂蜕化为胸鳍，脚腿粘在一起并成鱼尾。他划动胸鳍一扑，张嘴衔住小玻璃瓶，又甩头吐出瓶子，摆动尾巴围着它转。见四周没有动静，瞅准了再扑，把瓶子衔回口中，掉头游回基地，轻轻放在海底。

瓶子多了，海底明亮起来。啊哟喂啊哟喂，是月牙儿走到海里了，是月牙儿走进瓶子了，每个瓶子上都弯着一只银钩。没准是泥鳅，招来这许多月牙儿，把人眼鱼眼都看花了。泥鳅别闹了，这里是基地不是鹅场。泥鳅不答话，躲月光中不见他。这孩子还那样，很拗很固执，得用尼龙绳捆她手脚。麻龙游去找泥鳅，人没找着，尾鳍把月牙儿搅散了，碎成一群丁香鱼。麻龙收尾，一动不动。碎月重新团拢来，聚成一轮俏月亮，水亮水亮贴他脸上。啊哟喂啊哟喂，这不是紫月吗，妈拉巴子紫月没死，她好好儿活着，水灵灵地活着。麻龙摆尾跃出海面，紫月已站在岩岸，身边围了一群女孩。

女孩们都会跳舞，她们扭进菇形帆布大棚，把坚挺的乳房摇成风铃，把丁字裤花瓣一般抛在低台。低音炮轰向鱼翅基地，让捕鲨人痴成鲨鱼，懵头懵脑游上岩岸，昏头耷脑钻进大棚，又喘着粗气爬上大篷车，四脚朝天躺车斗里。女孩们了得，骑着鲨鱼脱衣扯袜戴套子，忙得浑身香汗。轮胎吱扭吱扭跳秧歌，车轴叽咕叽咕颠轿子，车斗东倒西斜做洞房，里边的人儿咬着撞着，湿漉漉团作水中鱼。捕鲨的都是性情中人，完事后不会拍屁股走人。摁电钮发指令的掏出老人头，塞进女孩乳沟腋窝。割鱼鳍剥鱼皮的丢下编织袋，里头全是鱼翅鱼皮。姐妹们都很敬业，费老大劲嗷嗷叫床，现在累了乏了，横着竖着挤在一起，搽面霜涂唇膏抹指甲油。把这些程序走完了，拿起空玻璃瓶子，扑通扑通丢到岩脚。

阿哩哩阿哩哩阿哩哩——紫月你有心嘿，记着龙哥的好。阿哩哩阿哩哩阿哩哩——打老远跑到基地嘿，送来好多玻璃瓶。阿哩哩阿哩哩阿哩哩——龙哥心里暖洋洋嘿，摆尾走水把你找。麻龙直挺挺站在海面，划动尾巴走水，瞪泥巴眼找人。岩岸上没有人，人在帆布大棚狂舞，在大篷车斗娇喘，花里胡哨搅作一团，哪里分得清紫月橙月黄月绿月蓝月。分不清没问题，只要你们捏起兰花指，把瓶子扑通扑通扔到水中央。

阿哩哩阿哩哩阿哩哩——朋友们有心嘿，朋友的朋友们有情。阿哩哩阿哩哩阿哩哩——跌下位置你们心不甘嘿，从员工做起做到企业高层。阿哩哩阿哩哩阿哩哩——做到高层高工资嘿，路边的野花任你们采，采完了别忘了扶女孩站起来，把红酒瓶白酒瓶啤酒瓶，一脚一个全都踹到海中央。

女孩有心，朋友有情，海底瓶子越堆越多。麻龙选月夜摆放瓶子，把瓶子排成圆圈，圈子中央缺个瓶子。这个瓶子太重要。麻龙甩尾离开海床，用双鳍拨开水皮，探头探脑瞅着岩岸。唐德铭当然站在岩岸，穿着灯笼裤，牛皮鞋锃亮，撩起衣角擦镜片。镜片后睁着一对眼珠，一会儿清澈一会儿混沌。清晰时浮现黑鱼白鱼，首尾相衔团成圆圈。

混沌时黑白两鱼无头无尾，螺旋成一块灰色光影。他高高地坐位置上，对所有人保持距离，唯独对他另眼看待，始终客气和善。管着一座城市时，穿着这双皮鞋去鹅场看他，现在打理这座孤岛，又穿了皮鞋站在岩岸，眺望游在岩脚的他。

哦哦，我的朋友，你什么都好，就是不丢瓶子给我。哦哦，我的朋友，你生性胆小，你疑心病重，总以为我藏了瓶子，让你去做瓶中人。哦哦，我的朋友，你老想着瓶子，想找到瓶子，想砸碎瓶子。哦哦，我的朋友，瓶子不可怕，瓶子让你我走到一起，让我们成为一对鱼儿，你游在瓶里我游在瓶外。哦哦，我的朋友，你我虽隔层玻璃，依旧抱团满世界转圈，分不清谁是黑鱼谁是白鱼，你抱着我我抱着你，转他个潮涨潮平潮落，转他个东风南风西风北风龙卷风超级台风。

嚯嚯——朋友们来吧，来吧来吧来吧，来到海底排成圆圈，站好队列让我点名，听到点名立马应答。嚯嚯——圈子中央差个瓶子，没问题不着急，眼珠子好热烈好亲近，穿过眼镜片滑落岸岩，滚到岩脚沉到水底，钻进瓶里站在圈子中央。

朋友全都到齐了，海底生动起来。麻龙张开嘴巴点名，可嗓子眼堵着，发不出一丁点声响。长久不与人交谈，声带已经退化，难以振动发出音响。没有呼唤没有应答，心里当然会有伤感，但麻龙不气馁，还会去寻找瓶子。瓶子不是一个传说，瓶子清清楚楚明明白白杵在海床，让冰冷的海床暖和成稻草堆。

麻龙很痴迷很执着，每天都游往岩脚和垃圾场，瓶子越聚越多，被潮水漩涡暗流推搡着，咬合成一座玻璃塔，塔体很坚固很严密，连海蜓鲵蛉尖吻蛇鳗，都难以钻入塔中。塔顶尖亮，玲珑剔透水晶一般，随潮水涨落时隐时现。

嚯嚯——妈拉巴子他有了一座塔，嚯嚯——狗娘养的一座玻璃塔！啊哟喂啊哟喂，麻龙仰望这座塔，欢喜得全身战栗。

59.

塔之二

女孩唱着赞美歌，沿着白云江向东走，渡过江口登上马蹄岛，走进塔楼铺好褥子，坐在上面唱赞美歌。

歌声像蚕宝宝缓缓蠕动，爬出塔楼爬进基地，爬入打工仔心窝。人与神很快亲近起来，眼神不再呆滞，心绪变得平静。都是离家的人，厮守着生产线，没有周末没有假日。唯有等到机器检修，才能拖儿带女走上岩岸，走进废弃的塔楼，围着流淌圣血的十字架，听女孩讲述圣经故事——

希伯来人在埃及沦为奴隶，神命摩西带他们出埃及。摩西用神赐福的牧羊杖，把挡在希伯来人身前的海水分开，使他们在埃及法老派来的追兵赶到前，渡过浩瀚无边的红海。神让摩西代表百姓与神立约，愿意敬拜神，做神的子民。神把戒命刻在石板上：要拜独一的真神，禁止敬拜任何偶像；子民们要孝顺长辈，不杀人不奸淫，不偷盗不作伪证，不贪恋别人的妻子房产。摩西在山上领受戒命，山下的百姓等不及了，强奸女人乱塑偶像。摩西哀求神宽恕他的子民，请神和以色列人重订盟约。神让摩西承认，耶和华在宇宙万物之上，他统管人类的历史，他是你们祖宗的神，是亚伯拉罕的神以撒的神雅各的神。这样，他会施行拯救，救赎他自己的子民。人是有原罪的，他们的天性是背叛神的。但神有无限的忍耐恩慈，让软弱的人悔改归正。阿门！

女孩讲很多故事，讲累了歇下来，轻轻地唱赞美歌。女工们安静地听歌，在歌声中祷告，跟随神迹行走。她们因此有福，皲裂褶皱的眼角纹，带着鱼腥舒展成花瓣。

唐经理坐在环形屏幕前，看来自塔楼的视频，对传道的女孩心生感激。唐经理想，女孩讲述摩西，等于讲述他。他所做的一切，与摩西并无两样。摩西握着神赐的圣杖，把希伯来人带出埃及，一路寻找富饶之地。他坐在位置上时，把人们带到江口，筑就东方威尼斯新城，他换了位置，又把人们带到马蹄岛，建成鱼翅生产基地。唐经理想，世界上没有任何事情，比创造一座城市、一座基地更有意义，更值得去做了。物质螺旋不灭，毁灭诞生相向而行。物的永存，才使得造物者永存。女孩现在说摩西的好，等于说他日后的好。

唐经理心怀感激，登上岩岸走进塔楼。他不曾想到，女孩竟是果果。我的女娲，你找到五色石了吗？我的女娲，你把天给补上了吗？基督徒拜独一的真神，不拜任何偶像，女孩对唐经理说。神的灵运行在水面上。神把天下的水汇聚在一处。没有水的地方叫地，神让地生育青草果蔬树木昆虫野兽飞鸟。汇集着水的地方叫海，神按自己的样式造人，让他们管理海里的鱼，女孩对唐经理说。

两千年前就有渔人，执掌渔业生产，唐经理摘下眼镜擦拭，把渔人的事告诉女孩。《圣经》里没有提到渔人，女孩微笑。人类由鱼类演化而成，进化论和现代基因学，可以证明演变过程，唐经理戴回眼镜。倘若人类由鱼类演变，那么请问，人类自呈现世间起，就一直食用他们的始祖？女孩反问。

唐经理一凛，人类生存繁衍，离不开脂肪蛋白质微量元素，鱼类富含这些营养，所以成为人的食物。倘若鱼类是人类始祖，这始祖又是人类食物，这事儿要多腻歪有多腻歪，情感自是别扭，伦理更说不过去。唐经理这么一想，觉得所有一切都很怪异，太极图双鱼怪异，网箱中鲨鱼怪异，他这个烟波钓徒怪异。

女孩微笑，说基督徒不认为吃鱼是罪孽，世上万物皆由神所造。上帝造鱼，是为了人的需要。主耶稣复活后，在门徒面前吃烤鱼，说各种食物都是洁净的。唐经理于是释然，神的儿子吃鱼，他也吃鱼，神与人其实走得很近。只不过耶稣爱吃烤鱼，他喜欢吃鲍汁鱼翅芙蓉鱼皮蟹黄鱼唇。

女孩依然微笑，说敬拜主吧，主让你永在天堂。唐经理沉默，他是唯物主义者，不相信人会进入天堂。出身和教育使然，对神始终戒备疏远。借阅过《圣经》，感觉如同神话。对宗教史亦有涉猎，记住宗教裁判所火刑，十字军遗骸散落大漠，神父凿走敦煌壁画，主教修女性丑闻不断。女孩看懂他心思，说神是唯一的，你想到的这些人，他们并非神。她说得没错，神与神职人员，基督与基督教徒，他们之间不能画等号。神站在人类想象力的终点，让人沿着神规划的路径前行。

女孩微笑，说如果我没猜错，你认为不是神造人，是人在《圣经》中造神，造神的儿子。唐经理真这么想，他至多认为，造神者于腥风血雨中，用爱意铸就至高神，让他颁布戒命制定戒律，让人忏悔罪孽得以自赎，这没有什么不好。唐经理说，人创造神，否定本体。人认识到，现世无论如何去做，都不可能成为神。唐经理摘下眼镜，土黄色瞳孔充盈灵性。女孩转过脸吐舌尖，回过头微笑，说不要试探上帝，上帝在试探下不会有，你须信，上帝会在你心中。唐经理不信，叉开镜腿擦拭镜片，土黄色目光迷离游移。

唐经理怜悯女孩，她住在塔楼传道，吃穿靠慕道者供养。基地女工收入低，主日奉献微乎其微，女孩生活自然艰难，但她坚持下来。一位钓友先前也住这儿，绘制蓝图创办捕鲨基地。钓友是基督徒，先到上帝那儿去了，把他留在马蹄岛。钓友属灵，若还在现世，会因女孩也属灵，于是帮她。他也要帮她，捕鲨基地有了，他才有了位置。唐经理这样想过，戴回眼镜对女孩说，塔楼旧了，基地可以出钱修缮。女孩微笑，说传道聚会所虽旧了些，却可在末日审判时见证福音。没有听过福音的，往往用做善事替代。听过福音的，明白奉献的意义，以基督徒身份奉献，主会接受并赐福。唐经理心里一凛，基督徒才能奉献，而他不是。唐经理再看女孩，觉得她自上而下俯视他，让他有踩空感。

女孩还在微笑，说任何人，包括圣人，只要没听过福音，都无法与神和好，他们无法得救。人不在戒律之下，神不会让他们上天堂。人不明白，不寻求神，就会偏离正路变为无用。人都是不洁的，如同月经布，罪的代价是死。唯有神的恩赐，跟随主基督耶稣，才能永生。若不借着耶稣，没有人能到父那里去。女孩一直微笑，为她的神传福音。唐经理想，有信仰是有福的，女孩有信仰，她是有福的。他也想有福，但他始终认为，圣经和神是人虚构的。哦哦，他与神之间有障碍，想接近也接近不了。查理和他不同，他是美国人，他会信的。唐经理这样想过，心里舒坦起来。

会唱赞美歌的女孩，在白色子夜倚着白色窗，看白色落潮中浮出白色塔。女孩走出塔楼，站到岩岸看塔。主啊，塔由玻璃瓶子垒成，每个瓶口都栖朵雪花。是座雪塔！惊诧写在女孩眼白。随即瞳孔也白了，她看见雪塔兀立海中，整个海面都冻住了。女孩整个眼珠都白了，她从白色岩岸走到白色岩脚，跳过白色岩礁跑在白色大海。白色瓶口的白色雪花，扑棱成白蝴蝶朝女孩招手，让她走近白色塔。

女孩踏上白色冰面，趾甲冻成白色贝壳。女孩陷进白色冰缝，脚掌嵌在白色海床。麻龙看见她了，在冰层下游近她。麻龙想对她说，这里原本没有雪，你心里有雪，雪就有了。麻龙想对她说，这些个瓶子，原本就是你的。麻龙好想说话，对战友果果说话，但声带坏了，声音黏在喉咙里，女孩怎么可能听到。

冰层很厚，女孩听不到麻龙说话，她只是依稀记得，似乎认识这个人。哦哦，记起来了，他是牧鹅人，在一场大雪中，她与他有过约定，他站在她这边，与她一起直面罪恶。他现在怎么了，为什么待在冰下？女孩把耳朵贴在冰面，耳朵冻红了，依然听不到麻龙说话。她跪在冰上看他口型，判断他说什么。有了，他不停地说“你的瓶子”。你的瓶子，这是什么意思？这些瓶子是她的，为什么？在白云镇时，曾听说过瓶子的传说，这儿的瓶子，与传说中的瓶子有关联吗？倘若她与他之间有过约定，这个约定与瓶子相关吗？她与雪有关联，雪与罪恶有关联，跟撒旦有关联。瓶子是雪色的，在海底垒成雪塔，那就跟罪恶有关联，跟撒旦有关联。于是女孩内心感动，为冰下的牧鹅人敢于直面罪恶，执着地信守诺言。女孩画十字，微笑着对麻龙说，敬拜主吧，主让你永在天堂。

麻龙不想住在天堂，心思全放在玻璃塔。他用力甩头，告诉女孩别走进塔里。麻龙是筑塔人，他知道女孩若进入塔内，抽出任何一个瓶子，塔体就会轰然倒塌。他不想失去玻璃塔，真的不想失去这座塔。他已经失去鹅场，不可以再失去玻璃塔。一次次就着月光走水，从垃圾场衔回瓶子，一回回游到岩脚船底，钻入深海寻觅瓶子，千辛万苦垒成这座塔，就为了和瓶子在一起，和朋友，和朋友的朋友们在一起。这些瓶子没有瓶塞，瓶胆也空无一物，但瓶子里依然会有朋友的影子。夜深了，鲨鱼睡熟了，网箱闭门了，麻龙会游到玻璃塔边，绕着瓶子挨个点名。声带坏了没关系，可以用鱼鳔发声，会听到一声声应答，热切地在瓶口打旋。月光当然很亮，让他一刹那间，觉得自己是佛。

麻龙这样想着，围着女孩兜圈，挡住她的路，不让她走到塔中。女孩不看他，微笑着笔直走，走进玻璃塔。麻龙侧身跟进，塔门合拢，把他关在塔外。塔体晶莹发亮，无缝无隙密不透风。麻龙狂躁，直立起来，尾鳍被塔尖剖成两半，鲜血淋漓踿过海面，暴走成两条粘满盐花的腿。

麻龙围着塔走，祈求女孩别抽出瓶子。女孩遂他的愿，不去动玻璃瓶子。麻龙把耳朵贴在塔身，听见女孩呢喃，我又看见一个新天新地。先前的天地已经过去了，海也不再有了。我又看见圣城新耶路撒冷，由神那里从天而降，预备好了，犹如新妇装饰整齐等候丈夫……麻龙觉得好听，把耳朵贴得更紧，听见女孩还在轻语，墙是碧玉造的，城是精金的，如同明净的玻璃。城墙的根基，用各种各样的宝石修饰……

麻龙嘘口长气，眨着小泥巴眼看塔，安静下来不再暴走。他想，塔里不下雪，没有雪天没有雪地，只要不下雪，果果就不会跟瓶子过不去。他想，玻璃塔再大再漂亮，也不会有碧玉砌的墙，金子筑的城，宝石镶的桩基，果果这么喜欢瓶子，她可能看花眼了。他想，真有圣城就好了，圣城从天而降，就像新娘梳妆打扮，静静地等候她老公。

麻龙眨着小泥巴眼想，也许他垒的这座塔，原本就属于果果。她一心一意走进塔里，没准把那儿当作归宿。找到归宿挺好，他为果果感到高兴。

60.

塔之三

唐经理坐在总控室看彩色视频，偶尔会有想法——关闭辅门封堵退路，让捕鲨人被鲨鱼咬死；任凭海水腐蚀电缆，让捕鲨人被高压电电死……这些想法充满杀机，植于内心稍纵即逝。机会好多，最终没有下手。失去诱鲨人，鲨鱼远离网箱，鱼鳍大量减产，鱼翅原料不足，基地生产停滞，产值利润锐减，他亦会失去位置。

他恨诱鲨人，虽然诱鲨人现在不叫马龙，改称麻龙。马龙是个噩梦，让他成为瓶中人，流落到这座孤岛。麻龙不同，麻龙是麻氏集团总董，雇用他管理基地。一切都显得荒诞，偏又是既成事实，无奈之下唯有接受。一个造城者，灵魂却囚在小玻璃瓶中，现实就是这样残酷。可恶的瓶子，使他的人生转向，把他与组织隔开。可恶的瓶子，使他变换位置，让他天天面对诱鲨人，这个诱鲨人就是麻董，麻董，这个麻董就是麻龙，这个麻龙就是马龙。

统计数据显示，基地捕鲨量锐减，坐在荧屏前，唐经理通宵不眠。

很快发现问题，麻龙丢下鲨群，游过江口去到东方威尼斯，在垃圾场旁走水，衔回玻璃瓶子。哦哦，瓶子，该死的瓶子，鬼魂一般又来纠缠！唐经理一凛，滑下转椅，坐到海底。

章鱼荡过头顶，长须伸进发中。石斑迎面游来，嘴唇触到身体。唐经理挥手拂鱼，鱼在瓶子外，不理不睬纹丝不动。这些家伙太傲气，不惩治它们不行了。唐经理想走出瓶子，把章鱼石斑一窝端了。可人在瓶子里，手指撑不开瓶塞，拳头捶不碎瓶壁，鞋跟蹬不掉瓶底。所有办法都使尽了，章鱼石斑依然隔层玻璃。

两粒小黄泥巴贴近来，紧紧黏在瓶壁外。很快发霉发绿，蠕动成一条黑鱼。黑鱼晃着脑袋，用嘴抵住白脚杆，追着脚板游，让唐经理游成白鱼。白鱼黑鱼呈弯月形，首尾相衔，旋转成一团灰霾。灰霾挺好，世事纷杂，何须分清黑白。唐经理边想边旋，黑白不分，倒也舒心。只是瓶子外面，堆垒起更多瓶子，亮晃晃筑成一座塔。是玻璃塔，塔尖潮平时划破水皮，落潮时探出半截塔身。

旋久了头晕，唐经理想抽身走人，可身在瓶中，瓶在塔中，如何抽得出来。只好一直螺旋，旋到一觉醒来，张开鱼嘴大喘气，身子已在总控室。彩屏闪烁在眼前，塔尖划破水皮，塔身定格，淌下海水。莫非玩过穿越，现下抽身回来？若真这样，穿越的路径在哪儿？既是穿越，瓶子无论如何绕不过去。那么瓶子呢，可恶的瓶子在哪儿？找不到那个瓶子，所有瓶子都定格在彩屏，堆垒成塔兀立海中。这座塔勾走诱鲨人的魂，这座塔使基地捕鲨量锐减。

唐经理召开紧急会议，专题讨论塔的问题。各部门经理意见一致，玻璃塔使麻董分心，不能集中精力诱鲨。玻璃塔塔尖锋利，割破麻董尾鳍，使其游速大为降低。与会者一致认为，为达到正常捕鲨量，必须炸掉玻璃塔。

工程部经理打开电脑，接通多媒体投影仪解说炸塔预案。图示表明，在海底炸塔并不困难，只须触发雷管引爆炸药，冲击波导致塔身移位，整座塔顷刻崩塌。高管们屏声静气，等唐经理作出决策。唐经理当然要决策，可挥了好几回手臂，炸塔两字都停在舌尖。

唐经理拿不定主意，高管们也犹豫起来。他们说，玻璃塔距离网箱很近，冲击波击碎塔身的同时，很有可能殃及箱体。他们说，麻董在海底工作，万一爆破现场发生意外，提前爆炸或延后爆炸，麻董偏又恰好经过，很容易发生意外。他们说，即便爆炸成功进行，总会遗留些爆炸物，海床地貌状态特殊，极难彻底清理现场，后果那是极其严重。

唐经理又摘眼镜，裸眼水晶磨砂镂花，全是玻璃颜色。是玻璃塔遇到冲击波了，塔体移位轰然倒塌，碎玻璃片击中瞳孔。诱鲨人也被炸到了，再不能把玻璃瓶子，衔到海底筑玻璃塔。没有玻璃瓶子，没有玻璃塔，他也不再会有耻辱。唐经理擦干净镜片，把眼镜架回鼻梁，眼瞳在镜片后呈蛎灰色。内心也是灰的，没有玻璃塔，没有玻璃瓶子，人却已经回不去了。耻辱定格在档案卷宗，定格在组织视线。倒是麻董，对他一直友好。即便他那时在瓶中，麻董那时还是马龙，把瓶子摆成圈子点名，他每回必被搁在中央。之后落难到基地，麻董随后赶来，拨划胸鳍游在海底，一声不吭为他诱鲨。这个麻董，于他有冤还是有恩，一下子还真难分清楚。

唐经理摁太阳穴，言辞游移不定。唐经理说，万法归一，万象归一，咿呀咿呀咿呀咿——唐经理说，塔体毁了，本相不变，咿呀咿呀咿呀咿——唐经理说，什么是本相，瓶子就是本相，咿呀咿呀咿呀咿——

唐经理说，本相不变，塔虽没了，依然虚幻，咿呀咿呀咿呀咿——唐经理说，炸掉塔体，过犹不及，咿呀咿呀咿呀咿——唐经理说，不偏不倚，圆通折中，咿呀咿呀咿呀咿——唐经理说，做件塔衣，罩住塔体，塔在人在，这样才好，咿呀咿呀咿呀咿——

高管们全体起立，猛拍巴掌。高管们说，用塔衣遮蔽玻璃塔，让麻董转移注意力，使捕鲨量恢复正常，这个办法实在太好！会议把这项重大工程，命名为“塔衣工程”，立即组织实施。具体方法和工程目标是，采用熔化极氩弧焊工艺，沿玻璃塔圆锥形外立面，焊制不锈钢板全封闭外罩，使塔体与外界完全区隔。

工程部很快绘好图纸，随即进入施工阶段。大马力拖船喘着粗气，把作业船拉到江口，挨着玻璃塔缓缓下锚。起重机往海里探头探脑，缓缓吊下不锈钢板。焊工们穿上潜水服，握着焊枪潜入海底，电弧光幽蓝成发光水母，把一块块钢板拼接起来，慢慢罩住玻璃塔。

麻龙听到动静游过来，冲作业船瞪泥巴眼，不明白这船又肥又笨，干吗弄好多不锈钢板，毫无来由搁到海中。还有那些焊工，干吗握住焊枪，潜到海底焊拢钢板，罩住他的玻璃塔。麻龙不爽，并拢双腿甩开水流，狂躁地围着作业船转圈，撞向钢板撞向焊工。焊工们吓得哭爹喊娘，丢下焊枪浮上海面，抓住舷梯没命地爬回船上。得用力划水，得快速追逐，麻龙已经分开的腿时时并在一起，重新粘成尾鳍。

麻龙甩动尾鳍，经过钢板空隙游到玻璃塔前，用胸鳍扯掉海藻，用尾鳍蹭去海苔。他看到玻璃塔了，问塔里的女孩，果果，你在里头过得好吗？问塔里的女孩，果果，圣城真像披着婚纱的新娘，微笑着等候老公到来？麻龙想问，却发不出声音，他的声带早就坏了。麻龙说不出话，又不肯离开，就在塔边游过来游过去。鲨鱼发现这边有动静，聚在一起游过来，跟在麻龙身后围着塔转。人和鲨撞上作业船，脊梁弓起背鳍硬起，顶起驳船悬在半空。

工地出状况了，唐经理坐汽艇赶来，抓着舷梯爬上驳船。唐经理握住话筒喊话，让水手抛下锚链，用缆绳套住塔尖，让船固定在塔旁。鲨群怒气冲冲，挤过船和塔的间隙，掀起的波涛比塔吊还高。浪头轰然砸向谷底，驳船60度倾角，落水者哭号尖叫，蹬腿走水抓住塔衣。波涛把船托出水面，唐经理抱住船舷栏杆，命令工人继续施工。

塔吊把最后一块钢板，缓缓吊向塔尖。只要焊上这块钢板，塔衣工程便可竣工。唐经理摘下眼镜擦干水珠，架回到鼻梁上，欣喜地嘟哝，什么叫作心想事成，这就叫作心想事成。咿呀咿呀咿呀咿——心想事成了，人松懈下来，觉得腿根刺痒。扯开裤腰头往里瞅，凸鼓处粘满盐花。把手伸裆中掸掉盐花，觉得里头吊儿郎当，禁不住大笑，又有了烟波钓徒的感觉。

麻龙游在鲨鱼前头，瞪着一对小泥巴眼，看作业船吊起钢板，看蓝色弧光闪出海面，看唐德铭搔裆中物件。他想不明白，好端端一座玻璃塔，他的朋友干吗运钢板过来，拼死拼活要罩住它。麻龙围着塔兜圈，边兜边想问题，他兜了好多圈，想了好多回，没一回想明白。他觉得晕，脑袋一不小心撞船上。鲨鱼见麻龙用脑袋撞船，也跟着用脑袋撞船。人头很硬，鱼头更硬，撞裂船壳，撞断龙骨，让船咧嘴喝好多水，连同塔吊和钢板，咕噜咕噜沉到海底。

突发事件瞬间发生，唐经理来不及多想，系紧牛皮鞋鞋带，从翘起的船艏跳到浪头，又从浪尖跃上玻璃塔，死死趴在塔衣上，凝固成一块钢板。钢板尺寸不大不小，恰好封住缺口。焊工们发一声喊，借救生衣浮力冒出水面，游向玻璃塔攀上塔尖，旋开气瓶旋钮释放富氩混合气阻氧，用高电流熔断截面，把钢板焊死在塔衣。

嚯嚯——玻璃塔穿上塔衣啦！嚯嚯——“塔衣工程”胜利竣工啦！焊工们水蜘蛛一般荡在浪涛，亢奋地哭泣着，欢呼着。

61.

葵花以及皂荚子

麻氏大厦炫成金色巨塔，刺向终年灰暗的天穹。大厦楼顶装修过了。法国设计师崇尚自然，把天棚全都拆去，让天台与天空接壤。砌一道低堰区隔天池，从江口运来涂泥倒进堰南，运来芦苇移栽池中。又从花鸟市场淘到火铳铅丝鸭笼，搁在池沿藏进芦苇丛，营造出神秘诡异。堰北是半池清水，居室临水而筑，隔墙望去野趣一片。墙是宽幅中空玻璃，光线视野都很好，可以看见小鱼儿划开浮莲，瞪了眼睛瞅我。她瞅我，我也瞅她，觉得生分，不亲近。郁闷，她是小泥巴眼，瞳孔中盛着碎黄瓜，晃动椰汁牛奶。赶紧捂住小腹，指着她嚷，小鱼儿听话，不许看妈咪肚子。

住进楼顶居室时已经怀孕。医生说水下受孕，环境不是很好，加上受到惊吓，基因或许异化，建议流产。我决定坚持，名字都想好了，无论男孩女孩都叫小鱼儿。她降生后，又觉得烦躁紧张，相处一些日子，心绪才逐渐放松。

因是水下分娩，小鱼儿生性喜水，把天池当作她的家。香瓜按时来这里，摸着鼻子看玻璃墙外。不再是原先那个天池，没有先前那条海豚，香瓜也不是金豚集团段总，是握有麻氏集团三成股权的段董。他既然是段董，便无须一边往池中投食，一边瞄着躺椅，辨识水煮鱼头眼色，揣测水煮鱼头所思所想。现下游在池中的是小鱼儿，她用小泥巴眼与他对视，目光始终冷淡。

香瓜走进卧室，从我涣散的眼神中，解读渴望和冲动。他会关上手机，温顺地俯在我脚边，自下而上吻遍全身。阴茎挂着饰环，缓缓进入身体，让我亢奋很久。完事后，他揉摩鼻翼，隔着玻璃墙看葵花摇曳婆娑。会扳着手指去数，从一数到十三,一共十三棵向日葵。

这些向日葵，长在铅皮桶中，搁在天池南堰。先前在凡·高印象书吧，看过凡·高画的向日葵，那些葵花开在陶罐里，她去数过，一共十四朵，比铅皮桶中的葵花多一朵。香瓜说过，凡·高爱画十四朵葵花，十二朵代表基督的十二门徒，剩下两朵是他和他的兄弟。艾莉说过，凡·高画葵花，整个就画一男人帮。瓦罐里没有女人的位置，她最终选择与香瓜分手，要走凡·高印象书吧。属于艾莉的书吧，还挂着凡·高的向日葵吗?

问香瓜，最后一次从铅皮桶数向日葵，一共十四棵，为什么现在少掉一棵？香瓜捏住鼻根，凝视一根葵秆，秆尖无花，断截面渗出血珠。问香瓜，你掐断它？香瓜张嘴衔我舌尖，阴茎拴着饰环，再次进入体内。很快迷醉，不顾一切豁开躯体，任凭它僵固成铅皮桶。啊哦，女人命定去做容器，由着男人在她身上种他的花。

世上所有男人，都会选中某个女人，在她身上种他的花。水煮鱼头带芒合去雪域高原，回来时多了鬈发男孩。南美老头让侄子麻龙占有我，现下天池游着小鱼儿。男人们爱绕弯子，选择异地种他们的花。唯有香瓜最直接，抹着鼻子走进居室，进入到我的身体。

这种直接让人迷醉，亢奋会延续很久，之后却是厌恶。古龙香水被汗水稀释，体味被汗珠带出毛孔，水汽氤氲充弥鼻腔，微咸中夹杂腥涂泥。在天池堰南，嗅到过这种泥腥味，此味在隔墙外尚且自然，经男人毛孔进入体内，令人难以接受。推开香瓜，蜷起身子用被头遮住，缩在紫绒床靠背，怨恨地看着香瓜。

香瓜被我推开，抹着鼻子不知所措，拿浴巾裹住身体，去洗手间冲洗身体。伤到他了，下床找他，和他一起站花洒下，让水丝冲淋全身。他不好意思，捏着鼻翼背过身去。不许他这样，把他的脸扳回唇前吮吻，又放弃掉。他鼻根发红，涕水顺唇沟滴淌，淅淅沥沥。穿上浴袍，离开浴柜。香瓜还在洗，洗很长时间。

并非第一次，每次都让人不适。艾莉曾经与他同居，遇到这种状况，她会怎么办？切，想她干什么，自己的事自己解决。他既然自卑，我必须镇定，把怜悯氤氲成宽慰喂他，让他舒缓平静。需要交谈，用聊天解决问题。陪聊是我本行，不是义工是雇员。聊天对象先是水煮鱼头后是麻龙，由金豚麻氏支付薪酬。聊天话题杂乱，媒鸭沉船掘金减肥黄瓜，随性不拘时常变化。麻龙择海而居，以为不会再做陪聊，没承想重操旧业，居然会和香瓜聊天。

水煮鱼头用过的躺椅，香瓜现在躺在上面，面部浮肿闭嘴无语，状如闷葫芦一般的水煮鱼头。不同之处是，水煮鱼头全瘫，手指不能摸到鼻子，香瓜爪子灵活，在鼻孔下抹过来抹过去，抹出一片血痕。不聊天不行了，聊什么好呢？有了，这人是物质男拜金男操控男，脑袋装满数字，天天念想财富，那就和他聊聊财富。

你的意思是，财富挺好。好的，那就聊财富。你认为物质与精神对立，物质可用数字表达，精神难以用数字量化，于是两者区隔。你认为现实由物质组成，宗教注重精神，基础还是财富。佛像一身金箔，袈裟织入金线，法器件件镀金，精神至上之地，处处都是物质。佛寺这样，教堂亦然，金色穹顶金色吊灯，金色廊柱金色画框，金色管风琴金色十字架，依然全是财富。世界过于复杂，政治体制复杂，宗教哲学复杂，科技艺术复杂，什么都复杂，唯有上帝简单，这个上帝就是财富。

你的意思是，上帝也有软肋，解决不了所有问题，比如鼻子问题。鼻子有问题，手指比较忙，老是抹过来抹过去。去过医院诊治，医生结论一致，无非慢性鼻炎慢性鼻窦炎多发鼻腔息肉。上颌穿刺鼻腔清洗术低温等离子无创康复术，各种治疗术轮番用过效果显著，N 次拍片均无病灶。问题是，手指还是要抹鼻子。

你的意思是，去找心理医生看过，他让你不停地念叨鼻子，然后进入半睡眠。你看到大船把小船切成碎片，你抱住船板浮到滩涂，弹涂鱼噼里啪啦钻进鼻孔。你当然非常难受，用手指头不停地挖鼻孔。会挖出弹涂鱼，但弹涂鱼太多太多，塞满整个鼻腔，总也挖不完。

你的意思是，聊弹涂鱼挺好。好个鸟，你被弹涂鱼折腾成这样，还不依不饶盯住它聊，这是心理问题好不好。鼻腔原本没有鱼，你认为有鱼，鱼就有了。必须得转移注意力，去想别的东东，别的东东想多了，弹涂鱼会离开鼻腔，游回到江口滩涂。鼻子里没有鱼了，手就不会老去抹鼻子。

你的意思是，别的东东是啥东东，聊行不行？行，就聊聊东东。什么东东呢？皂荚吧，一对皂荚，一左一右垂在鼻孔外。鼻孔是白富美的，唐代的白富美。皂荚小巧玲珑蛮经看，可终日挂在鼻孔外，这算哪门子事。光这样也就忍了，最不济的是皂荚的一头长在鼻腔内，轻轻触碰就让人疼得半死。她老爸寻医找药，家财花了大半，皂荚子还在鼻下晃悠,正应了你刚才的话,上帝也有软肋,解决不了鼻子问题。

你的意思是，她的鼻子问题，后来走什么路径解决的？好，咱继续聊这东东。正在烦恼呢，来了个化缘的印度和尚，白富美她爸提起这事，他说拿掉皂荚没问题。说完摸出一撮药粉，冲女孩鼻腔噗地一吹，用手轻轻一拽，扯下皂荚。白富美老爸给钱，他不收，屁颠屁颠走了。和尚走了，高富帅骑着马来了，问刚才什么情况。老爸说明情况，高富帅脸色一变，说这一对皂荚，是天庭两个乐神私自下凡，怕被天帝知道踪迹，躲进女孩鼻腔。天帝得知此事，派我通知他们回去。现在倒好，俩傻帽脑残被和尚虏走，我回天庭怎么汇报。高富帅说到这儿跺脚悲呼，拍砖吐血杯具惨绿抓狂泪奔……也是，任务没完成，大老板生气了，日后苦头有得吃。

你的意思是，这事儿是真吗？真的吧，一千多年前，段家围在某座城市某个宅院某盏青灯，听一老头胡扯胡侃胡言胡说。老头叫段成式，和你同姓。你问段老头是否你祖先？可能吧，刚说过你俩都姓段。你问这祖先有钱吗？可能吧，在朝里做太常寺少卿呢，搁当下正儿八经副部级，位置坐得那么高，年薪不会低到哪儿去，财富不会少到哪儿去，呵呵，你懂的。

62.

血堤

香瓜在床上打鼾，在鼾声中抹鼻子。他讨厌皂荚，要抹掉皂荚。他把皂荚从鼻孔抹到地上，皂荚袭开来掉出好多皂荚子，在泥洼中发芽生根，长出绿油油的皂荚树，树冠顶住他的鼻孔。更多的皂荚挂在皂荚树，与鼻腔中的皂荚缠在一起，绿莹莹的抹不完，扯不尽。

在香瓜的鼾声中看荧屏。挂壁环形大屏，主屏总是麻氏大厦外立面，小屏连接到集团各部门。鱼翅基地上传视频，麻龙在海底左腾右挪。视频切换到网箱，铁栅栏空隙处，眨着无数只鱼眼，绿光荧荧鬼魅无常。想找呆子的泥巴眼，眼珠子星星点点黏成一片，哪里分得清鱼眼人眼。

分不清鱼眼人眼，那就看网箱。箱体由钢筋焊成，阴森成一座牢笼。麻龙鱼不鱼人不人的，却好这一口，视牢笼为他的家，一年到头钻进来钻出去。有无这个可能，即行为人迫于无奈，于是以牢笼为家，适应之后觉得舒适惬意。想到这儿，一凛，心脏狂跳。一年四季困在楼顶，空间囿于居室天池，这个活法跟麻龙眷恋网箱，没有本质区别。我久居楼顶之行为，属于被迫无奈吗？没人告诉我答案，自己又想不明白。

左下角视频固定，始终对着白云山。断崖迎面扑来，茅花被风吹伏，攀岩者微细如蚁。定格，放大，分辨五官，是老潜背着攀岩绳进入湖谷行走在茅花下，时常探头寻找窥视者。跟踪他的是无人机，飞得很高，机身摄像机都很小，让他找不到目标。摄像头再次拉近被摄物，特写超清晰——捕兽夹锈迹斑斑，手掌上红土如血。老潜老是上山，他与捕兽夹之间，存在什么关系？

香瓜肯定看过视频，看过后沉默不语。无人机由麻氏航空派工，一年四季航拍湖谷，跟踪集团高层老潜。总觉得这事蹊跷，老潜没事就去湖谷，无人机总在他头顶盘旋。也许只是巧合，无人机偏巧摄入老潜，老潜偏巧捡到捕兽夹，捕兽夹偏巧伤及小卷，小卷偏巧去到湖谷，湖谷偏巧飞过大鸟，大鸟偏巧栖在皂荚树上，树下偏巧埋着捕兽夹。只是，偏巧实在太多，让人想到预谋。谁在预谋？不知道。

香瓜鼻根湿红，手指抹过鼻子去敲击键盘，指头也是红的。拼音字母与方块汉字，在屏上交替互换，彩打出两份文案。一份文案是《东方硅谷工程策划》，计划抛石填埋滩涂，造出新地高价拍卖。香瓜明白，不能老想一个东东，想久了得换另一个东东。弹涂鱼想多了，换成皂荚子，皂荚子想多了，绕回来想皂荚子，皂荚子想多了，再去想弹涂鱼。只是老这样绕太辛苦，还是填掉滩涂比较好。滩涂没有了，弹涂鱼不会有。弹涂鱼没有了，皂荚离终结也不会太长久。另一份文案是《东方阿尔卑斯山工程策划》，计划推平白云湖湖谷，把白云山脉连成一体。白云山山峦削平了，白云湖谷推平了，茅花不再有，捕兽夹不再有。皂荚树也不再有。皂荚树没有了，皂荚自然终结不再有。

香瓜对两份策划书很满意，摸着鼻子伏我身上，一心一意种他的花。在我身上爬过来爬过去，从打气男变成快枪男，从快枪男变成豆腐男，从豆腐男变成无精男。无精男对我不感兴趣，对数数感兴趣。他穿上阿玛尼，撂下我匆匆下楼，去总裁室加班加点，面对荧屏曲线弧线，把手指头扳过来扳过去。

涂泥从江口运来，被太阳雨浇过，稀薄成一池沼泽。白色大鸟飞过大厦，花籽从爪尖掉落下来，很快在地表破壳，探出好多紫色小花。紫花来自白云山，来自白云湖，来自红土丘。这山终将削平，这湖必定填掉，这丘肯定消亡，由此称为东方阿尔卑斯山。想到这儿，没意思起来，胸腔憋闷。

贴玻璃隔墙站着，把手指搁门齿前用力吹出闷气，气息掠过芦叶团拢成呼哨。一只大鸟钻出堰南芦苇，白色翅膀噼啪作响，雪色羽冠摇成芦花。啊哦，是喜儿，它放弃圈养离家出走，自我放逐寻找自在。大白凤头鹦鹉模样变了，胸肌强壮有力，嗓音粗粝饱满。不再学说人话，摆出鸟社会老大腔调，领着虎皮鹦鹉黄头亚马孙鹦鹉飞起，盘旋成龙卷风，吸起泥浆拔出芦苇。切，孬鸟不学好。

鸟们围着大厦叫，叽咕叽咕呱唧呱唧。我讨厌鸟声，走出居室去到池沿，拿起火铳冲鸟群比画，让它们离我远点。鸟们漠视警告，在我头上兜圈，叽咕叽咕呱唧呱唧。忍不下去了，把头发拢到脑后，用手指摁住门齿飙出呼哨。接下去肯定要尖叫，喜儿要吃鸟血饭妈拉巴子你自己卖力——打火机已在手里，点燃火捻轰响火铳，火药铁砂搅成一团，射向飞鸟击中鸟群。鸟们飞得超高，铁砂只够着羽翼，羽毛掉落被风托起，像灵纸打着旋儿，在空中飘过来飘过去。

扬尘从陆地生成，缓缓升至半空，和落羽飘成一团，被热气流推搡着靠近天池。热风在南太平洋生成，缓慢地向北迁徙。寒流从北极圈南下，阻挡住它的去路。冷热气流撕扯扭打，团拢到一块旋转起来，先是热带风暴，之后愤怒成超级台风，狂暴地推倒椰林围堰瓜棚茅舍。现下这头巨兽怒吼着，以二十公里时速朝东海岸逼近。

没有人相信，台风会正面登陆。卫星气象云图标明，这股旋风飘忽无常，徘徊在遥远的海域。无人为此担心，航班正常起降，船舶远离避风港，老城熙熙攘攘，新城车水马龙。男人忙自己的事，打牌搓麻寻花惹草。女人也不闲着，购物聊天吸脂推油。谁都没有注意到，被火铳轰跑的鸟群，被热风撬开嘴巴，灌入扬尘沙土烟雾，鼓胀成滚圆的鸟灯，在云团中飘过来飘过去。

人们听不到风声。唯有我，听到风走进来。长居大厦之顶，季风使耳朵变得敏锐，隔着中空玻璃墙，也能听见风的脚步声。推门打伞看风，才伸出脚来，布伞便被风夺去，抛向灰色天空。堰南芦苇倒伏，人的身体轻如芦絮，随时都会被风吹走。哦耶！这就是风，远来的风。

风跑过海面，把渔船货轮作业船踏到海底。风奔过江口，将人字网三角网虾子网踩入淤泥。风越过堤塘，撞坍砖窑牛舍窝棚，把泥水灌进打工仔的气管，把泥浆塞满拾荒者的肺叶。风掠过郊外，抛起窗框门板瓦片油毛毡，把瞭望塔输电塔微波发射塔拧成麻绳。风走进城市，把雨丝绞成麻绳，把鸟们鼓胀成鸟灯，穿成一串抛到麻氏大厦天池。

浪涛被风驱赶着，暴躁成千万匹野马，肆意狂奔踢撞堤岸。东方威尼斯晃荡起来，老城晃荡起来，麻氏大厦晃荡起来，天池也晃荡起来。芦苇晃荡成长矛箭簇，顶起铅丝鸭笼木架火铳，用力掷向玻璃隔墙，把中空玻璃击成碎粒。涂泥沸腾成溏粥，沿墙脚漫到屋内。暴雨从空中倾倒下来，冲坍池沿压塌屋顶。起居室水流激荡，茶几矮柜浮在水面，把壁灯吊灯画框电视屏幕，撞得稀里哗啦七零八落。

蹲着身子贴地面走，慢慢去到天台边缘，用门齿叩住指尖吹出呼哨。气息微弱，冰冷无力。下意识地吹，不知道吹给谁听。小鱼儿最先听见，借了哨声钻出涂泥，直挺挺跳到水面，在天池之上瞪亮小泥巴眼，看江口狂涛遮天。她看见一条大鱼，人样地立在浪头，也用小泥巴眼瞅她。小鱼儿咧开嘴巴划动胸鳍，欢喜地朝大鱼招手。狂风灌进嘴巴，让她鼓胀成鱼灯，飘向江口飘向大鱼。

大鱼被鱼灯牵着，向麻氏大厦游来，身后尾随大群鲨鱼，背鳍瓦蓝成一排砍刀，剁开铁硬的浪涛。网箱里的鲨鱼待不住啦，撞开巨门挤断铁栅栏，加入到队伍中来。游速超快，没有弧度拒绝减速。撞上沉船的，脊柱迸裂成骨渣。碰到堤塘的，头壳塌陷排牙溅散。鲨鱼们不回头，呈直线冲向堤岸。

大鱼撞到溃堤上，绷断的钢筋尖利如矛，刺碎它的肋骨戳穿它的内脏。身后的鲨鱼躲避不及，剖膛开肚弹到半空。一些鲨鱼涌进豁口，嵌在断堤难以动弹。空中的鲨鱼坠落下来，压在搁浅的鲨鱼上。更多鲨鱼从四面八方赶来，如同熔岩源源不断，抵达残堤冷却下来，凝固成一道新堤。哦耶，这座城市有救了！

风力开始减弱，潮水退回海中。堤脚冒出好多人，披着雨衣撑着雨伞，眨着小眼睛咒骂推搡，奋力冲向搁浅的鲨鱼，用剖鲞刀电工刀菜刀水果刀，割走胸鳍背鳍腹鳍臀鳍尾鳍。为风灾后丰硕的收获，他们欢呼雀跃狂奔，在堤下踩出脏杂的脚印。

大鱼即将死去。是条怪鱼，身上全是窟窿，残缺背鳍腹鳍。人们鄙视地盯住它，拉下脸嘟哝着诅咒着，争先恐后去割它的胸鳍尾鳍。

大鱼难以动弹，侧卧在烂泥中，用小泥巴眼乜视身旁水坑。是割鳍人踩出的深坑，坑中盛着腥膻的血，也不知是鱼血还是人血。天黑了，霓虹灯照进坑中，血皮凹现四个汉字——珍妮大厦。

尾声

a. 拆字

女孩仰头看屋顶，眸子虚空成枯井。坐在酒吧，端杯扎啤看她，在她的讲述中，度过好多个圣诞节。

自述率真坦诚，转述带有主观。自述也好转述也罢，时序颠倒错乱，好多人好多事交织纠缠。这些人事与我无关，结局如何懒得去管。之所以久坐酒吧，是倾听令人产生醉意，在醉意中品味晕眩恍惚。语言纷乱癫狂绚烂，如彩绘玻璃穹顶蘸了太多阳光，坍塌坠落旋转撞碰碎作粉末。会看到残梦倚落日腐烂，会悟到消亡无所不在。

觉得倦慵疲乏，把头枕在椅背。几缕血丝浮出舌苔，唾沫甜腥爬过鼻腔，钻进泪管攀上角膜，虹膜糜烂色如枯荷。女孩递来纸巾，扳开眼皮说，你眼睛肿了。转脸看她，目光酡红栖她臂上。女孩抬肩，用手遮住文身。觉得负疚，说不好意思，一直看你手臂。女孩抿嘴一笑，唇角细纹好看地搐动。小鱼儿走了，因为那些风，她嘀咕。再看手臂，心里一梗，全是鱼灯。

小鱼儿听话，别飞太高，别飞太远！女孩低头嘟哝，触吻臂上的鱼。飞得太高太远，呛着风了，会感冒咳嗽，小屁屁得打针哦，她努嘴把唇贴臂上。别急，别着急，我握住她手臂说，小鱼儿还在，没飞走。女孩点头，轻抚臂上的鱼。

客人在邻座听我们说话，好奇飘成气泡跑出眼珠，潜过黑暗密密匝匝围过来。两个壮实男子拂开漂浮物，带着室外寒气走到桌边，看着腕表弯腰提醒女孩，时间不早了，苏董该回去休息。女孩听话地点头，穿上毛衣离开座位。走几步又回来，摘下挂在脖子上的绿松石藏珠递过来，说芒合让我交给你。

女孩讲述过芒合。我不认识芒合，她干吗送我挂珠？女孩说过，芒合把挂珠送给野夫，把持珠留给净空，把耳环还给水煮鱼头。那么，持有挂珠的我，难道是那个野夫？不对，如果我是野夫，自己怎么不知道？

回租屋看身份证，姓名一栏并非野夫。那么，我是谁，干吗待在这座城市，住在这间租屋？搞不懂了，打开行囊拉链，倒出所有物品，内衣亚当单筒望远镜。野夫有的，我全都有。可仅凭它们证明我是野夫，未免牵强。随它去吧，这事不重要，证明我是谁既无趣，又没有任何意义。

当时并不知道，这是最后一次见她。之后一连几年，老洋房总是关着窗户。街巷里的酒吧，依然人来人往。人们享受当下，早已淡忘SARS，也不再憎恨果子狸。整个种群都是健忘的，把该忘的全都忘掉。忘掉病毒，忘掉暴虐，忘掉屠杀，忘掉哭泣，忘掉白色的纸菊。

萨克斯漫出蓝调，老头女孩洋人草根挤在一起，喝着咖啡红茶扎啤香槟鸡尾酒，用方言英语普通话演绎各种腔调，呢喃小时代斯诺登甄嬛传埃博拉病毒服贸协定A股占中雾霾IS屠呦呦G20……世事闹猛，唯独不见女孩身影。总以为会和先前一样，在酒吧与她不期而遇。但女孩走了，真的走了，带着文在臂上的鱼。

终日无事。无聊时坐在窗边，握着单筒望远镜看老洋房。看久了，方格窗框在梧桐叶间，变成方方正正的汉字。拉近了看，是“果皮龙”仨字。仨字很快被树梢斫乱，凌乱作偏旁部首，重新聚拢来时，已是水晶闪字：马麻霍段尚桑……是些姓氏，谐音。这些姓氏，女孩叙述时重复出现。

女孩会拆字，把招牌字果皮龙，拆成果果皮皮马龙，去法庭证明她的逻辑推理。我也试着拆字，只求得出结论，用于破解真相——

麻与马谐音，马江贵即麻江贵，马龙即麻龙；

段与断谐音，断开霍字，上雨下佳，段雨佳即霍宗林；

尚与桑谐音，桑红卫即尚老师，她是一只鸟；

……

好啊好啊，如果这是真的，就会找到路径，穿过语言编织的迷雾，逼近被叙述遮蔽的真实，看见诡异莫测的真相。

为这事兴奋不已，想尽快把这一切告诉女孩。可老洋房关死了，不晓得女孩一直在屋里，还是去往不知名的远方。

梅雨天来了，细雾粉作豆沙，撒向水湿的街区。这个季节没有真相，别指望能发现什么。唯有轻捻挂珠，才能打发寂寥。挂珠是芒合送的，有没有搞错，我又不是野夫，干吗送我佛珠？前女友脖子上也有绿松石挂珠，被挂珠和细颈撑起的鸡窝头，乱蓬蓬地颠动在我怀里，前看像拔丝山楂，后看像刺猬。我说你这人烦不烦，把脑袋挪远点好不好。她便恨恨地看我，抬头时鸡窝头变成花苞头，每根发梢都绽着紫色小花。

b. 丝丝

现女友丝丝鄙视花苞头，走中性路线，洋葱三七中分变来换去没定准。是房东女儿，我住进来时她念中学，扎小马尾辫，书包很重，边蹦边哼歌:看见蟑螂我不怕不怕啦,我神经比较大,不怕不怕不怕啦。也就一眨眼工夫，长成大四女生。开始讨厌父亲，不爱和他说话，做饭洗碗晾衣服刷马桶，一件不落都推给他，自己套件 T 恤做宅女闷骚。

对租客怀有敌意，下楼时不小心触到她。乜了眼冲我嘀咕，侬勿要弄乱吾格头势好哇。明明碰到小肚子，她干吗说弄乱发式？回屋里脑筋急转弯，才想到她脐下那块地儿，早已郁郁葱葱。

以为她不再理我，谁知没过几天，趁着夜深灯灭，含着奶嘴跑出闺房，一头钻进我被窝。我不接受处女，把她踹到床下。她摸黑找到奶嘴，含回嘴里掀开被窝，理直气壮坐我身上，含混不清地说，我的身体我做主！

丝丝读国际贸易专业，对商业偏无兴趣。轮到实习，去街头推销美容产品，干完一天便辞工，猫家里玩电游。问她有没有新打算，她闭上眼睛不说话，嘟起嘴巴卖萌，无视这类问题。

邀我去大学城玩耍。雾霾天高速路封道，她不着急，在巴士上玩手机。傍晚才到校区，一起去小超市买砂糖橘，坐在旅馆默默地吃，吃完了抱着睡觉。半夜她醒来，蜷拢身子说，老公，床底下有血有女鬼！竖起汗毛趴床底看，啥都没有，哪来女鬼。丝丝抱住我说，就有就有就有，异味这么强，连猪都能嗅到，牙齿这么尖，被褥被咬得七零八碎。于是惊悚，并且亢奋，掀开床单看，棉絮受潮霉变，褐色血块板结。不用想就知道，是丝丝们的处女血。

丝丝拉我重新躺下，说自己常有幻觉，除了看见女鬼，还会看见一溜婴儿，嬉笑着爬出她的下体，虾仁一般泡在冰水。我说让他们泡着，咱们睡先。丝丝说这怎么可以，外星人看地球，就像看大水球，婴儿在他们眼里，是浸泡在水里的虾仁。我说虾仁妈咪，你是外星人吗，尽瞎想。丝丝泪奔，说当然不想瞎想，大脑偏爱瞎想，她有什么办法。丝丝说老这样下去，总有一天会疯掉。我说你年纪这么小，想些高兴的事不行吗。丝丝说发神经是遗传的，不受主观意志控制。

次日回到租屋，打开电脑上网。丝丝更新博文，没有文字，贴几幅随手拍——雨刮器在水纹中行走，晕染出两爿扇面，行道树模糊难辨；砂糖橘被鞋跟踩烂，果囊爆裂开来，汁液嵌入柏油马路；褐色絮状物离开床单，蓬松成铁锈红云朵，低垂在粉色大学城……图片底衬是粉色的网，每个菱形网孔中，都眨着一只蚌状眼球。球体屈光不正，盛着灰色扇面黄色果囊褐色棉絮。打开窗，朝大学城方向看，虾仁妈咪淌着处女血，穿过我的角膜虹膜晶状体玻璃体，萌萌地翘起嘴巴，氤氲在我的视网膜，雾化作模糊不清的品相。

当外部世界过于强势，丝丝们会关上脆薄的蛤壳，使触觉变得主观狭窄乖巧地避开凌厉世相。丝丝们分割时光区隔空间，把目击物锁定在现下，打碎后任意拼搭，用零星碎片凝固成幻影，用迷蒙润湿充血的软体。

丝丝再次更新博客，新图下载自魔兽世界。她醉心 warcraft 宇宙，这个宇宙由无数个世界组成，这些世界又由扭曲虚空的死亡领域连接。

死亡领域到处都是恶魔，守护者 Guardians 为远离扭曲虚空，选中艾泽拉斯大陆，建立了提瑞斯法文明。在这之后过了一千年，守护者把文明传给后代。在魔兽世界十二个种族中，丝丝选择兽人一族，让狮鹫与双足飞龙带她旅行。她打造个性装备，调配试剂采集原料，结识志同道合的伙伴，互相邮寄金币物品信件，建立公会并肩作战。丝丝不知疲倦地到处征战，达到一定等级后购买私人坐骑，招募到更多玩家，发现更多怪物和新角色。

发评论给她：魔粉还要扮演到何时？

博主虾仁妈妈回复：SB 没玩过魔兽游戏，别乱喷好不好。

丝丝是暴力女，用暴力语宣示独立，让你不敢招惹她。丝丝夜以继日征战 warcraft 宇宙，但没有忘记地球人，同情怜悯地球人。地球人遇到地震海啸动车出轨，丝丝会去街头的车载血站，把血飙进血袋输给地球人。她还会拿出私蓄，急匆匆跑到街心公园，为死去的地球人献白菊点红烛。地球人为希腊圣火齣架，丝丝超急超郁闷，大鸟巢都盖好了，那簇火种必须得有。丝丝擎起五星红旗，去家乐福超市门口，踮一整天高跟鞋。几天后安静下来，踅回那家超市食吧，端着纸杯喝可口可乐吃法国牛排，嚼日本烤鳗吮韩国濑尿虾。

丝丝咽下可乐牛排烤鳗濑尿虾，去到影城戴上 3D 眼镜，穿过潘多拉星球的参天巨树，攀上悬浮飘移的崇山峻岭，寻找虎鼻豹眼蓝皮肤的纳美人。丝丝回家后含着奶嘴，蜷曲在我怀里，一刻不停摸尾骨，看凸处是否萌出智能尾巴。总也摸不到尾巴，丝丝很伤心，幸亏灵树种子发着内源的光，飘进屈光不正的粉色眼球。瓦纹蛤壳打开了，裹住灵树种子了，胚芽钻出软体了，长成几百英尺高的大树了。大树枝头，挂满圣经。哦耶，这是丝丝的圣经！她虔诚地捧着圣经，期待长出蓝色尖耳朵，长出蓝色水纹皮肤，长出蓝色智能尾巴。上帝保佑她，阿门！

c. 有话不好好说

丝丝躺在我身边，用蓝色嘴唇衔住我的耳朵，耳朵被蓝色了。丝丝握住蓝色奶嘴，使劲捅我门牙，牙齿被蓝色了。贴着蓝色水纹褶皱，进入蓝色溶洞，痉挛出蓝色呻吟，被窝凌乱，两只蓝色猪互抱。

我不要当蓝色猪，丝丝也别当。扳开丝丝的蓝色嘴唇，让她合上蓝色门牙，侧过身子用蓝色背脊对她，伸直蓝色手指在蓝色触摸屏拼字，摁蓝色图标发微信聊天。

虾仁老爸：别一忽儿去warcraft宇宙征战，一忽儿在潘多拉星球暴走。读些经典吧，走近大师对你没坏处。

丝丝的一只手离开阴蒂，直接捂到我嘴上，另一只手码字回我：

虾仁妈咪：吐够了没，大你个头！

丝丝们用暴力语去魅，把神龛挑落到手机触摸屏让大师们丢人现眼。和丝丝同感，厌烦经典鄙视大师，却总是装，淡定地搬用大师的思想，以为这样做自己亦成为大师。丝丝们没有大量情结，她们找到新的路径，飞离满目疮痍的地球，去到warcraft宇宙潘多拉星球。我扯着束发离开漆园飞这么高，希望和丝丝们能够兼容。

虾仁老爸：逍遥作蝴蝶，庄周栖在灵树，蝶尾下一片蓝荧光棒。灵树枝头长满蓝舌头，湛蓝地呼喊庄周我爱你！哦耶，灵树下的那位是梦到蝴蝶的庄周，还是梦到庄周的蝴蝶？

虾仁妈咪：不晓得什么狗屁庄周！

虾仁老爸：去吧丝丝，去牵住庄周的手，他会告诉你，在浩瀚无边的宇宙中，除了灵树还有智慧树。智慧树就是臭椿，树干那是超级难看，弯弯曲曲长满赘瘤，连伐木工都懒得瞅它。尼玛就因为难看了，特么毫无用处了，臭椿反而不被斧头劈砍，不遭锯子切割，长久地生长在虚无之乡。

丝丝用蓝色脚掌蹬我，用蓝色屁股顶我。

虾仁妈咪：吐艳了啦，SB泥垢！

泥垢是啥意思？我靠，土得掉渣呗。OK，丝丝们嫌庄周老土，不做他的粉丝。庄周翅膀上长满老人斑，丝丝们荷尔蒙超载脸蛋潮红；庄周写字用毛笔竹简，丝丝们不瞟键盘飞指码字；庄周旅游坐木轮马车，丝丝们自驾满世界跑；庄周大声说话随地吐痰，丝丝们不进洗手间绝不排泄。丝丝们对老蝴蝶不屑一顾，让他们羞愧地记住，什么叫作腐殖质，什么叫作N后。

路径不同，无法交流，唯有沉默。在沉默中爆发，掏出手机再战，由冷战升级为互黑。

虾仁老爸：老婆，晚安

虾仁妈咪回复虾仁老爸：晚安，老公

虾仁老爸回复虾仁妈咪：忙一天了都，捉到怪兽了？

虾仁妈咪回复虾仁老爸：那是必须的

虾仁老爸回复虾仁妈咪：说来听听

虾仁妈咪回复虾仁老爸：怪兽正在喷我

这回大意，被丝丝咬到。不行，得扳回一局先。

虾仁老爸：你在哪儿老婆

虾仁妈咪回复虾仁老爸：在你身边

虾仁老爸回复虾仁妈咪：怎么没感觉

虾仁妈咪回复虾仁老爸：一点没感觉

虾仁老爸回复虾仁妈咪：真哒没感觉

虾仁妈咪回复虾仁老爸：你麻痹，快去男科医院

又被咬了。丝丝是高手，不承认不行。

虾仁妈咪：老公公公公公公公公

虾仁老爸回复虾仁妈咪：干吗

虾仁妈咪回复虾仁老爸：我怀孕了耶

虾仁老爸回复虾仁妈咪：谢谢老婆，我有儿子了

虾仁妈咪回复虾仁老爸：必须的，呵呵，半人半兽转基因

愿赌服输，粗鄙时代N后数码女，用词量少字字暴戾，几刀把纸质男斩杀马下。可恨的偏又接触到暴力语，深度上瘾不可自拔。

虾仁老爸：晚安美女

虾仁妈咪回复虾仁老爸：男神晚安

虾仁老爸回复虾仁妈咪：忙一天了都，捉到怪兽了？

虾仁妈咪回复虾仁老爸：又来了，烦不烦

虾仁老爸回复虾仁妈咪：呵呵，没提到

虾仁妈咪回复虾仁老爸：怪兽又在喷我

虾仁老爸回复虾仁妈咪：那是，看见蓝色的你，喷鼻血是必须的

虾仁妈咪：……

丝丝无语。哈哈，以暴制暴，你暴力我更暴力。

丝丝吃了亏，跑对岸海岛逍遥去了。逍遥就逍遥呗，微信随手拍片发个不停。

虾仁妈咪：做前台工资不高的，让老板给几天假，去台南浪几天。

拉上大学室友走起，说好在这个岛上，不谈年薪住房老公。网识的台湾叔叔，开车领我们去成功大学，说海对面就是大陆。太鸡冻，拍图没一张正常。（图一至图九：机场和校区）

虾仁妈咪：在叔叔家借宿，他腾出房间给我们睡，自己睡客厅。他麻麻好客气，拿出提子给我们，哦喔，芒果味。早上 4 点把我们叫醒，顶一头超飞扬的头发，开车送我们去机场，真爱就这样（图一至图三：提子男发机场）

虾仁妈咪：在路上看叔叔发来的原图，脸这么大，让人分分钟想切腹自尽。什么手机什么摄技，怎么拍怎么走位。好了亲，看在你收留我们一晚的分上，发慈悲心原谅你啦。辛苦了，回去好好睡个回笼觉（图一至图六：大脸妹）

虾仁妈咪：太阳超毒，赶紧把自己包成欧巴桑。绿岛拍风景真嗒不用修图，张张都是爱琴海，美爆了！（图一至图三：垦丁）

虾仁妈咪：晚饭又便宜又好吃，台湾章鱼小丸子萌萌哒，居然比我拳头还大，让人的胃撑到爆。明天就要去深潜啦，好鸡冻，晚安（图：章鱼小丸子）

虾仁妈咪：风大到人要飞走，拼命喊人抓住我，全身都是盐，来几幅腌鱼头吓晕你（图一至图三：自拍大头照）

虾仁妈咪：坐小飞机可以直接看到机长，他开飞机的样子超级棒。身体上升的速度超快，快到眼泪掉出来，耳膜要爆掉，嘴巴还是一直喊。吹风吹到刘海都找不着，摸到的是中分带卷发，太平洋是美发厅，分分秒秒洗剪吹烫（图：机长）

虾仁妈咪：被风浪晃到脑子快散掉，现在好想好想安静下来，宅在家里做淑女，呜呜~

虾仁妈咪：睡一觉充足电，又出来祸害人间。租了小毛驴一路开，去泡世界唯一盐水温泉。哇塞，盐水饺快出锅啦！（图一至图二：温泉）

虾仁妈咪：亲，不要再吻我啦，再吻你的嘴要受伤哒

……

尼玛在那个鸟岛上，丝丝被人吻个不停。这样子了都，还为色男着想，让他别吻太久，免得嘴巴受伤。呆萌也就算了，还管叫他亲，亲亲亲亲亲，亲你妈的头！

虾仁老爸：被鸟发飞扬搂着亲，鸟味好到爆

虾仁妈咪回复虾仁老爸：吐，不是鸟，是海浪木

虾仁老爸回复虾仁妈咪：……

d. 富婆

总有人逐月为我存钱，数额不会太多，刚够衣食住行。谁往卡里打钱，是前女友吗？若从卡里提钱，她就知道我还活着，继续她的谋杀计划。除了她，富婆也有这个可能，她曾偷看我的银联卡。

富婆穿红睡衣趿红拖鞋，自称红珠，喊我小叔。从意大利来，网店忠实客户，野草牌亚当是她最爱。我说我跟男性用品有关系吗，我是网店老板自己怎么不知道。富婆叫声小叔，说有礼物送给我。是一对单筒望远镜，我用镀银的，镀金的她自己用。这人怎么这样，好意思留下镀金的，把镀银的送人。想想吧想想吧，世人总是这么自私。不过还是挺高兴，俄罗斯单筒望远镜是我的菜。

富婆拉我上富贵红宝马，坐高加索红毛犬旁，一起去江口找泥鳅。我说江口滩涂不多了，弹涂鱼还剩下几条，泥鳅一条都没有。富婆说

就要去就要去，用肘子捣我肋骨，让我疼得咧嘴。捣完肋骨富婆说，泥鳅你知道的，知道了扯弹涂鱼干吗。她这样说我就想起来了，想起来了就实话实说，我说小女孩都埋泥涂下了，拿望远镜没用，你这是自寻烦恼。她听了又用肘子捣我肋骨，蹲堤上哭老半天。哭够了握住望远镜，朝滩涂瞄过来瞄过去，瞄到太阳窝在白云山尖，瞄到月牙儿挂到云头。

富婆说小叔快看，滩涂银晃晃弹涂鱼银晃晃，招潮蟹银晃晃棺材蟹银晃晃，烂泥塘银晃晃潮头浪银晃晃。富婆说小叔再看，潮头浪银晃晃玻璃瓶银晃晃，瓶子上的月牙儿银晃晃，月牙儿握住的小手银晃晃，小手抓住的水皮银晃晃。心里一紧，转脸看，肩旁望远镜银晃晃，富婆泪眼银晃晃。

富婆弓起肘子猛捣我肋骨，说小叔你是好人，你帮我报仇帮泥鳅报仇。我说你说的事儿，我怎么一点都不知道。富婆说小叔其他都好，就是太谦虚不好。富婆说小叔骑自行车到江口，躲阔叶桉下看鹅场，看见母獒引开公狗，让老头溜进鹅舍捧走瓶子。富婆说小叔了得，让人把稀奇事儿写成文章登报纸上，把马龙整进大牢。

富婆越说越顺溜，边说边踮起细脚杆，把薄如瓦楞纸的身板，啪一声搁我身上。富婆趴我身上了都，还不停地捣我肋骨，说织网时想你劳改时想你，偷渡到俄罗斯想你在意大利遇大赦想你，亲亲亲亲你是我的菜。捣完了亲完了，她坐起来拉开香奈儿手包，掏出百雀羚雪花膏搽脸上，让乌贼黑的皮肤白成快餐盒。真弄不懂女土豪，有钱买香奈儿，舍不得搽迪奥兰蔻香奈儿。

富婆坐到我身上，颠动身子板念生意经，说在中国生意好做，租几间老厂房装个修，雇些农民工画画，把他们分成四拨，一拨画葵花一拨画葵秆，一拨画葵叶一拨画瓦罐，画完了凑一块，就是凡·高的向日葵。把向日葵装进集装箱，运到欧洲换欧元，买红酒香水运回中国，来来去去钱打着滚儿翻番。拿赚到的钱在中国买地盖厂房，制造袜子领带运欧洲卖掉，在欧洲办工厂制作西服，贴上洋标签销往中国，如此这般来来回回，利润雪球一般越滚越大。被钱币托起富婆，成了东方威尼斯人的佛，他们恨不得把所有存款，都搁富婆那儿分红吃利。

人面子靠财富撑着，财富用豪车大厦展示。富婆穿红睡衣趿红拖鞋，开富贵红宝马车兜风，从新城兜到老城，把车停在珍妮大厦翼棚下，走进楼里开出十位数支票，把大厦连同珍妮集团打包入囊。富婆看到大厦楼顶，亮起红珠大厦四个巨型方块字，驾车回寓所趴我身上，说这回捡到大便宜了。富婆说珍妮集团是绩优股，珍妮航空是潜力股。珍航雪藏的1500亩机场用地，是正宗硬码黄金地，倘若解除低空管制，地价起码翻五番。不解除空域管制，地块性质转为商住，地价翻五十番都不止。见我迷迷糊糊没反应，富婆用肘尖猛捣我肋骨，说小叔你算算看，到那时红珠赚到多少钱？

富婆算完账意犹未尽，从我身上爬下来，穿红睡衣趿红拖鞋，在房间里踱过来踱过去。她摸着红毛狗头絮叨，说小叔你说红珠命苦不命苦，生仨小孩都是两爿，被唐阿木赶出家门躲进砖窑。为生个带把的传宗接代，拿剖鲞刀砍破人头，到青海农场生下泥鳅，妈拉巴子还是两爿。千辛万苦偷渡到俄罗斯，在切尔基佐沃华商市场打工，付三分月息借高利贷，把皮靴羽绒服贩到高加索。富婆拍拍红毛狗背，说红茶壶就是在车臣用一箱胶鞋换来的。我倒垂着脑袋看红毛犬，毛绒绒的胯中当真搁把大茶壶。我看见二手尼桑皮卡装满货物，摇摇晃晃驶出露天市场，颠簸在金色白桦林。感应地雷在车辙后炸响，掀翻公路截断桥梁，火浪烤焦边防哨所。我看见富婆趿着红拖鞋站在车斗，红睡衣被风吹成一团火，裹住她和红茶壶……哦耶，富婆不是传说！

正随富婆行走高加索，她腔调一变哼唧哼唧，说最放心不下三个女儿。玉钗在米兰读经济学，玉镯在伦敦读金融学，玉环在西雅图读管理学。三姐妹的男友是三个番人，日后生下三个半番，全都跟番人姓，她辛苦一辈子挣来的钱，狗娘养的就成了月光影。富婆说完拿出老照片，一看就知道图中的三个女孩，是她和她老公阿木的混合物，又黑又瘦像三条墨鱼鲞。富婆递来新照片，三个女孩已胖起圆起，皮肤白起胸脯鼓起，墨鱼鲞变成荷兰奶牛。

富婆说意大利面吃多了，玉钗玉镯玉环像白人。我说这是返祖现象，身上可能有白人血统。富婆说不可能有白人血统，玉钗玉镯玉环皮肤白，是百雀羚搽出来的。我说百雀羚你搽最多，面孔比墨鱼鲞还黑三分，她听了差点晕倒。我说三姐妹都是双眼皮，正宗汉人属蒙古人种，必须单眼皮丹凤眼。富婆说我和阿木都是单眼皮，正宗汉人是肯定的，正宗汉人生的女儿，为什么全是双眼皮？我说还是返祖现象，估计你家某男祖先，某朝某代性侵匈奴女人突厥女人，或者你家某女祖先，某年某月某日被契丹人俄罗斯人强暴。富婆说这个太远太复杂，凡事简单些才好，做眼前事最重要。

富婆简单地活在当下，一门心思做眼前事，可一想到钱的归宿，又往太远太复杂处想。我说你简单些不好吗，只管花钱就是了。富婆说花钱太累太复杂，身边有个男人最要紧，简简单单一起生活。我说男人问题太复杂，你若跟男人弄把茶壶出来，钱归何处就难说了。富婆说不甘心，真的不甘心，就是不甘心。我说把话说回来，朝后看，你家阿木血缘不纯种姓暧昧，往前看玉钗玉镯玉环嫁给老外，外孙外孙女血缘更乱。总而言之，走姓氏路径鬼魅讶异，一切都是空泛符号，没有什么实际意义。

富婆泪奔，拿出剖蚕刀戳过来戳过去。我说你又来了，这儿不是货船底舱，我也不是白脚杆计生员，不会抓你去计生站打胎。你若真把自己当红珠，满肚子盛着墨鱼蛋，也得摸摸身子想一下，身板比馄饨皮厚多少，血水还剩几两几钱，还能不能超生多生。富婆听了嘤嘤嗡嗡，抽泣成一只蚊子，啊哟喂啊哟喂——阿木无情无义是木鱼嘿，木鱼脑袋木鱼屌，下辈子哎呀生不出大茶壶哦——啊哟喂啊哟喂——茶壶带把最金贵嘿，半爿门都是赔钱货，老娘哎呀生得越多越糟心哦——啊哟喂啊哟喂——

富婆没完没了地啊哟喂，把我当成一把夜壶，飙进稀奇古怪的情绪。靠，我不是夜壶，不想听她啊哟喂。为躲她藏进租屋，握着镀银单筒望远镜，提心吊胆盯住马路。盯住马路不管用，富贵红宝马车现身了，高加索红毛犬吠叫了，牡丹红拖鞋下地了，玫瑰红睡衣飞扬了。富婆握着镀金单筒望远镜，对准租屋尖声浪叫，妈拉巴子钉子户别太猖狂，老娘拎你们就像拎马桶，一只不留拎到外滩丢到江里！

我是租客不是钉子户，把我拎到外滩丢江里干吗？正想着，富婆爬上楼梯踢开木门，瓦楞纸一样压我身上。丝丝吓得半死，以为原配找上门来，小三的感觉一上来，心虚得跟贼似的，嘟哝着吐血惨绿杯具，钻出被窝滑下楼梯，一脸惊悚逃之夭夭。

天没亮，富婆躺不住了，披上红睡衣趿着红拖鞋，去到街上瞎溜达。走着走着觉得尿急，等不及去公厕解决，就近蹲弄堂口方便。尿渍黏兮兮浓如糖浆，团住鞋面粘牢鞋底，很快围上几路蚂蚁，爬上尿汁互嗅窝气，搅作一团乱咬一气。路灯下黑压压一片，蚁族断头残腿多如芝麻。富婆瞧见臀下惨烈，股沟一凉鼻子一抽，鼻腔里尽是糖香，禁不住一凛，脸色死灰。

台湾游医听诊问脉，建议她去一个小岛，住些日子节食排毒。两个礼拜后，脱水的富婆回到寓所，气若游丝只剩骨架。成骨架了还不闲着，撑起红睡衣趿着红拖鞋，在租屋里踱过来踱过去。时不时猫在窗边，拿俄罗斯望远镜瞄准街对面，细细端详那座老洋房。难不准她想再砸钱，连同女孩居所一并拆迁。

也会有快乐，每当谈成一桩生意签下一份合同，富婆立马破涕为笑，开着红宝马带着红茶壶，去美容店贴面膜抹爽肤水敷粉底霜。又把车开到市郊别墅，穿上番茄红西服套装，别上黄金红镶钻胸针，去大学城攻读 EMBA。硕士论文由我捉刀，论题是：市场经济与资本原罪论。我不厌其烦地搜寻论据，证明在原始资本积累阶段，劳力廉价产能过剩资源浪费环境恶化，具有必然性与不可逾越性。富婆用俄语意大利语宣读论文，赢得了满场掌声。有博导色色地握住她的手不放，当场邀她做关门弟子。

富婆出书了，书名叫《天道酬勤》。自然由我捉刀，先将南方贬损一通，山清水秀鱼米之乡之类老词儿，视而不见一概不用，专挑七山二水一分地之类贬词，极度渲染苦地苦人苦逼情结。基础功夫做扎实了，笔锋一转啪地拎出农民匠人商贩，戴上中国犹太人头衔，让他们挑着神奇的小商品，走南闯北玩转整个地球村。

富婆成了美女作家，更炫更酷更牛逼，领着财大气粗的东方威尼斯人，去欧洲各国旅游考察。在巴黎罗浮宫看到达·芬奇的《蒙娜丽莎》，富婆丢下话说花钱盘下它。在伦敦国家画廊瞧见凡·高的《向日葵》，掷下话说砸钱买下它。富婆这么想，东方威尼斯人也这么想。

他们钞票多，他们家底厚，他们为有这种想法感到自豪，他们叫着嚷着举起高脚杯，把波尔多红酒咕噜咕噜灌进胃囊。有钱的东方威尼斯人，玩完了回到国内，富婆又带着没钱的新东方威尼斯人，去意大利普拉托省务工，让他们揣着白日梦，昼夜不分踩缝纫机。新东方威尼斯人想不通，他娘的投错胎还是吃错药，在内地为东方威尼斯人打工，到国外还给东方威尼斯人打工。

富婆努力往前走。为让形体时尚些，去网球场跑过来跑过去，跑到两根鹭鸶腿抽筋。为让品相文化些，把头发染成亚麻色，踏着红毯去大剧院，看番人蹦跶芭蕾舞踢踏舞。为结识更多权贵更多富人，去卫视财富论坛录制现场，把橄榄臀戳在贵宾席，让核桃脸被灯光射住，潮红成一颗圆珠。红红圆圆多好，温润富贵明澈空灵，让人难辨内在外相。

开车拉我去度假村，让温泉鱼啃噬脚皮。我说这鱼命大有福分，不被人剖膛凌迟清蒸葱油红烧，反倒尽情地品赏人皮。富婆拉长脸哼唧哼唧，说玉钗玉镯玉环都是温泉鱼，温泉鱼们贪吃懒做眼高手低，除了啃老咬老能有什么出息。富婆说着说着泪眼婆娑，拿起镀金单筒望远镜拉近我，说女儿女婿都靠不住，靠得住的就是你。啊哟喂啊哟喂——就要钓你嘿就要钓你，钓到你哦钓到你哎呀，一辈子跟你嘿在一起，你我永远不分离哦——

拿话试探她，啊哟喂啊哟喂——你钓我来嘿我钓你，咱俩永远哦不分离，你把我的姓和名哎呀，写进你的屋契里哦——富婆脖子一梗，翻着白眼掉到水里，被温泉鱼围着啃眼皮。赶紧把她拉出温泉，扶她去沙滩椅躺下。富婆吐光泉水吐苦水，说这个世界真的生病了，妈拉巴子连文人也满脑子都是钱。我听了生气，旋动镀银单筒望远镜，把她推得很远很远。

知道我很不爽，富婆靠近我捣肋骨，说小叔别生气好不好，你想要啥就张口，能帮的我一定帮。我说好端端的要你帮什么，你要帮去帮芒合的同居男，他写了剧本一直搁着没人拍。富婆说这说明剧本烂，没投资价值晾着荒着。还有那个芒合的同居男是干啥的，和你是什么关系？我说想太远太复杂了不是，简简单单谈剧本好不好。

e. 雎鸠关关叫

剧本梗概之一：一叶扁舟驶出江口，少年唐绍懿靠窗低吟：关关雎鸠，在河之洲。窈窕淑女，君子好逑。舟近孤岛，芦絮漫天，鸥鸟纷飞。唐绍懿泊船登岛，果真看见几只雎鸠，瞅着剖鱼鲞的渔姑，咽着口水关关叫。渔姑把鱼内脏丢给它，冲少年回眸一笑。这回轮到少年咽唾沫，朝渔姑关关叫。

富婆说，雎鸠我不知道，关关关关叫的，那是长脚野鹭鸶。小时候去堤上看村小桑老师跳舞，会看到好多野鹭鸶在滩涂上叼走弹涂鱼。会有这种可能，古人为了写诗，把野鹭鸶叫作雎鸠，关关雎鸠在河之洲，读起来比关关野鹭鸶在河之洲好听许多。少年唐绍懿害相思病这段，写得不怎么样。古代君子和现如今高富帅没啥不同，一样好色一样喜欢白富美。你想想你想想，渔姑在孤岛土生土长，风吹雨打日头晒，弄得跟墨鱼鲞似的，骨头里都透着鱼腥气，哪个鬼要娶她。这一段，芒合的同居男必须得改。

剧本梗概之二：唐绍懿京试得中进士，做了翰林侍读。白天还好，为皇家子孙读经解惑，到了晚上不行了，彻夜难眠辗转反侧，别过头尽朝南边瞅，关关关关叫个不停。住在隔壁房间的几位翰林，以为雎鸠飞京城来了，披上衣服提了灯笼，口念关关雎鸠循声找来，到了跟前才发现是唐绍懿梦呓，哪里有什么雎鸠。皇上恩准御医诊治，喝汤服丹皆无疗效，唐绍懿没奈何递了假条，奉上谕回乡养病。到了乡里选个吉日，唐家所有渔船披红挂彩，排一长溜驶往马蹄岛迎娶渔姑。

富婆说，这段挺好，唐绍懿害相思病，关关关关叫得跟野鹭鸶没两样。得，都娶进门了，再提白富美啥的已迟了，上面那段别改了。

剧本梗概之三：小日子没过多久，八国联军来了，洋枪洋炮轰烂京城。大清国危亡，士人吁请变法。唐绍懿突发奇想，汲取《周礼》精髓要义，托古改制挽救社稷。于海渊藏书楼中写成新政蓝本《变法要义》。又写了八字楹联：殷周国粹；法美民权。雇石匠凿成石碑，嵌在青砖台门。西太后拒行新政，六举人血溅京城。讯息传到海渊楼，唐绍懿掷笔仰天长叹，焚毁《变法要义》，携渔姑下楼登船，双双隐居孤岛。

富婆说，这事奇了，说的全是唐阿木家的事。阿木的曾祖父早年考中进士，也在京城做过翰林，也从京城告假回乡去岛上娶亲。只是剧本漏掉好多枝节，阿木的曾祖父书读多了，脑子有病去做败家子，卖田卖地办新式学堂，典船典鱼行办渔业公司，花银元租用洋火轮出海捕鱼，把家产亏得精光。富婆说老头没路可走，天天窝在金漆大床，抱了太太姨太太，就像抱住风中的芦苇。大烟枪也紧紧抱住，在迷香中眼花耳鸣到光绪末年，留下书楼大宅妻妾儿女。富婆说老头明媒正娶九房，外室相好有多少就他自己知道。老头走了，大太太三姨太五姨太七姨太守寡，四姨太六姨太八姨太改嫁，九姨太跟了管家私奔。二姨太是阿木曾祖母，陪老头上岛做渔姑。

我说，二姨太原先就是渔姑，做回渔姑没啥不好。我说，提起唐家，你跟打了鸡血针似的特鸡冻，奇了怪了，唐家跟你有毛关系没有，别拉名人往自己身上靠好不好。富婆说，有关系有关系，曾祖父娶一院子女人，就二房会生孩子。二房生三个儿子，大公子痨病没养活，二公子办团练被长毛杀死，三公子留学日本做革命党。富婆说，三公子也生了三个儿子，大公子抽鸦片死了，二公子去苏联留学，三公子在江口打鱼。苏联人说二公子是托派，抓他去到西伯利亚，让他死在劳改营。二媳妇抱着儿子逃到江嘴村，刚巧三公子丧妻，便转嫁给他。这位三公子，就是我公公白唐秃头。白唐秃头与前妻生的儿子，就是我老公唐阿木。唐阿木从此有了后妈，后妈是北京人，从西伯利亚逃到南方渔村，村里人叫她北方婆。北方婆改嫁时带了个拖油瓶，随母姓苏，在唐家待了一阵子，被他生父的朋友带去苏联留学，回国后分到军工厂，后来灰头灰脑回到江嘴村，待在村小教书。这人也不知吃错啥药，不进唐家门，不认后爸唐秃头，不认亲妈北方婆，不认后爸生的唐阿木，更不认我的小叔我的亲。我说，你别编事儿扯我进来，我和唐家鸟关系没有。富婆说，你亲爸是阿木亲爸，你亲妈是阿木后妈，不是鸟关系是铁关系。我说你继续编，自己高兴就行，既然跟唐绍懿对上号了，那就大方些，投资做出品人。富婆说，这事不成，老头有啥好，他是败家子，把太祖婆害苦，让她去荒岛剖鱼鲞晒虾干晾紫菜。我说，错，她是你前曾太祖婆。富婆说，前曾公公不地道，你地道就带我去马蹄岛，让我当渔姑剖鱼鲞晒虾干晾紫菜。我说别提这些没用的，出品人你当还是不当？关关关，关关关。富婆说，这个产品对公司而言没有回报，于私只是前曾公公和前曾太祖婆的旧事而已，红珠集团不考虑投资。关关关，关关关。

我说，你这人怎么这样，关关关关叫得亲热，骨子里重财薄情，不如雎鸠一根毛。唐绍懿不这样，关键时刻，有气节有立场。富婆说这又怎样，还不是败光家财扎根马蹄岛，剖鱼鲞晒虾干晾紫菜。自家人关起门来说大实话，曾祖父真的不如我。我说，错，前曾太公公。富婆说前曾太公公办学堂开公司统统破产，我的红珠集团越做越大，关键时刻气节立场鸟用，发展经济才是硬道理。我说我无话可说，真的无话可说。富婆说你说你说，自家人有什么话不好说。我说按你的狗屁逻辑，你前曾太公公甚至不如野夫，野夫开网店至少不亏本，野草牌亚当也有销路，还拥有你这样的铁杆野粉。富婆说就是就是，哎哟喂哎哟喂——小叔嘿心肝宝贝哦，你比阿木那死鬼哎呀，好上嘿百千倍哦——富婆哎哟喂完了，说带句话给芒合那啥同居男，这个剧本没得救，红珠集团不投一个子儿。富婆说完了，从沙滩椅上飘起来，像只干瘪屁轻的墨鱼鲞，直挺挺搁我身上。

我说你别这样好不好，你这样子让人很不爽。富婆贴我耳朵边说，让你爽让你爽，带你飞海南吃菠萝猪。果真飞到一农庄，猪喽待在豪华阳光房，菠萝做饭牛奶当汤，很酷很帅很有型。富婆拍拍猪喽们的脑袋，选一高富帅点下头，就有人当场放倒它，割喉放血刮毛掏下水，搁炭火上烤焦黄了，割成条状让我品尝。我满脑子都是《雎鸠》，对菠萝猪没有感觉。见富婆嚼着肉条，嘴角淌挂黄油，附她耳边说，草泥马一毛不拔。富婆说，错，我不是草和泥捏的马，我是红珠集团董事长、旅欧华商联谊会会长、东方威尼斯女企业家协会会长。说完了拿手机拨号，一会儿工夫涌进一大帮人，局长行长博导名律师应有尽有。富婆说你们信不信，让市长来不敢保证，让副市长过来就一句话。说完再拨号，副市长果真驾车赶到。众人顺圆桌围成圈，喝茅台吸中华嚼菠萝猪。

正吃着手机响了，来电者自称段董。富婆说珍妮集团没了，段董在哪儿高就？段董说珍妮集团没了金葵集团成立了，他在金葵当董事兼总裁。金葵集团首个投资项目，是东方阿尔卑斯山工程，规划削平白云山顶营造农田，用来置换平原农保地，让农保地更变为工业用地商住用地。第二个项目是东方苏格兰工程，计划削平马蹄岛岩岸，碎石就近运到东方硅谷填海，削平了的岛面积扩大了，用来建高档别墅高尔夫球场。第三个项目是东方尼德兰王国，这个王国紧挨东方硅谷，现在还沉睡在海底，计划填海造地再造新城。段董说大项目需要大资本，希望红珠集团鼎力相助。富婆说金葵找她要资金，这事还真找对人了，红珠集团旗下好几家担保公司，只要把利息谈妥了，融资肯定没问题。

扯完资金两人扯古董床，富婆托段董帮她收购金漆大床。段董说古董床没问题，若老城和新城没货，他上白云镇找去，顺便把金漆马桶金漆木盆也收购来。酒友们听了一起鼓掌，说什么叫作继承传统文化，这就叫作继承传统文化。富婆搂着我说，继承个卵蛋，曾太公公家古董床好多，到头来典的典卖的卖分的分，躺床上的都是外姓人，要多窝心有多窝心。这回下个决心，但凡见着金漆大床就买回来，也好和白脚杆文人躺一块，一张张床换着睡，关关关关睡个痛快。富婆正野鹭鸶一般荡叫，段董又来电话，问若买到金漆老床搁哪儿合适。富婆说红珠大厦楼顶空着，加盖几间仿古老宅，好搁金漆大床金漆马桶金漆木盆。

有酒友说屋有了床有了，得取个名号。富婆说曾太公公有座楼藏好多书，这座楼叫海渊楼。酒友中有人说，这个先进经验可以借鉴过来，这回收藏的是金漆木器，取名藏金楼如何？富婆说，不是搞文化吗，取金字俗了，不如叫红珠楼妥帖。酒友齐声叫好，说就红珠楼就红珠楼，又好听又有文化。红珠搂紧我对酒客说，没白脚杆文人雎鸠长雎鸠短的，哪来收藏古董床的想法。说着夹一块菠萝猪喂我，用肘子捣我肋骨，冲我说关关关关。富婆说，古董床是稀罕物，卖掉一张少一张，日后肯定增值。酒友一起点头。富婆说这桩生意因白脚杆而起，就让他当红珠楼楼长。就有酒友过来拉我站起，说文人高升楼长，还不赶紧向董事长敬酒。我最烦这种场面，抬起屁股走人。富婆趿着红拖鞋追出来，生扯硬拉把我拽回包厢，说你呀你呀怎么这样，好不容易钓上你，好不容易叼到你，不可以说走就走。啊呸！喷鼻血，在温泉洗脚说钓到我，现在喝酒说叼到我，我是挂在鱼钩上的鱼，还是含在鹭鸶嘴里的鱼？最不济也是一个人，一个人，怎么可以跟一条鱼扯到一起？富婆生拉硬扯把我和鱼弄一块，莫非是想让我啃她脚皮，再不然就是刮鳞破肚蒸我烤我炸我熏我，就着红酒黄酒白酒吃了我！扳开富婆的手冲她狞笑，啊哈哈啊哈哈啊哈哈哈，我不是温泉鱼，别指望啃你糖脚皮。啊哈哈啊哈哈啊哈哈哈，我不是清蒸鱼红烤鱼油炸鱼烟熏鱼，别指望当你下酒菜。啊哈哈啊哈哈啊哈哈哈，楼长位置我不稀罕，别再缠我烦我惹我，别让我再看见你。啊哈哈啊哈哈啊哈哈哈，你给我听好了记住了，这是最后决定不再改变。富婆听了一凛，濑尿虾似的拱起背脊，胯下滋出甜臊味。她夹住鹭鸶腿疾走，红睡衣在背后抖成红翅膀，红蜻蜓一般飞进洗手间。

分手那天，富婆泪流满面。一只手握住真皮方向盘，一只手捏着镀金望远镜，富贵红宝马东晃西扭，撞翻弄堂口一溜马桶。富婆推门跑上租屋，像爿墨鱼鲞搁我身上，说小叔你什么都好，就是把简单的事想得太复杂不好。不就拍部低成本电影吗,我做投资人好了。《雎鸠》不合适，不如拍《天道酬勤》比较简单，剧本根据我那本书改编，你写剧本我署名，稿费一个子儿都不会少你的。

挥手轻轻一撣，把墨鱼鲞拂到床下。也罢，好歹同居一场，送她个东东留作纪念。打开背囊掏老半天，在内衣袜子单筒望远镜中，掏出一本《野夫诗集》，随手翻开一页念：

充血的声带
被麦克风放大成飓风
推搡心肌。纤维
白色的，一排排倒伏
芦絮纷扬
歌王弹着吉他，站在
广场中央
追光匍匐成长蛇，荧光棒
像一团蜥蜴，狂欢
保镖的长靴踩过
台脚的残草
靴底纹，叠印在
透明的脉纹
远处，束火正在
慢慢熄灭
余烬，薄翅扑棱
黑色蝶斑，是破碎的

歌词，堆成小丘
在荒野眨出荧色冷光
瓷灰的烟，渗透到
漆黑的地幔
休止符，密集成雨点
填满所有空间
卵叶赤肿着，在云上
涂鸦，臭氧洞中
亮出黄绿色舌苔

啊哈哈啊哈哈啊哈哈哈，这是歌王与野草的战争。长靴践踏卵叶，束火慢慢熄灭，文字碎作灰烬。啊哈哈啊哈哈啊哈哈哈，追光灯匍匐于地，爬成超视距长蛇，荧光棒抱团翻滚，滚成冰冷的蜥蜴球。雨点是休止符，啪啪啪啪打脸叶子，不许草族发声！啊哈哈啊哈哈啊哈哈哈，卵叶不死，赤肿在云上，把黄绿色舌苔伸出臭氧洞。啊哈哈啊哈哈啊哈哈哈，这本诗集留给富婆，寂寞时读卵叶诗可打发无聊。啊哈哈啊哈哈啊哈哈哈，一厢情愿对牛弹琴而已，富婆对卵叶没感觉，给她个卵蛋玩儿倒差不多。啊哈哈啊哈哈啊哈哈哈，再找再找，有了有了，找到野草牌亚当了，还有野草牌天然中草药涂剂，这两样东东一件不留，全都送给富婆。啊哈哈啊哈哈啊哈哈哈……

f. 文化

阿盆坐在竹椅上，把和上泥的红薯塞进灶膛。柴火烧成黑炭，阿盆拿火钳从灶膛扒出红薯，烤红薯灰白，被红薯撑裂的烘泥团烫手。阿盆揉揉眼珠子瞅泥团，瞅见两个女孩儿脸贴脸，凑在一起说悄悄话。掸开白蛾子再看，哪来什么女孩儿，分明是刚出膛的泥团。这个泥团，是很值钱的文物。

卵石矮屋冷清。段家两个老四前后脚走了，和小卷一起埋在白云山。老七不常来，来也就喝碗红薯汤，留些钱开车走人。老屋没人了，就剩下她，种红薯煮红薯烤红薯。烤红薯烤出文物来，这个谁都不曾想到。

把泥团当文物的是采宝客，采宝客是个富婆，段家老七拔藤瓜介绍来的。富婆把旧家具当宝贝，中意金漆大床金漆马桶金漆木盆，越旧越破出价越高。阿盆同意卖床卖马桶，木盆打死也不卖。富婆不甘心，穿着红睡衣趿着红拖鞋，在老屋走过来走过去，从天亮说到天黑，从天黑说到天亮。阿盆头皮都听涨了，眼睛一闭脸贴鸳鸯枕，打呼噜流哈喇子。富婆一宿没合眼，眼皮比白云山还重，公鸡打鸣时一头栽倒，陪着阿盆打呼噜流哈喇子。

晌午醒来，满屋薯香。富婆顺香味嗅去，嗅到灶台掀开镬盖，伸进木勺舀出薯汤，仰起脑袋喝个精光。喝完了觉得不对头，这回来得急，针筒胰岛素一样没带。啊哟喂啊哟喂，妈拉巴子这不要人命吗！富婆窜出矮屋，驾富贵红宝马回城。采宝客空手回去，阿盆觉得亏欠她，拿火钳从炭火里掏出烤红薯，盛竹篓里跑到车边递给她。糖分这么高，不是胰腺毒药是什么，富婆哪里还敢要。两人推过来推过去，篓里掉出一块泥团，富婆一愣，说这是文物，在哪儿挖到的？阿盆眨着白蛾子说，灶膛里多着，你要就拿去。

富婆揣着泥团，去红珠厅让专家鉴定。专家说董事长看走眼了，陶俑倒是陶俑，但不是文物，是普通工艺品。富婆说为什么不是文物，是文物不行吗？专家说我看走眼了，这个陶俑不是工艺品，是出土文物。富婆说年代必须得早，这个太重要。专家说秦汉唐宋显迟，史前那是肯定的。专家说就是史前了，鉴定意见会去补齐。富婆说文物是文物，值钱处得有个说法。专家说这件文物是陶俑，现如今文物市场，最早也就秦代武士俑，汉代说唱击鼓俑，咱这是史前姐妹俑，地老天荒，稀世珍品。富婆说这个理由简单点，弄复杂些才好。专家说姐妹俑表情甜美形象逼真，品相超群无与伦比，搁着历史价值不论，仅艺术价值即可抵城。富婆说已经复杂些了，再复杂些更好。专家说俩女孩面容相同，可见史前就有孪生现象，这个现象不得了，让姐妹俑有了人类学、生理学价值。富婆说好好好，再复杂再复杂些。专家说姐妹俩坐木盆中，以实物证明古人智慧，史前人类除了打磨石器烧制陶器，还能制作精细木器。富婆说你现在去集团人事部拿聘书，红珠楼楼长这个位置是你的了。

富婆驾着富贵红宝马，又来白云山脚矮屋，躺黑乎乎金漆大床上，对阿盆说文物的事。她说不会白拿文物，经济收益九一开，红珠集团九阿盆一。阿盆没有经济头脑，说红薯泥不值钱，你拿去就行。富婆说不行不行，让姐妹俩坐木盆里摇啊摇，摇出山脚卵石屋，摇到山腰红薯洞。两人头对头说到天光，说文物的创作主题，说文物的制作流程。阿盆大半辈子跟红薯泥打交道，对红薯的脾性了若指掌，从薯皮上捋下泥巴，加水捏出人形，搁灶膛用柴火烤出蛎灰色，扒出来就是文物。

富婆开富贵红宝马回城，阿盆天天捏泥团烤泥团，戴上斗笠背着背篓，把文物藏到红薯洞。约莫过了半年光景，富婆带着红珠厅厅长和一群考古专家，在白云镇白云山白云洞里，挖掘出大量史前陶俑。陶俑以木盆姐妹俑为主，还有鱼背姐妹俑、竹笠姐妹俑、背筐姐妹俑……

红珠集团举行姐妹俑研讨会，专家一致认为发现了史前文化。文化加史前不得了，娱记主笔主播主持拥进白云洞，拍图码字录像直播，外带把卵石矮屋金漆大床，也搬上纸媒网络影视。少不了深度采访，富婆说史前文物价值连城，由红珠楼恒温真空保管。

各家银行行长经理蜂拥而至，轮番上红珠大厦拜访富婆，登门办理抵押贷款手续，史前文物是抵押物。放贷量自然是商业机密，放贷方借贷方都要保密，留个悬念让东方威尼斯人猜。有人猜九位数，有人猜十位数，猜不准没关系，数额巨大那是肯定的。银行在动，东方威尼斯人不能不动，胆小的组团存款，胆大的单独汇款，红珠集团资本暴增。

g. 看海

房东潜入网吧，把辞职宅家的丝丝拉出 warcraft 宇宙，送到郊外训练营。丝丝从兽人变成囚徒，穿上迷彩服做俯卧撑，被 1~5 毫安电流击打大脑。这种疗法很时兴，网络依赖症患者继续网游，电击记忆会复制痛感，令人厌恶虚拟世界。可怜的丝丝，再不能乘着狮鹫双足飞龙，尽情巡游魔兽世界。

丝丝当然很不爽，瞅准机会钻出窗户逃离魔窟。她孑孓独行，走过街区爬上木楼梯，衔着奶嘴爬进被窝，蜷缩在我怀里。丝丝浑身发抖低声啜泣，银环在肚脐阴唇丁零当啷。丝丝说声音老吓人，侬帮吾拿塌伊好勿啦？我用菲利普剃须刀划出豁口，取下银质脐环唇环。丝丝龇牙哼歌：伤口那么多，已经不怕再痛，没地方可以再受伤了。没什么，转身以后我会练成护体神功……丝丝咬破嘴唇，喷出嫣红雾气。雾气凝成血珠，滑下铁床洇过地板，滚下楼梯走出租屋，啪嗒啪嗒跑过马路，撞上老洋房墙角。墙角布满青苔，渗出几缕血丝。这不是好兆头，街对面的女孩危险了。

女孩失踪很久，此刻身处何方？她曾住在麻氏大厦楼顶，那儿种满芦苇。一场超级台风过后，麻氏大厦易名珍妮大厦，女孩依然住在楼顶。直到富婆收购珍妮集团，珍妮大厦改名红珠大厦，女孩才搬离大厦楼顶。

富婆拆平楼顶原有建筑，从白云溪运来卵石，垒起矮屋取名红珠楼。女孩倘若重回楼顶，看见居所荡然无存，泪喷那是肯定的。真这样也好，只怕收购珍妮集团珍妮大厦只是富婆胡诌，天池涂泥芦苇都还在，女孩也还住在居室。一旦是这样子的情状，芦苇又是枯干了的，若有人划根火柴点燃芦叶，楼顶风大无所阻挡，居所将顷刻付之一炬，女孩的命也保不住了。危机四伏，我该为女孩做些什么？

傍晚时分天暗下来，背起背囊走出租屋，横过马路爬上梧桐树，翻过围墙跳进花园，踩过腐叶走上台阶，轻轻撬开老洋房门锁，摸进女孩昏暗的卧室。抽屉衣柜都找遍了，她没有留下任何讯息。开亮云石吊灯，用遥控器打开空调，在逐渐充沛的暖气里脱掉外衣，坐在沙发上看环形屏幕。视频一直没有更新——炫金玻璃巨塔刺向天穹，写字间密集状如蜂巢，旋翼无人机多如蜻蜓，填海工程抛石现场浊浪滔天……女孩虽不管事儿，视频还是链接到这儿，因为屋里还住着另一个人。这个人是谁，他去哪儿了？

不看视频，这一切与我毫不相干，我担心的唯有女孩。打开背囊拿出内衣，换上拖鞋去卫生间。花洒打湿淡金浴帘，浴缸拱起淡金水皮，缸底潜过淡金小鱼。这些鱼，是小鱼儿领来的吗？女孩说起过那场台风，她说小鱼儿立在天池，朝一条大鱼划动胸鳍，狂风灌进她的肺叶，让她鼓胀成一盏鱼灯，牵着大鱼朝麻氏大厦游来。那么台风过后，这盏鱼灯依然鼓胀着，把迷路的小鱼领进天池带入浴缸。

天池还在，芦苇也还在，只是芦苇已经枯干。芦苇枯干了，丢个烟蒂电线老化避雷针短路都会引发火灾。必须阻止火灾！光着身体跳出浴缸，淌着水滴跑进客厅，在环形屏幕寻找芦苇。荧屏一片雪花，没有信号没有图像。显然有人动了手脚，暗中扯断连接电缆，让摄像头失去效应，以便划亮火柴点燃芦苇，引发火灾加害女孩。靠，这个阴谋太卑鄙！

警笛呜啊呜啊攀上窗台，穿过窗栅滚到地板。消防车救护车装甲巡逻车，利用梧桐树做掩护逼近老洋房。谈判专家穿着防弹衣，胆怯地躲在警车后，举起话筒朝窗口嚷嚷，闯入者注意了，你已侵入美国公民私人住宅，必须依法自首，争取宽大处理——

喊话嘈杂混浊，让人听了头大。警方有没有搞错，女孩明明是中国人，怎么变成美国公民？不理它，关严木窗看环形屏幕，希望出现奇迹。依然没有图像，屏上雪花一片，失望焦虑烦躁，神经紧张到爆。

警方忍耐力也到了极点。谈判专家不再喊话，防暴警车撞开铁门，蒙面特警荷枪实弹，把铁爪钩抛到二楼阳台，蜘蛛一般贴墙而上。从方格窗栅看出去，一支狙击步枪出现在街对面，鬼鬼祟祟伸出窗口。

那儿是我的租屋，观察老洋房的最佳视角。房东像个幽灵，蹑手蹑脚踮过地板，附在狙击手耳边絮叨，说房客形迹可疑，老是嘟哝芦苇起火，估计是潜逃的纵火犯。狙击手额头渗出汗水，眼睛贴紧瞄准镜。现在清楚了，除了女友追踪，还有房东盯梢。不离开不行了，背着行囊走起是对的。世界虽大却无久居之地，于是唯有流浪。

梧桐树下更多警车加入进来。警灯在车顶狂鸣疯转，往屋里泼进红蓝两色。花洒嗞嗞作响，雨丝红蓝交错。小鱼们也玩变脸，胸鳍尾巴亦红亦蓝，拨开红蓝水纹。所有东西忽红忽蓝，我的脑袋也忽红忽蓝。红色火石点燃红色火把，红色海沟蔓延红色地火，红色海马喘出红色火焰。我看到一万朵石榴一万朵莲花一万朵月月红，爆裂作一万个红色火轮一万个红色太阳一万个红色星系。我看到一万片马赛克一万道隔墙一万只抽水马桶，雾化成一万声蓝色回音一万种蓝色气味一万个蓝色楼道……回旋在一万只蓝色狗眼一万个蓝色被窝一万本蓝色诗集，啊哈啊哈啊哈哈，我欢喜我激奋我手舞足蹈，我向世人亮出红色窃笑。啊哈啊哈啊哈哈，我郁闷我激愤我吐血抓狂，我向世人发出蓝色泣诉。红的我蓝的我红的鱼蓝的鱼，浮旋在红的光蓝的光红的水蓝的水。

街对面骚动起来。丝丝不戴饰环的躯体，直条条平伸在窗外。她知道我在这边，又要衔着奶嘴找我？女孩跟定我，没有道理毫无来由。是否有这种可能，是她按月往牡丹卡打钱，让我体面地购物付房租？丝丝挺直多孔的躯体，暗中朝我打手势。拿出镀银单筒望远镜，拉近了仔细看她，发现她手里捏着绿松石挂珠。哇哦，匆忙离开租屋，佛珠落在被窝里。调正焦距再看，发现一根手指倒勾成鹰嘴，神经质地扣住扳机。赶紧缩回脑袋，隔窗朝街对面喊：丝丝，别管我，你的身体你做主——丝丝，佛珠在你身上，你的佛珠你做主——

不再犹豫，背上背囊爬进浴缸，拔掉排水口橡皮塞，在红蓝交错的水涡中打着旋，跟着红鱼蓝鱼钻进圆孔，被肥皂水簇拥着进入排污管，顺下水道游入江口。垃圾水浮莲噼里啪啦推搡碰撞，阀门电泵哗啦哗啦偷排废水，耳膜吵到爆。硅藻裸甲藻鞭毛虫浮满海面染红波涛，文蛤紫贻贝僧帽牡蛎窒息海底腐烂成泥，白虾青蟹豆腐鱼黄斑海蜇侧旋滚翻垂死挣扎，眼瞳姹紫嫣红。

靠！我们不会停，我们向前游。看海去，我们看海去！

h. 塔刹

游到浅海了，看到江口了，摸到渔排了。两个打鱼人，一个白秃头一个瘌痢头，光脚站渔排两头，白秃头姓唐叫唐秃头，他拿起捞网伸到网箱里，舀起鱼子抛给儿子瘌痢头，说阿木你看你看，妈拉巴子鱼鳞霉掉了。瘌痢头唐阿木用捞网接住鱼子，对唐秃头说阿爸你看你看，狗娘养的全都烂皮了。父子俩说完了，在渔排上跳过来跳过去，翻过塑料桶把红汞来苏尔诺氟沙星孔雀石绿，扑通扑通倒进网箱。

唐秃头边倒药水药粉边哼渔歌，介呣游过嘿发金光哦，介呣游过嘿吐墨汁，介呣游过嘿像把刀啊，介呣嘿荡过哈白云江口飘长带哎——

瘌痢头用竹竿搅匀药水药粉，龇着黄板牙扯开喉咙吼，黄花游过喂闪金光，乌贼游过哟吐墨汁，鲥鱼游过哎像剖鲞刀，卵袋荡过哈白云江口飘长带哎。

渔歌唱得比雷还响，把鱼药鱼食鱼粪统统搅出海底，团成巨型阴囊荡过白云江。整个江口都黑掉啦，漂浮物堵住鳃叶，缺氧啦哎哟，鱼鳔迅速鼓起，身子浮出水面，张大嘴巴深呼吸。唐秃头手搭凉棚看见我，牙关四肢一起僵死，人和塑料桶咚咚两声掉进网箱到渔排上。赶紧把人拖出来，用剖鲞刀刀背撬开他的嘴，挖出卡在唐秃头喉咙中的渔歌。

唐秃头唱，哎哟喂哎哟喂——黄花游过哎闪金光，多年不见哟是鱼王。瘌痢头接唱，嗨咗嗨咗，嗨咗嗨咗。唐秃头唱，啊哟喂啊哟喂——鱼王配种嘿在网箱，渔排哈变成黄金山。瘌痢头接唱，嗨咗嗨咗，嗨咗嗨咗，嗨咗嗨嗨咗，嗨咗嗨嗨咗。

渔歌声中，唐秃头跳到小船抓起捞网，解开缆绳发动柴油机。瘌痢头抱住船帮蹬开渔排，爬到船头敲响竹梆。父子俩顽冥不化，早年随渔业队下海，把黄花敲得绝种。现在老得不成样子了，还要跟黄花过不去，驾着破船追我抓我，让我去和渔排里的养殖黄鱼配种。哎呀呀，脑壳里鱼耳石与梆声产生共振，石头一般撞击脑壳，我头疼欲裂我跳出海面，鱼鳔鼓胀盛满雾霾。右上腹开始绞痛，痛感向肩背部放射，让人禁不住摆动尾鳍，跃出水面蹿到半空。

用胸鳍触摸上腹，隆起物硬鼓鼓大如鸡蛋。这就是快速长大的胆石了，这就是肿大发炎的胆囊了。曾就胆石症一事征询过朋友，他是一位心理医生，我与同居女友暴吵时，曾劝我骑车远游改变心境。他对结石症有独到见解，劝我别急于摘除胆囊，也别指望中药排石。他说胆石不僵硬不尖锐，色如翡翠状似高粱饴。他说无须理会它，就让它待在囊膜中，衍生物在体内成长过程中，表现出来的极度安静，不是所有人都能体会到。

听从他的意见，让胆石寄居体内。是通灵性之物，日子虚空成烟云时，胆石静如处子。世事稍有异动，它会雀跃而行，嵌入胆管堵塞胆汁，让胆囊膨胀成球，挤压肝区扯拉神经，让腹肌背肌痉挛不止，僵硬成无数把匕首捅人割人剜人，让人疼得死去活来。此刻胆石便在跃动，硬生生把胆囊裂帛般撕开，胆液乘势流入腹腔溶进血管，让全身血液呈黄绿色，是为黄疸。

我通身黄疸，在唐秃头的小泥巴眼中闪烁成金色鳞片。我手脚水肿，在瘌痢头的小泥巴眼里灿烂作野生黄花。四只小泥巴眼盛满狂喜，一对扁鼻子狂喷涕泪。皇天！太阳佛从东到西走了一万遍，父子俩在海上待了一万天，总算遇到一条黄鱼王！

我可不想被他们抓住，运回渔排圈进网箱，注射催情素朝养殖黄鱼射精。我在空中划鳍摆尾，路径没有把控好，啪一声掉到渔排网箱。丑陋的养殖黄鱼围上来，贴着我游过来游过去，没脸没皮地触碰腹鳍。我晕我吐我喷鼻血，我踩着网眼打个滚，甩动尾巴弹出网箱。鱼鳔被空气撑破了，在空中噼啪炸响，身体快要掉落大海时，被唐秃头拦腰一兜，在捞网中软着陆。瘌痢头箭步上前，扑住捞网抱住我，咚一声丢在舱板。

我是一条死鱼，腹部腐烂腹腔腥臭，跟养殖黄鱼配种杂交出混血黄鱼，已经完全不可能。父子俩唯有期待，把鱼尸运到城里，找家酒楼卖个天价。说干就干，唐秃头拿剖螯刀切开鱼腹，掏出内脏剥出鱼鳔，把鱼肝鱼肠掷到海中。瘌痢头把我抱进泡沫箱，拿出冰块敲成细粒，密密麻麻敷我身上，盖上泡沫盖子藏入舱底。

柴油机船开足马力，摇摇晃晃朝东方威尼斯驶去。父了俩满脸奸笑，咧开嘴巴唱渔歌。

哎哟喂哎哟喂——阿爸哎，有冇看见黄花游过闪金光嘿，多年不见大起壮起哎是鱼王。

啊嘞嘞啊嘞嘞——阿木哦，鱼王若有心配种在网箱哈，渔排会满起高起喂变金山。

哎哟喂哎哟喂——阿爸哎，有冇想到鱼王是个短命鬼嘿，配种不成哎金山变成黄泥山。

啊嘞嘞啊嘞嘞——阿木哦，赶紧把鱼王送到东方威尼斯哈，老酒炖炖喂卖大价钱。

哎哟喂哎哟喂——阿爸哎，鲨鱼烂掉比牛粪还贱嘿，黄花死掉冰冻起来哎比海参象皮蚌鲜百倍。

啊嘞嘞啊嘞嘞——阿木哦，卖鱼钱统统打进银行卡哈，让你阿弟喂住在城里喂写诗文。

这回是瘌痢头直起脖子先唱，唐秃头仰着脑袋应答。父子俩一唱一和，驮着我的尸身走得好远好远。他们身后浮着渔排，渔排铁皮屋里坐着女人。女人很老很老，唐秃头叫她老婆，瘌痢头叫她阿妈，她不理不睬像根木头，无知无觉杵在渔排上。老女人早先不这样，老女人坐在渔排看堤塘，看村小女教师在堤上单立旋舞。那个女孩嵌在老女人脑袋中，让她几十年嘟哝不止，Вбездонноеморе, упреки частях, тучи. В тучи иморе междучерной молнии, буревестник изображения, в высокомерный полет——早年的江嘴村人，听不懂老女人的话，现如今的东方威尼斯人，更听不懂老女人的话。在村小教书的苏老师，说这不是鸟语是俄语，翻译成汉语就是，在苍茫的大海上，狂风卷集着乌云。咿呀咿呀咿呀咿——在乌云和大海之间，海燕像黑色的闪电，在高傲地飞翔。咿呀咿呀咿呀咿——他说完了扯拉胡琴，咿呀咿呀咿呀咿——这是早年的事，都早年的事了，现在的人还操心什么。现在的人要做好多事，忙都忙不过来，哪有心思管早年的事。早年的事旧掉了，早年的人也旧掉了，旧掉的字画家具值钱，旧掉的事旧掉的人不值钱，忘得越彻底越好。

忘掉渔排上的老女人吧，说说海上的我和我的脏器。我的脏器离开我的身体，被唐秃头丢到海里，半沉半浮随波逐流，被海水洗去黏液，被暗礁刺断膈膜，被海草扯着缠着，螺旋在湍急的潜流。一团墨绿色凝结物，探头探脑钻出胆囊，这就是胆石了。它以囊膜做床，以肝脏为房，从绿豆大小的块状物，长成圆圆绿绿的青苹果，破茧而出浮在海面。

它遥望黄花鱼走远，渔夫走远，渔船走远，并无一丝一毫怨言。水产品内脏价值不同，分门别类优胜劣汰，留下鱼鳔丢弃消化道，这是冷冻时代的规则。存疑之处在于，我的躯体冰藏泡沫箱，部分脏器亦享此待遇，另一些脏器则弃之海底，脏器衍生物漂浮于水中……那么，我，我在哪里？

是的，我被肢解了。被肢解的我还存在吗？我是什么，我肢解着，存在着？还是肢解着，消亡着，只留下一个符号？这个符号，代表我的肉体，还是我的思想，抑或是须由他人解释的我？我不能完全控制自我，我不能完全控制自己的思想，也不能完全控制躯体和器官，更不可控制脏器衍生物。我不了解我，那么，我这个符号又有什么意义。人类自诩具有思维能力，以此为由要做所有生灵唯一的王。人类创造文字，编纂教科书，书写各种符号，用来框定世间万物，亦用各种符号，标出人类自身器官。他们认为把所有器官，拼搭成完整的物体，这个物体便成了人。人类痴迷于这些符号，对它们之间的关系想入非非，却不明白这些符号毫无意义，只是一堆碎片而已。所有符号都具有分离性，横生枝节是其属性，一旦受到外部影响，物体内部即会变异，不顾彼此相互排斥，在分离中释出衍生物，通过陌生路径，去过异样生活。符号如此，人亦如此，整体只是暂时，碎片才能久远。

落潮了。玻璃塔裹着不锈钢塔衣，缓缓露出水面。塔尖晶亮锐利，剖开浊浪浊流，刺穿青苹果。哦哦，青苹果是我？非我？我只知道它止步不前，圆圆滚滚稳居塔顶，是谓塔刹。

i. 葵花

塔刹寂寞，唯有咸风酸雨路过，鸥鸟偶尔歇脚。时光漫长，俯视东流水，遥看水中塔。玻璃塔对面亦是玻璃塔，是座巨塔，隔海而立，刺破灰霾，戳向天空。

巨塔叫作红珠大厦，大厦顶端立着一个瘦女人，披红睡衣趿红拖鞋，在楼顶搅动太阳风，让云层噼啪作响，爆裂成一万条马鬃红高加索犬，一万只黄金红单筒望远镜，一万辆富贵红 × 系宝马。瘦女人扯过太阳雨，让大气黏稠如泥，鼓捣出一万扇火砖红半爿门，一万个胭脂红玻璃瓶子，一万个罂粟红月牙儿，一万座炫金红玻璃大厦，一万间釉石红展示厅，一万条葡萄红飞机跑道，一万个泥陶红姐妹俑……瘦女人折腾够了，觉着累觉着乏，脱下红睡衣踢掉红拖鞋，折回身后的红珠博物馆，头骨搁在金漆大床，臀骨横在金漆马桶，脚骨插在金漆木盆。

瘦女人就剩一把骨头，搁着横着竖着一动不动，直到——N 年 N

月N日N时，啪嗒一声重新运转，缓缓竖起来踱到天台边缘。她感觉站在悬崖边，季风从东方硅谷吹来，人屁轻像爿墨鱼鲞随风飘扬。霓虹灯从楼顶泻下来，把悬崖底下的人群染成红蚂蚁。红蚂蚁扯着横幅，横幅上黏着红字：红珠集团还我血汗钱！红蚂蚁高擎红字横幅，血红号声飙出血红喉咙，血红眼珠喷出血红泪珠，血红牙床亮出血红犬牙，红血牙尖对准血红楼顶，要把红睡衣红拖鞋撕得粉碎！

瘦女人一个趔趄，差点散架。毕竟经过世面，逐渐淡定，把头探出护栏冲楼下喊，亲们，项目挺好，利润蛮高，只是资金链暂时断掉……瘦女人正说着，转头看了一眼，忽然哆嗦成手撕肉，从红睡衣衣兜中摸出一把剖鲞刀乱砍，又爬上护栏斜过身体，打着旋儿飘离楼顶，先落到翼形玻璃雨棚，弹了几下再滑到地面。

瘦女人躺地上，血红眼窝盛满血红霓虹，盛满血红头颅血红拳头。红睡衣被剥掉，红拖鞋被掷掉，好多红字横幅压她身上。手指被迅速扳开，东方威尼斯人渴望出现奇迹。妈拉巴子是只空玻璃瓶子，狗娘养的不是存折不是支票，红珠死成墨鱼鲞了还骗人！东方威尼斯人绝望了，用血红拳头砸血红脑门，用血红脚掌跺血红横幅。横幅下的地儿原是福佑巷，巷弄里有座老宅，老宅里有座楼，叫作海渊藏书楼。

红珠大厦易名，又叫麻氏大厦。既然叫回麻氏大厦，楼顶就必须恢复老样子。仿古建筑拆除了，卵石垒成的红珠厅不见了，重新搭起玻璃天棚，玻璃瓦下一弯天池，池中盛满蓝莹莹的水，水里游着一条鱼。

这条鱼没有鱼鳍。超级台风让它搁浅，让它的胸鳍腹鳍尾鳍全都被人拿刀割走。这条鱼叫麻龙，他现在由被单裹着，被一个老头拖着浮在水皮子上。老头一只手拖着麻龙，另一只手握着红绸，红绸两头系着一对铜钹。麻龙昏昏欲睡时，老头用牙咬住被单角，腾出手来敲铜钹。咣咣咣——咣咣咣——立马就有腰鼓回应，咚咚，咚咚，咚咚咚咚——咚咚，咚咚，咚咚咚咚——老女人扭腰摆胯打腰鼓，鼓声从梅园山庄门球场，蹦跶到麻氏大厦楼顶。铜钹声腰鼓声生猛得很，麻龙自然弹开眼皮，露出两粒泥巴眼。打钹的老头见他醒了，手起钹合刹住鼓声，拖了麻龙继续走。麻龙看见玻璃瓶子了，瓶子在钹声鼓声中，被一条母獒、血条杂交犬叼过来叼过去，让狗狗们在池沿龄牙追逐，腾挪翻滚作五瓣血色红梅。走着走着老头说两句话：麻董必须坚强；老钱肯定护航。哦耶，原来这人是老潜。

被老潜拖着在天池走，听着铜钹声腰鼓声看着玻璃瓶子，在狗嘴中争过来抢过去，麻龙满心欢喜。他是晓得自己推动脚体的，再不能用手把瓶子摆成圆圈，坐在鹅舍呼唤朋友们的名字，也不能用鳍将瓶子拢在身边，在海底为朋友们点名，但他依然欢喜，为有新的朋友，为有新的瓶子。老潜是很照顾他的，知道他的心思，老潜会在他犯困时，用钹声鼓声叫醒他，还会用力把他拉得很高，海蜇一般坐在水浪上，从楼顶看到江口，看到孤岛，看到大海中的塔，玲珑剔透晶亮的塔。塔是玻璃瓶垒成的，被不锈钢板焊成的塔衣裹着，但麻龙是可以看到塔体的，是可以把这座玻璃塔嵌到绿莹莹的小泥巴眼中的。

珍妮大厦呢，珍妮大厦去哪儿了？珍妮大厦在大洋彼岸，大厦楼顶没有天棚，天池由低堰区隔，堰南长满芦苇，池沿搁火铳铁丝鸭笼。堰北半池清水，居室临水而筑，从宽幅中空玻璃隔墙望去，水天一色，迷蒙诡秘。

珍妮大厦归属珍妮集团，珍妮集团归属珍妮。这个珍妮是谁？街对面的那个女孩，曾经在酒吧里，对他说她叫珍妮。此珍妮，是否彼珍妮？最后一次遇见女孩，还在那个酒吧。两个壮实男子见她坐久了，来到桌边弯腰看表，轻声唤她苏董，请她回老洋房休息。如此说来，苏董有可能叫苏贞妮，珍妮是她英文名字。记起来了，珍妮原先住在街对面，住在花园老洋房，她为何离开此地，住到大洋彼岸的珍妮大厦楼顶？为何不赎回红珠大厦，是麻龙活转过来，成了一条无鳍鱼？哦不，女孩臂上文着小鱼儿，她也是一条鱼。两座大厦一对富贵鱼，麻龙游在天池，珍妮临水而居。金葵集团董事长香瓜，坐在环形屏幕前抹着鼻子看视频，他是垂钓者。

香瓜一直数数，帮水煮鱼头数出金豚集团，帮麻氏叔侄数出麻氏集团，帮苏贞妮数出珍妮大厦。现在，他帮自己数出金葵集团。香瓜在水煮鱼头生前，将金豚折成百分之三十股权并入麻氏，之后作为财产继承人成为麻氏股东。麻龙和珍妮则各占百分之三十五股份，为麻氏控股股东。香瓜走近珍妮，把麻氏集团改为珍妮集团，三者股份不变。香瓜在经济膨胀期高价出让珍妮集团，在经济萎缩期低价回购不动产，以雄厚资金成立金葵集团。香瓜不再是小股东，他析出麻龙百分之十的股金，回购麻氏大厦重建麻氏集团，析出珍妮百分之十的股份，购买珍妮大厦注册珍妮集团，麻龙和珍妮减持金葵集团股份，使他成为大股东，水到渠成做了金葵总董。

金葵大厦购自东方威尼斯，楼顶建有屋顶花园，花园中央搁只铅皮桶，桶里种着向日葵。香瓜有事没事蹲在桶边，拿喷壶给向日葵喷水，一边喷水一边数数，从一数起数到十三。为何总是十三棵向日葵，比凡·高画的向日葵少一棵？凡·高画的向日葵中，有基督的十二个门徒，剩下两棵是兄弟俩。难道铅皮桶与陶罐不同，除了十二门徒，只允许多进来一个人，这个人的兄弟只能选择离开？

楼顶通风，虽然雾霾天居多，偶尔也会阳光充沛。葵花于是惬意在铅皮桶，圆盘脸在葵秆上跟着太阳转，从东方硅谷转到白云山。太阳蹲成红脸老母鸡，窝在山头一动不动，葵花也一动不动，把脸浸在暖烘烘的阳光里，籽粒受热鼓胀起来，撑开方格蜂窝膈膜，雨点般射向白云山。削成平头的白云山，现在叫作东方阿尔卑斯山。瓜子落点十分准确，铺在老母鸡屁眼下，很快被焐热被孵化，破壳抽芽根叶疯长，托起密密匝匝的葵花盘。太阳觉得闷燥，拍动翅膀扇出热风，屁眼下葵花盘滚成金火轮，从东方阿尔卑斯山泻下，涌入一万座东方威尼斯，一万个东方硅谷，一万个东方苏格兰岛，一万个东方尼德兰王国……

香瓜摸着鼻子数数。他一直数数，数得很辛苦，舌焦喉燥鼻腔发痒。他摸鼻根抹鼻翼捏鼻腔，鼻子依然很痒。鼻腔里有弹涂鱼？不，滩涂没有了，弹涂鱼被石块埋在东方硅谷。是皂荚吗？不，皂荚树消失了，白云湖谷的所有树林都已锯断推倒。那么，鼻腔里到底有什么，为什么老是发痒？是那棵被他掐断的向日葵，不离不弃地长在鼻孔？香瓜一凛，打了个喷嚏。喷嚏很响，雾粉带着菌珠冲出鼻腔，洒落到茶几上的咖啡杯里。

香瓜喝口咖啡压惊，其味微苦。他摸着鼻子咂嘴，端过杯子再喝一口，正宗猫屎咖啡，苦味较别的咖啡淡些。是咖啡中的精品，咖啡豆先由麝香猫吞食，经猫胃猫肠浸泡发酵，口感自然香醇圆润。也有人不这样认为，美国专栏作者 Tim Carman 说，狗娘养的猫屎咖啡，就像泡过恐龙化石的洗澡水。香瓜摸着鼻子嘘口长气，说美国佬越来越穷了，一个债务国国民，怎么可能品出猫咖妙处。他看着行情弧线图扳手指，握起 iPhone 7 指示产业拓展部，金葵要立即组织市场调研，经营范畴或会涉及咖啡业。

j. 咿呀咿呀咿呀咿

金葵大厦看过了，再看东方硅谷。

东方硅谷在江口，江口残留几片滩涂，滩涂有南瓜。南瓜天亮蹬着泥马，播血蛤插蛏子撒蟹苗。晌午插竹桩系苗绳绑浮绠，种海带养紫菜挂牡蛎。天黑爬到筏架上，抱着竹竿离地而眠，流着哈喇子做有巢氏。南瓜爱做梦，梦见自己成了马蹄岛的王，四仰八叉躺在窝棚，女人蛇群一般缠着他。他做梦时，灯笼裤被海风撑开，裤裆中那坨肉铁硬，随后缩成水湿的泥螺，被爬进裤管来的棺材蟹，用长毛红螯钳过来钳过去。

这个世界变化大，没变的就剩南瓜。他从早到晚待在滩涂，血蛤蛏子海带紫菜没一样是他的，连窝棚的女人都丢下他，留在岛上为仇家打工。南瓜心气很高，可人穷心高顶屁用，还不是困在鸡巴滩涂，为东方威尼斯人打工。南瓜流着哈喇子醒来，想过来想过去想不通，为啥东方威尼斯人这么牛逼，他像坨牛屎泡在稀泥里？为啥外省人不帮外省人，要帮就帮东方威尼斯人，下狠招把他赶下马蹄岛？南瓜越想越懊恼，双腿钳住毛竹竿，手臂弯成鸳鸯枕，眯拢眼睛继续做梦。他梦见自己扛着火铳，带着弟兄们去到城里，把东方威尼斯人赶出新屋，把孬种外省人逐出城门，完事后论功排座次，他坐在第一把交椅！是千年不变的梦，越穷困做得越欢，均贫富的念想比射精还频繁。

驳船驶离东方苏格兰岛，靠拢堤脚放下吊板，用抓斗把舱里的石头装进翻斗车。翻斗车摇摇摆摆驶到滩涂，拱起车斗卸下石料。石块翻滚泥尘飞扬，压倒茅草芦苇咸青，捶扁涂龟涂蒜弹涂鱼。南瓜也埋在石头下。他累了乏了正在做梦，没听见石头轰隆轰隆折断竹竿，不晓得身子随竹竿倒下来，脑壳砸到石尖角。

围海工程进展顺利，堰堤如巨螯钳住滩涂，海水消退新地浮出，这块新地叫作东方硅谷。东方硅谷面积很大，金葵集团自然会分到一块蛋糕。这块蛋糕巨大无比，是一千五百亩处女地。这些地会一直荒着，直到低空空域开放，用来盖航校停机坪维修中心。

东方硅谷看过了，再看玻璃塔。

玻璃塔罩着不锈钢塔衣，随潮水起落时隐时现。木叶摇着舢板到塔边，蹬腿一跳趴塔衣上，从腰带里抽出铁铲，铲钢板上的藤壶海葵海蛎子。木叶对玻璃塔说，唐经理的心思木叶清楚，大好前程被一个瓶子断送掉，搁谁谁都不甘心。木叶把铲下的海苔海菜海带，刮下塔衣掸到海里，对玻璃塔说，唐经理的心思木叶懂得，不找到那个瓶子，一辈子都难翻身。木叶正说着，一块脱焊的钢板翘起一只角，咿呀咿呀咿呀咿响个不停。木叶用力摁钢板，那只尖角偏要翘着，没有放下身段的意思。

木叶眼圈红了，对翘起的钢板说，唐经理不肯原谅木叶了，唐经理把木叶当心腹，给劳务费让木叶去意大利，边打工边打听一个女人，这女人叫红珠。红珠从城里找到江口，从鹅场找到堤岸，从芦苇丛找到滩涂，找到一只玻璃瓶子。木叶对翘起的钢板说，唐经理的心思木叶明白，木叶也好想找到女人找到瓶子，可木叶不懂意大利语，不敢在普拉托街上乱走，木叶被华人商会雇去舞龙，大老远瞅见那个女人，没等他走近女人就不见了。木叶正说着，钢板的那只角翘得更高，咿呀咿呀越来越响。

木叶便呜啊呜啊哭，他想唐经理是不肯原谅他了，心里难受乱作一团麻，比缠着一百条山蛇还难受。木叶急得把手往藤壶上拍，手掌裂开好几条缝，他都不觉得痛，挥着血糊糊的拳头吼，这烂女子到底啥意思嘛，藏着瓶子做甚嘛！木叶抡起拳头砸脑袋，边哭边把脑门往塔上撞，撞出好几只青包。木叶摸着青包说，找不到玻璃瓶子，没脸在意大利待下去，木叶只好回国先。

木叶靠在塔上说，回国后一直找瓶子，不找到瓶子对不起唐经理。木叶说他找到红珠大厦楼顶，找到红珠博物馆，找到那个穿红睡衣趿红拖鞋的女人，看见瓶子，握在女人手心。木叶说你把瓶子给我！女人说瓶子是泥鳅的，干吗给你？木叶从怀里摸出剖鲞刀，说这个瓶子是唐经理的。女人也从红睡衣兜中摸出剖鲞刀，很内行地劈过来劈过去，且战且退爬上护栏，人屁轻没站稳，被风吹到楼脚摔成墨鱼鲞。

木叶铲着玻璃塔塔衣上的藤壶，说那个该死的瓶子，不会再在世上露面了。木叶刚说完话，钢板上那只翘起来的角，咿呀一声伏下去了。

看过玻璃塔，再看马蹄岛。

木叶摇橹回岛，握起电击棍瞪大眼睛，蹲在空落落的鱼翅基地，看驳船泊在码头装运碎石。岩岸被炸坍削平了，高处的塔楼不见了，白云庵也无影无踪。这座岛最终会荡为平地，建些网球场高尔夫球场，变成富人聚居的东方苏格兰。到那时，他还在岛上吗？如果还在岛上，会有人雇他做保安吗？

木叶怔怔地想着，没觉着稀薄的剖鲞刀，趁着夜色插入身体。杀死木叶的是一群孩子，他们原本可以像父辈一样，把斗牛牵到寨子外的山坡，用弯刀似的大角撞过来撞过去，把他们撞成骁勇的斗士。但他们出生在马蹄岛，没牵过牛绳没摸过牛角，熟识的只是剖鲞刀电击棍。

垂死的木叶掖着剖鲞刀，看着小屁孩扯开他的衣兜，搜走几张皱巴巴的纸币，解开缆绳摇着舢板去到对岸，走进东方威尼斯的网吧。木叶紧紧握住电击棍，费力地攀上石堆，吐着血沫一直朝南爬，爬成浑身窟窿的芦笙。南来的风灌进孔眼，芦笙呜啊呜啊响起，摇舞在石隙岩尖，晃成一棵栖满鸣蝉的芭蕉，倒映在没有蝴蝶的海面。

看过马蹄岛，再看东方威尼斯。

新城越长越高。东方威尼斯人说，啊哟喂啊哟喂，楼顶钻云里了哎，人住在天上了哦。都住在天上了，东方威尼斯人还不肯歇息，他们上银行贷更多的款，去投资公司借更多的钱，他们要买更多的地买更多的房，要办更多的厂开更多的店。

东方威尼斯人上足发条，疯疯癫癫没个定数，一会儿挺着将军肚，开着豪车上门讨债，一会儿团成车轮，跑得飞快躲人躲债。在内地跑厌了，砸钱办移民当绿卡族，从地球这端飞回那端。在国外跑厌了，带着红酒香水手表，从地球那头飞到这头。东方威尼斯人都是飘族，飘过来飘过去没定数，在这地儿常住的，便成了新东方威尼斯人。新东方威尼斯人看东方威尼斯，看过来看过去是只金罐子，只要起早贪黑加时加班，就能在罐里掏出老人头。新东方威尼斯人在东方威尼斯，生出好多小新东方威尼斯人。小新东方威尼斯人和小东方威尼斯人一样，说普通话不说东方威尼斯话。会说东方威尼斯话的，就剩下老东方威尼斯人。

老东方威尼斯人抱着胡琴，把皮鞋搁鞋托上，问擦鞋的新东方威尼斯人，你类鸟垛走哩摸鸟垛剋？你类看该垛钞票赚翻倒，歇拉落不走剋？新东方威尼斯人听老东方威尼斯人说话，像听鸟儿叽咕叽咕叫。

路过的几个小东方威尼斯人，把老东方威尼斯人说的鸟语，翻译给擦鞋的新东方威尼斯人听：你们从哪儿来往哪儿去？你们见这儿赚钱容易，栖下来不走了？这些小东方威尼斯人不会说鸟话，却听得懂鸟话，还可以把鸟话翻译成普通话。

老东方威尼斯人，在琴筒上扯拉竹弓，对小东方威尼斯人说，普通话不是正宗汉语，普通话杂糅通古斯语，土得掉渣下里巴人。咿呀咿呀咿呀咿——东方威尼斯话通上古汉语，源远流长阳春白雪。咿呀咿呀咿呀咿——东方威尼斯话把小孩叫作小厮，《西厢记》里的老夫人说：一个小厮儿，唤作欢郎。咿呀咿呀咿呀咿——东方威尼斯话把疏远说成生分，《红楼梦》中的贾宝玉说：林姑娘从来说过这些混账话不曾？若她也说过这些混账话，我早和她生分了。咿呀咿呀咿呀咿——东方威尼斯话把酒馆叫作旗儿店，刘禹锡在《杨柳枝》中写道：城外春风吹酒旗，行人挥袂日西时。长安陌上无穷树，唯有垂杨管别离。咿呀咿呀咿呀咿——小东方威尼斯人对老东方威尼斯说，东方威尼斯话这么好，你干吗现在说普通话，难道你是通古斯人？老东方威尼斯人一时语塞，话不够琴声凑。咿呀咿呀咿呀咿——咿呀咿呀咿呀咿——小东方威尼斯人捂住耳朵说，不好听难受死，别拉通古斯胡琴好不好！

看过东方威尼斯，再看东方阿尔卑斯山。

东方阿尔卑斯山挖掘机超多，瓢虫一般爬满山坡，挖光树林啃平峰峦。东方阿尔卑斯山没有山峰没有湖谷，削平处红肿着糜烂着，稀稀拉拉种些红薯。这些红薯地是数字，用来画曲线填表格，替代消失殆尽的平原农用地。

东方阿尔卑斯山原先叫白云山，山脚有间卵石矮屋。屋里有金漆大床金漆马桶金漆木盆。现在这些金漆家私没有了，屋里的人也就没有了。人没有了，皂荚树便长出来，长在院子长在灶台，开过花后结出皂荚。长皂荚树的地方，有个男孩曾蹲着数数，边数边抹着绿鼻涕，这些皂荚树，是绿鼻涕虫变成的吗？

看过东方阿尔卑斯山，再看东方苏格兰。

东方苏格兰就是马蹄岛，一条小舢板摇向这座岛。舢板里的老头一手抱胡琴，一手搀着没牙的老女人。老女人抖抖颤颤踮着脚尖，在舢板上转了一个圈，朝栖在肩头的大白鸟尖叫：喜儿好极了！肩上的大白凤头鹦鹉侧过脑袋听，扑扇翅膀学着她的腔调叫：喜儿好极了！就见浪拍岸处，惊飞鸥鸟溅湿芦絮。

腥咸的海风爬进裤管，四只大红灯笼晃荡在岩礁。老头坐拉礁上拉胡琴。老女人打开塑料食品袋，把在东方威尼斯超市买的咸鱼鲞，晾在摊开的塑料布上。便听到关关关的鸟叫声。这就是雎鸠的叫声了，这就是鱼鹰的叫声了，这就是野鹭鸶的叫声了，这就是水老鸦的叫声了。抬头看，哪里有它们的踪影。没关系，有喜儿呢，它栖在肩头歪着脑袋学雎鸠叫，学鱼鹰叫，学野鹭鸶叫，学水老鸦叫，关关关，关关关。老头拉着胡琴说，喜儿你说的是普通话，还是东方威尼斯话？咿呀咿呀咿呀咿——大白鸟从老女人左肩跳到右肩，又从右肩跳到左肩，歪着脑袋叫，喜儿你说的是普通话，还是东方威尼斯话？咿呀咿呀咿呀咿——

喜儿复述问题，没回答问题，老头没辙了，低头拉胡琴。老女人冲他抛个媚眼，竖一条腿横一条腿转圈。老头眼花了，只见一对红灯笼，一只竖着不动，一只横扫过来。正看着，忽听到东方苏格兰轰隆轰隆，岩岸崩塌滚石雷响，碎石雨点般落下。就听到哨子长鸣，吆喝长响：东方苏格兰放岩炮啰——东方苏格兰放岩炮啰——

受到惊吓，心脏起搏器不干了，啪嗒一声关机。起搏器的主人老女人，身子一挺也死机了。老头子一手抱住胡琴，一手抱住老女人，仰着脑袋大声喊，苏同学吗，我是苏老师。我和你妈尚老师在东方苏格兰，你让工人别放炮行不行？咿呀咿呀咿呀咿——正说着，岩岸又炸开了，轰隆轰隆轰隆轰隆，气浪冲到岩脚下，岩礁砂石噼里啪啦，海带紫菜哗啦哗啦，蛇皮琴筒咿呀咿呀。老女人倒很平静，眯着眼睛嘟哝，关关关，别为难她。关关关，别难为她。肩头的鸟儿扑扇翅膀，歪着脑袋学她腔调，关关关，别为难她。关关关，别难为她。

心脏起搏器坏了，脑袋也跟着坏了，这个叫作死机并发症。都直挺挺死机了，还关关关叫个不停，那她就是看见雎鸠了，看见鱼鹰了，看见野鹭鸶了，看见鱼老鸹了。她看见君子了吗？这个君子抱着她，按弦扯弓拉胡琴，缺牙的瘪嘴絮叨不止：医师掌医之政令，聚毒药以共医事。凡邦之有疾病者，有疕疡者造焉，则使医分而治之。咿呀咿呀咿呀咿——医师，上士二人，下士四人，府二人，史二人，徒二十人。食医，中士二人；疾医，中士八人；疡医，下士八人；兽医，下士四人。咿呀咿呀咿呀咿——

江口外海停着渔排。被锚拴着稳如平地。一个很老的女人，伸手抓住漂来的舢板，把缆绳系到渔排上。很老的手指状如鹰爪，很准地挨近死机的老女人，狠狠掐住她的人中。很老的女人咕噜咕噜，说着打鱼人听不懂的鸟语：Вбездонноеморе, упрекичастях, тучи. В тучииморемеждучерной молнии，буревестник изображения, в высокомерный полет……知道她说俄语，老头嗫嚅，在苍茫的大海上，狂风卷集着乌云。咿呀咿呀咿呀咿——在乌云和大海之间，海燕像黑色的闪电，在高傲地飞翔。咿呀咿呀咿呀咿——

咿呀咿呀咿呀咿——咿呀咿呀咿呀咿——胡琴撕耳割肺，老头眼窝水湿，黑成两只墨斗。老头嘟哝，阿妈，我苦命的阿妈……嗓子老了不听使唤，话语在舌尖头兜过来兜过去，走出嘴巴时已成谢您了北方婆……哦啊哦啊，逝者如斯夫，不舍昼夜。咿呀咿呀咿呀咿——

人中乌青着，疼痛着。因乌青，因疼痛，老女人苏醒过来。她肩上的大白鸟，噼里啪啦拍着翅膀，飞上胡琴龙头，踮起足尖兜着圈子喊，哦啊哦啊，逝者如斯夫，不舍昼夜。咿呀咿呀咿呀咿——渔排那头就有一条老掉的狗跑来，把狗毛稀松的尾巴摇成风车，冲着大白鸟叫，汪汪汪，汪汪汪。这条老掉的护渔犬，以前在江口的鹅场待过吗？

潮水涨起，渔排晃晃的，舢板晃晃的，大白鸟晃晃的，护渔犬晃晃的，胡琴晃晃的，老头晃晃的，老女人晃晃的，很老的女人也晃晃的。咿呀咿呀咿呀咿——海浪打来，很老的女人晃晃的，老女人晃晃的，老头晃晃的，胡琴晃晃的，舢板晃晃的，渔排晃晃的。咿呀咿呀咿呀咿——

不看了不看了，看过来看过去看不清楚。不听了不听了，听过来听过去听不明白。不想了不想了，想过来想过去想不透彻。在塔尖待久了，也曾想走动走动。没有腿不是，哪里走得动。不走了不走了，走过来走过去，还不就这样。就这样就这样，待在塔尖上。咿呀咿呀咿呀咿——

待在塔尖看塔，看老城中的塔，看东方威尼斯的塔，看大洋彼岸的塔。看明月浮于天池，用水晶紫染透大厦之巅，是为塔刹。咿呀咿呀咿呀咿——看满月团于铅皮桶口，用黑钻金抹亮十三朵葵花，是为塔刹。咿呀咿呀咿呀咿——看圆月杵于芦苇之顶，把珍珠白涂满临水之居，是为塔刹。咿呀咿呀咿呀咿——

塔身微晃，身下咔吱一声，玻璃塔推开海水，缓缓升高。响动的，是块不锈钢板，尖角翘起，撩出水珠。海风穿过脱焊处，被边刃割疼了，咿呀咿呀呻吟。一万条玻璃鱼，钻进耳郭；一万条海蚯蚓，洞穿鼓膜；一万条勒鱼，扯断脑神经。是谁的耳郭，谁的鼓膜，谁的脑神经？我问海，海无语。海问我，我没嘴巴。唯有胡琴，咿呀咿呀咿呀咿——咿呀咿呀咿呀咿——

2016 年 1 月改毕于草木居

跋 / 双塔遥对

胡小远

林斤澜先生当《北京文学》主编时，到温州墨池坊文联会议室讲座。听完讲座，我把和陈小萍合作的小说稿递给他。与他不熟，显得唐突，心中不免忐忑。先生却随和，微微一笑，把稿塞入裤兜。很快接到采用通知，不巧，稿子多投，《百花园》杂志寄信过来说已开印。便再次忐忑，写信给林先生致歉。先生不恼，回信说再寄稿来。于是再寄《美美》，刊《北京文学》"江边小辑"。林先生写按语："若写'命运'，好像总是中篇运转得开，现在小小说也敢写'命运'了，我以为是一种进展……陈小萍、胡小远的《美美》，写的'命运'，紧贴'时事'，或'时弊'。"先生之意，谓文学须触及时事时弊，直面时事时弊写人的命运，以求文学与社会的进步。

受时事、时弊羁绊，前行的人未免磕磕碰碰，只是皈依文学者即便艰困，亦不会离弃初衷。编辑家王朝垠先生从《人民文学》副主编任上卸职，闲赋北京安定门外中国作协宿舍顶楼，在电梯牵引机隆隆噪声中，依然读向前先生转给他的《琴缘》，读完了写信给我和小萍，说小说可发《人民文学》，但还是先发副刊好，这样他可写按语。很快收到《人民文学·副刊》，朝垠先生花了1600字写《〈琴缘〉形构析》，文中写道“双塔遥对，引领呼应，中有小桥流水亭榭。是为小说《琴缘》形构，其量可以一观”。后来得知，先生在家中狂饮一箱啤酒，花一夜工夫写成此文。莫非拙文中两位琴师的命运，触到他的内心，引起他的共鸣。先生之后极力推荐我们的作品，短篇小说《太阳酒吧》《现代书屋》接连发在《人民文学》。这两篇发在正刊，与发副刊的《琴缘》，亦算双塔遥对吧。

写《玻璃塔》始于20世纪末，写写停停花了十多年时间。写好了给敬泽看，他那时在《人民文学》当主编，又在中国作协书记处兼差，两头跑。他这么忙还是看完36万字，在自己家附近找了菜馆做东，一起饮酒谈稿。敬泽说，“从来没有看到过如此癫狂的语言，从来没有读到过这样直面现实的小说”，又说，小说叙述的“位置一直很高，有时得低下来，这样才能不隔，不隔才能贴”。都是很要紧的话，“贴”，是奇诡幻丽时顾及日常细碎，于外相中契入内里。他建议弃用家族小说构架，说“这部小说用案子贯穿到底是聪明的”，不赞成太多小说采用家族或年代线性结构，认为这是艺术的偷懒，小说不应被动地写实，要自主地构建私人空间和意义世界。他还认为小说的不好看，责任不在读者而在作家。20世纪末和21世纪初，编辑家章德宁任北京文学杂志社社长，提出“小说要写得好看”并组织讨论。小说要写得好看，敬泽的想法与德宁的论点相同。

《玻璃塔》与案子搭上关系是肯定了。纯文学写案子，与推理小说、悬疑小说既同又不同，纯文学作家写案子不很专心，总要把心思用到其他地方去。托尔斯泰的《复活》、陀思妥耶夫斯基的《罪与罚》、哈代的《德伯家的苔丝》、马尔克斯的《百年孤独》都写到案子，关注点却总是落在复杂的人性上。类型小说以故事引人入胜，经典文学中的聂赫留朵夫、玛丝洛娃、拉斯柯尔尼科夫、苔丝、何塞·阿尔卡蒂奥·布恩迪亚，其性格和精神的复杂丰富，是类型小说人物难以企及的。纯文学写案子，是要挣开案情束缚，指向多棱意义空间的。

《玻璃塔》中的案子与塔相关。两座塔，两个案件。两座塔都是玻璃塔，一座塔由瓶子垒成。是毫不起眼的小玻璃瓶，庙堂草根各种人等，于瓶里瓶外极尽所能。瓶中人要走出瓶子，瓶外人则封住瓶口，便有了用瓶子垒成的塔。另一座塔通身裹着玻璃幕墙。是频换楼主的摩天塔楼，表象现代，骨里古老。写到这里，又想起朝垠先生写的“双塔遥对，引领呼应”，《琴缘》中的遥对是平和纾解的，是人在落寞绝望中不得不领悟的虚空和豁达。《玻璃塔》不这样，《玻璃塔》中的遥对要尖锐许多，戏谑不羁的语言与魔幻绚丽的画面，多重建构交织纷杂，展现了人性内部以及人与自然与生俱来的敌对与抵抗，最大可能地抵近种群的历史宿命和当下处境。

《玻璃塔》改毕，搁笔观之，既非写实又非先锋，自觉怪诞有趣。这样的小说，写个八年十年，等个八年十年才能出版，是见惯不惯的常事。敬泽已调离杂志高就，不想再麻烦他，便将稿子搁在电脑文件夹雪藏了事。著有《林斤澜说》的绍国是温州作协主席，与我饮酒时说，把你那个长篇给我看下。他是 2016 年 2 月 1 日读完《玻璃塔》的，那天我正在柬埔寨行走，读到他手机发来的信息，“诗性写作，又像是百千个短篇。流水娟娟，星月点点。杂花生树，落英缤纷。斑斓斑驳，华美华丽。调动着几乎所有的知识能量和艺术能量，所有的修辞全面铺开，金色的想象力盘旋又盘旋，‘半壁见海日，空中闻天鸡’。诗意着，跳跃着，裹挟着诗词渔歌、掌故典故、宗教知识。中外勾连，信息量极大。人物众多如麻，细节众多如麻，叙事多头，时空错乱，多维的，旋转式的，有的地方叙述荡气回肠，如马江福打鱼之死。传统小说写法上的主线粗线、中心主题、统领人物、讲究情节，都颠覆了。全方位展示揭示社会、切剖世界。很是独特，极其可贵，也很难懂。完全在我阅读经验之外，我很佩服。我确定不了这种写法是大成功或是失败。如果已经是大作家了，这个长篇可能被人热捧，被人朗诵，现在的气候之下，则不知会有多少编辑家耐心阅读，津津乐道，趋之若鹜。”在吴哥窟读他发来的信息，握住手机摁字回复他，“兄如此看，高兴啊，为《玻璃塔》付进去十七年，值了。在书写中创造一种陌生感，从一开始就是写这部小说的动力，为此须得有牺牲。即便写作失败了，也须如颓败、坍塌的吴哥窟，坚韧地残缺在丛林中，这是作家的命。”

小说的辨识度是极其重要的，从故事到语言都须避免同质化，这是最基本也是最要紧的书写要求，并非越过边界的野心。《玻璃塔》试图用饱满有力的刚性写作，颠覆南方小说固有的阴柔黏涩。《玻璃塔》语言混搭多样，不排斥行内弃如敝屣的成语、形容词，不拒绝同道避之不及的方言、网络语。《玻璃塔》容纳各种色彩，无论这些色彩是外向的光或内敛的影。《玻璃塔》强调戏剧冲突，也用隐忍掩饰紧张，用节制规避直接，用隐喻遮蔽意图。《玻璃塔》不拘泥于描摹人像拷贝人像，试图在疯魔癔妄的表象下深入人性内部。现代汉语小说的进步是缓慢的，求同排异抱团而行，因安全系数高成为捷径。风气的缘起除了外在原因，更在于作家自身，他们对多元和异质设定关机程序。《玻璃塔》不设置这样的关机程序 。

文学之所以虚构人物，是为久存而非早夭。当代文学中的人物却是速朽的，能被世人记住的极少，无以数计的虚构人物，落花缤纷付与东流水，文学的残酷可见一斑。《玻璃塔》亦有众多人物，易名为麻龙、麻江贵、段雨佳、尚老师的马龙、马江贵、霍宗林、桑红卫；始自唐绍懿一脉的唐秃头、唐阿木、野夫、北方婆、苏老师，与桑红卫、马江贵、麻龙多有交集的苏贞妮，生父难有定论的孪生姐妹果果、芒合，芒合又因小卷与段雨佳、净空、央金关系复杂，行走文中的还有唐德铭夫妇、艾莉、葛莒、紫月、红珠、泥鳅、盆姑、卓玛、老潜、木叶、南瓜、丝丝、查理等诸多人物，可如此庞杂的人物群中，又有几人能留存文学人物长廊呢？倘若偶有一二，此生足矣。此话自说自乐，不可当真。

人物众多，又多是有故事的，散乱着才自然。可太多人不喜欢这样，他们没有这样的阅读习惯，需要直接明确的指向。一位文友是刊物主编，让我选《玻璃塔》中的三个章节，并将小说全文概括为300字，一并发他邮箱。直到现在，我还概括不出个所以然，只能辜负他的美意。概括小说是不可取的，概括小说的同时是给小说放血，让小说失血而亡。书写和阅读是一种行走，这种行走是为收获不曾有过的发现。更多人不想走完全程就得知结局，因此有了概括之术。概括并直达结局是时代产物，现下很少有人不焦灼。现在的统一教科书、文学年鉴、文学史，更是概括术行家里手的杰作。改经典为影视的编剧们，也是用的这个套路。小说《红楼梦》改越剧，概括为揭露“苍蝇竞血肮脏地”和反抗封建压迫追求婚姻自由，连半点诗性都要彻底剔除干净。《白鹿原》改故事片，整部小说就剩狐狸精田小娥勾引众男人，广度深度统统丢到爪哇国去了。这种概括术倘若用在《玻璃塔》，那就是黑社会头子马龙的故事和杀人犯段雨瓜的故事，简单便捷如快餐盒饭。

帕慕克认为小说的价值，在于激发读者追寻小说中心的力量。他说“小说不仅仅是一个故事。从许多物品、描述、声响、交谈、幻想、回忆、信息片段、思想、事件、场景和时刻之中，故事才慢慢地浮现出来。要从小说之中获得乐趣，就要善于离开词语，将这些事物转化为意识中的意象”，“我们鼓动想象力，追寻书中说了什么，叙述者想要说什么，他意在表达什么，或者据猜测他正在说什么——换言之，就是追寻小说的中心”。帕慕克说了迂回与持久，他要告知的对象是阅读者，告诉他们什么是正确的阅读方式。只是人类已越来越无耐性，越来越注重直接便捷，除了快递和快餐，打一针营养剂，一年免吃饭，恐怕也不是太遥远的事儿。诺贝尔文学奖评委和诺奖获得者，或许他们挺有耐心，但他们的耐心，只是极少数文学精英的耐心。

总之，文学是失去耐心了，作家和读者都这样 。不读严肃小说是趋时新派的做法，写类型化作品、读类型化作品，已经成为主流文化，这个变化是水到渠成的。水非自在之物，可以随意流淌，流水之处有河岸、水坝和闸门，可以人为地改变水道。文学如水，也有堤岸和库区，注定截流于坝内的写作，劳心劳力，难以持久。类型化写作便舒缓放松许多，各路写手云集于此，亦是情势使然。类型化写作代际分明，这种划分代际的方法被小众文学照搬过去，也以代际划分作家，以代际甄别作品，其间设置限行标志线。作家如此，读者更是如此，代际之间也设限行标志性，一切都固化了。回到《玻璃塔》，50后的绍国和60后的敬泽与其无痕对接，那么70后作家呢，他们如何看待这部作品？把小说发到哲贵和东君的电子邮箱，东君读了50页后说，“文字没有丢，感觉都还在”，这代作家中东君以语言讲究著称，他能这么说，让人觉得安心。哲贵读时做了笔记，说“《玻璃塔》让人想到《狂人日记》，想到《离骚》”，“把《玻璃塔》写得再狂些吧，要狂就狂到极致”。他们阅读过并尝试过书写现代小说，其后又退回到传统和写实，进行具有代际特性的写作，他们接受《玻璃塔》，让人高兴。

再说走向小说中心的阅读。总会有一些小说，为读者设置了技术难度和阅读障碍，让他们依靠智性、想象力和情感走向小说的中心。在风靡极限运动的当下，文学的生命力抑或在于书写者的极限写作和阅读者极限解读。小说的中心是宽广的，小说不是圣经，别指望遇到独一的神。小说的中心是浩瀚的，这样的浩瀚隐秘在人物和万物中。人和万物是平等的，走向小说的阅读，在于尊重这种平等，以求找到通往中心的入口。《玻璃塔》随处都是这样的入口，酒吧、老洋房、监所、滩涂……任何地方都是入口。在某一个入口，会不经意间看见野鸭，这只野鸭是媒鸭，它叫麻花，它知道人的心思，它与人心相通，与隐秘在芦苇丛中的火铳相通。因而，人心与火铳也是相通的，这种相通是和谐着的、血腥着的、欢喜着的。在另一个入口，会看见守望者马龙，他坐在月光下，为拥有一堆小玻璃瓶欢喜着。与现下的作家不同，在我看来，草根中人未必就是不开心的，无聊厌世的，相反，他们中太多人一直是充实着的，欢喜着的。古老的东方知识图谱，至今依旧是整个族群的思维方式和行为法则。义和团够草根了，但他们一旦搭上庙堂，奉旨宰杀洋教士和基督徒，那个开心劲儿和情绪是经久不散，甚至是流传至今的。以前的草根即便跪着被朝廷杀头，都是满脸淡定内心灿烂的。现如今的草根秉承传统，不可能摇身一变，立马就多愁善感起来。马龙的欢喜是很具体的，为获取瓶中之物而欢喜，为守望瓶中之物而欢喜，为博取庙堂中人的友情而欢喜，为受庙堂中人的驱使而欢喜。他是欢喜着的，即便是人格长跪的欢喜。与欢喜遥对的是恐惧，这种恐惧深藏于精神内部，因其不可名状，让人不得不时时欢喜着，用无休无止的欢喜去屏蔽无休无止的恐惧。马龙用他的方式应对生活，在卑微中营造不卑微，在不欢喜中营造大欢喜 ，这是草根应对生活的方式。马龙是不晓得也不想晓得什么叫作悲欣交集的，对他而言，欢喜来自不经意间的中彩，他觉得自己是赚到了的。对居庙堂者而言，马龙的无耻在于改变了固态秩序，这无疑是不可饶恕的罪孽。对草根大众而言，马龙必须得囚之诛之，为的是他们兼而有之的卫道与妒忌 。于知识精英而言，马龙的跪式欢喜愚昧至极，对其进行启蒙实属必要。马龙是欢喜着的，希望会有阅读者因他的欢喜而记住他，他叫马龙，守着一堆小玻璃瓶；他用这些瓶子在海里垒成一座玻璃塔，这时的他改名叫麻龙。会有人记住他吗？但愿。《玻璃塔》中或可让人去记的还有段雨瓜，这位患有鼻腔异物感知强迫症的商业天才，用取之不尽的计算能力应付现实，用高智商的不露痕迹的谋杀之术，克服无边无疑的孤独感。他应对生活的方式是把绝望用数字包裹起来，视数字为图腾与神，在拜神中求得愉悦乃至欢喜。这是另一种精神跪拜者的欢喜，数字崇拜者多是高智商的，轮不到谁去对他们进行启蒙。马龙和段雨瓜一样，都是筑塔人，当我们走近他们时，会明了作家要表达的是什么吗？找到要追寻的小说中心了吗？是，或不是，他们只是小说中心的之一之二。庙堂也是入口处，精英主义者唐德铭，这个坐过各种位置的人，会表达他对于位置的复杂感受。他是离不开位置了，就像马龙离不开瓶子，麻龙离不开玻璃塔，段雨瓜离不开数字。唐德铭的归宿是位置，这个位置由座椅和空间构成，不同的座椅遥对不同的空间，这些空间亦是虚与实、幻与真的遥对。这样的遥对构成另一个中心，唐德铭于中会有个人的、私密性的表达。唐德铭会表达什么？唯有他自己知道，甚至连虚构这个人物的书写者，亦只能在文本中寻找入口，揣度他的表达。书写者对于被虚构的人物，并非全知全觉，书写者对虚构人物的理解，也只能是逐步的，渐进的。迟至修改这篇跋时，我忽然想到雷峰塔，想到被压在塔下的白素贞，又想到唐德铭这个人物，或许把自己当作受尽磨难和凌辱的惨兮兮的白蛇，把草根马龙和土豪麻龙当作以塔欺人的法海。始终是坐在位置的人，不同的位置决定他淡定收敛或放浪形骸，根基却是旧时的，于是不得不化身为遮蔽道德污点的一块钢板。当道德主义沦落为一种屡试不爽的工具，其共存于一体的威强严酷与犬儒怯懦，却因其陈旧无德的软肋，显出粗鄙不堪的原形，这也是遥对，德与无德的遥对。关于表达，每个人都有秘道或密室。书写者的表达和人物的表达既同又不同，人物往往独立于作家的表达，作家为马龙、段雨瓜、唐德铭表达的，和马龙、段雨瓜、唐德铭自己要表达的，显然会有不同。马龙、段雨瓜如此，其他人物又未尝不是这样，谁能说苏贞妮、野夫、芒合、唐德铭、紫月、果果、桑红卫、苏老师、马江贵、老潜、段雨佳、小卷、净空、央金、艾莉、盆姑、红珠、泥鳅，以及北方婆、唐阿木、木叶、南瓜、葛莒、丝丝、查理，甚至媒鸭麻花、黄花海鲨、皮皮梅香，就没有他、她或它的个人表达呢？有生命的存在，就会有表达的存在 。表达和接受，构成精神空间。个人内部的精神空间是遥对着的，这些精神空间构成的小说中心也是遥对着的，所有中心都是遥对着的。聪明的苏贞妮和迷糊的苏贞妮遥对着，热烈的野夫和冰冷的野夫遥对着，受虐的红珠和施虐的红珠遥对着，玻璃塔外的果果和玻璃塔内的果果遥对着，这样的遥对拓宽着人物的精神空间，也扩张着小说的中心。作家不可能完全替代人物的表达，也不可能替代读者经思考和想象后的表达。有不同的表达，才有人物、作家、读者的遥对，在遥对求得生命和精神的丰富。遥对会产生不确定，人类的宿命的就是不确定性。唯有不确定，才会有各种生命体的遥对，才会有宽阔浩瀚的想象，才会深入细微地触及内在。索尔仁尼琴说，宇宙中有多少生物，就有多少中心。我们每个人都是宇宙的中心。就因为如此多元的中心，世界万物复杂多样，渺小的人类在荒诞和无意义中求得存在的意义。以人为主要描述对象的小说亦是如此，小说的中心应如繁星一般，庞杂多元无边无际。把小说概括为单一中心，归纳成单一主题，那是统一教科书和文学史的事儿，与作家无关，与智性读者无关。小说应该是反概括、反归纳的。现下的小说盛行全知视角，作家把自己当作万能的说书人或布道者，他们无所不知，然后把知道的所有，通过以他们为王的小说传授给读者。《玻璃塔》没有独一的王，《玻璃塔》的视角不受限，纷乱不定，迷蒙飘忽，由不同的叙述者和转述者，各自经由独有的路径和秘道，去构建起小说框架。跟着他们散乱的碎片化的视角走，是充满陷阱和危险的，却也可于中获取莫名地欢喜和悲凉。欢喜总是好的，总是有其合理性的，即使某些欢喜显得玄。

说到玄，会联想到文学中的玄虚和玄幻，这个玄与写实对立。小说的表现方式，不妨对立，对立才有螺旋，才有活力，才有生命。一些人讨嫌对立，强求统一，结果百花肃杀，全体索然，集体无趣。小说的力量并非全在于写实,去做单反相机或手机镜头。即便是执着于写实的小说，也并不就见得全然写实，写大历史的小说尤其如此。以大历史为背景的真正意义上的写实小说，是那些直接地堆砌细节，极真地泣血为字，这样的书写多为自述体小说，是生命的透支和自燃，现下的作家唯有仰望而已。面向小时代的写实小说，则是筛选过的写实，背景和人物严格甄别,化大时代为小时代,剔除各阶层专事底层。这当然也是现实的一部分，但显然并非全部。面向小时代的写作是安全的，即使字里行间填满卑微日常、琐碎无聊的灰色调，结果仍是安全的。这是站在安全岛上的写作，是不得已中选择的聪明做法，但剪辑过的真实是可疑的。倘若真去写实，这世界太多人恰如《玻璃塔》中的马龙，是得意着的，欢喜着的。那些极尽书写透析无趣无聊者，他们其实也是欢喜着的，为职位职称或奖项荣誉，为不被有限的读者遗忘，他们所有都要，在碎片中拥抱世俗荣耀，他们只是偶尔无聊，更多时候有聊得很。这种性格分裂其实没有什么，关乎生存之事和生命质量，何必去分对错。但牵涉到写实，他们是有意遮蔽掉好多现实的。说明一下，这里提及的小时代写作，仅属纯文学范畴，并非类型文学中的小时代写作。类型化的小时代写作，是自成体系的商业行为，有它自己的规则。

放眼看去，一马平川全是写实小说，总觉得有些乏味和别扭。那么，为何少有可与写实小说遥对的小说呢？为何中国古时的志怪小说，欧洲、南美现当代的超现实主义小说、魔幻现实主义小说，要么束之高阁，要么水土不服，唯独专情写实呢？敬泽有篇书评叫作《黑夜之书》，他写道，“我在谢弗的《撒马尔罕的金桃》中隐约看到《酉阳杂俎》，这部研究唐代外来文明的书灿烂、淫靡，书读完了，如夜宴散了，惨淡的白昼降临。《酉阳杂俎》散落在《撒马尔罕的金桃》的引文和脚注中，像一根细而长的金丝，在锦缎上闪烁不定。那时，在我的想象中，《酉阳杂俎》是一本秘密的书，它有一种魔鬼的性质，它无所不知，它收藏了所有黑暗、偏僻的知识”。敬泽又写道，“我断定，王小波肯定读过《酉阳杂俎》，我甚至看见，在博尔赫斯的图书馆里，在月光伸不到的角落，也有一本《酉阳杂俎》”。敬泽曾送我一本他著的《小春秋》，这篇《黑夜之书》收入这本书评集。因了《小春秋》又去网购《酉阳杂俎》，被折服是肯定的。中国人曾经拥有过的想象力为何终结在当下？是现代科技碾压过神怪滋生的土地，还是乡村文化的彻底毁灭？是，又不是，一言难尽。书写需要生活依据，虚构由此才能坐实。“柳氏露坐逐凉，有胡蜂绕其首面，柳氏以扇击堕地，乃胡桃也。柳氏遽取玩之掌中，遂长，初如拳、如碗，惊顾之际，已如盘矣。曝然分为两扇，空中轮转，声如分蜂，忽合于柳氏首。柳氏碎首，齿着于树”，“郑注大和初赴职河中，姬妾百余尽骑，香气数里，逆于人鼻。是岁自京至河中所过路，瓜尽死，一蒂不获”，“大食西南二千里有国，山谷间树枝上，化生人首，如花，不解语。人借问，笑而已，频笑辄落”（《酉阳杂俎》）。说古人的书写，来源于他们乐此不疲的造神运动，以及笃信他们造的神怪。那么，今人不造神吗，彻底唯物了吗？对此，我是不敢苟同的。现代人是尚有想象力的，只是生活依据不同，走的路径两样。先前可以在安静的居住环境或诗意的旅途，专心地幻想神怪，现如今睡眠环境和自然景色差太多，但失眠症抑郁症自闭症强迫症分裂症应运而生，且呈蔓延之势，这亦是想象力的新源及所依。这样的想象力，虚妄与现实遥对，幻丽与残破交集。这样的想象力，在现代绘画可以看到，在现代音乐中可以听到，唯独自诩最具现代意识的纯文学写作浅尝辄止。还是应该遥对，万象皆容，浩瀚多元。

这篇跋有些长。把跋写得这么长，除了如堂·吉诃德一般荷矛发飙往前走不回头，昏头奔脑无节制码字痴说，还因绍国的一句话，“（《玻璃塔》）很是独特，极其可贵，也很难懂”。散文家树乔亦有同感，他说看到媒鸭那段，“被深深吸引住了，觉得小说有太多隐喻，太多象征，很有名堂，但读起来总觉得吃力”。树乔曾是《文学青年》编辑，这个刊物名噪一时，他说难懂，是大实话。今年端午，我们一起去富阳看郁达夫故居，又驾车到一处山庄饮酒，席间绍国、树乔苦口婆心，嘱我此书出版时务必加导读。作家为自己的作品写导读，有诸多约束和不便，作家须把空间留给阅读者，让他们在智性解读中丰富、扩充、完善文本。于是，下笔时一直犹豫，文字亦游移迷蒙。这个游移者、迷蒙者的文字，就在这篇跋中。但愿这个跋，会让读者走近玻璃塔。

2017 年 7 月写于沪上